生命对我足够深情

陈忠实◎著

时代文艺出版社

图书在版编目（CIP）数据

生命对我足够深情/陈忠实著. —长春：时代文艺出版社，2016.2

（大家人生）

ISBN 978-7-5387-4912-0

Ⅰ.①大… Ⅱ.①陈… Ⅲ.①散文集－中国－当代 Ⅳ.①I267

中国版本图书馆CIP数据核字（2015）第254919号

出 品 人	陈　琛
产品总监	郭力家
责任编辑	李天卿
	刘越新
装帧设计	孙　利
排版制作	吴　桐

本书著作权、版式和装帧设计受国际版权公约和中华人民共和国著作权法保护
本书所有文字、图片和示意图等专有使用权为时代文艺出版社所有
未事先获得时代文艺出版社许可
本书的任何部分不得以图表、电子、影印、缩拍、录音和其他任何手段
进行复制和转载，违者必究

生命对我足够深情

陈忠实 著

出版发行/时代文艺出版社
地址/长春市泰来街1825号　时代文艺出版社　邮编/130011
总编办/0431-86012927　发行部/0431-86012957　北京开发部/010-63108163
网址/www.shidaicn.com
印刷/三河万龙印装有限公司
开本/710mm×1000mm　1/16　字数/342千字　印张/23
版次/2016年2月第1版　印次/2016年2月第1次印刷　定价/48.00元

图书如有印装错误　请寄回印厂调换

目录 CONTENTS

001 自序
　　"人生笔记"的笔记

师表·友情·亲情

002 第一次投稿
007 敬上一杯酒

010 默默此情谁诉
015 晶莹的泪珠
023 何谓良师
　　——我的责任编辑吕震岳
037 为了十九岁的崇拜
　　——追忆尊师王汶石
044 敲响城门的远方乡党
050 一个人的邮政代办点
055 释疑者

057 柳青的警示
　　——在柳青墓前的祭词
059 活着，只相信诚实
　　——怀念胡采
062 别路遥
065 何谓益友
　　——我的责任编辑何启治
077 有剑铭为友
085 陪一个人上原
　　——林兆华导演印象

目录 CONTENTS

092　旦旦记趣
096　家之脉
099　三九的雨

山·水·树·鸟

104　愿白鹿长驻此原     
107　毛乌素沙漠的月亮
111　难忘一种鸟叫声
114　又见鹭鸶
128　两株玉兰树
124　拥有一方绿荫
　　　——《我的树》之一
126　绿蜘蛛，褐蜘蛛
　　　——《我的树》之二
134　绿风
　　　——《我的树》之三
138　原上原下樱桃红
143　年年柳色
147　一株柳
149　种菊小记
152　告别白鸽
159　拜见朱鹮
163　难忘一渠清流
167　在河之洲

171　关于一条河的记忆和想象

行程·体验·言说

182　儿时的原
195　不能忘却的追忆
212　我看老腔
219　汽笛·布鞋·红腰带
224　我的秦腔记忆
229　我经历的狼
237　我经历的鬼
245　饭事记趣

259　我们村的关老爷
262　白墙无字
265　最初的晚餐
　　　——《生命历程中的第一次》之一
268　尴尬
　　　——《生命历程中的第一次》之二
271　沉重之尘
　　　——《生命历程中的第一次》之三
274　接通地脉
278　五十开始
289　办公室的故事
293　与军徽擦肩而过
303　六十岁说
307　回家回家
311　在原下感受关中
314　原下的日子
322　借助巨人的肩膀
　　　——翻译小说阅读记忆
336　也说中国人的情感
341　神秘神圣的文学圣地
347　陷入与沉浸
　　　——《延河》创刊五十年感怀

自　序

"人生笔记"的笔记

陈忠实

突然电话约我编一本"人生笔记"的集子，乍一听到，心里竟然不轻不重地有一点响动。据说已经出版过30多种书了，20多年每一次出版作品集时的新鲜鼓荡劲儿以及某些难以隐蔽的得意，早都不再潮起了。那么，这回在我心里引发的这种响动，无疑是这本书的这首"人生"撞击出来的。

人生，在我的意识里是一个太大的话题。

更是一个令我敏感到几近恐惧的论题。

我至今没有以文字来系统地面对自己的人生，截止目前也没有写作自传之类的打算。我谢绝过许多家出版社朋友至诚的邀约，我都没有应承，心里隐忍着对于这种自传写作的实际意义的怀疑。我少年间喜以散文写作为兴趣，有意无意间涉及到人生历程中的点点滴滴的往事，也仅仅是点点滴滴而已。我的散文写作和我的小说写作一样没有预设性规划，都是随感而发，即在生活现相里耳濡目染，能拨到心茏里的第一根神经，或苦痛或欢悦痛到释之不去，便会把那一点感受和体验诉诸文字，便有了一篇或长或短的小说和散文。过去以小说创作为主是依着兴趣，近十年来以散文写作为主也还是依着兴趣。除了少数命题作文(邀稿、绝大多数都是因兴趣激发的激发和体验。隐有隐忧，原始森林如海涛涌动的绿浪令我的心潮也跟着起伏，荒凉高原上孤立的一棵柳树使令我感到了自已的软弱和轻。家乡灞河畔那儿棵柏鸶鸶让我久久不思离去，和我们告别都带不无久的伤悯。我和文豪一样喜欢摄影，却不再是为了赚钱流补家用，纯粹是一种心理需性。我在意大利国家博物馆看到用钢铁打到的紧缚女人性事的英塔带时，立即联想到中国女人的小脚和"守忠"法则。人类从野蛮走向文明的过程大同小异，无非是一方地域觉醒得快完成得早，另一方地域完成得慢些后些。我在美国街头看到坦克戴着口红的雕塑时，顿然涌起对任何杀人武器的蔑视，毛独择辫它的总统。我在茶几下发现了三岁的孙子藏起的小鞋，竟然柳止不住心跳，我在祖居老屋一人独处时，半夜里似乎听到沉重而又舒缓的呻吟，只是无法辨别是从那一代祖宗的喉咙里泄出的声音。我对那些名我能缩住一字一句阅读、连一个错误和标点符号也不放过的编辑，以文字雕刻下他们的形像，存储到我的作品集里，也雕记在我的记忆深处。还有那些为民族和国家爱岁爱壮而义无返顾地走向顶天立地的魁梧的人，我虽无缘一面却要表述一缕崇敬之情……我在邀踪天卿"人生笔记"的题旨挑选已往的散文随笔的时候，脱重新阅览了这些人生体验的篇章，要是完成一次自我的人生检验和人生阅审。

　　这次编选中的逐日式阅读，我发现有好几处写到动情落泪的文字；过去笔之敷么写下这些涉及个人情感的文字时，只是随着怪情即发多条，只要记下卖家的热爱；今天笼统一览下来，激词和暗伤的细节似乎太多了，倒使我频频惊觉自己还不是太脆弱了。有一个细节很清晰地呈现在眼前，我去都所租店老屋8年后重新回归的第一夜，天微明中被鸟叫声惊醒，睁开眼睛透过窗玻璃瞧到左屋房脊上一对咕之之叫着的斑鸠，竟然忍不住动心落泪。这样的情感能被读者理解和接受么？然而我却真实地发生了。我的散文多沿的基本宗则，首先真实，跟不惯评家谈，要亦洸附虚的立词。时过几年的今天，我对自己也有了一层认识，可以在尽力扭转过去和虚伪时扭过头去，却承受不住一缕一缕美和善的浸润。我的粗糙且已老化的躯壳里，还存活着对大美至善尤为敏锐尤为脆弱的一根神经。

自序

005

这是我赖以沉得踏实和自信的一根神经。

我依赖这根神经发出自己的声音，是无声的文字的声音。

这些无声的文字里记述如人生馈赠生命体验的点点滴滴，构成这本"人生笔记"，期待我的读者的交流和批评。这肯定有益于验证和校正我旦夕的生活观察和情感体验，为着这种"人生笔记"继续下去，且能获得更高境界的进步。

2006.12.9
雍村

师表·友情·亲情

多年以后的今天回过头来看，在人生的两个重要阶段上，我把握了自己，主要是必自身的实际做出的选择。在艺术追求的漫长历程中，在两个重要的创作阶段上，进行两次反省，对我不断进入文学本质是关键性的。如果说创作有两次重要突破，首先都是以反省获得的。可以说，我的创作进步的实现，都是从关键阶段的几近残酷的自我否定自我反省中获得了力量。我后来把这个过程称作心灵和艺术体验剥离。没有秋密，也没有神话，创造的理趣和创造的力量，都是经过自我反省获取的，完成的。

仅之在举月之奇的一个上午，我完成了一篇五千字的散文，在原下卷疏一个人兴奋不已。

第一次投稿

背着一周的粗粮馍馍,我从乡下跑到几十里远的城里去念书,一日三餐,都是开水泡馍,不见油星儿,顶奢侈的时候是买一点儿杂拌咸菜;穿衣自然更无从讲究了,从夏到冬,单棉衣裤以及鞋袜,全部出自母亲的双手,唯有冬来防寒的一顶单帽,是出自现代化纺织机械的棉布制品。在乡村读小学的时候,似乎于此并没有什么不大良好的感觉;现在面对穿着艳丽、别致的城市学生,我无法不"顾影自卑"。说实话,由此引起的心理压抑,甚至比难以下咽的粗粮以及单薄的棉衣遮御不住的寒冷更使我难以忍受。

在这种处处使人感到困窘的生活里,我却喜欢文学了;而喜欢文学,在一般同学的眼里,往往是被看作极浪漫的人的极富浪漫色彩的事。

新来了一位语文老师,姓车,刚刚从师范学院毕业。第一次作文课,他让学生们自拟题目,想写什么就写什么。这是我以前所未遇过的新鲜事。我喜欢文学,却讨厌作文。诸如《我的家庭》、《寒假(或暑假)里有意义的一件事》这些题目,从小学写到中学,我是越写越烦了,越写越找不出"有意义的一天"了。新来的车老师让我们想写什么就写什么,我有兴趣了,来劲儿了,就把过去写在小本上的两首诗翻出来,修改一番,抄到作文本上。我第一次感到了作文的兴趣而不再是活受罪。

我萌生了企盼,企盼尽快发回作文本来,我自以为那两首诗是杰出的,会震一下的。我的作文从来没有受过老师的表彰,更没有被当作范文

白鹿原上有好竹

在全班宣读的机会。我企盼有这样的一次机会，而且正朝我走来了。

车老师抱着厚厚一摞作文本走上讲台，我的心无端地慌跳起来。然而四十五分钟过去，要宣读的范文宣读了，甚至连某个同学作文里一两句生动的句子也被摘引出来表扬了，那些令人发笑的错句病句以及因为一个错别字而致使语句含义全变的笑料也被点出来，终究没有提及我的那两首诗，我的心里寂寒起来。离下课只剩下几分钟时，作文本发到我的手中。我迫不及待地翻看了车老师用红墨水写下的评语，倒有不少好话，而末尾却悬下一句："以后要自己独立写作。"

我愈想愈觉得不是味儿，愈觉不是味儿愈不能忍受。况且，车老师给我的作文没有打分！我觉得受了屈辱。我拒绝了同桌以及其他同学伸手要交换作文的要求。好容易挨到下课，我拿着作文本赶到车老师的房子门口，喊了一声："报告——"

获准进屋后，我看见车老师正在木架上的脸盆里洗手。他偏过头问："什么事？"

我扬起作文本："我想问问，你给我的评语是什么意思？"

车老师扔下毛巾，坐在椅子上，点燃一支烟，说："那意思很明白。"

我把作文本摊开在桌子上，指着评语末尾的那句话："这'要自己独立写作'我不明白，请你解释一下。"

"那意思很明白，就是要自己独立写作。"

"那……这诗不是我写的？是抄别人的？"

"我没有这样说。"

"可你的评语这样子写了！"

他冷峻地瞅着我。冷峻的眼里有自以为是的得意，也有对我的轻蔑的嘲弄，更混含着被冒犯了的愠怒。他喷出一口烟，终于下定决心说："也可以这么看。"

我急了："凭什么说我抄别人的？"

他冷静地说："不需要凭证。"

我气得说不出话……

他悠悠抽烟："我不要凭证就可以这样说。你不可能写出这样的诗歌……"

于是，我突然想到我的粗布衣裤的丑笨，想到我和那些上不起伙的乡村学生围蹲在开水龙头旁边时的窝囊，就凭这些瞧不起我吗？就凭这些判断我不能写出两首诗来吗？我失控了，一把从作文本上撕下那两首诗，再撕下他用红色墨水写下的评语。在要朝他摔出去的一刹那，我看见一双震怒得可怕的眼睛。我的心猛烈一颤，就把那些纸用双手一揉，塞到衣袋里去了，然后一转身，不辞而别。

我躺在集体宿舍的床板上，属于我的那一绺床板是光的，没有褥子也没有床单，唯一不可或缺的是头下枕着的这一卷被子，晚上，我是铺一半再盖一半。我已经做好了接受开除的思想准备。这样受罪的念书生活还要再加上屈辱，我已不再留恋。

晚自习开始了，我摊开了书本和作业本，却做不出一道习题来，捏着笔，盯着桌面，我不知做这些习题还有什么用。由于这件事，期末我的操行等级降到了"乙"。

打这以后，车老师的语文课上，我对于他的提问从不举手，他也不点我的名要我回答问题，校园里或校外碰见时，我就远远地避开。

又一次作文课，又一次自选作文。我写下一篇小说，名曰《桃园风波》，竟有三四千字，这是我平生写下的第一篇小说，取材于我们村子里果园入社时发生的一些事。随之又是作文评讲，车老师仍然没有提到我的作文，于好于劣都不曾提及，我心里的底火又死灰复燃。作文本发下来，揭到末尾的评语栏，连篇的好话竟然写下两页作文纸，最后的得分栏里，有一个神采飞扬的"5"字，在"5"字的右上方，又加了一个"+"号，这就是说，比满分还要满了！

既然有如此好的评语和"5+"的高分，为什么评讲时不提我一句呢？他大约意识到小视"乡下人"的难堪了，我猜想，心里也就膨胀了愉悦和报复，这下该有凭证证明前头那场说不清的冤案了吧？

僵局继续着。

入冬后的第一场大雪是夜间降落的，校园里一片白。早操临时取消，改为扫雪，我们班清扫西边的篮球场，雪下竟是干燥的沙土。我正扫着，有人拍我的肩膀，一扬头，是车老师。他笑着。在我看来，他笑得很不自然。他说："跟我到语文教研室去一下。"我心里疑虑重重，又有什么麻烦了？

走出篮球场，车老师的一只胳膊搭到我肩上了，我的心猛地一震，慌得手足无措了。那只胳膊从我的右肩绕过脖颈，就搂住我的左肩。这样一个超级亲昵友好的举动，顿然冰释了我心头的疑虑，却更使我局促不安。

走进教研室的门，里面坐着两位老师，一男一女。车老师说："'二两壶'、'钱串子'来了。"两位老师看看我，哈哈笑了。我不知所以，脸上发烧。"二两壶"和"钱串子"是最近一次作文里我的又一篇小说的两个人物的绰号。我当时顶崇拜赵树理，他的小说的人物都有外号，极有趣，我总是记不住人物的名字而能记住外号。我也给我的人物用上外号了。

车老师从他的抽屉里取出我的作文本，告诉我，市里要搞中学生作文比赛，每个中学要选送两篇。本校已评选出两篇来，一篇是议论文，初三一位同学写的，另一篇就是我的作文《堤》了。

啊！真是大喜过望，我不知该说什么了。

"我已经把错别字改正了，有些句子也修改了。"车老师说，"你看看，修改得合适不合适？"说着又搂住我的肩头，搂得离他更近了，指着被他修改过的字句一一征询我的意见。我连忙点头，说修改得都很合适。其实，我连一句也没听清楚。

他说："你如果同意我的修改，就把它另外抄写一遍，周六以前交给我。"

我点点头，准备走了。

他又说："我想把这篇作品投给《延河》。你知道吗？《延河》杂志？我看你的字儿不太硬气，学习也忙，就由我来抄写投寄。"

我那时还不知道投稿，第一次听说了《延河》。多年以后，当我走进《延河》编辑部的大门深宅以及在《延河》上发表作品的时候，我都情不自禁地想到过车老师曾为我抄写投寄的第一篇稿。

这天傍晚，住宿的同学有的活跃在操场上，有的遛大街去了，教室里只有三五个死贪学习的女生。我破例坐在书桌前，摊开了作文本和车老师送给我的一扎稿纸，心里怎么也稳定不下来。我感到愧悔，想哭，却又说不清是什么情绪。

第二天的语文课，车老师的课前提问一提出，我就举起了左手，为了我的可憎的狭隘而举起了忏悔的手，向车老师投诚……他一眼就看见了，欣喜地指定我回答。我站起来后，却说不出话来，喉头哽塞了棉花似的。自动举手而又回答不出来，后排的同学哄笑起来。我窘急中又涌出眼泪来……

我上到初三时，转学了，暑假办理转学手续时，车老师探家尚未回校。后来，当我再探问车老师的所在时，只说早调回甘肃了。当我第一次在报刊上发表处女作的时候，我想到了车老师，应该寄一份报纸去，去慰藉被我冒犯过的那颗美好的心！当我的第一本小说集出版时，我在开着给朋友们赠书的名单时又想到车老师，终不得音讯，这债就依然拖欠着。

经过多少年的动乱，我的车老师不知尚在人间否？我却忘不了那淳厚的陇东口音……

敬上一杯酒

一九八七年十一月一日下午，我赶往北京新桥饭店，参加中国作协书记处召集的十三大的作家代表座谈会。上午刚刚结束的党的十三大着实令人欢欣鼓舞。所有邀约的作家代表无一缺席，每个人都滔滔不绝，喜形于色。张光年同志在发言中，说他度过了一生里最愉快的一个生日。十一月一日是他的生日，欣逢党的里程碑式的十三大闭幕。与会者闻听此讯，一齐鼓掌，祝贺光年同志幸福。

我的心里很不平静。我不认识张光年同志，张光年同志也不认识我。然而我祝贺他生日的鼓掌是真挚虔诚的，他可能意识不到。

一九七九年六月，我发表在《陕西日报》的一篇小说《信任》在《人民文学》七期转载。不久，编辑部来信告诉我。主编张光年同志正住院诊疾，在病床上看了刊物，尤其赞赏《信任》的艺术构架。作为一个作者，自然关注自己的作品公之于世之后的种种反应，但也不至于因为听到几句赞扬的话而忘乎所以。问题在于，那时候我的心境不佳，真是想听到几句赞扬的话以壮阳哩！

三年前我曾因一篇不好的小说而汗颜和内疚不已。作为新时期文艺复兴的第一声潮音是刘心武的《班主任》，我读这篇小说是在一个水利工地的大工棚里。我感到了中国文学艺术的春天到来的气息，与我内疚的心境形成愈大的反差。此前《人民文学》一位编辑从北京赶到西安又找到我下乡的偏僻山村，要我写一篇小说，哪怕写一篇散文在报刊上先亮一亮相。

因为据说编辑部收到不少读者来信，询问陈忠实是否趴下了？我听了说不出话，感动得热泪滚滚。然而我仍然拒绝了约稿，怀着使他千里迢迢而来失望而去的沉重负担，我仍然咬牙谢绝了。我说我现在不是亮不亮相的问题，趴不趴下也全在我自己。我不要亮相。我要以自己创作的进步告慰那些关心爱护着我的读者和编辑们。

这年冬天我调到文化馆。我躲在一间废弃的房子里读书，整整读了一个冬天又一个春天。我需要充实是因为深知自己艺术功底的浅薄。这个时期中国文坛新刊物如雨后春笋，几乎每个月都有热门作品爆响，有新的作家跃上文坛。我心里十分鼓舞，却依然静下心来读我的书。到一九七九年五月末，我觉得心力和气力都已充实才开始动笔，写下了《信任》。

我第一次渴望别人的鼓励。我如愿以偿得到了十分及时的热诚的鼓励。作品见报的第二天我在一个座谈会上碰到杜鹏程同志，一见面就转达了他和王汶石同志鼓励的话。十天后接到责任编辑吕震岳的电话，要我去报社看读者来信。我一封一封仔细翻阅那一摞热情洋溢的读者来信的时候，我的鼻腔连连发酸。我此刻才发觉自己精神世界里十分脆弱的另一面……大约过了一月，我又从《人民文学》编辑朋友的来信中得知光年同志的热切关怀和鼓励。

八年过去了，《信任》荣幸获奖，又被翻译成英文和日文在美国和日本出版，每一次有关该篇小说的反响到来的时候，我总是首先忆及关心过她也鼓励过我的读者、编辑和老前辈。然而我至今也没有向张光年同志写过一封感谢的信，更没有一次机会能与他相识。机会终于在我们欢庆党的十三大胜利闭幕的时刻到来了。

吃便宴时，作家们互相频频举杯开怀畅饮，为了自己欢愉之心情，更为了党和国家的里程碑式的胜利。我与同桌的金河提议，向光年同志敬一杯生日喜酒，金河欣然，同桌的李希凡也响应了，我们三人走到张光年同志的桌前，说一声："光年同志，祝您生日愉快。"张光年同志举起杯来，喜不自胜。他大约从口音上听出了陕西关中的古调，笑问："你是忠实同志吧？"我点头称是。

再没有多说一句话。再多说什么都多余。对于一个宽厚老者来说，他一生爱护关心鼓励过多少后来者，我想他并不要听被鼓励被关心者的什么感谢的话。然而我毕竟偿还了一宗沉积八年的夙愿，向德高望重的文学前辈，敬一杯生日欢庆的酒，祝这样的宽厚长者在中国长寿。我也同时想到步入中年的自己，文学创作的进展和拓宽自然全得靠自己埋头苦干，不论所得属大属小属高能属低能，那仅仅只是问题的一个方面而不是全部；另一方面也许是很重要的一面，得修一副宽厚的心胸，与人们共同前进，共同开创文学艺术欣欣向荣的新局面。

默默此情谁诉

十一月三日，我从乡下住处回到作协已是十二点钟了。我匆匆赶到西安晚报社张月赓家里，交给他一件捎带的东西。闲聊间月赓说，好久没见老蒙了，我想请你和老蒙到家里来喝一杯，我们三个还没在一起喝过酒哩！我就告诉他，老蒙给我说过至少两三次：约月赓来，咱们三个喝一杯。于是，我就让他约人定时间。我期待着这样的一次聚会……可是，谁料想，就在这一天清晨，蒙老师突然离开我们到另一个世界去了。

他走得那么匆忙，没来得及给他的亲人和朋友们留一句话，这是令人多么痛心的事啊！

此前四个月的七月中旬，作协在太白县召开"陕西长篇小说创作讨论会"，蒙老师作为陕西文学界活跃的评论家被邀参加。他是从宝鸡来到太白县的。他在宝鸡为西大作家班的青年作家联系洽谈写报告文学集子的事，忙得不亦乐乎，终于完满地解决了问题。这是暑假，没有了教学的负担而可以潜心著书立论的宝贵时间，他毅然放弃了，冒着关中三伏的酷热到宝鸡奔走，为青年作家创造创作实习的条件。

在太白一见面，他就说，太白好凉快；我是到这儿乘凉来了。完全是一种逛会的宣言。我已经了知他的这种习性，其实他是最认真的会员。他一次不落地参加讨论会，听取发言者的或是长篇宏论或是一言半语的插话。他一直没有说话，直到最后一个下午才说了大约不到一刻钟的话。他的发言不是所有的人都会赞同，这是极正常也是极普通的事，而他的坦率

聆听

诚恳的用心却几乎使所有的人都为之感动。他是那样严肃认真热情地关注着长篇小说创作的发展以及陕西中青年作家的创作的现状。

我因此而想到八年前在太白的相聚。那是粉碎"四人帮"后文艺复兴初期作协召开的一次很成功的会议。当时陕西开始涌现出一批中青年作家,会议讨论这批作家的优长和发展。我和蒙万夫老师被会议的组织者安排在一个屋子。我当时和他认识不久,交往不多,有点儿怯生或者说陌生。我想,我是来自乡间的草莽,他是高等学府的教师,我总觉得无法掩饰自己的浅陋。但他待人随和的态度和那种随意的习性使我很快消除了拘谨。那时候我的短篇《信任》刚刚获得全国优秀短篇小说奖,我说到从这篇小说引起的惶惑。他说,你就写你的,你按你的兴趣写。《信任》好得很!有个性。没有个性的作品就跟没有个性的人一样让人难受。短短几天的相处,我感受到了一个可信赖的良师益友的脾性正与我合拍,从此就开始了我们愈来愈真挚的感情的交汇和友情的发展。此后八年之久以至到第二次相聚在太白,我们的友谊可以说像夏天一样成熟了。

我那时在灞桥区文化馆工作,馆里举办了一期创作讲习班,灞桥地区的农村、工厂、学校等单位的五六十名文学爱好者参加了。我去西安大学约请蒙老师讲课，他满口应承，这就一下消除了我来时心存的"庙小难安大神"的顾虑。我随之就抱歉地说明，文化馆无车，我也借不来车，只好委屈你坐公共汽车了。他反而怨我说，你这人，作那个难干啥哩！你给我说清去灞桥该坐哪路车，在哪儿乘车、换车就行了，再就甭管了，保证误不了讲课。果然，我早晨起来还未来得及吃早点，蒙老师已经走进我的屋子。一进门就轻松地说，汽车方便得很嘛！路也不远。我就感到他是继续以轻松的话来解除我的窘迫。金钱和利害可以使人结成铁哥们儿死党，而真诚却使人更觉得可靠和信赖，也更耐人回味和珍惜。

　　他的讲演大获成功——我是第一次听他正儿八经拉开场子讲文学创作。他没有讲义，一直站着而拒绝坐椅子。他一口气讲了三个多小时，讲到托尔斯泰、巴尔扎克、雨果和柳青，又讲到中国一九八〇年那时候活跃于文坛的中青年作家以及陕西的中青年作家和他们的作品。他纵古横今旁征博引深入浅出，把比较干巴的文学理论讲得生趣盎然，偶尔挟带的轶事趣闻引起哗笑，而又紧紧围绕他讲话的命题。课后几个学员直后悔没带录音机来，说把这场讲课录下来再整理出来就是一篇严密的论文。我有同感。他讲课时的选词用语十分严密，似乎是在念讲义，而他手里什么也没拿。这是我第一次见识作为学者的蒙万夫的硬功夫、真本领以及演讲的风采。

　　作为学者的蒙老师身上又保存着明显的农民的生活习性。他对农村的事特别有兴趣，我们见面时，他就问农村的收成，责任制实行过程中的农民情绪。他第一次到我乡下的住处来，我正在完成新屋建筑的最后工作，几个农民青年工匠正吃饭，他就和他们坐到一张小桌上，拒绝我为他另外置饭的考虑，而且很快就和那些青年工匠聊得嘻嘻哈哈。

　　那天饭后我领他到灞河川道里散步，春夏相交时节的河川正是最丰满的景色，麦子孕穗，豌豆结荚，河水清冽，水鸟恋情于水上沙滩。我和张月赓在水边说话，蒙老师已脱了鞋袜，涉水到河心露出水面的大石头上，掬膝而坐，环顾四野。老张对我说，看看，老蒙陶醉于大自然的韵味里去了。我却想到他说过他也是来自农村，考上大学才进入西安，他也许沉入童年农村生活的回味，那是对一种熟悉的却又久违了的生活的回嚼。老张说，我们还是不要扰乱老蒙的情绪。于是，我俩就顺着水边走下去，走过半里多远，回头望过去，蒙老师仍然坐在那块露出河心的大石头上凝神不动，像一尊石雕。当我们终于涉过河水，走上对岸的沙堤会面以后，蒙老师第一句话就是：现在才最清醒地感觉到城市单元楼的全部可怕了！

认识蒙老师不久，他即向我提出，你以后在什么地方发表东西，告诉我一声，说清报纸杂志的名字和期号，我一定会找到的。如果你有多余的寄给我一份更好了。他没有说要这些东西作何用。我也没有问，以为他想看看我的创作发展罢了。自此以后，我就如约把我在一些杂志和报刊发的东西寄给或送给他。他看罢后，往往就成为我们再见面时的话题。此后他又提出，让我把此前发表过的全部作品送给他一览，包括"文革"前的几篇很难称为作品的习作以及"文革"当中曾使我汗颜的几篇小说，我把存留下来的全都背去给他看了。当他后来送还给我的时候，已经替我编了码，整理得有条有理了。

后来，他约我认真谈一次，不仅是创作，还有生活的历程。那天在一间储藏杂物的屋子里我们谈开了，有他的三四个学生一起谈，整整谈了一天，从家庭谈到读书和工作的整个历程，谈到第一次对文学感兴趣以及后来走过的坎坷的创作之路。谈话虽然杂乱无章，却也是我自己一次较为认真地回顾。不久他和学生把我的谈话整理成文，打印成册，并送给我几份。我仍然搞不清他费这么大的力气的用意，只是以为他想了解我的生活和文学经历而已。但有一天他告诉我，《笔耕》文学评论组拟出版一本评论西北五省活跃的中青年作家的评论集，《笔耕》的主要评论家每人写一个作家，我的评论由他写。他说，我现在才觉得可以给你说这个话了，关于你的评论我可以写了。又过了好些日子，有一天收到他的信，说文章已写完，让我去看看。我一看就愣住了，洋洋三万言，已经誊写清楚，名曰《陈忠实论》。那本书规定只能容纳一万字，他就节选出一万字编入了，整个文章后来发表在《文学家》杂志上。看罢文章我才明白，此间我们几次见面，几次交谈，都是他对我的创作的一些思考，和我交换看法。那些看法成为他的评论文章的重要论点。我无意评说这篇文章。我对这篇文章的看法早已与他谈过，尤其使我感动的是他做学问的那种认真精神，为了这篇文章，他间接和直接搬了多少工夫啊！

　　大概正在他酝酿写作这篇文章的时间里，我在《延河》上发了一篇《答读者问》的创作谈。他看罢即写信给我，说他想不到我说的"最喜欢的作品是《梆子老太》"的话，约我谈一下。此前他曾谈过他不大欣赏《梆子老太》，认为与其他中篇相比是次一些的。我说，不是我觉得这部中篇写得好与不好的问题，我喜欢这部中篇只是因为《梆子老太》改变了以往以故事和情节结构作品的手法，是以人物结构的，是创作试验。他仍然申述这篇作品不好的原因，而且有点激动。于是，我们第一次发生了争论。争论的结果是他仍然把自己的观点写进了评论。我因此反而更敬重他：一个认真做学问的人的品格本该如此。

　　今天离蒙老师去世已很久，回忆我和他从相识到相知的十个年头里，我们已经有过多少次倾心的交谈：他催我奋进，给我安慰。可如今，天上人间，何处话衷肠……

晶莹的泪珠

我手里捏着一张休学申请书朝教务处走着。

我要求休学一年。我写了一张要求休学的申请书。我在把书面申请交给班主任的同时，又口头申述了休学的因由，发觉口头申述因为穷而休学的理由比书面申述更加难堪。好在班主任对我口头和书面申述的同一因由表示理解，没有经历太多的询问便在申请书下边空白的地方签写了"同意该生休学一年"的意见，自然也签上了他的名字和时间。他随之让我等一等，就拿着我写的申请书出门去了，回来时那申请书上就增加了校长的一行签字，比班主任的字签得少自然也更简洁，只有"同意"二字，连姓名也简洁到只有一个姓，名字略去了。班主任对我说："你现在到教务处去办手续，开一张休学证书。"

我敲响了教务处的门板。获准以后便推开了门，一位年轻的女先生正伏在米黄色的办公桌上，手里提着长杆蘸水笔在一厚本表册上填写着什么，并不抬头。我知道开学报名时教务处最忙，忙就忙在许多要填写的各式表格上。我走到她的办公桌前鞠了一躬："老师，给我开一张休学证书。"然后就把那张签着班主任和校长姓名和他们意见的申请递放到桌子上。

她抬起头来，诧异地瞅了我一眼，拎起我的申请书来看着，长杆蘸水笔还夹在指缝之间。她很快看完了，又专注地把目光留滞在纸页下端班主任签写的一行意见和校长更为简洁的意见上面，似乎两个人连姓名在内的

一九九四年与母亲在作协后院

十来个字的意见批示,看去比我大半页的申请书还要费时更多。她终于抬起头来问:

"就是你写的这些理由吗?"

"就是的。"

"不休学不行吗?"

"不行。"

"亲戚全都帮不上忙吗?"

"亲戚……也都穷。"

"可是……你休学一年,家里的经济状况也不见得能改变,一年后你怎么能保证复学呢?"

于是我就信心十足地告诉她我父亲的精确安排计划:待到明年我哥哥初中毕业,父亲谋划着让他投考师范学校,师范生的学杂费和伙食费全由国家供给,据说还发三块钱零花钱。那时候我就可以复学接着念初中了。我拿父亲的话给她解释,企图消除她对我能否复学的疑虑:"我伯伯说来，他只能供得住一个中学生；俺兄弟俩同时念中学，他供不住。"

我没有做更多的解释。我的爱面子的弱点早在此前已经形成。我不想再向任何人重复叙述我们家庭的困窘。父亲是个纯粹的农民，供着两个同时在中学念书的儿子。哥哥在距家四十多里远的县城中学，我在离家五十多里的西安一所新建的中学就读。在家里，我和哥哥可以合盖一条被子，破点旧点也关系不大。先是哥哥接着是我要离家到县城和省城的寄宿学校去念中学。每人就得有一套被褥行头，学费杂费伙食费和种种花销都空前增加了。实际上轮到我考上初中时已不再是考中秀才般的荣耀和喜庆，反而变成了一团浓厚的愁云忧雾笼罩在家室屋院的上空。我的行装已不能像哥哥那样有一套新被子新褥子和新床单，被简化到只能有一条旧被子卷成小卷儿背进城市里的学校。我的那一绺床板终日裸露着缝隙宽大的木质板面，晚上就把被子铺一半再盖上一半。我也不能像哥哥那样由父亲把一整袋面粉送交给学生灶，而只能是每周六回家来背一袋杂面馍馍到学校去，因为学校灶上的管理制度规定一律交麦子面，而我们家总是短缺麦子而苞谷面还算宽裕。这样的生活我并未意识到有什么不好，因为背馍上学的学生远远超过能搭得起灶的学生人数。每到三顿饭时，背馍的学生便在开水灶的一排供水龙头前排起五六列长队，把掰碎的各色馍块装进各自的大号搪瓷缸子里，用开水浸泡后，便三人一堆五人一伙围在乒乓球台的周围进餐，佐菜大都是花钱买的竹篓咸菜或家制的腌辣椒，说笑和争论的声浪甚至压倒了那些从灶房领取炒菜和热饭的"贵族阶层"。

这样的念书生活终于难以为继。父亲供给两个中学生的经济支柱，一是卖粮，一是卖树，而我印象最深的还是卖树。父亲自青年时就喜欢栽树，我们家四五块滩地地头的灌渠渠沿上，是纯一色的生长最快的小叶杨树，稠密到不足一步就是一棵，粗的可做檩条，细的能当椽子。父亲卖树早已打破了先大后小先粗后细的普通法则，一切都是随买家的需要而定，需要檩条就任其选择粗的，需要椽子就让他们砍伐细的。所得的票子全都经由哥哥和我的手交给了学校，或是换来书籍课本和作业本以及哥哥的菜票我的开水费。树卖掉后，父亲便迫不及待地刨挖树根，指头粗细的毛根也不轻易舍弃，把树根劈成小块晒干，然后装到两只大竹条笼里挑起来去赶集，卖给集镇上那些饭馆药铺或供销社单位。一百斤劈柴的最高时价为一元五角，得来的块把钱也都经由上述的相同渠道花掉了。直到滩地上的小叶杨树在短短的三四年间全部砍伐一空，地下的树根也掏挖干净，渠岸上留下一排新插的白杨枝条或手腕粗细的小树……

作者的父亲

我上完初一第一学期，寒假回到家中便预感到要发生重要变故了。新年佳节弥漫在整个村巷里的喜庆气氛与我父亲眉宇间的那种根深蒂固的忧虑形成强烈的反差，直到大年初一刚刚过去的当天晚上，父亲便说出了谋划已久的决策："你得休一年学，一年。"他强调了一年这个时限。我没有感到太大的惊讶。在整个一个学期里，我渴盼星期六回家又惧怕星期六回家。我那年刚十三岁，从未出过远门，而一旦出门便是五十多里远的陌生的城市，只有星期六才能回家一趟去背馍，且不要说一周里一天三顿开水泡馍所造成的对一碗面条的迫切渴望了。然而每个周六在吃罢一碗香喷喷的面条后便进入感情危机，我必须说出明天返校时要拿的钱数，一元班会费或五角集体买理发工具的款项。我知道一根丈五长的椽子只能卖到一元五角钱，一丈长的椽子只有八角到一元的浮动价。我往往在提出要钱数目之前就折合出来这回要扛走父亲一根或两根椽子，或者是多少斤树根劈柴。我必须在周六晚上提前提出钱数，以便父亲可以从容地去借款。每当这时我就看见父亲顿时阴沉下来的脸色和眼神，同时，夹杂着短促的叹息。我便低了头或扭开脸不看父亲的脸。母亲的脸色同样忧愁，我似乎可以看；而父亲的脸眼一旦成了那种样子，我就不忍对看或者不敢对看。父亲生就的是一脸的豪壮气色，高眉骨大眼睛，统直的高鼻梁和鼻翼两边很有力度的两道弯沟，忧愁蒙结在这样一张脸上似乎就不堪一睹……我曾经不止一次地产生过这样的念头，为什么一定要念中学呢？村子里不是有许多同龄伙伴没有考取初中仍然高高兴兴地给牛割草给灶里拾柴吗？我为什么要给父亲那张脸上周期性地制造忧愁呢……父亲接着就讲述了他得让哥哥一年后投考师范的谋略，然后可以供我复学念初中了。他怕影响一家人过年的兴头儿，所以压在心里直到过了初一才说出来。我说："休学。"父亲安慰我说："休学一年不要紧，你年龄小。"我也不以为休学一年有多么严重，因为同班的五十多名男女同学中有不少人都结过婚，既有孩子的爸爸，也有做了妈妈的，这在五十年代初并不奇怪，新中国成立后才获得上学机会的乡村青年不限年龄。我是班里年龄最小个头最矮的一个，座位排在头一张课桌上。我轻松地说："过一年个子长高了，我就不坐头排头一张桌子咧——上课扭得人脖子疼……"父亲依然无奈地说：

"钱的来路断咧！树卖完了——"

老师放下夹在指缝间的木制长杆蘸水笔，合上一本很厚很长的登记簿，站起来说："你等等，我就来。"我就坐在一张椅子上等待，总是止不住她出去干什么的猜想。过了一阵儿她回来了，情绪有些亢奋也有点激动，一坐到她的椅子上就说："我去找校长了……"我明白了她的去处，似乎验证了我刚才的几种猜想中的一种，心里也怦然动了一下，她没有谈她找校长说了什么，也没有说校长给她说了什么。她现在双手扶在桌沿上低垂着眼，久久不说一句话。她轻轻舒了一口气，扬起头来时我就发现，亢奋的情绪已经隐退，温柔妩媚的气色渐渐回归到眼角和眉宇里来了，似乎有一缕淡淡的无能为力的无奈。

她又轻轻舒了口气，拉开抽屉取出一本公文本在桌子上翻开，从笔筒里抽出那支木杆蘸水笔，在墨水瓶里蘸上墨水后又停下手，问："你家里就再想不出办法了？"我看着那双带着忧郁气色的眼睛，忽然联想到姐姐的眼神。这种眼神足以使任何被痛苦折磨着的心平静下来，足以使任何被痛苦折磨得心力交瘁的灵魂得到抚慰，足以使人沉静地忍受痛苦和劫难而不至于沉沦。我突然意识到因为我的休学致使她心情不好这个最简单的推理。而在校长班主任和她中间,她恰好是最不应该产生这种心情的。她是教务处的一位年轻职员,平时就是在教务处做些抄抄写写的事,在黑板上写一些诸如打扫卫生的通知之类的事,我和她几乎没有说过话,甚至至今也记不住她的姓名。我便说:"老师,没关系。休学一年没啥关系,我年龄小。"她说:"白白耽搁一年多可惜!"随之又换了一种口吻说:"我知道你的名字也认得你。每个班前三名的学生我都认识。"我的心情突然灰暗起来而没有再开口。

她终于落笔填写了公文函,取出公章在下方盖了,又在切割线上盖上一枚合缝印章,吱吱吱撕下并不交给我,放在桌子上,然后把我的休学申请书抹上浆糊后贴在公文存根上。她做完这一切才重新拿起休学证书交给我说:"装好。明年复学时拿着来找我。"我把那张硬质纸印制的休学证书折叠了两番装进口袋。她从桌子那边绕过来,又从我的口袋里掏出来塞进我的书包里,说:"明年这阵儿你一定要来复学。"

我向她深深地鞠了躬就走出门去。我听到背后咣当一声闭门的声音,同时也听到一声"等等"。她拢了拢齐肩的整齐的头发朝我走来,和我并排在廊檐下的台阶上走着,两只手插在外套的口袋里。走过一个又一个窗户,走过一个又一个教室的前门和后门,校园里和教室里出出进进着男女同学,有的忙着去注册去交费,有的已经抱着一摞摞新课本新作业本走进教室,还有从校门口刚刚进来的背着被卷馍袋的迟来者。我忽然心情很不好受,在争取到了休学证后心劲松了吗?我很不愿意看见同班同学的熟悉的脸孔,便低了头匆匆走起来,凭感觉可以知道她也加快了脚步,几乎和我同时走出学校大门。

学校门口又涌来一拨偏远地区的学生,熟悉的同学便连连问我:"你来得早!报过名了吧?"我含糊地笑笑就走过去了,想尽快远离正在迎接新学期的洋溢着欢跃气浪的学校大门。她又喊了一声"等等"。我停住脚步。她走过来拍了拍我的书包:"甭把休学证弄丢了。"我点点头。她这时才有一句安慰我的话:"我同意你的打算,休学一年不要紧,你年龄小。"

在毛泽东用过的书桌前

　　我抬头看她，猛然看见那双眼睫毛很长的眼眶里溢出泪水来，像雨雾中正在涨溢的湖水，泪珠在眼里打着旋儿，晶莹透亮。我迅即垂下头避开目光。要是再在她的眼睛里多驻留一秒，我肯定就会号啕大哭。我低着头咬着嘴唇，脚下盲目地拨弄着一块碎瓦片来抑制情绪，感觉到有一股热辣辣的酸流从鼻腔倒灌进喉咙里去。我后来的整个生命历程中发生过多少这种酸水倒流的事，而倒流的渠道却是从十四岁刚来到的这个生命年轮上第一次疏通的。第一次疏通的倒流的酸水的渠道肯定狭窄，承受不下那么多的酸水，因而还是有一小股从眼睛里冒出来，模糊了双眼，顺手就用袖头揩掉了。我终于扬起头鼓起劲儿说："老师……我走咧……"

　　她的手轻轻搭上我的肩头："记住，明年的今天来报到复学。"

　　我看见两滴晶莹的泪珠从眼睫毛上滑落下来，掉在脸鼻之间的谷地上，缓缓流过一段就在鼻翼两边挂住。我再一次虔诚地深深鞠躬，然后就转过身走掉了。

　　……

　　二十五年后，卖树卖树根（劈柴）供我念书的父亲在癌病弥留之际，对坐在他身边的我说："我有一件事对不住你……"

我惊讶得不知所措。

"我不该让你休那一年学！"

我浑身战栗，久久无言。我像被一吨烈性梯恩梯炸成碎块细末儿飞向天空，又似乎跌入千年冰窖而冻僵四肢冻僵躯体也冻僵了心脏。在我高中毕业名落孙山回到乡村的无边无际的彷徨苦闷中，我曾经猴急似的怨天尤人："全都倒霉在休那一年学……"我一九六二年毕业恰逢中国经济最困难的年月，高校招生任务大大缩小，我们班里剃了光头，四个班也仅仅只考取了一个个位数，而在上一年的毕业生里我们这所不属重点的学校也有百分之五十的学生考取了大学。我如果不是休学一年当是一九六一年毕业……父亲说："错过一年……让你错过了二十年……而今你还算熬出点名堂了……"

我感觉到炸飞的碎块细末儿又归结成了原来的我，冻僵的四肢自如了，冻僵的躯体灵便了，冻僵的心又噔噔噔跳起来的时候，猛然想起休学出门时那位女老师溢满眼眶又流挂在鼻翼上的晶莹的泪珠儿。我对已经跨进黄泉路上半步的依然向我忏悔的父亲讲了那一串泪珠的经历，我称呼伯伯的父亲便安然合上了眼睛，喃喃地说："可你……怎么……不早点给我……说这女先生哩……"

我今天终于把几近四十年前的这一段经历写出来的时候，对自己算是一种虔诚祈祷，当各种欲望膨胀成一股强大的浊流冲击所有大门窗户和每一个心扉的当今，我便企望自己如女老师那种泪珠的泪泉不致堵塞更不敢枯竭，那是滋养生命灵魂的泉源，也是滋润民族精神的泉源哦……

何谓良师
——我的责任编辑吕震岳

大概是七十年代末的最后一年的初夏,关中平原正勃发着一年四季里最迷人的景致,复苏的中国文学界亦如这自然界的景致一样撩拨着新老作家们的创造欲望。那时候,我去刚刚恢复不久的陕西作家协会参加一个什么会议,认识了吕震岳先生,直到今年春天我去他的灵堂前点燃一炷紫香,无论如何都抑制不住涌流的泪水了。

那次会议即将结束时,吕震岳来到我住的房子。"你是陈忠实吧?"问过我的名字又自报家门,"我是吕震岳,陕报文艺部的。"我便让座倒水,尤其是对一位年长于我的头发已显得稀疏的老编辑,因为头次见面,愈是礼仪敬重。他坐下后没有寒暄和客套,直接谈明来意,约我给陕报文艺版写篇小说:"你以前的几篇小说我看过,很不错,有柳青味儿。"我便应诺下来。他又叮嘱说:"一版顶多只能装下七千字,你不要超过这个数就行。"说罢就告辞了,干脆利索。

我那时候的心态刚刚调整过来。三年前的一九七六年春天,刚刚恢复的《人民文学》约我到北京参加一个写作笔会,我写了一篇适应当时反"走资派"的小说在该刊物上发表了,引起较多反响。随着"四人帮"的倒台和在一切领域里的拨乱反正,我在社会政治领域里的巨大欢欣与在写作上的挫折,形成剧烈的心理冲突,直到一九七八年的冬天,仍然陷入在真实的又不想被人原谅的羞愧之中。记得我当时正在灞河河堤的会战工程中领工,我和指挥部的同志住在河岸边土崖下的一座孤零零的瓦房里,生着大火炉睡着麦秸铺。正是在被春汛严逼压迫着的紧张的施工过程中，我先后读到了两篇记忆犹新的短篇小说，先是发表在《人民文学》上的陕西青年作家莫伸的《窗口》，后是被后来公论作为新时期文艺复兴潮声的刘心武的《班主任》。莫伸比我年轻许多而刘心武和我同龄，然而都是崭露头角的文学新人，都是从刚刚解冻的文坛土壤里蹿出来的惹人眼目的新苗。我读着这些优美的小说不由得联想到自己的失挫，更深地陷入羞愧之中，便把全部激情都转移到我所指挥着的河堤工程上。

直到这个工程完工的一九七八年秋天，我便调入西安郊区文化馆。我再三地审视自己判断自己，还是决定离开基层行政部门转入文化单位，去读书去反省以便皈依文学。郊区文化馆在小寨，有两处办公用房，一处在小寨俱乐部的小楼里，住着大多数文化干部和文化领导；另一处是"文革"前的老文化馆所在地，全部是平房，已破落残损，有三四位干部挑着好点的房子住着，院中荒草尽兴地繁衍着。我便选了东南角一间空房，把一卷铺盖卸下来，掉下来的半张顶棚的苇箔经民工重新搭吊上去，残留在墙上的黑墨标语被我用报纸糊住了……我便坐下来读书。窗外是农民的菜地，生长着日渐膨大的白菜，白菜地的畦梁上插长着绿头萝卜，也是日渐粗壮着。我从早读到晚，或借或买，图书馆里获得解禁的小说和刚刚翻译出版的国外的即使获过诺贝尔奖对我们却陌生的大家名作，一概抱来阅读。目的只有一点，用真正的文学来驱逐来荡涤我的艺术感受中的非文学因素。"四人帮"可笑的"三突出"创作原则因为太离谱姑且不论，十七年里极"左"的文学创作的理论和思想，都不是真正意义上的属于文学自己的因素，是强加以至强奸文学的非文学因素。对于非文学因素的荡除和真正的纯文学因素的萌生，对写作者来说，用行政命令是不行的，只有用阅读真正的文学作品来荡除，假李逵只能靠真李逵来逼其消遁。

我的自我审视和自我选择在我的感受里是正确的。阅读使我进入了真正的五彩缤纷的小说世界，非文学的因素基本被廓清了，我才觉得我正临门属于真实的文学的殿堂。信心也恢复了，羞愧的心理得到了调整，创作的欲望便冲动起来。直至今天，我依然难忘一九七八年的那个自虐式的阅读和反省的冬天，每每经过翠花路看见历史博物馆的漂亮建筑群，我便想到我曾居住过的那间房子和窗外的菜地，但现在都荡然无影了。一九七九年春节过后，我在那间小房子里重新开始写作小说了。正是在我刚刚涌起新的创作激情时，我遇见了吕震岳，他向我约稿。

我十分珍惜吕震岳的约稿，同样是那个羞愧心理的继续。那篇反"走资派"小说所产生的对我的看法，仍然是我的神经最敏感的因素，因而对那些依然还约我稿的编辑，更多的是一种被信赖被理解的感遇之恩了。由是，便想着应该尽力写好一篇小说送上，不致使这位初次见面的长兄失望。然而正在构思中的一篇小说篇幅较大，原计划给《人民文学》的，不怕长，便想着写完这个短篇之后，接着为陕报老吕再写，七千字是一个不能突破的限制。这时候，接到吕震岳一封信，信皮和信纸上的字，都是用毛笔写的，字很大，虽称不得作为装饰和卖钱的书法，却绝对可以称作功夫老到的文人的毛笔字。内容是问询稿子写得怎样了，一月过去了怎么没有见寄稿给他。我读罢便改变主意，把即将动笔要写的原想给《人民文学》的这个短篇给老吕，关键是怎样把原构思的较大的篇幅压缩到七千字

一九八二年在创作会上发言

以内。如果就结构而言，这个短篇是我的短篇小说中最费过思量的一篇，及至语言，容不得一句虚词冗言，甚至一边写着一边码着纸页计算着字数。写完时，正好七千字，我松了一口气，且不说内容和表现力，字数首先合乎老吕的要求了。这就是《信任》。

稿子写成心里又有点不踏实，主要是内容。这篇小说写一位挨整受冤的农村基层干部，以博大的胸襟和真诚的态度对待过去整他的"冤家仇人"，矛盾甚至很尖锐。写成后我又有点踌躇，当时正是伤痕文学如苦水怒潮般汹涌，控诉祸国殃民的"四人帮"，社会生活中亦是平反冤假错案刚刚激起社会各阶层强烈反应的普遍性情绪，围绕着"四清"运动的矛盾，农村社会的新的矛盾和社会心理也很尖锐和复杂。这篇小说以这样的人物出现，会不会引起误解？我一时拿不定主意，就带着稿子去找老朋友张月赓，让他给看看，以较为客观的眼光给我把握一下。

张月赓还住在西安晚报社的两层简易居室里，一大间屋子没有隔间，既是卧室也是书房又兼着会客用。部队作家丁树荣已先在座，见面自然都很高兴。我说了事由，便拿出刚刚写完的稿子，二人连续着读了，对我申明的担心以为是多余。丁树荣很热情，说他和老吕很熟悉，正好还要去找老吕，可以替我捎带上稿子。我就把稿子交给丁树荣，夹没夹一纸给老吕的短笺已经忘记了。我第二天就下乡参加夏收劳动去了。

从把稿件交给丁树荣那天起，恰好一周时间，《信任》便在《陕西日报》的文艺版面上刊出了，时间是一九七九年六月三日。这是我自有投稿生涯以来发表得最快的一篇作品。我听到了我周围的熟识的行政干部的议论，尚不敢完全轻信，以为可能有更多的鼓励的因素。又过了大约不足半月，我刚刚从乡下参加夏收劳动归来，又接到吕震岳一封信，意思说作品发表后引起普遍反响，已收到不少读者来信，让我到报社去看看那些读者来信的评说。

我心里便有点按捺不住，骑上自行车绕大雁塔那条路奔东大街的陕报去了。似乎是一种潜意识，我尤其看重读者的反应，想听听文学圈以外的各个阶层各种职业的读者的评说，直到今天依然是这种心理。这应该是我第二次和吕震岳见面，老吕对我似乎已经是老早的熟人一样随意了。记得我见他第一面留下的最深刻的印象，便是他说话的高嗓子大调门。这回在他的编辑桌旁，不仅依然着这种说话，笑声同样是高腔大声，用畅快用爽朗这些词来形容似乎总不到位。他的情绪很兴奋，完全是一种编发了一篇引起普遍反响的稿子的由衷的快慰。他一边给我述说着丁树荣怎样捎稿给他，他读后的感觉和抓紧处理稿子以促使其尽快见报；一边用右手频频做着手势。我是深深地被感染被感动了的。一个职业编辑，一位长我起码十岁的老兄，毫不掩饰他的兴奋之情，像年轻人一样手舞足蹈着高声叙说着哈哈大笑着，给我一种赤诚热心而不无天真的强烈印象，他随之把一摞读者来信取出来交给我，感慨地说，看看，刚发表十来天，来了多少信说这个作品。

我一封一封读着那些从全省各地发往报社的信，禁不住眼热欲泪。不完全因为他们对我的一篇小说说了怎样的好话，更多的是我太需要他们对我的"信任"了。因为那篇写反"走资派"的小说造成的不良影响，我企图以新的创作来挽回，挽回那些可能弃我而去的读者，重新建立我和读者的真诚的信赖。那一封一封热情洋溢的信向我证明了最基本的这一点，正是我最心虚着企望充实的一点。然而其中有一封信，以不屑的口气评说《信任》，更以不屑的口气讥讽着我，说我在"文化大革命"期间写过适应时风的小说，现在又倒过来写什么《信任》，等等。我以为他说的是基本客观的事实，他肯定读过我过去写的几篇以阶级斗争为主调的短篇小说。不屑的讥讽的口吻不是批评的关键，亦可促使我更进一步作人生和文学的反省。这些信后来由老吕选发了三篇，在《作者·读者·编者》专栏里，我也看到了。有趣的是，十五六年后，我躲在渭南一家招待所里写几篇应急的短文，有天晚上宾馆（招待所）经理来和我聊天，说那三篇被选发的读者来信中，有一篇是他写的。他写那篇读后感式的信的时候，正在渭南地区所辖属的一个县的水利局工作，接近基层农村，强烈地感觉到，因为几十年阶级斗争扩大化给许多无辜的群众和优秀的基层干部造成的伤害，在实施平反冤假错案的过程中，又出现了新的矛盾和对立，甚至出现简单的个人之间的报复行为。他对这篇小说里的主人公对待同类矛盾的襟怀十分感动，以为是化解阶级斗争造成的人为矛盾的有远见的途径，忍不住便写了那封信。其实，他平素只是喜欢读书看报，并不搞写作，后来几经工作调动，现在已是这家宾馆的经理了……听来真是令人感慨系之。

　　至今依然记忆犹新的是，由丁树荣把稿子捎给老吕之后，我就到西安北郊的一个生产队参加夏收劳动去了。按当时干部下乡的习惯，自行车后架上捆绑着被褥卷儿，车头上的网袋里装着洗漱用具。大约十天或半月的下乡期满回到郊区文化馆里，《信任》已经发表多日，我在紧如救火的夏收劳动中尚不得知。回到馆里之后才看到发表《信任》的版面，"信任"两字是某个书法家的手书，有两幅描绘小说情节的素描画作为插图，十分简洁又十分气魄，看着看着就觉得眼热。这是我第一次在《陕西日报》文艺副刊上发表作品，但不是处女作，此前已经有为数不少的小说、散文在杂志和报纸副刊上发表，按说不应该有太多太强的新鲜感。我不由自主的"眼热"，来自当时的心态和更远时空的习作道路上的艰难。当时的心态已如本文开头所叙的反省和调整，这篇小说的发表无疑给我以最真实的也是最迫切需要的自信。更深层的感慨发自十八年前给《陕西日报》的一次投稿。

　　一九六一年，正是后来被习惯称作"三年困难时期"最困难的那一年，我正在读高中二年级，无法化解的饥饿折磨着几乎所有人，尤其是正处于生理生长最活跃的中学生。市教育局为保护处于这个不幸年代的学生，采取了非常措施，取消晚自习，自然也就取消一切作业，实行"劳逸结合"来对付饥饿，老师只需完成课堂授课而不再批改作业，学生只需接受老师的讲授而不再去做任何科目的作业题，消耗热量的体育课干脆废除不上了。我突然发现空闲的时候太多了，空闲得令人反而不习惯起来，自然就把课余的时间和精力全都用到阅读和写作这个爱好上头来。我和我的同样爱着文学的朋友常志文，找到了一个既省钱又能读到新书的办法。每天晚饭后，我俩悄悄溜出学校后门，抄田间近路步行到距学校十余华里的纺织城商场，直奔书店。靠在装满各种书籍的书架立柱上，抽出昨天正在读着的那本书继续读下去，直到大约九点或九点半钟商场统一关门，我再最后看一眼正在阅读着的页码，合上书装进书架然后离开书店。那时候没有"微笑服务"，更没有礼宾小姐站在门口躬身欢语"欢迎光临"的礼仪，却不拒绝如我一类无钱买书的人连续阅读自己感兴趣的书。我和我的朋友便从来时的小路再走回灞河岸边的这所由孙蔚如先生创办的中学，我俩关于阅读心得的交流一直继续到校门口才收住。上床睡觉以前，先喝一大碗盐水哄自己入眠，因为饥饿早已搅得肠胃疯狂起来。在往来二十余华里的疾步运动中，本来就没有吃饱的晚饭早已被消化光光了。这样的课余活动的运动量和对热量的损耗，可能远远超出了做作业和一周只有两节的体育课。

同样在这一段没有功课压力的轻松日子里，我和常志文、陈鑫玉三位文学爱好者组织起来一个文学社。苦于喜欢文学而总是找不到创作的门路，文学社就被命名为"摸门小组"。仅这个名字就可以看出我们当时对于创作的心境和情态，不无猴急和彷徨。成立文学社的同时决定创办文学墙报，名字定为"新芽"，不无才露尖尖一角的小荷的含意。这是一个纯文学的墙报，不是那种为纪念各种重大节日所办的壁报。"新芽"发表小说、散文和诗歌，必须是文学社成员自己创作的，当然也欢迎同学投稿。

创刊号上，刊登了我的一篇散文《夜归》。陈鑫玉鼓动我把这篇散文投给报刊，我缺乏勇气，终未敢把它投出。我的朋友却把它另写下来，寄给了《陕西日报》文艺部。大约不到一月时间，鑫玉某天从家里来就兴奋地告诉我，说报社来信了，他兴奋激动的表情，自然传递给我某种希望，某种侥幸混合着的急切心理。信的内容是肯定了这篇散文的长处，也指出了缺陷，关键词是让我修改一下，尽快寄去。我到此刻才真正地激动起来，似乎真的就要"摸"到那个神圣而又神秘的"门"了。我很快做了修改，又寄出去了，此后便开始了急切而又痛苦的等待。等待来信通知一个几乎让人不敢奢望的消息。等待中天天到学校的阅报栏去看《陕西日报》，自然是发表文艺作品的第三版。这是我创作生涯中发生的关于投稿的第一次等待，第一次感受那种企望和失望交织着的急切和焦灼的心情。奇迹终于没有出现，我在随之到来的高考的紧张准备中把此种情绪排挤开去。

结束高中学业，高考名落孙山，我在最初的别无选择的痛苦中回到家乡，被公社选拔为民办老师，这才真正开始了我的业余文学创作。次年

与良师吕震岳交谈

春天,我重新把《夜归》做了修改,再次投给《陕西日报》,不久又来了信,肯定了长处也提示了不足,仍然让我修改后再寄去。我又一次陷入期待的焦灼之中。久久的等待中,我终于忍耐不住,借着学校到西安举办什么活动的机会,找到了社址设在东大街的《陕西日报》。我在报社门口踌躇着趔摸着,想不出进入报社文艺部该怎么开口的措辞,自卑和羞怯的浓雾挥斥不开。我终于硬着头皮走了进去,看见文艺部的几张办公桌前坐着几位编辑,我朝门口那一位发出了问询。关于我的这篇散文,均不在在座的编辑手里,便推测肯定在一位已经下乡锻炼的编辑手中,可他大约需要半年才能结束劳动锻炼。那位好心的编辑很诚恳地暗示我,凡是能发的稿子,肯定会交代给编辑部的。既然没有交代我的那篇散文,肯定是发表不了的了。这次投稿和第二次修改又失败了,我走出《陕西日报》深长的院庭甬道时,直接的感觉是,那个"门"还遥不知其所在,任何轻易"摸"到的侥幸心理自然云散了,反倒轻松了,当然不可排解自卑。我至今无法判断当时在座的编辑之中有无吕震岳，因为我除了和那位同样不知姓名的编辑说话之外，几乎不敢乱瞅乱看别的人。我站在陕西日报社门口，回望一眼那拱形的门楼和匆匆忙忙进进出出大门的人，还是免不了自惭形秽的自卑。这是我平生第一次走进一家报刊的大门，目的是问询自己投递的一篇习作，留下的记忆难以泯灭。在我被老吕邀请到他的办公室去看读者来信的时候，我心里涌起的便是十几年前头回进入时的复杂心理的记忆。我和老吕聊起这件事，老吕哈哈大笑着说他毫无记忆，那时候出出进进文艺部的各路业余作者太多了。我至今也无法弄清那位两次写信鼓励我修改后再投的编辑是谁，他每次写信都不署姓名，只缀着文艺部的落款。直到一九六五年春天，我把这篇散文打破原先框架，重新构思重新写作，名字改为《夜过流沙沟》，只是没有勇气投给"省报"而改投"市报"，不久就在《西安晚报》文艺副刊上发表了。这是我的变成铅字见诸报刊的第一篇习作，历经四年，两次修改，一次重写，五次投寄，始得发表。我在感激《西安晚报》那位发表它的编辑的同时，也感激《陕西日报》那位两次给我写信鼓励我修改的不知其名的编辑。在这篇散文漫长的修改过程中，我在"摸门"，或者叫作最初的探索；在从事这个容不得任何侥幸的事业的起始阶段，这篇处女作的修改和发表的漫长过程，实际上是我进行文学基本功练习的一个缩影。我和老吕聊起这件事，除了艰苦跋涉的感慨之外，还有一种心理补偿的欲望，我想那位给我两次写信的编辑最好能在此刻在这个办公室出现，我会向他致以最真诚的问候和感谢。他的那两封信，是我写稿投稿生涯中第一次收到的报刊编辑的信。老吕也感慨着。

七月号的《人民文学》转载《信任》。那时候，《小说月报》等一类选刊还没有创办，《人民文学》辟有转载各地刊物优秀作品的专栏，每期大约一两篇。

八十年代的头一个春天到来时，《人民文学》编辑向前给我写来一封信，告知《信任》已获一九七九年度全国优秀短篇小说奖。那时候的评奖采用的是读者投票的方法，计票的结果一出来，前二十名便被确定下来。我当即将此事告知了吕震岳，他和我一样高兴。现在回想起来，无论是我，无论是他，当时似乎没有把这个获奖看成有什么太了不得的。倒是后来愈来愈觉得这种全国性评奖真是了不得的。一是这种奖项被看作一种标志，评职称升工资等等都成为一个硬件；二是这种评奖的竞争愈来愈趋激烈，单就每年一次的短篇小说评奖，已经取缔了读者投票的方法，改由评委投票，非文学因素影响评奖的事时有传闻。我并非超脱文坛，亦非淡泊名利。我从来不说淡泊名利的话。我至今以为，文坛本身就是一个名利场，淡泊不了的，除非你离开。问题的实质在于以什么手段去提高"知名度"和获取"利"，唯一可靠的途径只能是拿出自己独特感受的作品来，即以文学的因素实现文学创作的目的，任何非文学的因素都是无法奏到长久之效的。一个不足七千字的短篇获奖，不可能决定我未来创作的发展，未来的路才刚刚开始。我对自己未来的创作发展不仅没有十分的自信，甚至依然着自卑的惶惑。因为任何一位能被我们记住的作家，都不是凭一个小小的短篇而铸就自己的文学成就，证明自己的文学才能的，这是文学史的ABC。作为职业编辑的吕震岳，更有丰富的经历和经验，早看多了作家创作发展的种种，所以更多地仍然是说着"多读多思索"的鼓励我的实话。颁奖的通知到来时，我的心里丝毫未动，我的农民夫人突发心脏病月余，我须陪她去医院看病，便请假缺席了。

　　作为新时期文艺复兴的第一项全国文学奖——短篇小说奖，这是第二届评奖，发奖仪式很隆重，我在报纸上看到了消息。之后某一天，我用自行车带着病情稍轻的夫人从城里看病回来，走到距家尚有七八华里的一个村子，迎面停下一辆小汽车，走出《陕西日报》的文艺评论家肖云儒来。他们开车到了我的村子扑了空，折回来时碰到了。他说报社文艺部领导很重视《信任》获奖，作为报纸副刊的作品能在全国获奖尚不多见，约我写一篇获奖感言的短文，老吕因身体不适而委托他来。我后来写成了一篇《我信服柳青三个学校的主张》的创作谈，这是我从事写作以来第一次写谈创作的文章。

　　这一年，《陕西日报》文艺部发起了"农村题材小说征文"，老吕给我写来一封信，鼓励我应征。我已经从原郊区文化馆分配到灞桥区文化局，被提拔为文化局副局长，兼文化馆副馆长。为了能避免琐细的事务性干扰，我住在灞桥镇的文化馆里，潜心读书写作。接到老吕的信，我写了短篇小说《第一刀》，不需叮咛便明白七千字的版面极限。这篇小说同样得到老吕的欣赏，以一周的最快速度见报。此后，又收到了一批读者来信，选发了三篇。这是写农村刚刚实行责任制出现的家庭矛盾和父子两代心理冲突的小说，引起读者的普遍关注是可以理解的。尽管在征文结束后被评了最高等级奖，我自己心里亦很清醒，生动活泼有余，深层挖掘不到位。然而关于农村经济改革的思考却由此篇引发，发展到我的第一个中篇小说《初夏》的最后完成。

一九八二年我的第一本小说集子《乡村》出版，在我赠送书籍的名单上自然不可或缺老吕。这本集子里有他鼓励催促下写成的三篇小说，且是在我创作发展的关键时期有着特殊意义的作品。这年冬天，我调到省作协专业创作组。在取得对时间的完全支配权之后，我的直接感觉是走到了我的人生的理想境界：专业创作。我几乎同时决定，干脆回归老家，彻底清静下来，去读书，去回嚼二十年里在乡村基层工作的生活积蓄，去写属于自己的小说。尤其是读书，需要弥补未能接受大学中文系专修的知识亏空和心理空虚，需要见识中外大家名著所创造的艺术大观，更深一步进入真正的艺术世界，揣摸真正的文学的本来内蕴，以彻底排除非文学因素和出于各种用意强加给文学的额外负载，接近再接近真正的文学的本义。我记得我到陕报去和老吕说了归乡的打算，他仍然高调门感叹着好好好，真诚地说，写作靠热闹是不行的，得拿出好货来。

回到祖居的老屋，反而有一个不长的适应期。偶尔有文学朋友和约稿的编辑找到村子里，都是我十分愉快的事，包括传来许多文坛最新的消息和趣闻。偶尔收到老吕的信，仍然是老文化人的个性明显的毛笔字，或问讯或约稿，读来十分温馨。中篇小说《初夏》在《当代》发表以后，接到老吕一封长信，说他对这篇小说特别喜欢，不完全是因为《第一刀》的缘由。到这篇中篇获《当代》文学奖时，我告诉了他这个消息，老吕像小孩一样拍着简易沙发的扶手大声慨叹起来，似乎验证了他的阅读感觉。他说他在什么报纸上看到《当代》的广告目录，专意到邮局的报刊门市部买来了杂志，读完便给我写了那封长信。乃至一九八六年上海文艺出版社出版我的以《初夏》冠名的第一个中篇小说集子，我拿到书后，从乡下赶到西安，找到老吕家里。其时他已退休，住在炭市街的平房住宅里。我送上这本集子，他翻着看着，说那本集子里收编的几个中篇大都读过了。他告诉我，凡是他在什么杂志上发现我的作品就一定要读，凡是他听说我在哪里发了什么小说就自己找来读。他坦率地说着对那些小说的感觉，好的和遗憾的诸多方面，已经远远不是《信任》或《第一刀》经他发表时的交谈深度了。这一次，是我更深地理解老吕这个人的重要接触。我真切地被这位老兄感动了。他已经退休，已经不再为报纸副刊和我打交道了，他关注我的作品和我写作的发展，至少是出于一种纯粹的关于一个与他打过交道的作者的关注，仅仅只是这个作者的作品他曾经喜欢过付出过心血，仅仅只是这个作者本人他比较喜欢，仅仅只是他希望自己喜欢的这个作者的创作更健康地发展。这就够了，这就足够我这个经他扶助的作者体会人世间那种被赞美着的真诚了；足够我再重新理解作为中国文学各类职业编辑的良苦用心了，任何时候要是还没有忘记这一点，我便相信自己的尾巴会紧紧夹住；足够我理解作为个人劳动标志很明显的创作，其实还有更丰富的社会的催人奋斗的那种力量。告别老吕，重新回到祖居的家园，《初夏》这本书也就划归昨日的黄花。我必须以新的艺术形态给老吕这样的职业文学编辑一个见面时可以再聊的话题，包括更多的还喜欢着我的小说的读者。真正的文学意义上的友谊给我的就是这种冲击力。

听说老吕病了时，我很震惊，找到他的新居里，是在一个夏天的晚上。我已得知他得了一种今天的医疗水平很难治愈的病，便约了精于摄影的郑文华去拍一张合影。我们相交整整二十年来，竟然没有拍过一张合照，我不在乎这种照相，他也不在乎这种形式的东西，二十年里我们多次见面却没有谁想到照一张合影。我到邻近的水果店铺里买了水果，也应是第一次。二十年里我多次去过他供职的编辑部和他的家里，从来没带过一件礼物，一盒烟一瓶酒都没有过。那个时期里似乎不兴这一套，我也没有这种意识，似乎拿着这种东西会使他和我都尴尬的。他现在病了，是个病人，按我的心理和习惯，看望病人带上水果是礼仪成俗的。

他坐在一架轮椅上，因为病痛所致的骨头损害，不能坐太软的沙发。他说他出院好久了，病情稳定。他比以往消瘦了，脸色尚好，仍有继往的红色，表面看不出太多的重病的疲倦和忧郁。他说话依然是朗朗的大调门高嗓子，几乎与我以往的印象没有任何变化和差异，也许是强性子的他自然显现的刚强。我和他聊了他的病情，他却更多地问我现在的工作和写作，不无惋惜之意，甚至启发我赶快离开西安，重新找一个地方去读书去写作。他那么感慨着对我的深层理解，写到这程度太不容易了，再浪费时间就损失太大了……云云。我无言以对，也不想对他说出我的苦恼。如他一样的感慨我已从许多朋友口里听到，然而我不想让他再为我担这一份心。我尽量以轻松的话题和他交谈，包括回忆我们以往的趣事，他便大声愉快地笑起来。我给他留下我出版不久的五卷本《文集》，他问《白鹿原》收编在内没有。我说主要的作品全都收入了。他说他早已读过《白鹿原》，不断地感慨着从他编《信任》到《白鹿原》的阅读感觉。临到我出门时，他仍然鼓励我，什么都可以看轻、看淡，再弄出两本书来，弄到这程度太不容易了……

我收到老吕一封信，看小小信封上那很大的行书毛笔字就熟知了。打开信封，夹着他的一页短笺和一块报纸的剪贴文章，是他发表在《陕西日报》的一篇关于《白鹿原》的短论。我的心头一沉，读了短信再读短论，沉默许久都不知道该做什么。他已到骨癌晚期，忍受着怎样的痛苦，仍然还要写这样的短论，仍然还要对《白鹿原》一书获茅盾文学奖的事说他的看法和意见。其时，关于这本书和这个奖的热闹早已过去，我已不再接受关于这个话题的媒体采访。《白鹿原》一书自出版以来的五年时间里，我看到过许多评论家、作家、记者和读者的或长或短的评论文章，说长道短在我已经于心不惊平静听取了，然而老吕的这篇短文一下子把我推入情感的波涛之中，无论如何我都不能把它看作是一篇"评论"……这是我收到的老吕的最后一封信，那功夫老到笔力遒劲的毛笔字啊！

今年春天，我接到老吕家属的电话，是哽咽着的女声报告的噩耗。当晚我赶到老吕家里，只能面对一幅围裹着黑纱的相片了。我站在灵桌前腿就颤抖起来了，看着照片上那昂昂的朗朗的面容，泪水一下子涌流出来，想叫一声老吕也终于哽塞得叫不出声。他的夫人告诉我，他把我送他的那套《文集》，一直在桌子上用书夹夹着，而没有塞进他的书架，直到他去世。我又一次涌出泪水，却说不出任何话来。

　　走在夜晚的东大街上，五彩的霓虹灯光是这座古城的新的姿容。天上似乎落着细雨，我木然地走着。我的小说中那个被我赞美也被我批判着的白嘉轩的生命感叹竟从我的心里涌出来了：世上最好的一个文学编辑谢世了！

为了十九岁的崇拜

——追忆尊师王汶石

一

第一次看见王汶石，大约是七十年代初的事。

记不清是谁家举办的一次业余作者会议，我也参加了。那时候的时代用语为"工农兵业余作者"，会议也称为"学习班"。柳青、杜鹏程、王汶石等小说大家出席了会议，成为业余作者们最大的兴奋点。会后大家在一起聊天，话题仍然围绕着第一次看见自己崇拜仰慕已久的这几棵文学大树，说自己的印象，随后就给他们相起面来。比较一致的看法是，柳青像一只苍鹰，杜鹏程像一匹马，而王汶石则更像一只狮子。这种比拟不单是初见他们的面孔和体形做出的形象化概括，而且融入了对他们作品的阅读印象，是对人的形象气质和作品的艺术气质综合起来的归结。

第一次见到王汶石之前，我已经读过他发表和出版的全部小说。短篇小说集《风雪之夜》里的十几个短篇，作为范本不知读过多少遍了，一个个活灵活现的乡村人物至今依然储存在记忆里，一幅又一幅关中乡村生活的逼真场景和细节依然记忆犹新。现在回味起来，对我而言，柳青的《创业史》和王汶石的《风雪之夜》的最直接的启示，是把小说的艺术真实和生活真实的距离完全融合了。尤其是我生活着的关中乡村，那种读来几乎鼻息可感的真实，往往使人产生错觉，这是在读小说还是在听自己熟悉的一个人的有趣的传闻故事。我对创作的迷惘和虚幻的神秘幕纱可以撩开了，小说的故事和人物就在我的左邻右舍里生活着。渭河平原的乡村生活所诞生的《创业史》和《风雪之夜》，丝毫也不逊色于顿河草原上诞生的《静静的顿河》、《被开垦的处女地》和《顿河故事》。我读肖洛霍夫、我读契诃夫、我读莫泊桑的作品，且不说艺术感受，单就那个作品与自己的生活实际的距离感无法消弭，这里的乡村似乎永远看不到那里发生的动人的故事。《创业史》和《风雪之夜》给我的纯粹属于创作上的启示就在于，作为关中边缘地带的灞河川道，白鹿原以及北岭骊山这些我所熟悉的地域里，同样蕴藏着小说故事和小说人物，能不能寻找、捕捉、开掘出来，全得靠自己的努力了。这样，我从最初的迷惘和虚幻之中挣脱出来，眼光落到自己脚下的土地上了。

阅读《沙滩上》的情景，于今想来仍然令人心动。

读高中二年级时，我和另外两位同样喜欢文学的朋友组织起一个文学社。我们三人合资订了一本《人民文学》杂志，新杂志邮寄到来的日子，无异于我们的圣诞节，三人轮流阅读。印象最深的有两篇作品，一是话剧本《胆剑篇》，令我们激动了好久谈论了好久；一是王汶石的短篇小说《沙滩上》，三个人几乎是接力式的迫不及待地阅读了，相约着走出学校后门和后门外的操场，翻过灞河长堤和柳树林带，在灞河水边的沙滩上围坐下来，讨论起《沙滩上》来了。这样的讨论连续有三四次，都是在晚饭后的自由活动时间里进行的，每一次都持续到熄灯就寝的钟点。处于艺术创造鼎盛期的王汶石，大约不会料想得到，在星光朦胧的灞河滩上，三个读高中的农家学生正在热烈而动情地谈论着他的名字和他刚刚出台的人物——大军和囤儿的方方面面，正在把他营造的这幢瑰丽的艺术建筑拆卸开来，窥看一柱一梁以及其中的窍门……多年以后，当我每次见到他的时候，阅读和讨论《沙滩上》的这一幕就首先浮现出来。

二

一九七九年六月，我从西安北郊参加夏收劳动归来，第二天到《西安晚报》参加一个座谈会，见到杜鹏程。老杜一见面便说他看了《陕西日

创作

报》刚刚发表出来的我的短篇小说《信任》，多所赞扬，一派喜形于色的神态，令我感动。老杜又告诉我说，汶石也看了，认为很不错。这是这篇小说见报几天来，我第一次听到的文学圈里人的反应，而且是我崇敬而又崇拜着的陕西文学两棵大树的评说。

当天晚上，我回到西安南郊的郊区文化馆，门上贴着一张纸条，是《人民文学》编辑向前留的。我找到向前的住所时，她说她已经见过王汶石了，老王一见面就谈《信任》，而且建议由《人民文学》转载。随之告诉我，她已经找到《信任》读了，已经向编辑部打了长途电话，转达了老王老杜们的意见；编辑部已经找到《陕西日报》，看过了《信任》，决定七月号转载。当时已是六月中旬，七月号的《人民文学》怎么来得及转载呢？向前说，这很简单，抽掉某一篇已排定的稿子就成了。

骑车重回南郊的路上，我的心里一直不能平静，直到推开我的那间破烂的房子的门。那时候我已三十七岁，此前已经发表过一些小说和散文，对于某篇作品的好话好评虽不敢说超脱，但也不至于得意忘形。我的难以平静的心潮，完全是被老王老杜们的关爱冲击起来的。此前三年，我在刚刚复刊的《人民文学》上发表过一篇迎合当时潮流的反"走资派"的小说，随着"四人帮"的倒台以及一切领域里的拨乱反正，我陷入一种尴尬而又羞愧的境地里。经过大约两年几乎是自虐式的反思和反省，一九七九年春天我重新铺开稿纸写小说了。在这样的处境和心境里，老王老杜们的一句关爱的话和一些关爱的行动，必然会铸就我心灵里永久的记忆。我更想到另外一层，他们早已是文学大树，这样关注一个走了弯路的青年作者，在他最需要支持和处于羞愧心境的时候，做出如此热诚的举动，足够我去体味《风雪之夜》创造者的胸怀、修养和人格境界了；具有这样的人格境界的人，才能酿制出《风雪之夜》这样的蜜来。我要接受的显然不单是《风雪之夜》书的艺术，而是创造者本人的人格魅力了。许多年以后，我经历了更多的创作实践，也多多少少经历了新时期以来的文学进程，也许是增长了不少的年岁，愈来愈觉得作家自身精神境界和人格修养对于创作的关键性作用了。制约作家感受生活挖掘素材深层提炼的因素中最关紧要的一条，便是人格精神；人格精神的错位，往往会把良好的艺术天性矮化了，令人惋惜。

无论过去搞业余创作，无论后来调入作家协会搞专业创作的几十年时间里，我对陕西作家协会的唯一亲近的感情便是文学。我长期住在西安郊区乡村或城镇，或开会或办事得进城去，顺便走一趟作家协会，在《延河》编辑部坐一坐聊聊天，与同代的作家聊聊闲话。往往所能听到的，是编辑热烈议论诸如即将刊发的短篇小说《手杖》，京夫的这篇作品标志着一个阶段性的艺术突破；《人生》刚一面世就引起文学界和读者层的强烈反应，路遥的创作已显示出大家气象；邹志安的《兰鱼儿》正在编辑手中传阅，已经引起广泛兴趣；陕南一位谁也没听说过名字的作者在北京一家大刊上发表了一部中篇小说《沉默的玄武岩》，出手不凡起点很高，还有一股现代派味儿，等等。作家协会深深的庭院和几进四合院里，无论走进任何一个房子，都是这样的话题，及至国外一位作家的一部什么重要作品刚刚翻译过来，值得一读。这里的房子是二十年代建筑的中式平房，已不再现当年置建之初的宏伟和优雅，而日渐败落荒颓，陈腐磨损的桌椅和踩踏上去"吱吱嘎嘎"响着的木质地板，可感历史的沉压。然而这里弥漫着崇高到几近神圣的文学气氛，终年充溢在各个堆满稿件和墨水的编辑部里，流淌在庭院及至一墙之隔的家属楼院里。这里的人关注着本省青年作家的发展，似乎是一种职业习惯，是一种本能，而又完全是无私的，只有文学这个话题才能达到共同的兴奋点的共鸣。进入这个院庭便进入了文学的圣殿，像佛教或道教信徒进入了寺庙台观，充溢耳孔和鼻孔的全是诵经布道的谐和之音和香裱焚烧的幽微之气了。这种气氛是文学发展最相宜的气氛，任何物质的优劣难以替代的。

王汶石对《信任》的关注，只是这气氛中的一缕，而自五十年代以来所营造而成的这种唯文学是尊的气氛，正是王汶石那一代陕西老作家们力行垂范的结果。想来其实也很简单，如果文学团体里不说文学，那说什么呢？如果作家协会里没有了文学气氛，那么还有什么呢？

中篇小说《初夏》在《当代》发表后，王汶石写了一封长信给我，评说这部篇幅较长艺术上并不圆润的小说。我那时仍住在乡下，以通信的方式回答。我在祖居的老屋写这封回信的时候，总是想到十九岁时在灞河沙滩上与同学讨论《沙滩上》的情景。

我和田长山合作的报告文学《渭北高原，关于一个人的记忆》在《陕西日报》刊出以后，王汶石又以写信的方式予以论述。我读着那热情洋溢的文字，脑海里又浮现出在灞河沙滩上研读《沙滩上》的情景。

十九岁时在灞河滩上在星光下所崇拜的文学之"神"，现在既是文学前辈又是兄长般的真诚，对一个后来者的脚步和舞蹈不厌其烦地评点着纠正着，影响很自然地便挣开了艺术的层面，让我一步一步感触和体味那艺术创造者的胸襟、内宇宙和人格精神了。

三

近几年来，我有选择地参加了一些有地域特征的笔会，交识了一些作家。许多时候和许多的作家交谈起来，谈到陕西文坛的时候，他们都谈到王汶石，关心他的身体和写作。他们都谈到王汶石的短篇小说，几乎通用的一句话都是"那真是写绝了"！他们动情地回忆着自己当年阅读《风雪之夜》的艺术快感，连一些人物的细节仍然能生动地复述出来，而这些阅读的记忆少说也有三十年了。我在这种交谈中便会滋生出一种自豪感，便会加深和这些作家的交流和理解，毕竟我也在家乡的河滩上热烈讨论过《沙滩上》。他们没有机缘接触王汶石，却虔诚地尊敬着祝福着王汶石；他们没有见过王汶石的面，却记着他创造的艺术形象，及至津津乐道那些生动的细节；尽管九十年代的社会生活和文坛已经与《风雪之夜》创作的年代发生了巨大的变化，他们仍一致赞叹王汶石的创造才华，用他们的话说，整个一本《风雪之夜》真是才华横溢。

　　一次又一次的这种交谈，也给我以最切近的启示，作家凭什么活着？作家这种特殊职业的本质含义是什么？这样简单的事，往往弄出许多复杂的纷繁的文坛现象和怪事来，无一不是非文学因素搅缠的结果。作家凭作品活着，作家活着的全部意义就在于创造艺术；作家创造的艺术比作家自身的生命更恒久，无论做到了或没有做到都应该持续追求；如果游离或转移了艺术创造的兴趣和心劲，那么作家这个职业就没有任何意思了。

　　这种启示在我每一次见到王汶石的时候都有所验证，无论是在他的家里，抑或是在医院的病床上。退休在家的王汶石，给我的如一的感觉是沉静，沉静里折射出经历过高境界的艺术创造的气象和风范。而这种时候，看着那张慈和而又有力度的方形脸盘，我又想起头一回见面时造成的狮子的印象。即使在病床上，即使到了生命的垂危境地，我看到和感到的仍然是狮子的雄威和狮子的沉静。

　　面对这位老人，我总是忍不住叹惋，如果他不是那样的年纪而是与我们同龄，能生活在更为开放的当今中国，凭他对文学的专注和痴情，凭他对现实和历史敏锐的感知和深刻的理解，凭他对艺术的敏感的天性和才华横溢的表达能力，当会创造出怎样瑰丽的诗篇，远远不止一部《风雪之夜》。面对极"左"的文艺政策以及发展到摧毁一切的"文革"，天才又能如何？更多地留下的只是令他的崇拜者长久的叹惋了。

　　面对这位老人，我常常有一种幸运感甚至满足感，发展到今天的中国文坛的气象，可以让百花都有选择生存和发展的土壤和空间，这是在七十年代以前所不曾奢望的事。在我步入中年时赶上了，虽然稍有点晚，毕竟还是赶上了。在这样的催生文学绿色的气象里，如果还不能实现自己的创造理想，只能默认自己的无能了。在这样的文学环境里，我的满足感也促成一种宽容心理，对那些已经发生或继续发生着的非文学性质的事，都可以做到不辩不怨，出于一种最基本的考虑，搁在二十年以前当会如何？！况且，文学也和国家一样，继续着改革，也必须继续去完善尚不完善的诸多体制。处在这个过程之中的我，满以为可以去做自己想做的写作之事了，而不必过多在乎那些作为发展完善过程中的非文学因素。在乎了势必耗费精力浪费生命，这恰恰是我最浪费不起的东西……我比王汶石们幸运多了。

　　王汶石经历的病痛折磨，是我所经见的最难忍受的。我不想叙述他的令人惨不忍睹的病痛的折磨，也不想宣扬他顽强的生命力以及痛苦折磨下的狮子般的沉雄和幽默，这一切总归是令人心酸的事。而无论作为十九岁时便形成对他崇拜的青年，无论是作为一直受到他关注关爱的一个作者，无论是作为后来在作协管着点事的我，对于他在卧病期间为着医疗费用而受的额外的折磨，业已成为我无法化解的一块良心的死结！

敲响城门的远方乡党

和这个人握住手的一瞬，我的胸膛里发生了非同寻常的响动，同时就有终于有此机缘的默然慨叹。

这个人叫安胡塞，哈萨克斯坦陕西村的村长，一个远方归来的乡党。他原本姓安，取了个异族色彩很明显的名字胡塞，想来是入异乡而随其俗的一个标志。他一开口说话，却是满口最地道的关中东府腔调，地道得比当今西安及其周边人的口语腔还要纯正与古朴。也许是受普通话的持久性影响，许多太过费解的方言土语和太过艰涩的发音，西安城里乃至郊区的本地人都不说不用了，但安胡塞一如既往满口满腔地说着。在我的听觉感受里，却不单是品咂家乡原生态口语的韵味，更在他这原生态口语里所隐伏着的悲惨不堪的历史。那是1877年的清朝同治年间，左宗棠镇压为生存抗争的陕西和甘肃的回民，从陕西关中一直把他们打杀驱赶到天山脚下时，仅剩下一万多人；翻越天山时又遇到暴风雪，有幸翻过天山逃脱劫难者只有三千多人……这不堪的一页已经翻过去一百三十多年了。

现在和我挨肩坐着的安胡塞，就是那侥幸逃过劫难的三千人中的一位安姓回族人的第四代传人。他的祖宗和那些逃亡者进入中亚地区，在楚河岸边停下了长途跋涉的脚步，落脚定居。楚河的那边属今天的哈萨克斯坦辖治，楚河的这一岸是吉尔吉斯斯坦的领土，那时候都统属于沙俄，他们却浑然不知。他们看到的是一眼望不到边的水草茂密的草原，当地人竟然不种庄稼只放牧牛羊，真可惜了这一方好水沃土。他们停下脚便开荒种地，把从渭河平原上带过去的粮食和蔬菜种子，撒播到中亚楚河两岸向来没有垦植过的土地里……直到有一天，一位或者几位沙俄官员来到他们的驻地，瞅了又瞅这一伙穿着长袍、拖着长辫子的"怪人"，便开口盘问，第一个问题就是，你们是从哪里来的？他们谁也不敢说明真实的来路，只含糊地说出一个大的方位，是从东岸子来的。这样，在沙俄帝国的众多民族里，又添加了一个东干族。这个"东干"族名，显然是"东岸"的音译。关中人说到四个方位时很少说东边西边南边北边，多是说东岸西岸南岸北岸，而且习惯在末尾顺带一个子字。我从小听惯了也说惯了这样的方位指向词，现在和乡党说起来也还会顺口说东岸子西岸子这样的话。本属中国回族的一伙移民，却成了沙俄和后来的苏联以及今天的哈萨克斯坦、吉尔吉斯斯坦和乌兹别克斯坦的东干族。

我第一眼看到东干族乡党似曾相识的面孔时，竟然下意识地从坐着的沙发上站了起来。那是一九九三年陕西电视台播放的春节晚会；一位来自中亚的东干族演员出现在荧屏上。这位被称也自称黑老五的人，头戴一顶草原牧民习惯戴的高顶皮帽，开口便叫了一声："乡党！黑老五回来咧！"我就是在那一声地道而动情的乡音里站起身来的。这是太过久远却又令我闻之耳热心跳的一声乡音，是逃亡到中亚的三千多乡党在近一百三十年后第一个返回故乡的后人发自肺腑的声音。黑老五的脸色不仅不黑，而且泛着俊气和喜色，他演唱着一首古老的民歌，歌曲的音调只有关中平原才会产生，我听来再贴切不过。而那首民歌的歌词在我却颇为陌生，也就甚感新鲜，如果不完全是我孤陋寡闻，在我生活的这个时段和空间大约已经失传了。却在中亚地区的东干族乡党中完整地传承下来。接着在一九九四年的陕西电视台的春节晚会上，一位名为侯赛因的乡党跃上荧屏，比之英俊的中年汉子黑老五，他的如雪一般银白闪亮的头发，成为舞台上的一个亮点。他同样表演的是关中民谣《一对牛》，内容是说一个已经贫困至极的农民，却连续遭遇一个又一个倒霉事，诸如借牛耕地打破犁铧，收获的麦子不及种子多，天上下冰雹穿过房顶的窟窿打破了孩子的头，等等。他的绘声绘色又极尽诙谐幽默的表演，惹起一阵又一阵笑声，谁都很难看出这是一位七十二岁高龄的老人。这首民谣我似曾相识，大约是少不更事的幼童时期听婆说给我的，自然比不得曾荣获苏联人民演员称号（苏联七十年命名人民演员不足十人）的侯赛因声情并茂且惟妙惟肖的表演了。这"一黑一白"——黑老五和银白头发的侯赛因——两位远方归来的乡党美好而亲切的形象，至今依旧清晰地呈现在我的眼前。尽管侯赛因现已谢世，但他当时模仿的那个乡村倒霉蛋逼真而又滑稽的动作和生动诙谐的音调仍留在我的记忆之中。

无论是"一黑一白"舞台表演的语言声调，抑或是坐在我右首的安胡塞，都是百余年前的原生形态的关中语言。这倒不难理解，他们生活在楚河两岸，无论是那边的哈萨克人，还是这边的吉尔吉斯斯坦和乌兹别克斯坦的各族人，没有能听懂或会说汉语的人，更谈不上关中话了。这样，

一九九〇年代的陈忠实

他们便形成一个完全封闭的语言环境，任何影响他们关中语言和语音发生变化的因素都不存在。他们学会了俄语和所在地的民族语言，那是走出家门作为社会交流的工具，一旦走进家门或面对同族乡党，便是更为顺口也更为自如的关中话了。因着环境的封闭，对许多社会事象以及生活世相的称谓，竟然原封不动地保留着清朝的词汇，至今把政府机构称"衙门"，把警察称"衙役"，把政府官员笼统称作"大人"，把总统或首相仍然称为"皇上"或"皇帝"，把无论小学或大学一律称为"学堂"。有意思的是，他们把从事写作的作家称为"写家"，我斟酌起来，似乎"写家"比"作家"更切合从事写作这种职业的特点。最具直观的服装，依旧保持着清代关中民间的样式，男人的礼帽和长袍，女人的偏襟上衣、裤子和裙子都有绣花彩饰。出门上班，尤其是到各级衙门（政府）或学堂（学校），都是西装革履或校服；回到自己村子里，却更习惯自家的裤褂和手纳的布鞋；尤其是结婚喜事，绝对要穿长袍马褂和彩裙……二○○九年，时任陕西省省长的袁纯清到中亚几国访问时走进了陕西村，听着那些久远而纯正的原生态关中话的热烈问候，又看了东干族孩子用关中话表演的文艺节目，竟然激情难抑，跟着孩子们唱起来。孩子们表演的是民间儿童歌谣：娃娃勤，爱死人；娃娃懒，拿个棍棍儿往出撵……尤其是这些孩子唱起至今不仅在关中而且在全国也唱红了的秦腔歌谣：他大舅他二舅都是他舅，高桌子低板凳都是木头，走一步退一步全当没走，哭了笑笑了哭糊里糊涂……在陕西工作多年的袁纯清省长，向来是满口湘音普通话而不说一句陕西话的，此时竟忍不住和这些东干族人用关中话对话了——这次破例被传为佳话。

听到这些传闻，我便自然想到，我如若有幸在那种场合里，不仅关中话会派上用场，可能忍不住会和孩子们唱起来。前一曲教孩子学勤勿学懒的歌谣，婆和母亲不知给我念过多少回。多是在她们让我干活而我贪玩不做的时候；后一曲歌谣全是逗人一乐的大实话，话剧《白鹿原》的编剧孟冰要编主题歌曲，让我为他提供关中地域色彩浓厚的民间歌谣，我不假思索便说出了这一首，他当即选中。这首主题歌曲由华阴老腔艺人演出，成为话剧《白鹿原》的一个热点，由此被邀请到许多地方去演唱。设想我若有机缘到哈萨克斯坦或吉尔吉斯斯坦的陕西村，能看到听到这些东干族孩子唱我唱过的童谣和民歌，当会是一种无可比拟的享受。把隔绝一百三十年的关中与中亚的时空，在这幼童演唱的歌谣里消弭了。

还有一种太过沉重的声音。

每有从中亚楚河两岸陕西村回来的东干人，都要到西安城的西门前，用拳拍击那古老而宽大的明代修建的城门，然后高呼三遍："我回来了！"安胡塞告诉我，多年前他第一次回到西安，出火车站便直奔西门，拍打着西门门板的时候，热泪涌流，含泪高呼着"我回来了"。三声呼喊过程中，曾祖父、祖父和父亲都映现在眼前，他们的夙愿由他实现。

这是一个太过久远的东干人的共同夙愿。被左宗棠驱赶打杀的关中回民，是从西安城的西门逃亡而去的，西门便成为他们背离家园的一个情结。逃亡的回民领袖叫白彦虎，一个既有较高文化修养又兼过人武功的青年汉子。率领着回族父老兄妹翻过天山到达楚河两岸定居之后，他仍然成为异国他乡里乡党的核心。他为这一伙逃过劫难的幸存者的生存费尽心力，不幸染病不起，正当中年而早逝。在他告别人世的一刻，他对他的乡亲说了一句话：回到陕西，要拍打西安的西门，要连说三遍"我回来了"。白彦虎的遗愿在东干人里一辈一辈传递着，这一令人震撼的敲门的声音，却是一百多年后才敲响的。二十世纪九十年代初，前述的"一黑一白"两位东干族表演艺术家，当属第一拨实现白彦虎遗愿的东干人；安胡塞多次回到西安，每一次回来都要去拍敲西门门板，为着白彦虎，为着自己，也为着现在生活在中亚的十余万东干人。

东干人保存着原生态的关中语言和生活习惯，却丢失了汉语文字。逃亡到中亚的三千多回族男女，多为不识字的文盲，迫于新的生存环境的适应和必需，他们和他们的孩子，都接受了俄语和所在地的民族语言，几乎没有人会读会写汉字了。作为十余万人的陕西村的大村长，安胡塞向哈萨克斯坦有关部门打了报告，申请在东干族人聚居区的学校开设汉语课程，却因为师资和经费等多重困难而一时难以实施。安胡塞又多方奔走另辟蹊径，于十年前把五名东干族孩子送到西安上学。由陕西方面予以资助，他们已经在西北大学读到三年级了，汉语水平得以提升。现在，经安胡塞多年持续不懈的努力运作，已有十六名东干族学生在西安和兰州学习过，汉语语言的空白被填上了开创意义的一笔。

作为村长的安胡塞，为陕西村十余万村民的公益事业热心奔走于陕西和中亚之间，也有自己一个沉积太久的心事，便是想找到祖宗曾经生活过的村子，用中国流行的话说是寻根。从他逃亡到哈萨克斯坦的曾祖父传留下来的甚为模糊的关于村庄的方位是四句话：出门是稻田，抬头见南山，门前有条河，河上有座桥。当他回到西安向人打听这种地理特征的地方时，谁都难以说出具体答案。因为秦岭在陕西段的被称作终南山的北麓，多有从山谷里流出的小河盘绕，河两岸都是稻麦两熟的肥沃良田，小河上多有木桥。这种景象自东而西铺开好几百里，安胡塞却搞不清祖居村庄的名字，说大地寻针也不为过。他便先到离西安最近的长安县走访打问，竟然在一个小铺店和一位女性的闲聊中发现了线索。无须赘述那个太过曲折的问祖寻根过程，他终于找到了本族且为本家的同辈弟弟安和平，其中一个至为关键的因素，是安姓同族每一辈人姓名之中相同的那个字。安和平保存的族谱上，最近的四辈是兴——长——吉——庆。安和平即属庆字辈，遗憾的是他没有遵庆字取名，按祖制规矩应为安庆平；安胡塞尽管没有族谱，却记着祖传的上几辈人的名字，正合着安和平族谱上的辈分，逃亡到哈萨克斯坦的曾祖父就是兴字辈人，叫安兴皇，曾祖父的弟弟叫安兴虎。口头惯称太爷和二太爷。

我这回能和安胡塞握手，就是安和平牵线搭桥。现在，安胡塞坐在我右首的贵宾位上，安和平坐在我左首位上。圆桌上还坐着几位西安的回族朋友，说当年的往事，叙今天的生活，在我是一种少有的别一番感受。安胡塞送我一顶哈萨克人习惯戴的高而且尖的皮帽（就是黑老五戴的那种）。我戴上和他合影留念，似乎我就此成了他这个村长领导的陕西村的村民。

二〇一一年六月二十日　二府庄

一个人的邮政代办点

每当和媒体记者或纯粹的朋友叙旧，对我当年蜗居乡下十年写作的生活形态多有兴趣，其中和外部世界的沟通方式是一个常被问到的话题，我便如实相告，主要依赖一条邮路，无论写信说事或投寄刚刚写成的小说稿，都是到一个邮政代办点去办理。这是一个仅有一人撑持业务的"邮局"，在我却铸成永久的记忆。

二十世纪八十年代初，我在获得专业创作的自以为人生的最佳境地的同时，便决定回归乡下祖居的老家，求得一个耳目清静的环境，却不是陶渊明式的避世隐居。我在这里可以坐下来潜心阅读业已解禁的世界名著；可以平心静气回嚼二十年乡村生活，形成新的作品；我几乎本能地关注着生活运动尤其是乡村世界的变化，自然缺少不得一份报纸，能否每天看到当日的地方报纸，成为一个小小的却也揪心的问题。多年来每天读报的积习已经成瘾，不读似乎就有一种缺失或亏欠。读报之所以成为一个问题，我居住的老家的地理环境的制约是根本原因。

我祖居的村子虽然距西安不过五十华里，却是一个被地理环境限制着的"死角"。村庄位于白鹿原北坡根下，再往北不过两三公里便是闻名古今的骊山南麓，形成一条狭窄的川道，其间自东往西流过一条被秦始皇曾祖改名的灞河（原名滋水）。直到二十世纪七十年代中期，才开通了一条砂石公路，我的祖居的村子是这条公路的终点，尽管十天半月也未必能驶来一辆汽车，但是乡民出行推车挑担骑自行车毕竟方便得多了。我回到这样环境的老屋里，首先想到如何能读到当天的报纸。得知这里的邮递员仍旧是我熟悉的那位姓史的乡党，便找到他商量。他做这方地域的邮递员已经多年了，仍然属于邮局聘用的农民工，未能获得邮局正式职工的资格。他负责我所在的这个乡镇东半部的十余个村庄的报纸和信件的投递业务，半边是白鹿原的北坡上的村庄，下边是坡根下一排小村庄，每天要上坡下川跑一圈儿，可以想见其辛苦。和他说明订报的意图，他笑着解释，东边三个村子没有一户报纸订户，只是在有重要信件时，他才骑车去某个村子。我当即明白，如果我要每天读到当日报纸，就意味着他必须比往常多跑五里路，仅仅是为了给我送一张报纸。我确实于心不忍，便和他商量了一个省事的办法，把我所订的报纸投送到他每天必经的村子的我的一位亲戚家，由我走读上中学的儿子放晚学时顺便捎回来。这样，每天傍晚儿子回家，正好是我停歇工作的时候，坐在祖居的小院里，借着尚未暗淡的天光，打开《参考消息》，看世界的这个和那个角落又发生了什么值得关注的大事和趣闻，还有贴近我生活的《西安晚报》，既有国家大事的新闻，更有城市和乡村的新鲜事和某些人的劣行。我曾在该报上读到一位农村女人首创家庭养鸡场的新闻报道，竟然兴奋不已，随之便搭乘汽车追到西安西边的户县，花了两天时间进行采访，先写了一篇报告文学发表在《西安晚报》，后又以其某些事迹演绎成八万字的中篇小说《四妹子》，这是我写农村体制改革最用心也最得意的一部小说。

　　每有或长或短的小说或散文写成，或者要投寄一封信，我便骑自行车赶到八华里远的邮政代办点。这个邮政代办点设在一所军事大学里。这所军事大学始建于二十世纪五十年代末，地址选在白鹿原北坡向里深凹的一个大豁口里，据说可以隐蔽空中侦察。军事大学于六十年代初开学，为了这所规模非凡的军事院校通邮的方便，邮政局便在校内设立了一个邮政代办点。这样，我生活的这方地域，破天荒地有了一个可以订阅报纸也可以寄信寄物的邮政机构，当地近十公里内的乡民跟着军校沾光了。我也是受益者之一。

　　邮政代办点设在军校大门内右侧的一排平房里，仅仅只占一间小平房。我把自行车撑在路边，便拿出要寄的稿件或信件，走到开着的窗口，便看见一张熟悉的面孔，不笑也不惊讶，却在眼神里显示出"你来了"的意象。我便先开口说我要办的事，如果是寄信，便说要几张邮票；如果是邮寄稿件，便把封好的信递给他，让他在桌旁的磅秤上称一下重量，然后在算盘上算出邮资的钱数，我交了钱，他撕下邮票给我。我用他摆在窗台上的糨糊贴好邮票，再把装着文稿的信封给他。他砸上有"挂号"字样的邮戳，仍然不说话，眉宇和眼神里显示出"办妥了"的意象，我也不便多嘴，点点头便告辞了。

我至今依然记得那张面孔，以及那脸上的表情。那张面孔的脸色微黄偏白，很洁净；眼睛不大也不小，永远是一种平和的神色；鼻梁不高不细更不歪，端正而庄重。他的形象和他的神态，完全专注于案头的工作，多余一句客套话都不说，更不会有东拉西扯的闲话乃至废话了。有一次交办完邮件离开他的窗口时突然想到，他是和我短言少语呢，还是对所有人都如此这般？我便侧立一旁抽烟观望。一位穿戴整齐的军校女学员走到窗口，手里拿着一个包扎规整的邮包送进窗口，肯定是称重量，然后看见她从窗口接过邮包，很认真地贴邮票，之后就把邮包再送进窗口，转身离开了。我大约只听见一两句简短的对话，是说多少邮资的话。一位同样年轻的男军人走到窗口，和那位女军人的过程如出一辙。接着看到一位穿戴不凡的中年女人走到窗口，从衣着打扮和走路的太过自信的姿势，我猜测这是一位军校高干的夫人（此军校属军级级别）。她走到窗口，却不寄邮任何东西（如需邮寄东西，肯定有通讯员代办），只听她嗓门很响亮地向窗口内询问，只听见她的问话声，却听不到窗口里他的声音，约略可以听得出来，她给远方老家的邮件，怎么还没收到？需要多少日子才能到达××省××县××公社××村子？不会丢吧……从她离开窗口时的表情判断，得到的是肯定的可以放心的答复，咣当响着的皮鞋敲击水泥路面的声音也是欢愉的。我便跨上自行车走了……这人就是不爱说话。

约略记得一次例外，在我接过邮票往信封上抹糨糊再粘贴的时候，他却主动开口了："你前日在报上登了一篇文章？"我颇惊讶，他竟关注我的写作了，便毫不迟疑地以"噢"予以肯定。他接着又说了一句："昨日回局里参加政治学习，我听大家说的。"他没说邮局里的人如何说我这篇小说或散文，倒是我很想听的话题。他却闭口再不说了，也没说他看没看那篇文章。我尽管很想听文学圈外诸如邮局的读者对拙作的看法，看着他已没有再议此事的兴趣，我也压住了想问的话不再问。

在我蜗居乡下祖屋写作的十年里，每有或长或短的小说写成，便骑上自行车，骑过后来被车碾得坑坑洼洼的砂石公路，心情却是一种踊跃，每有一篇新作写成，无论是篇幅较大的中篇小说，抑或是短篇小说，乃至三两千字的散文，在送到邮政代办点的这八华里的路途中，都是一种踊跃着的心情，砂石公路上坑坑洼洼致成的连续性颠簸，不仅破坏不了踊跃的好心情，反倒激发着踊跃的连续性。乃至赶到熟悉的邮政代办点的窗口前，和那张熟悉的脸孔对面时，领会到那眼神里又现出"你又来了"的意象，我也不说一句客套话，只把邮件送进窗口，照前办理……我已记不清十年间经他的手寄出过多少文稿和信件，却可以肯定，那十年间的文稿和信件十有八九都是经他的手办理的，寄往本省和外省的编辑朋友。更准确也很难能的是，无论稿件或信件，从来没有丢失过。在二十世纪八十年代初到九十年代初，邮寄通讯几乎是我唯一和外部世界交流的渠道，且不说乡村里不敢奢望电话，城市家庭也是稀罕物。邮政代办点的这位代办员，便成为我实现和外部世界沟通的最可靠的桥梁。

新的世纪刚刚到来，我又回到离别了七八年之久的原下的屋院，一个人住了两年，夜晚坐在院子里看从东原渐渐移向西原的月亮，早晨常常是被飞到屋檐或院中树梢上的鸟叫声唤醒，在我是一种在世界上任何地方都找不到的最踏实也最美好的感觉。写作的欲望潮起时，便在那间小书屋里铺开稿纸。每有或长或短的文章写成，依照七八年前的轻车熟路——轻便自如的自行车和大半生走得最多也最熟悉的家乡路——赶到距家八华里远的军校大门内的邮政代办点，依旧是那间门口墙上挂着绿色邮箱的平房，依旧是打开着的窗户下层的窗口，窗里桌后依旧坐着那位微黄偏白面孔的代办员，变化仅仅只是他的头顶出现了白色的头发，毕竟过去七八年了。他在看见我的一瞬，眉眼里现出一缕不易觉察却仍被我觉察到了的诧异的神色，问："你不是进城了吗？"我答："我又回来了。"之后再无话。我交办了寄件，点点头便告辞了。这两年时间里，我到这个一个人操作的邮政代办点的次数，比之前的那十年的频繁来去少得多了，我已有了手机，家里也安装了电话，无论公事或私事，急事或闲事，随时便用话机说清了，几乎不再使用写信的交流手段了，不写信也就不寄信了，只有写成新的文稿，必须赶到一个人操作着的这个邮政代办点的窗口前。我至今不会使用轻便快捷的电子文稿的传递方法，还依赖于原始的邮寄手写稿件的途径。

到了我重回乡下祖居屋院的第二年，记不清是哪个季节，我又一次骑自行车赶到那个熟悉的邮政代办点的窗口前，交办了要邮寄的稿件，刚转过身要离开的时候，窗口里的他说话了，让我等一下。我再转回身，就看见那张向来平静到不动声色的面孔，呈现着谦谦的微笑，对我说："麻烦你办点事。"我自然欣然接受，等待他说事。他依旧是少见的谦谦的微笑，以平静而又达观的语气告诉我，他很快要退休了。我不觉一愣，看不出这张呈现着中年人气色的脸，已经年上花甲了。我在发愣的一瞬，感到了心头的微微一震，顿生难舍的眷眷之情。我随之问："你竟然要退休了？看去顶多五十岁。"他却不做辩解，依旧谦谦笑着告诉我，他的孩子知道他认识我，便买了我的两本书，让他再见我的时候给书上签名。他说他退休后就难得和我见面了。我自然应诺。他破例拉开那间平房的门板，让我进屋；他把我的两本书摆在桌子上，侍立一旁，让我坐在他的椅子上。我习惯用自己的钢笔，在那两本书上签下我的名字。这应该是我最用心最认真的签名之一。他连着说了两声感谢的话。我为认识和不认识的朋友和读者不知签过多少万册书了，却不敢接受他的感谢的话。我和他握手告别。他竟破例走出门来，在我推起自行车的时候，我又握住了他的手，有点不忍松开。

二〇一一年十一月二日　二府庄

释 疑 者

一九九八年四月末尾，茅盾文学奖在京举行颁奖仪式后几日，我托白烨终于打问到了文学理论家陈涌的家居住址，两人便去拜望。

一个在通常的住宅区罕见的阔大的门。门口有军人站岗。白烨正要出示证件时，一个小女孩从里边出来引领我俩走进大门。她是陈涌家的保姆，陕西安康人，我的小乡党，真是巧了。走到内院中间，小女孩说伯伯自己也来了。矮矮胖胖的一位老人，淡淡地笑着，说他不放心进门时盘查的麻烦。一件深色的半旧的夹克服，乍看像一位闲谈的退休老工人。

这是老式结构的单元房，书房兼用会客，也就是一室住铺的小房子。早已过时的格式老旧的沙发，紫红油漆的木制茶几上全堆着书籍、报纸之类。我们三人便坐下聊天。陈涌说话很平和，他祖籍广东，语言中残留一缕乡音。我突然有种错觉，听他说着文学创作，犹如我许多年前在农村基层工作时听一位老农叙说农桑之事。

一九九七年酷暑时节，我在西安听到北京的朋友传话，陈涌认为《白鹿原》不存在"历史倾向问题"，对我无疑是一股最抒怀的清风。直到十月下旬茅盾文学奖正式开评，陈涌把这个至关重要的观点在会上正式坦陈出来。关于《白鹿原》存在"历史倾向性问题"，几年来我自信属于某种误读或误解，然而也没有超脱到不无困扰；我相信这种误读或误解终究会得到匡正释疑的，只是没有料到会在一九九七年内发生，况且是由一位年事已高的老人陈涌完成的。我虽然也久已心仪茅盾文学奖，然而这种误读的被释疑被匡正，才是我首先期待的最根本的结果。当这两个结果同时形成时，我对陈涌老人已不单是知遇，而是由衷的钦敬了。

陈涌老人告诉我，因为《白》书的阅读印象，随之对我的小说创作产生了兴趣，便自己到新华书店找我的作品集，买了华夏出版社出版的三卷本《陈忠实小说自选集》里的短篇卷和中篇卷两本，约一百万字，而且读完了，写了一篇论述我的小说创作的二万余字的长篇评论，已交《文学评论》杂志。

我当即说，你应该给我打电话，我让华夏出版社陈泽顺给你送一套书来，怎能让你上街买书。陈涌笑着摆摆手，怎能给你们添麻烦！我和白烨相视而默然不语。

我在文学圈内感觉到的印象，陈涌是一位马克思主义文艺理论家。在各种文艺理论汇聚的当今文坛，人们不一定全都赞同陈涌的某个观点，然而几乎众口一词说陈涌做人很正派。这就够了，足够包括我在内的人钦敬了。

柳青的警示
——在柳青墓前的祭词

柳青以他的整个生命所进行的艺术创造的全部历程，在今天，对我们至少有这样的警示——

作家生命的意义在于艺术创造。而创作唯一所可依赖的只有作家自己的生活体验、生命体验和艺术体验。各个作家的那些体验的独特性，在胎衣里就注定了各自作品的基本形态。

丙戌清明祭柳青

既如是，作家只能依赖自己的独特体验达到自己的文学的目的，以实现所憧憬着的艺术世界的崇高理想。企图以非文学的因素达到文学的目的，无论古今无论中外的文坛都没有永久得手的先例。

在这方面柳青堪称典范。他对自己所从事的创作这种劳动有独到的理解，更有精辟的概括："文学是愚人的事业"、"作家是六十年为一个单元"。在社会生活呈现多样化也呈现复杂化的当今，柳青的"愚人"精神对我们具有最基本的警示的意义。

柳青的一生，不单是作为作家的一生，而且是社会变革的直接参与者。他青年时代义无反顾投身革命，和平时期又毅然参与新生活的建设。柳青始终关注国家的兴旺和民族的命运，宏观如国家的重大决策，细微到生产队的计算工分的方法，他都身体力行参与实践。他的艺术神经对生活保持着一种超人的灵敏功能，因而获得了作品里的那种无与伦比的巨大的生活的真实感。这是构成柳青艺术世界常绿常青的生命之树。

真诚地而不是虚伪地关注国家和民族的命运，热情而不是冷漠地注视当代生活的进程，才能保持心灵世界里那根艺术神经的聪灵和敏锐，才会发出既宏大又婉转的回声。柳青在这一方面仍然对我们具有警示的意义。

作为艺术家的柳青，精神世界里贯注着一股强大的人格力量。他投身革命参与建设的同时也在锻铸着自己的人格，他创造艺术的同时也在陶冶自己的灵魂。他的一生留下的不仅是作品，也留下许多折射着他的人品光彩的生活故事，这些故事佳话和他的作品交相辉映，使我们看到了既作为艺术家又作为一个大写的人的柳青，文品和人品统一的柳青。尤其是在生存环境险恶的"文革"当中，柳青显示出一个民族的艺术家的铮铮铁骨和强悍的人格魅力。

面对物欲膨胀而呈现出的某些生活的混浊，某些文章和人格的扭曲和分裂的现象，柳青无疑给我们以尤为贴近的警示。

柳青以他的生命、智慧和人格所神圣过的文学，我们依然神圣。

活着，只相信诚实
——怀念胡采

我是在读了《从生活到艺术》之后，便记住了胡采的名字。

初学写作时，总以为作家创作是有窍门的，很神秘，我在高中念书时和同学共同组织的文学社就叫"文学写作摸门小组"，却总也摸不到那个窍门。读许多成功作家的创作经验之谈，多是教导青年作者说创作无捷径更无窍门，仍然不敢全信，怀疑他们掖着藏着。读了胡采的《从生活到艺术》，才确凿踏实相信创作是无捷径更无窍门的，作家创造活动的神秘过程，就是一个如何完成从生活升华为艺术的过程。反来又顿然醒悟，这不正是"窍门"吗？不过不是巫婆神汉弹玩于指掌间的神丹妙药和含混虚空的咒词，而是对文学创作本质规律的探索和揭示，是科学的理论建树。不仅使我这样刚刚开始习作的人得到启示且把目光专注于此道，而且使许多颇有声名仍然苦于不能实现更大突破的作家同样得到教益，这是我那时候从这本书出版后发生的强烈反应得到的印象。后来逐渐知晓，在文学研究和评论界，集中探究作家如何完成从生活到艺术这个既富于创造个性更富于神秘色彩领域的理论，胡采是具有开创意义的卓有建树的理论家。在教条主义和极"左"的文艺政策危害文学创作和文学研究的那些年月，胡采在这一领域探索的勇气，发端于一个真正的马克思主义文艺理论家的科学立场和对文学事业的赤诚。他的探索精神和探索勇气，不仅使那个时代的艺术家受到启示，更受到鼓舞，具有真正的科学品格的深层震撼。

这个名叫胡采的人，以他透彻的理论和不可猜测的形象，伫立于不断

丙戌清明祭黄帝

写作也不断接受退稿的我的心中。

　　我终于有机会坐在台下听胡采讲文学创作了。我终于有机会和这个人握手说话了。最清晰的记忆是一九八〇年春天,这个在我心中景仰膜拜的人向我走来了。那个春天对我来说是最明媚美好的一个春天。我刚刚发表过大约十来篇短篇小说,其中的《信任》获一九七九年全国短篇小说奖。胡采乘车来到我所在的灞桥镇的文化馆,把一篇评论我的小说的文章原稿交给我,说是要当面听听我的意见,并说明是《文艺报》约他对我的小说作评点。我现在记不清最初阅读的印象,或者根本就集中不起心力阅读那篇文章。我现在最清楚的记忆,是我总在心里反问自己,我的那几篇习作真的进入胡采的理论视野了?我也记得他平静温和地谢绝吃饭。我的又一个总体性的记忆,一座印象里的大山还原为一位睿智温厚的长者,坐在我宿舍办公合一的屋子里喝那种廉价的茶水。现在,尽管有许多关注我的理论家的专著,有读者的关爱,丝毫也不湮没一九八〇年春天胡采走进文化馆那个破落小院的情景。

　　两年后我进入胡采等老一代作家工作着的作家协会。我都记不清多少次在大会小会上听他讲创作谈文学了,也记不清多少回迎面碰见时,他总是喜欢问"农村现在怎么样、农民生活怎么样"一类问题。许多年过去，又过去了许多年。本月十五日中午当我赶到医院看见躺在病床上处于昏迷状态中的胡采的时候，突然想到同样进入生命即近终结时的父亲的脸。同样的痛苦，同样的痛苦下的平静。诚实劳动者们生命终结时的高贵的平静。一个一生只会种庄稼的农民，一个堪称卓越堪称杰出的文学理论家，在他们做人的诚实的精神层面上是融通的。

别 路 遥

一九九二年十一月二十一日在告别仪式上

我们不得不接受这样的事实，无论这个事实多么残酷以至至今仍不能被理智所接纳，这就是：

一颗璀璨的星从中国文学的天宇陨落了！

一颗智慧的头颅终止了异常活跃、异常深刻、也异常痛苦的思维。

这是路遥。

他曾经是我们引以为自豪的文学大省里的一员主将，又是我们这个号称陕西作家群的群体中的小兄弟；他的猝然离队将使这个整齐的队列出现一个大位置的空缺，也使这个生机勃勃的群体呈现寂寞。当我们：比他小的小弟和比他年长点的大哥以及更多的关注他成长的文学前辈们看着他突然离队并为他送行，诸多痛楚因素中，最难以承受的是物伤其类的本能的悲哀。

路遥从中国西北的一个自然环境最恶劣也最贫穷的县的山村走出来，为中国当代文学的繁荣创造了绚烂的篇章。这不单是路遥个人的凯歌。它至少给我们以这样的启迪，我们这个民族所潜存的义无反顾的进取精神和旺盛而又强大的艺术创造力量。路遥已经形成开阔宏大的视野，深沉睿智地穿射历史和现实的思想，成就大事业者的强大的气魄，朝着创造的目标，实现创造理想时必备的坚忍不拔的意志和艰苦卓绝的耐力，充分显示

在省政协会上

出这个古老而又优秀的民族的最优秀的品质。

路遥热切地关注着生活演进的艰难的进程，热切地关注着整个民族摆脱沉疴复兴复壮的历史性变迁，以及由此而产生的巨大痛苦和巨大欢乐。路遥并不在意个人的有幸与不幸，得了或失了，甚至包括伴随着他的整个童年时期的饥饿在内的艰辛历程。这是作为一个深刻的作家的路遥与平庸文人的最本质区别。正是在这一点上，路遥才成为具有独立思维和艺术品格的路遥。

路遥短暂的"人生"历程中，躁动着炽烈的追求光明追求美好健全社会的愿望，他没有一味地沉默也不屑于呻吟，而是挤在同代人们中间又高瞻于他们之上，向整个社会和整个世界揭示这块古老土地上的青春男女的心灵的期待，因此而获得了无以数计的青春男女的欢呼和信赖。他走进他们心中。

路遥的精神世界是由普通劳动者构建的"平凡的世界"。他在中国当代作家中最能深刻地理解这个平凡世界里的人们对中国意味着什么。他本身就是这个平凡世界里并不特别经意而产生的一个，却成了这个世界人们的精神上的执言者。他的智慧集合了这个世界里的全部精华，又剔除了母胎带给他的所有腥秽，从而使他的精神一次又一次裂变和升华。他的情感却是与之无法剥离的血肉情感。这样，我们才能破译长篇小说《平凡的世界》里那深刻的现代理性和动人心魄的真血真情。路遥在创造那些普通人生存形态的平凡世界里，不仅不能容忍任何对这个世界的过去和现在、历史和现实的解释的随意性，甚至连一句一词的描绘中的矫情娇气也绝不容忍。他有深切的感知和清醒的理智，以为那些随意的解释和矫情娇气的描绘，不过是作家自身心理不健全的表现，并不属于那个平凡世界里的人们。路遥因此获得了这个平凡世界里数以亿计的普通人的尊敬和崇拜，他沟通了这个世界里的人们和地球人类的情感。这是作为独立思维的作家路遥最难仿效的本领。

我们无以排解的悲痛发自最深切的惋惜。四十三岁，一个刚刚走向成熟的作家的死亡意味着什么。本来，我们完全可以自信地期待，属于路遥的真正辉煌的历程才刚刚开始。我们深沉的惋惜正是出自对一个文学大省、一个国家和民族的文学事业的无法弥补的损失。

一切已不能挽回于万一。所有期待即使是自信的有把握的，也都在五天前的那个早晨被彻底粉碎了。然而我们就路遥截止到一九九二年十一月十七日早晨八时二十分的整个生命历程来估价，完全可以说，他不仅是我们这个群体在更广泛的中国当代青年作家中，也是相当出色相当杰出的一个。就生命的历程而言，路遥是短暂的；就生命的质量而言，路遥是辉煌的。能在如此短暂的生命历程中创造出如此辉煌如此有声有色的生命的高质量，路遥是无愧于他的整个人生的，无愧于哺育他的土地和人民的。

以路遥的名义，陕西作协寄望于这个群体的每一个年轻或年长的弟兄，努力创造，为中国文学的全面繁荣而奋争。只是在奋争的同时，千万不可太马虎了自己，这肯定也是路遥的遗训。

路遥同志，你走完了短暂而又光辉的"人生"之旅，愿你的灵魂在"平凡的世界"里的普通劳动者中间和他们赖以生存的土地上得到安息！

何 谓 益 友

——我的责任编辑何启治

一

我终于拿定主意要给何启治写信了。

那时的电话没有现在这样便当，通信的习惯性手段依赖书信。我之所以把给何启治写信的事作为文章的开头，确是因为这封信在我所有的信件往来中太富于记忆的分量了，一封期待了四年而终于可以落笔书写的信，我将第一次正式向他报告长篇小说《白鹿原》写成的消息。

这部书稿是农历一九九一年腊月二十五日写完最后一句话的。我只告诉给我的夫人和孩子，同时嘱咐他们暂且守口，不宜张扬。我不想公开这个消息不是出于神秘感，仅仅只是一时还不能确定该不该把这部书稿拿出来投出去。这部小说的正式稿接近完成的一九九一年的冬天，我对社会关于文学的要求和对文学作品的探索中所触及的某些方面的承受力没有肯定的把握。如果不是作品的艺术缺陷而是触及的某些方面不能承受，我便决定把它封存起来，待社会对文学的承受力增强到可以接受这个作品时，再投出书稿也不迟；我甚至把这个时间设想得较长，在我之后由孩子去做这件事；如果仅仅只是因为艺术能力所造成的缺陷而不能出版，我毫不犹豫地对夫人说，我就去养鸡。道理很简单，都五十岁了，长篇小说写出来还不够出版资格，我宁愿舍弃专业作家这个名分而只作为一种业余文学爱好。无论会是哪一种结局，都不会影响我继续写完这部作品的情绪和进程，作为一件历时四年写作的长篇，必须画上最后一个标点符号才算了结，心情依旧是沉静如初的。

一九九二年初，我在清晨的广播新闻中听到了邓小平视察南方的讲话摘录。思想要再解放一点，胆子要再大一点，等等。我在怦然心动的同时，就决定这个长篇小说稿子一旦完成，便立即投出去，一天也没有必要延误和搁置。道理太简单了，社会对于具体到一部小说的承受力必然会随着两个"一点"迅速强大起来。关键只是自己这部小说的艺术能力的问题了，这是需要检验的，首先是编辑。我便想到何启治，自然想到他供职的人民文学出版社。人民文学出版社是文艺类书籍出版系统的高门楼，想着这一层还真有点心怯，"店大欺客"与否且不说，无论如何还是充不起要进大店的雄壮之气来。然而想到一直关注着这部书稿的老朋友何启治，让他先看看，听他的第一印象和意见，那是令人最放心的事。

春节过后，我便坐下来复阅刚刚写完的《白》书书稿，做最后的文字审定，这个过程比写作过程轻松得多了。大约到公历二月末，我决定给何启治写信，报告长篇完成的消息，征求由我送稿或由他派人来取稿的意见。如果能派人来，时间安排到三月下旬。按照我的复阅进度，三月下旬的时限是宽绰富余的。信中唯一可能使老何会感到意外的提示性请求，是希望他能派文学观念比较新的编辑来取稿看稿，这是我对自己在这部小说中的全部投入的一种护佑心理，生怕某个依旧"左"的教条的嘴巴一口给唾死了。

信发走之后，我才确切意识到《白》书书稿要进人民文学出版社这幢高门楼了。

二

几乎在爱好文学并盲目阅读文学作品的同时，就知道了北京有一家专门出版文艺书籍的出版社叫人民文学出版社，这是从我阅读过的中外文学书籍的书脊上和扉页上反复加深印象的，高门楼的感觉就是从少年时代形

与《白鹿原》责编何启治参加《艺术人生》节目

成的。随着人生阅历和文学生活的丰富，这种感觉愈来愈深刻，对于一个业余作者来说，这个高门楼无异于文学天宇的圣殿，几乎连在那里出书的梦都不敢做。就在这种没有奢望反而平静切实的心境下，某一日，何启治走到我的面前来了，标着人民文学出版社的牌子。

这件事的记忆是深刻的，因为太出乎意料而显得强烈。一九七三年隆冬季节，西安奇冷。我到西安郊区区委去开会，什么内容已经毫无记忆了。会议结束散场时，一位陌生人拦住了我，操着不大标准的普通话（以电台播音员为标准），声音浑厚，在他自我介绍之前，我已知道这是一位外来客了。在我周围工作和相交的上司、同辈和工作对象之中，主要是关中东部口音口语，其次是永远都令人怀疑患了伤风感冒而鼻塞不通说话鼻音很重的陕北人，那些从天南海北到西安来工作的外乡人久而久之也入乡随俗出一种怪腔怪调的关中话来，我已耳熟能详。这个找我的人一开口，我就嗅出了外来人的气味，他说他叫何启治，从北京来，从北京的人民文学出版社来，找我谈事。我便依我的习惯叫他老何。以后的二十多年里，我一直叫他老何，没有改口。

我和老何的谈话地点，就在郊区区委所在地小寨的街角。他代表刚刚恢复出版工作的人民文学出版社来西安组稿，从同样是刚刚恢复工作的陕西作家协会（此时称陕西省文艺创作研究室，以示与旧文艺体制的区别）创办的《陕西文艺》（即原《延河》）编辑部得到推荐才来找我的。他已读过我在《陕西文艺》发表的一篇短篇小说《接班以后》，认为这个短篇具备了一个长篇小说的架势或者说基础，可以写成一部二十万字左右的长篇小说。我站在小寨的街道旁，完全是一种茫然，且不用吓了一跳这样的夸张性习惯用语。我在刚刚复刊的原《延河》今《陕西文艺》双月刊第三期上发表的两万字的短篇小说《接班以后》，是我平生发表的第一篇小说，也是我自初中二年级起迷恋文学以来的第一次重要跨越（且不在这里反省这篇小说的时代性图解概念），鼓舞着的同时，也惶惶着是否还能写出并发表第二、第三篇，根本没有动过长篇小说写作的念头，这不是伪饰的自谦而是个性的制约。我便给老何解释这几乎是老虎吃天的事。老何却耐心地给我鼓励，说这篇小说已具备扩展为长篇的基础，依我在农村长期工作的生活积累而言完全可以做成。最后不惜抬出他正在辅导的两位在延安插队的知青已写成一部长篇小说的先例给我佐证。我首先很感动，不单是老何说话的内容，还有他的口吻和神色，在我感到真诚的同时也感到了基本的信赖，即使写不成长篇小说，做一个文学朋友也挺好，应该是我文学生涯以来认识的第一个北京人。二十多年过去，我们已经相聚相见过许多回，世界已经翻天覆地，文学也已地覆天翻，每一次见面，或北京或西安或此外的城市，都继续着在小寨街头的那种坦诚和真挚，延续着也加深着那份信赖。

我违心地答应"可以考虑一下"，然后就分手回我工作的西安东郊的乡村去了。老何回到北京不久就来了信，信写得很长，仍然是鼓励长篇小说写作的内容，把在小寨街头的谈话以更富于条理化的文字表述出来，从立意、构架和生活素材等方面对我的思路进行开启。我几乎再也搜寻不出推辞的理由，然而却丝毫也动不了要写长篇小说的心思。我把长篇小说的写作看得太艰难了，肯定是我长期阅读长篇小说所造成的心理感受。我常常在阅读那些优秀的长篇小说时一回又一回地感叹，这个作家长着一颗怎么样的脑袋，怎么会写出让人意料不到的故事和几乎可以触摸的人物！好在这时候上级突然通知我去南泥湾"五七"干校劳动锻炼改造，我便以此为由而推卸了这个不可胜任的压力。我去陕北的南泥湾干校之后，老何来信说他也被抽调到西藏去工作，时限为三年，然而仍然继续着动员鼓励我写长篇小说的工作。随着他在西藏新的工作的投入，来信中关于西藏的生活和工作占据了主要内容，长篇小说写作的话题也还在说，却仅仅只是提及一下而已。这是一九七四年的春天和夏天，"批林批孔"运动又卷起新的阶级斗争的旋涡……这次长篇小说写作的事就这样化解了。我因此而结识了一位朋友老何。

三

老何再一次到西安来组稿，大约是刚刚交上八十年代的夏天，我从文化馆所在的灞桥古镇赶到西安，在西安饭庄——"双十二事变"中招待过周恩来的百年老店——招待老何吃一顿饭。那时候尚不兴公款请客吃饭。我刚刚开始收入稿费（千字十元），大有陈奂生进城的那份高涨的心情，况且是从小寨街头一别七八年之后的第一次共餐。我要了西安饭庄的看家菜葫芦鸡，老何直说好吃。多年以来的几次相见相聚中，老何总会突然歪过头问我："那年你在西安请我吃的那个鸡真不错，叫什么鸡？"

他是为创刊不久的《当代》来组稿的。我仍然畏怯这个高门楼里跃出的为文坛瞩目的《当代》，不敢轻易投寄稿件。直到我从短篇小说转入中篇小说的第一部《初夏》写成，才斗胆寄给老何。这个中篇小说是我的写作生涯中最艰难的一部，历经三年多时间，修改重写四次，才得以在一九八四年的《当代》刊出。我曾在一篇短文中回味过这个至为重要的过程："在这个过程中，令人感佩的是《当代》的编辑，尤其是老朋友何启治所显示出来的巨大耐心和令人难以叙说的热诚。他和他们的工作的意义不单是为《当代》组织了一部稿子，而是促使一个作者完成了习作过程中的一次跨越，得到了属于自己的一次至为重要的艺术体验，拯救了一个苦苦探索的业余作者的艺术生命。"我说以上这些话是真诚的，更是真实的。《初夏》历经三年时间的四次修改和重写，始得以发表，不仅是鼓舞，最基本的收益是锻炼了我驾驭较大规模、较多人物和多重线索的能力，完成了从较为单纯的短篇小说的结构到中篇小说结构形式的过渡。此后我连续写作的几部或大或小的中篇小说，不论得失如何，仅就各自结构的驾驭而言，感到自如得多了，写作过程也顺利得多了。正是从自身写作的这个意义上，我是十分钦敬老何这位良师益友的。

《初夏》之后，我正热衷于中篇小说各种结构形式的探索，老何在一次见面中问我，有长篇写作的考虑没有。我很直率地回答，没有。这是实话实说。由他的突然发问，我立即想起十多年前第一次见面在小寨街头的那一幕，心里竟是一种负压感，天哪！他还没有忘记长篇小说的事。他却轻松地说，你什么时候打算要写长篇的话，记住给我就是了。

再后来的一次聚面，他又问到长篇小说写作的事。我觉得对他若要保密，是一种有违良知的事，尽管按着我的性情是很难为的事情。我便告诉他，有想法，仅仅只是个想法，正在想着准备着，离实际操作尚远。我那时候确实正在做着《白》书的先期准备，查阅县志、党史、文史资料，在西安郊县做社会调查，研读有关关中历史的书籍，同时酝酿构思着《白》书。我随即叮嘱他两点：不要告诉别人，不要催问。我知道我的这部长篇小说不会在"短促突击"中完成，初步计划实际写作时间为三年。我希望在这三年里沉心静气地做这件大活，而不要在人们的议论，哪怕是好朋友的关心中写作，更不要说编辑的催逼了。过多地谈论过分关心的问询以及进度的催问，都会给我心理造成紊乱造成压力，影响写作的心境。按着我的性情，畏怯张扬，如同农家妇女蒸馍馍，未熟透之前是切忌揭开锅盖的。

然而还是有压力产生。我已经透露给老何了，况且是在构思阶段，便觉得很不踏实，如果最终写不成呢，如果最终下了一个"软蛋"又怎样面对期待已久的老朋友呢！甚至产生过这样的疑问，按照我当时的写作的状况，中短篇小说虽已出版过几本书，然而没有一篇作品产生过轰动性效应，我清醒地知道自己的分量和位置，而老何为什么要盯着我的尚在构思中的长篇小说呢？如他这样资深的职业编辑，难道不知面对名家之外的作者所难以避免的约稿易而退稿尴尬的情景么！因为我在构思中的《白》书没有向他提及任何一句具体的东西，我自己尚在极大的不自信无把握之中。直到今天，我仍然不得其解，老何约稿的依据是什么？

　　后来的几年里，证明着老何守约如禁。每有一位人民文学出版社的编辑到西安组稿，都要带来老何的问候，进门握手时先申明，老何让我来看看你，只是问个好，没有催的意思，老何再三叮嘱我不要催促陈忠实。我常常握着他们的手说不出一句话。直到一九九一年的初春时节，老何领一班人马到西安来，以分片的形式庆祝人民文学出版社建社四十周年，在西安与新老作家朋友聚会。这个时候，《白》书书稿已经完成三分之二，计划年底写完。见面时老何仍然恪守约律，淡淡地说，我没有催的意思，你按你的计划写，写完给我打个招呼就行了，我让人来取稿。我也仍然紧关口舌，没有道及年底可以完稿的计划，只应诺着写完就报告。

　　这一年的夏天，先后有两家大出版社向我邀约长篇小说稿，一位是在艰难的情况下给我出过中篇小说集子《初夏》的上海文艺出版社的老张，我忍着心向她坦诚地解释老何有话在先，无论作品成色如何，我得守信。另一位是作家出版社老朱，她到西安来组稿，听人说我正在写一部长篇，我同样以与老何有约在先须守友道为由辞谢了。我坚守着与老何的约定，发端自十七八年前小寨街头的初识，那次将我着实吓住了的长篇小说写作的提议，现在才得以实施了，时间虽然长了点，却切合我的实际。

　　直到一九九一年末写完全部书稿，直到春节过后的一九九二年早春的某天晚上，可以确定《白》书手稿复阅修饰完成的时间以后，我终于决定给老何写信报告《白鹿原》完全脱稿的消息了，忐忑不安地要奔文学书籍出版界的高门楼了。

结识著名书画家范曾

四

老何很快复过信来，他将安排两位同志于三月二十五日左右到西安。果然，三月二十四日下午，作协机关办公室把电话打到我所在地区的灞陵乡政府，由一位顺道回家的干部传话给我，让我于二十五日早八时许到火车站接北京来客。

给我捎信传话的乡上干部刚出门，村子里的保健医生搀着我母亲走进门来，说我母亲的血压已经高过二百，必须躺下。母亲躺下后就站不起来了，半边身子麻木僵硬了，就发生在我注视着的眼皮底下。医生很快为她挂上了用以降血压的输液瓶儿。我的头都木了，北京来客此时可能刚刚乘着火车开出京城。真是凑巧了，傍晚时分还有夕阳霞光，天黑以后却骤然一场大雪。我几乎一夜未曾合眼，守护着母亲，看着院子里的雪逐渐加厚到足可盈尺。离天明大约还有一个多小时，我请来一位村人照看母亲，就踏着积雪上路了。大雪真好，从我家大门口起始，走过两个村庄和村庄之间的原野，我给处女的雪原和村巷踩出第一溜脚印。我赶上了第一班远郊公共汽车，进入作协大院时尚未到上班的钟点。我要了一辆公车赶到西安火车站，等候许久，高门楼里来的尊贵的高贤均、洪清波终于走出车站来，时间大约八时许。

高贤均和悦随意，一见面就不存在陌生和隔膜，笑起来很迷人的。洪清波更年轻，却戴着一副厚厚的眼镜，不大多说话，笑起来有一缕拘谨的羞涩，显得更加迷人。我当时想，从高门楼里出来的人怎么到了地方省份还会有拘谨的羞怯？我把他们安排到招待所，由他们自己去找饭吃找风景玩，就匆匆赶回乡下去了，只说还有两章没有"通"完，没有告诉他们还有突然躺倒吊着药瓶的母亲。我当时家分两地，夫人和孩子住在城里，我住在乡下老屋写我的书稿，母亲是过春节时从城里回到乡下，尚未回城却病倒了。这样，我一边守护着母亲监视着吊在空中的药液的降速，一边在隔壁书房审阅最后两三章手稿的文字，想到高、洪两位朋友正住在西安等着拿稿子，我第一次感到了心理紧促和压迫，这是《白》书从起头到完成四年以来从未有过的催逼感。

过了两天，我一早赶到西安，包里装着这部书稿。在远郊公共汽车上，我一直抱着这摞书稿，一种紧张中的平静和平静里的紧张。我一路上都在斟酌着把这摞书稿交给高、洪时该怎么说话才合适，既希望他们能认真审读，又不想给他们造成压力，所以以不提任何写作的构想和写作的艰难为好。这样，在作家协会招待所的客房里，我只是把书稿从兜里取出来交给他们，竟然连一句话也说不出来，那时突然涌到嘴边一句话，我连生命都交给你们了，最后关头还是压到喉咙以下而没有说出，却憋得几乎涌出泪来。其实基于一种自己对文学的理解，只需让编辑去看书稿而无须阐释。下午，我又匆匆赶回乡下老家照看母亲，连请高、洪两位新结识的朋友品尝一下葫芦鸡的机缘也没有，至今尚以为憾事。

我由此时开始进入一种完全的闲适状态。我不读任何小说，有了平生里从未发生过的、拒绝以至逆反阅读现代文学书籍的奇怪的心理状态。却突然想读古典诗词，我把塞在书架里多年未动过的《词综》抽出来，品赏那些古色古香的墨痕之中的韵味而惊叹不已。按常规我把《白》书书稿的审阅过程设想得较长，初审、复审和终审，一部近五十万字的书稿走完这个轮番审阅的过程，少说也得俩月以上，因为编辑们不可能只看这一部书稿，他们要开会要接待四面八方的来访者还要处理家务事。在他们统一结论之前，估计很难给我一个具体的说法。所以，我就在少有的娴静中等待，品赏一个个诗词大家的妙句。决然出乎意料的是，在高、洪拿着书稿离开西安之后的第二十天，我接到了高贤均的来信。我匆匆读完信后"嗷嗷"叫了三声就跌倒在沙发上，把在他面前交稿时没有流出的眼泪倾泻出来了。

这是一封足以使我癫狂的信。信中说了他和洪清波从西安到成都再回北京的旅程中相继读完了书稿，回到北京的当天就给我写信。他俩阅读的兴奋使我感到了期待的效果，他俩共同的评价使我战栗。我由此而又一次检验了自己的个性，很快便沉静下来，进入一种前所未有的舒缓静谧之中。我也才发现此前二十多天的闲适之表象下隐藏着等待判决的紧张和恐惧，只是明知那个结果尚遥远而已。这个超出预料的判决词似的信件的提前到来，就把深层心理的恐惧和紧张彻底化释了。我的全部用心都被高、洪理解了，六年以来的所有努力都是合理的，还有什么事情能使人感到创作这种劳动之后的幸福呢！随后对唐诗宋词的品赏才真正进入一种轻松自悦的心理状态。

老何随后来信了，可以想象的兴奋和喜悦，为此他等待了几近二十年，从一九七三年冬天小寨街头的鼓励鼓动到一九九二年春天他在北京给我写《白》书的审阅意见，对于他来说是太长了点，对于我来说，起码没有使这位益友失望，我们的友谊便不言而喻。随后便是如何处理书稿的种种琐细的事，我都由他去处理，我完全信赖高门楼里的这一帮编辑了。

五

《白鹿原》先在《当代》分两期连载，之后由人民文学出版社出书，中央人民广播电台和西安人民广播电台差不多同时连播，在读者和文学界迅即引起反响，这在我几乎是猝不及防的。书稿写完时，我当然也有一种自我估计，如若能够面世，肯定不会是悄无声息的，会有反应的。然而反应如此之迅速如此之强烈，我是始料不及的；尤其是社会各个阶层，非文学圈子的读者的强烈反响，让我第一次如此深刻地感受到读者才是文学作品存活的土壤。

一九九三年八月，《白》书在京召开的研讨会，是我平生所经历的最感动的一次会议。会后某天晚上，老何和高贤均找到我住的宾馆，主动与我商议修改原先的出书合同的事。按原先的出书合同，千字三十元，是九十年代初人民文学出版社执行的最高稿酬标准了。按这个标准算下来，近五十万字的书稿可得稿酬约一万五千元，这是从签订合同时便一目了然的计算，我也很兴奋一次可以拿到万元以上的大宗稿酬而进入万元户的行列了。现在，何与高给我在算另一笔账，如若用版税计酬，我将可以多得三四千元。《白》按计划经济的征订数目近一万五千册，这在一九九三年的新华书店发行征订中已是令人鼓舞的大数了。按百分之十的版税和近十三元的书价算下来，比原合同的稿酬可以多得三千多元吧。他们已经对比核算过了，考虑到我花六年时间写这一本书，能多得就争取多得一点吧。我尚未用版税方式拿过稿酬，问了半天才算明白了其中的好处，自然是乐意的。然而更令我感动的是他们替我所做的谋算，以至于如此细心。作为一本书的作者，面对这样体贴入微的编辑，说什么感谢之类的话都显得多余而俗套。

在《白》面世之后的几年里，有一些认真的或不甚认真的批评文字，无论我还是老何、老高或人文社的其他编辑，尚都能持一种平和的心态，这是文坛上再正常不过的事。然而有一种批评却涉及作品的存活，即"历史倾向性"问题，我从听到时就把这种意见看成是误读。在被误读误解的几年里，涉及《白》书的评论和几种评奖，都发生过一些不大不小的麻烦。在这些过程中，老何、老高们坚守着自己对《白》书的观点，当我事后了解某些情况时，真是感慨而又感佩，甚至因为《白》书给他们添麻烦而负疚，反倒劝慰他们。他们均表示，此种事已经不属和我的友谊或照顾关系的庸俗做法，而是涉及关于文学本身的重大话题。

大约是一九九七年酷暑时月，某天晚上老何打来电话，告诉我一个消息，说陈涌对某位理论家坦言，《白》书不存在"历史倾向性"问题，这个看法已经在文学圈子里流传开来。我听了有一种清风透胸的爽适之感，关于"历史倾向性"问题的释疑解误，最终还是有陈涌这样德高望重的文学理论家坦率直言。老何便由此预测，茅盾文学奖的评奖可能因此而有了希望可寄。约在此前半年，我和他在京见面时，老何还在为我做宽慰性的工作。说茅盾文学奖评奖的可能性不大，对《白》书而言评不评此奖意义不大，有读者和文学界的认可就足够了。我也基本是这样的心态，评奖是一码事，而"历史倾向性"问题是另一码事。我和他在评奖这件事上仍然保持着一种平常心理。现在，陈涌的话对《白》书评茅盾奖可能出现的转机仅只是一种猜估，对我来说解除"历史倾向性"问题的疑虑和误读才是最切实际的。我也忍不住激动起来，评奖与否且不管，有陈涌这句话就行了。有人说过程不必计较，关键是看结果。在《白》书终于评上茅盾文学奖这个结果出来以后，我恰恰感动的是那个过程。尤其在误读持续的几年时间里，人民文学出版社的老何老高小洪等一群坚守着文学意义的编辑，才构成了那个使我难以磨灭的动人的过程。至此，这个高门楼在我的感觉里融入了亲切温暖的感觉。

　　高门楼的人民文学出版社，凭着一帮如老何老高小洪这样的文学圣徒撑着，才撑起一个国家的文学出版大业的门面，看似对一个如我的作者的一部长篇小说的过程，透见的却是一种文学圣徒的精神。作为一个自以为文学神圣的作者，我结识老何老高小洪们，是自以为荣幸也以为骄傲的。

有剑铭为友

我无论如何都想不起来,是哪一年在什么场合和剑铭见第一面的。我想打电话问问剑铭,拿起话筒却又放下了,既不具备井冈山会师那样决定中国革命历史命运的意义,弄不弄清这个时间和地点也就无所谓了。倒是年轻时的几次接触,随着岁月的河流越流越远,反而愈加清晰,愈觉珍贵,也倍觉幸运,即:淡淡的漫长的两个人的生命历程中,能留下至今让我偶尔忆及依然动情的事,真是人生幸运。

大约是一九七二年秋天或冬天,我收到剑铭一封信,告诉我他刚刚参加过一个重要会议,陕西作家协会被下放到农村的作家和编辑又回来了,被砸烂的陕西作家协会要恢复工作了,只是不准再用"文革"前的旧称,改为"陕西省文艺创作研究室"。无论这个新的名字听来怎样别扭说来怎样拗口想来怎样不伦不类词不达意,已经无关紧要,起码标志着文学创作又被捡起来了。剑铭还告诉我,陕西的文学刊物《延河》也即将复刊,同样出于与旧的"文艺黑线"决断的思路,改名为《陕西文艺》。这个会议就是"省文艺创作研究室"和《陕西文艺》共同召开的,与会者是西安地区的一些工农兵业余作者。会议的主题之外,还有一个更具体的事,让与会者向新的编辑部推荐各自认识的业余作者,目的很明了,新的刊物需要作品,作品必得作者创作,声名赫赫的老作家有的虽然从流放地回来,改造思想的距离仍然遥远,能否重新发表作品似乎还难说。工农兵业余作者,一下子成了香饽饽受到器重了。剑铭在信中告诉我,他推荐了我,而且推荐了我刊登在西安郊区文化馆创办的内部刊物《郊区文艺》上的散文《水库情深》。

　　我首先感动的是剑铭这封信里的真挚。我也很为我心中崇尚着的一个文学刊物《延河》的复刊而鼓舞，尽管更替了一个新的刊名。我在"文革"前一年的一九六五年初发表散文处女作，到"文革"开火时的一九六六年夏天，大约发表了六七篇散文特写，全部刊登在《西安晚报》文艺副刊上。除了初中二年级时语文老师把我的一篇作文亲自抄写投寄给《延河》之外，此后许多年的业余操练和投稿过程中，从来也没有敢给《延河》投寄一稿。在我的感觉里，说文雅点，《延河》是全国大作家们展示风采的舞台；说粗俗点，那门槛太高了。怀着这种敬畏的心理，我把习作的散文都送到报纸副刊了。尽管西安地区的业余作者朋友略知我一二，而《延河》和作家协会的全然陌生是合情合理的。正是剑铭这一次推荐，荐人和荐稿，使我跨进了作家协会和《延河》的高门槛。接到剑铭信后没过几天，就接到《陕西文艺》编辑部路萌的电话，谈了他对剑铭送给他的《水库情深》的意见。随后又收到路萌经过红笔修改的稿子。这篇经剑铭推荐的散文《水库情深》，发表在《陕西文艺》创刊号上。今天想来，感慨之际，真应了某点宿命。许多年前一位游迹村野的算卦先生硬揪住我相面，说了许多恭维之词，也免不了提醒的话，统统忘记了，原因在于我向来不信这些神神道道虚虚幻幻装神弄鬼混馍吃的做派。倒是记得他有一句"紧当处有贵人相助"的话。单是在创作生涯里，再缩小到《延河》这条道上，相助的贵人有两个，一个是我刚刚对文学发生兴趣并在作文本上写小说的时候，语文老师车占鳌把我写的第二篇小说自己亲手抄写到稿纸上，投寄给《延河》。整整过了十五年，剑铭把《水库情深》又推荐给《陕西文艺》，而且发表了。我的车老师和我的文学兄弟剑铭，就是在创作道路上相助的贵人，恰如其分。

　　那时候，在西安，工人业余作者徐剑铭的名字是响亮的（那时候没人敢自称或他称作家这个大号），知名度是最高的。西安仅有的三四家省市两级报纸和文学刊物，上稿见报最频繁的莫过于他了。首先是他的诗歌，再就是当年十分流行的一种演出和阅读皆宜的称作"对口词"的韵体文学样式，还有散文和小说。打开报纸和刊物，就会看到徐剑铭的名字和他的新作。我至今依然记得在报纸上阅读散文诗《莲湖路》时酣畅淋漓的美感，激情澎湃，诗意泉涌，才华横着竖着漫溢。我所熟悉的业余作者朋友都觉得诧异，这样的诗和这样的文字，怎么会由一个缩脑耷肩貌似绺匠（小偷）的人倾泻出来？也难怪，剑铭行为举动涣散，在任何庄严的场合，都是习惯性缩着脑袋耷着肩膀不急不慌懒懒洋洋的样子；说话不急不躁，一口地道的西安市民的家常话，极少乃至不见一句文学修辞；在任何正经或闲淡的场合，都是一种低调姿态。然而就是这样一个人，那诗那散文里掀起的气象万千排山倒海似的潮涌，让我在阅读时心怀激荡不已。我窜用一句古话，是真才子自风流，显然不指外装潢，而在内宇宙。

剑铭在西安一家名牌工厂当工人，我在西安东郊一个公社当干部（乡政府），距离不过三十余华里，然而常常难得一见。上班各自忙事且不说了，那时电话很不发达，经济更捉襟见肘，所以很难有一聚吃顿饭喝回茶的机会，倒是一年里遇着哪个文艺管理部门召集业余作者开会或辅导，便是文朋诗友的盛会。大约是一九七七年，剑铭骑着自行车到我供职的公社来了。我开开门，吓了一跳，仍然是那种不动声色更不张扬的样子，身后站着李佩芝。李佩芝也算熟人，也是业余作者开会时见过，几乎很少说话，更谈不上交往。我把他和她迎进宿办合一的房子，坐下聊天。我那一年正陷入某种难言的尴尬状态。我在前一年为刚刚复刊的《人民文学》写过一篇小说，题旨迎合着当时的极左政治，到粉碎"四人帮"后就跌入尴尬的泥淖了。社会上传说纷纭，甚至把这篇小说的写作和"四人帮"的某个人联系在一起。尴尬虽然一时难以摆脱，我的心里倒也整端不乱，相信因一篇小说一句话治罪的荒诞时代肯定应该结束了，中国的大局大势是令人鼓舞的，小小的个人的尴尬终究会过去的。

我按我的职责抓着蔬菜生产和养猪，以及正在施工的一条灌渠工程。剑铭说他听到某些闲话，显然是传言，说他很不放心，又不摸虚实，便叫上李佩芝来看望我。我此时此刻的感动，远不是他给《陕西文艺》推荐稿子那种层面上的意蕴了。我感到了一种温暖，我充分感受到陷入尴尬之境时得到的温暖是何等珍贵的温暖。其实任何安慰或开脱的话都不必

在周公庙

说，单是此时此地的这个行为就足以使我感到温暖了。我那一刻的感觉只有一点，在这个纷纷攘攘的世界上，有徐、李两位文学朋友还关心着我的兴亡，在感到温暖的同时，心里也涨起力量了。已经错过了机关吃饭时间，公社（乡）所在地连一家食堂也没有，只有一家供销合作社，我执意买下两斤点心，那一刻竟是打烂账的豪勇，决不能让两位送温暖的贵人饿肚子踩自行车运动几十里回城。今天的人也许以为矫情，须知那时候我月薪三十九元养着一家五口，平日里是捏着钢镚儿过日子的，身上不名一文是正常状态。大约是这年冬天或次年（一九七八）早春，剑铭又约了西安几位文学朋友到我原下的家里。我当时刚刚接手家乡灞河河堤工程的副总指挥，难得有一个休假的礼拜，家庭经济也仍然维持在三十九元月薪的水平，一下子来了这么多城里贵宾，就紧张就发窘了。倾其所有贮备，只能是一碟生萝卜丝做凉菜，一盘萝卜条和白菜烩熬的热菜，主食则是干面。朋友们都知道我的家境，来时就带着白酒，喝着谝着，倒也尽情尽性。那时候的社会主题和民间话语，都是笑骂"四人帮"，很自然地以各自的观察和猜测设想未来中国的可能性变化，时有争议。这些朋友在西安城里的某个角落都有一个社会角色，工人、公园杂工、街道办干部等等，许多年来因为一个文学的共同兴趣联结在一起，此时最关注的当然是文艺政策放宽放松的尺码。放松放宽是共同的肯定的看法，而在尺码上却很难把握。这次聚会发生过一个细节，剑铭把一张稿酬汇款单据给我的农民夫人验示了，依此证明稿费要恢复了。无须解释的言下之意，稿酬一旦恢复，你的日子就会好过了，这个家庭的困窘和拮据就会改善了。我隐约记得那张稿酬单上的汇款额不过十几块钱，那时却是一个令人目眩到不敢相信的数字。我也在心里盘算着，相当于当时增加三级工资的这笔"外快"，一旦注入家庭经济，我起码可以不让来访的朋友自带白酒了。

　　大约到二十世纪八十年代初，中国当代文学以摧枯拉朽之势冲决极"左"的文艺桎梏，真是让新老作家经历了一场历史性的大释放和大畅美！想到仅仅三四年前在原下老家聚会的时代，似乎跨越了从猿到人的漫长历程。我那时住在灞桥古镇上，反倒没有了吟哦灞桥如雪柳絮的怡情，更无法体验验证古人折柳相送的悲凄，我被扑面而来的大解放的生活潮流掀动着，把我的生活感受诉诸文字。我已经有一篇短篇小说获取全国奖，我的第一本小说集刚刚印刷出来。我感觉自己已经进入生命的最佳轨道，即自幼倾情文学虽经受种种挫折而仍不能改移的这个兴趣。忽一日，剑铭来到我的住所，自然相见甚欢。闲聊中，剑铭说，咱们那一帮文学哥们中，你老哥这几年成绩最显著了。借着这个话头儿，我也说出我对他的一点建议来，减少或者不参与某些厂矿的文化活动和属于好人好事的报告文学写作。以便集中精力去写属于文学意义上的作品。我的这个意见其实不是我一个人的看法，和原来那些如他称为哥们的文学朋友遇到一起时，哥们似乎都有点惋惜，按剑铭的才气和智慧，对于文学的敏锐和不俗的文学功底，对城市深刻的体验和个人经历的丰富，早就应该出大的创作成果了，早就应该是文学复兴最先跃上文坛的新星了。哥们常常带着遗憾议论，所能找到的原因便是我上述的那点事。出于对文学创作的理解，我渐渐形成一种个人戒律，不给别人开药方，不对无论生人或熟人的写作说"你应该怎样又不应该怎样"的话。我此前也与剑铭多次相遇，都不敢说，今天终于说出来，最基本的一点，也是想到按他的天分和现有的文学

与著名导演吴天明谈笑风生

装备，理应出大成果，便有遗憾和损失的心理。剑铭笑笑说，这一点自己早意识到了，只是心肠太软，架不住朋友的热情邀请，也不忍心让那些过去的工人朋友失望。

后来听一位年轻的业余作者说："如果不是为扶持我们，徐老师的名气肯定比现在大多了！"我这才忽然明白：从文学解冻之初，剑铭就开始主持一个工人文学刊物，后来又到《西安晚报》当副刊编辑。依他的热诚与执着，这种"为人作嫁衣"的事业肯定耽误了他许多耕作"自留地"的时间和精力。我在为他惋惜的同时也就多了一份肃然。

前年某日，接到剑铭电话，说报社给他在沪河边上购得一套住宅，想约几位老朋友在新居一聚，庆祝乔迁之喜。我竟然很感动，最直接的感动就是我们在地理上的距离变得如此之近。我那时重新回到原下祖居的村子，不过是为了逃离太过逼近的生活的龌龊。这样年龄了，经历了冷暖冰火几十年的生活了，唯一不可含糊的生活信条，人给社会建树美好的能力总是相对的，而不能制造龌龊却是绝对的。我便在原下的灞河边上重新阅读和写作。剑铭住到原西的浐河边上安居乐业了，应该是距我最近的一位作家了。

猴年伊始，我到原上去给老舅拜年，回来路经剑铭浐河边上的住宅，喝一杯清茶，仍是一种素有的平淡、素有的踏实。剑铭的住房还宽敞，修饰得也不错，书房里挂着几年前由我写的"无梦书屋"的毛笔字，我看了颇觉别扭，吹牛说毛笔字已有进步，我要重写一幅，心里却潮起"历尽劫波兄弟在"的诗句来。剑铭告诉我，他已经写过一千万字的作品了。我并不惊诧，他的敏锐的才思勤奋的习惯呈现为快手，我是早就知晓的。他说他要出三本选集，诗歌、小说、散文各出一本，应是较大规模的一次专著出版，我也不惊讶，甚至以为早应该有这样规模的出版了。他拿出来一本《黄罗斌传》的长篇人物传记，才是令我震惊不已的事。黄罗斌为陕西蒲城县人，陕甘红色政权的创造者之一，六十年代遭遇冤案，一生充满传奇性的超乎常人想象的纷繁事件。无论新中国成立前和新中国成立后黄罗斌的全部生活历程，都与剑铭的生活经验相去甚远，然而剑铭写成了，并付诸出版了，包括传主眷属在内的各方都评价甚高。更令我惊奇到不可思议的事是，这部三十余万字的作品，写作时间仅仅只有一个月。剑铭不动声色轻声慢语给我说："我一天写一万字。"我听说过用电脑一天可以码出万字的事，年轻时的我也曾经有过在兴头上一天用钢笔写出万把字的事。然而剑铭在整整一个月的时间里，每天用钢笔以一万字的速度写完一部三十余万字的长篇人物传记，而且一遍成稿，而且得到出版社编辑和传记主人眷属的高度评价，且不说我如何惊讶、感动和钦佩，起码日后不会因为谁的枪手之快吃惊了。

我约略知道，多年以来，剑铭写了大量的各行各业杰出人物的短篇纪实文学，主编了某些系统优秀人物的报告文学集子，既亲自出马采访写作，又兼以帮助修改整本书的稿件，不厌其烦，不拿架势，深得各家主管领导和作者的尊敬与爱戴。我较为确凿地知道一件事，是他主编陕西国防工业系统的一部报告文学集。我曾为这本书作序。在国防工业系统有那么多鲜为人知的无名英雄，我在阅读中不止一次热泪难抑，那本书里就有剑铭写作的九篇激情洋溢的文章。我之所以特别提到这部英雄碑史式的报告文学集，只有一点想作以强调，即：在剑铭以诗人的激情倾注那一个个无名英雄献身事业的文字时，他还被一桩冤案囚锁着。一个被冤案侮辱侵扰的作家，依然故我地对国防事业的英雄倾心纵情，展示的就不仅是一个人民作家的情怀，也应是对冤案制造者的一种凛然表白，一种无意的嘲讽。

剑铭告诉我，他手头还在写作一部长篇纪实文学，是三秦子弟立马中条（山）抗击日寇的气壮山河的群雕式作品。这样，在已经到来的猴年，剑铭将有两部长篇纪实作品和三部选集文本出版，当为盛事。一个作家，一年里有着如此丰硕的耕耘果实得以收获，还有什么事能比其更令人感到心灵与精神的慰藉和自信呢！剑铭属相为猴，今年满六十了，这是怎样令自己也令朋友欢欣鼓舞的一个年轮哦！

我前年曾在一篇致剑铭的短信里写过这样一点感慨，相识相交几十年了，他在城里，我在城郊，多则一年里有几次碰面聚首的机缘，少则一年也许难得相遇，既不是热爱到扎堆结伙，也不是互相提携你捧我吹。几十年过来，剑铭大约有两篇写到我的轶事的千字短文；我也只有前述的那封对他的一篇纪实作品读后感式点评的书信。然而我心里有个剑铭，或者说剑铭实实在在存储在心里，遇着机会见面，握一把手就觉得很坦然了。剑铭小我两岁，今年也年过花甲。我写这篇文章的时候，心里始终萦绕着一个小小的核儿，就是温情，就是友谊。热闹的人生与社会交汇的场面，过去了就如烟散了；生活演变中的浮沉起落，也终究要归于灰冷。作为朋友，能留下来永远在内心闪烁着温暖光焰的，除了真诚，什么都难以为继。

我便倍觉荣幸，有剑铭为友。

陪一个人上原
——林兆华导演印象

电话里响着一个陌生的声音，开门见山："我是北京人民艺术剧院的林兆华。"我在意料不及的瞬间本能地噢了一声，随口回应："你是大导演呀我知道。"接着再没有寒暄和客套，他就说起要把《白鹿原》改编话剧的设想。我只是确定了小说《白鹿原》被大导演林兆华相中欲改为话剧的事，自然是一种新鲜而又欣然的愉悦，都不太用心听他说有关改编的纯粹的具体事务了；倒是欣赏起他说话的声音，温厚绵软而又简洁，没有盛气，更没有客套，自始至终没有一句新名词。我之所以敏感他的说话方式，似乎是某种先入为主的印象，我虽然是几年也难得看到一场话剧演出的与戏剧隔得老远的门外汉，却早已闻知林兆华的大名，尤其知晓他是一位艺术观念颇为新潮的导演。我依积久的经验自然地作为参照和推想，不料却令我诧异，竟不见一句新潮词汇，而且声音如此温厚如此平实，可以信赖的踏实感就在短短的第一次通话里形成了。

随后就有了第一次见面。那是几年前的早春时节，我把几件事挪攒到一起赶到北京。西安已经是柳絮绽黄迎春花开的气象，北京还裹在丝毫不见松懈的寒冷里。我找到北京人艺门口，看见一个小小的"北京人民艺术剧院"的牌子，注目许久，顿生慨叹，真正的名牌依然保持着原有的标徽，当是一种自信。我第一眼瞅见林兆华导演同时握住手的时候，电话里的印象迅即延伸为一个更令人意料不及的具象，一个号称中国话剧第一导的又以现代派闻名的人，不见披肩长发，没有垂胸的胡须或别致的短髭，

话剧《白鹿原》在北京人艺开新闻发布会，左为编剧孟冰，右为导演林兆华

却是灰塌塌的不经任何修饰的本色寸发，还有不显线条也不见棱角的对襟纽扣的布褂。我在那一刻暗自发笑，文艺界的朋友调侃我的脸是关中老汉的典型代表，我也在记者关于电影《白鹿原》采访的提问里自我调侃，我最适宜演老年的长工鹿三。我突然发现握着手的林兆华，如果走进关中乡村的任何一个村子，那里的农民会以为是一位老亲友来了。他的对襟布褂和看不见裤缝的裤子，更触发得我一时眼热，我自小一直穿这种家母织布家母染色家母缝制的褂子和裤子，穿到高中毕业都换不出一件新式样，照毕业照片时借同学的一件制服上装改换了一回装束。我虽向来不打领带极少着西装，却也再没有穿这种老式对襟衫褂的兴趣，包括花样翻新的"唐装"。我在握着这位新结识的大导演的手时，又生出一层慨叹，一个以探索现代新潮话剧导演风格闻名的人，却用过时的中国乡村最传统的民间服饰打扮包装自己，割裂了矛盾了，还是某种天然的融会和统一？抑或纯粹属于生活习性？然而确凿无疑的一点，以服装的式样和须发的长短来判断一个艺术家精神气象的明暗，看来难免会出意外的。

我已经记不清他来过西安几趟了。印象深的有两次。他要到白鹿原上去观察感受那里的天象地脉气韵，我完全能理解。我做向导，从灞桥区辖的原的西坡上去，直到蓝田县辖的原的东头下了北坡，沿着灞河川道途经我的隔河相望的家门再回到西安城里。我按他的意趣指向，进一个村子又找到另一个村子，寻找二十世纪五十年代以前的民居住宅，还有家族的祠堂，还有接近类似小说主人公白嘉轩经济实力的宅基房屋的规模和样式。令他也令我遗憾的是，二十世纪五十到六十年代成片成堆的土坯墙小灰瓦的大房和厦屋已经很少了，几乎是一色的装饰着瓷片的水泥平房或二层小楼房。祠堂连一座也没有找到，所答几乎众口一词，早都拆了。林兆华仍不死心，我更是觉得过意不去。无论如何，我还是为这个原上的乡亲庆幸，他们终于有了一砖到顶机瓦或楼板覆盖的结实而又美观的新房子，基本实现了独门独户，几乎见不到三家五家乃至八家拥挤一院的穷酸相了，无论种田植果树抑或出苦力打工，尽管比不上城里人生活水平提升幅度大，总是比改革开放前几十年好得远了。至于旧房老屋之无存，让林导难以感受贫穷乡村的氛围，自是不成遗憾的遗憾。我们终于找到一家古旧的房屋，可以看出曾经是颇有点经济实力也就比较讲究的建筑，迎面的门板是宽幅的木扇，门板上有简单的格子雕刻。经打问得知，建造这房子的业

在原上农家吃饭

主,是一位手艺超群的刻字匠,曾给民国时代的几多要员刻过墓碑铭记,收入自然优于乡民,房子就讲究了。林兆华当即就拍板:"这个门和窗子我要了。"房主人说这个旧房马上就要拆掉,林导嘱咐把门窗妥为保管。进得屋里,有木板镶成的木楼,早已被烟火熏成黑色。一架宽板木梯搭在后墙边,两根梯柱原为一根粗大的木头,用锯居中锯为两半,镶着一块一块宽约尺余的踏板,比那些木条梯子豪华气派多了。我家曾经有一架木板梯子,与这架梯子几乎出于同一个木匠之手。林兆华又是一句:"这梯子我也要了,给我保护好。"出门到了乡村街道里,他便告诉我这些东西将作何用场,在于展示旧时乡村的一种逼真的景象。我却想到,这个人现在脑子里整个转着一部戏,随时都有最敏锐的招儿在触景中冒出来。

　　不能忘记的是下到原上的一条沟底的兴奋场景。这个沟里原有的居民几乎都住窑洞,整个村庄搬迁到原上的平地里去了,无法搬动的土窑洞留下一片败落和荒凄,倒塌的窑院围墙,野草杂树丛生的院落,一孔孔或大或小被烟熏黑的窑洞。林兆华一看见就惊叫起来:"这就是小娥和黑娃住的窑洞呀!"他一个接一个察看卸掉门窗的窑洞,始终兴奋不已。我便提示他,这就是关中一些坡崖沟坎地区的窑洞,比较高,比较宽大,更显得深。我作为比较的对象是陕北的窑洞,一般比较低矮比较窄小也比较浅,却比较精致。我开玩笑说,千万不要把小娥和黑娃的窑洞,在布景上搞成毛泽东在陕北住过的那种窑洞的样式。

　　去年夏天,正是西安酷热难熬的伏季,林兆华领着剧组二十多号男女演员来到西安。我把他们安排在原坡下浐河边的半坡湖饭店,图得演员上原到各乡村体验生活方便。灞桥区文化局给予精细周到安排。观众喜爱的濮存昕等演员上到原上,几乎每个人在到达原上时都发出同一声感叹,噢!这就是原。原是西北特有的一种地理地貌,不过就是一个小平原而已。阅读小说所发生的对"原"的神秘和不可理喻,瞬间就成为一种真实的感觉和体验,如同我初见南方的小桥流水和水上人家感觉相类似。这些北京来的演员大多在电视电影里出现过,被偏远的原上的乡民指点出来,受到最诚朴的欢迎。他们走村串户,看当地的男人走路的姿势,说话的口吻和身体动作语言,看女人如何烧火做饭,管教儿女,看得津津有味。我

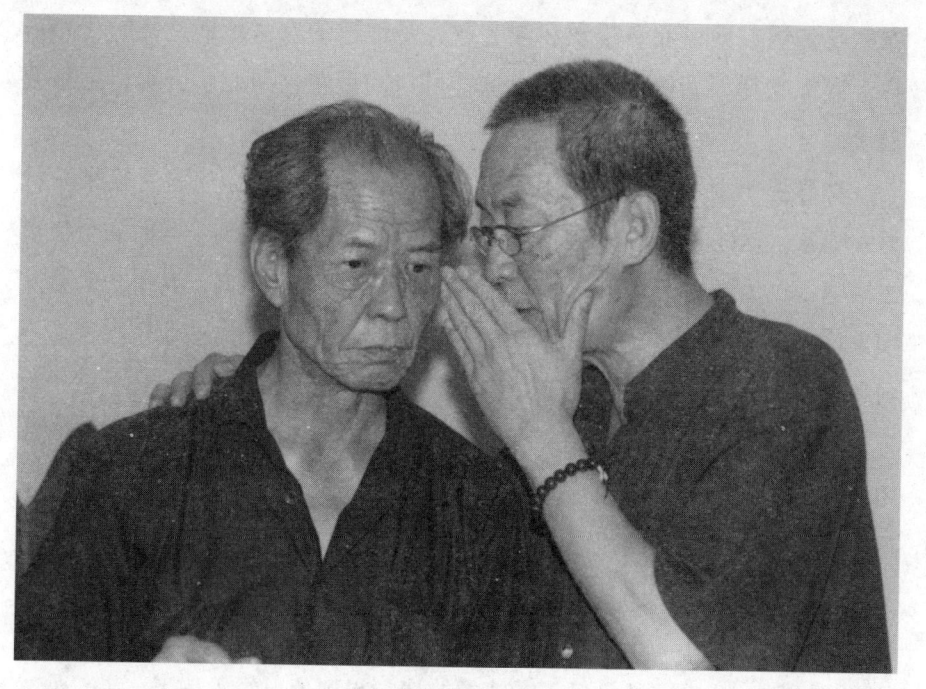

林兆华导演说悄悄话

陪他们看了两家颇有气魄的老宅旧院,一家仍有人住,一家已荒废,都是青砖包墙方砖铺地的四合大院,尽管陈旧破败,依然可见当年的品格。这两家的主人都是乡村中医,我自小就听说过他们的名字,川原上下不幸生病的人都上门求救。他们的子孙大多已在西安或外省安家立业,留在乡村的人也已另择新居地。林兆华在这两个院子里踏勘。我猜想,他大约在琢磨让白嘉轩还是鹿子霖住在这样的庭院?濮存昕也始终笑眯眯地看那过道里生动的砖雕,是否还是他——白嘉轩当年刻意的镶嵌?他将如何进入这个庭院并演绎他的人生?

相聚过来的男女乡民,在街道上或立或蹲。濮存昕也学着村民站一会儿又蹲一会儿,东拉西扯着闲话。我陪着林导和濮存昕,在树荫下在屋檐下和南枝村的老少闲聊。这个村分白姓和魏姓两大宗族,有人悄悄向我探问,你书里写的白家是不是俺村的白姓,鹿家是不是俺村的魏姓。我说不是。他反而不信,又问为啥你写的白家和鹿家的事跟俺村的某某和某某的事情那么相像?我说我是瞎编的,偶合了。我随后和林导、濮存昕到一户农家吃午饭，煎饼卷黄瓜丝和洋芋丝，是地道的农家灶锅烹饪的食品，林、濮都吃得很新鲜，似乎还说这样可口的饭菜拿到北京去卖，生意会很火。

　　林导提出要看纯粹的民间演出的秦腔。不费多少力气就召唤来一批男女唱家。这些人农忙时务庄稼，农闲时组合在一起，到乡间的庙会集市去演唱，也为新婚庆典和丧事葬礼演唱，有报酬，却不高。其中一些男女唱家已唱出影响，在方圆几十里乡村甚为闻名。我担心这些业余唱家达不到林导要求，还联系来西安几位年轻的专业演员。演唱一毕，林导就拍板了，就是这个就是那个还有某某……全是业余唱家。我大略领会他的意图，在话剧几个重要情节转折处，插唱一段或三五句秦腔唱段，要乡野里这种原生形态的唱法和腔调，太完美的专业演员的唱腔不适宜话剧的乡土气氛。同时请来了华阴县的"老腔"演唱班子，也是纯一色的农民，他们保存着流传在华山脚下一种几乎失传的古老唱腔，乐器也区别于秦腔，更为苍凉悲壮。我看着林导目不转睛的神情，想到他已经入迷了。果然他兴奋地拍了板。这个老腔早已在张艺谋的电影里作为衬底的旋律，正恰切不过地流动着关中这块土地沉重苍凉浑厚的底蕴。林兆华敏锐地感知到了，这从他的专注沉迷的精神里显示出来。

　　我后来到北京人艺，参加了《白鹿原》话剧的新闻发布会。我看到了林兆华的自信。他的自信溢于言语和神色。这应该是我参加这次活动的最富实际意义的收获。还有宋丹丹的发言，她说林导告知她出演田小娥一角的第二天，就去健身房减肥健身了。她婉谢了电视剧邀约。我也深受感动，艺术创造的意义和价值，不是经济实惠所可完全改变一切艺术家的。

　　我在把话剧改编应诺给林兆华导演的时候，基于纯粹的我对写作的一种理解，我写小说的一个基本目的，就是要争取与最广泛的读者完成交流和呼应。我从短篇写到中篇再写到长篇，这个交流和呼应的层面逐渐扩大，尤其到《白鹿原》一书的出版和发表，读者的热情和热烈的呼应，远远超出了我写作完成之时的期待。我以为这是对我的最好回报，最高奖励，即：在于作家通过作品所表述的关于历史或现实的体验和思索，得到读者的认可，才可能引发那种呼应，这就奠定了一部作品存活的价值，也就肯定了作家的思考和劳动的意义。话剧将是完成《白鹿原》一书与观众交流的另一种形式。小说阅读是一种交流形式，话剧舞台的立体式的活生生的表演是迥然不同的交流形式，有文字阅读无法替代的鲜活性，以及直接的情感冲击。这与我创作的初衷完全一致，我自己甚至也觉得新奇而又新鲜：看到活跃于舞台上的"白嘉轩们"当是怎样一种感觉？濮存昕创作的白嘉轩和宋丹丹创作的田小娥当会和观众完成怎样的交流和呼应？

　　我几乎没有提出任何条件性的要求。我唯一关注的是能体现我创作小说的基本精神就行了。我知道话剧很难在有限的时间里演绎所有情节，取舍是很难的事。我相信林导和编剧孟冰，让他们作艺术处理吧。我在初见林兆华的交谈里，领受到他对《白鹿原》一书的深层理解，已经产生最踏实的信赖，连"体现原作精神"的话都省略不说了。

　　我记下与林兆华导演几次接触中的印象，在于体察和理解一位艺术大家，如何完成他艺术世界里的一次新的创造理想。

　　我在写完《白鹿原》一书最后一行句子就宣布过，我已经下了那个原了。林兆华导演却上了原。我期待看到他创造的白鹿原上的新景观。

旦旦记趣

外孙取名旦旦，已经长到两岁半，常有"惊人"之语出口。每每听到，先是猝不及防，随之便捧腹，或忍不住而喷饭，且不能忘。

他很贪玩，几乎没有片刻的娴静，即使吃饭，仍然是手不闲脚亦不停。这时候，我便哄他说，你不好好吃饭，屁股上都没肉啦！顺手便捏一捏他的小屁股；再鼓励一番，好好吃肉，屁股上就长肉啦。他便真听了话，张口接住他妈妈递到嘴边的一块肉，刚嚼了两下，估计还未嚼碎，便急忙咽下，跑过来，背过身，撅起小屁股："爷爷你再摸一下，看看长肉了没有？"在一家人的哄笑声中，我只好将错就错："长了长了！再吃再长！"我亦忍不住笑，这才叫立竿见影！林彪要中国人学习"语录"要"立竿见影"，肯定没有想到这样的效果和这样幼稚的荒诞和荒谬！

旦旦吃了一块豆腐，蹦过来，转过身，又一次撅起小屁股，认真地说："爷爷你再摸一下，看看屁股上长豆腐了没？"哇！一家人全部放下碗，停住筷子，笑得前仰后合。

然后就没完没了。一次连一次地重复如前的动作和姿势，一次比一次更加认真地问：

爷爷你再摸一下，屁股上长蘑菇了没？

爷爷你再摸一下，屁股上长木耳了没？

我已经再没劲儿笑了，无可奈何地对他说，旦旦的屁股成了副食超市了。

有一天，我要上班了，照例先和旦旦说再见，然后就走到门口。旦旦却急了，从沙发上跳下来，鞋也顾不得穿，光着脚跑过来，边跑边喊，爷爷别走爷爷别走。我就站住安慰他。他却盯着我喊：爷爷我送你。我也就释然，还以为他缠住我不让出门呢。我拉开门，他先蹦了出去，站在楼梯口，伸出一只小手来。我尚弄不明白他要做什么，就牵住他的手引他进门

一九九八年与小外孙在一起

回屋。小家伙抽回手去，甩了几下，又伸到我面前。我女儿终于明白了，提示我说，他要跟你握手送别呢。我恍然醒悟，随即弯下腰伸出手去，攥住他的小手。他却当即跳着蹦着，另一只手像翅膀一样上下扇着，嘴里连续丢出一串话来："再见！拜拜！巴尼哈！那就这！"

我对于这突如其来的发挥毫无心理准备。旦旦表演完毕，向我摇摇手，又跑回屋里沙发上去了。我走下楼梯走过楼院走出住宅区的大门，心里还一直在想着。"再见"和再见的英语口语"拜拜"他早都会说了，自然是他爸爸妈妈教的。"巴尼哈"是维吾尔语"再见"的意思，肯定是他奶奶教给他的。我和老伴今年夏天去了一趟新疆，就学会了这么一句维吾

尔语的"再见"。这些当然都不足为奇，奇就奇在"那就这"从何而来，谁教给他的？

想想也不难破译。家里来了人，说完了事，送客人出门，握手告别时我常习惯说"那就这"。意思是我们说过的事就这样了。不仅如此，打完电话时，我也习惯说一句："那就这，再见。"这娃娃不知观察了多少次我的举动和说话，终于和我要来表演一回了。

从这天开始，这样的握手告别仪式就成为必不可缺的铁定的程序，我一天出几次门，就有几次这样的表演仪式，地点也必须是门外的楼梯口。有一次因事急我匆匆开门出去，走到楼下，从窗户里传出旦旦的哭声，哭声不仅大而强烈，且很悲伤。我感到了一种他被轻视了的伤心，我犹豫一下，还是返身回家，弥补了那个握手告别的仪式。他的脸蛋上挂着泪珠，仍然把小手递到我手里，蹦着跳着，左胳膊还是小鸟翅膀一样上下扇动着，哽咽着却一字不漏地说完"再见……拜拜……巴尼哈……那就这"。

旦旦学骑小三轮车几乎无师自通，哪怕是车子可以擦轴而过的狭窄过道，他都可以骑过去。旦旦对我说，爷爷我到北京去了，说罢便踩动车轮钻进另一间房子去了。不一会，旦旦又转回来：爷爷我到上海去了。说罢又钻入第三间屋子。我的三室住房加上厨房，不时变幻着中国十几个城市的名字，大都是我或家人出差去过的城市。因为去某个城市的时间和回来之后的一段日子，家人总是说那些城市的见闻和观察。旦旦便在谁也不留意他的时候记住了这些城市的名字，而且被他骑车一日几次地往返了。

旦旦睡觉了，家里便恢复了安静。他的一双小鞋却丢在我的房间的床边，我总是在看见那一双小鞋时忍不住怦然心动。我说不清什么原因，似乎也没有什么关于鞋的往事的参照或触发，反正看见那双脱下的小鞋时心里就怦然一动，甚至比看见他穿着鞋跑来跑去更加富于诱惑。

回到家，迎上前来打招呼的总是旦旦。这时候，无论什么顺心的事和烦恼的事甚至令人窝火的事，全都在旦旦的无序的话语里化解了。说宠辱皆忘说心静如水似乎都不大恰切，只是觉得自己就是一个爷爷了。

秋收过后，我带着旦旦回到老家乡村。今年夏天雨水好，秋粮得到了近来少有的好收成，村巷里的椿树槐树皂荚树树杈上，架着一串串剥光了皮壳的玉米棒子，橙黄鲜亮的。这虽然是我自小就看惯了的家乡的最亮丽最惹眼的风景，依然抑制不住对于丰收果实的那种诗意的感受。旦旦也激动起来，扬起两条小胳膊，睁大惊异的眼睛欢呼起来：啊呀！这么多的香蕉呀……

　　旦旦的惊人之举引来哄然大笑。他奶奶他妈妈和周围的乡亲都笑了。我笑过之后，便不由得感慨。这孩子生在城里，长在城里，两岁半了，第一次看见玉米棒子，把形状类似的香蕉就联想起来混淆一起了。我的三个儿女，包括旦旦的妈妈，都生长在这祖传的乡间老屋里，他们生在"文化大革命"的非常时期，也是我的生活最困窘的时期，香蕉无异于天国的神果，他们正好可能把香蕉当作玉米棒子。香蕉在现时的乡村，已经不是什么稀奇的水果，乡村小镇和马路边的小店散摊，都摆着一堆堆零售的香蕉，肯定不会有农村孩子再把它当作玉米棒子的笑话发生了。无论大人们怎样开心地调笑，旦旦却早跑到树下，仰起脸盯着树杈上的玉米棒子，跳着叫着要摘下"香蕉"来。

　　两岁半的旦旦，大约正处于人生的混沌状态，什么都要问，却什么也懂不了；什么都感觉新鲜，过眼之后便兴味索然；什么人的什么话都可以不听，一味固执于自己当时的兴趣；什么行动和动作都想去模仿，结果是毫不在意地又丢弃了。我可以看到一个人成长过程中两岁半这个年龄区段里的全部可爱，混沌的可爱。不必做任何意义上的猜想和推测，两岁半的混沌形态容不得意义，因为它本身属于无意义的自然形态。

　　这个年龄区段的混沌可能很短暂。因为在两岁的时候，旦旦还不是这样的形态。半岁的变化有点急骤，两岁时说不出的混话和做不出的行为动作，到两岁半时就都发生了。那么我就猜想，再过半岁呢？到了三岁时，该是从混沌状态走出来而踏入半混沌半清明的状态了吗？他在蜕去一半混沌的同时，还能保持那一份憨态的可爱吗？

　　猜测那混沌状态的可能消失，依依着那混沌状态的全部可爱，我便打算用笔记下来。我的记性已经很差，无疑是老年的生理特征的显现。想到生命的衰落生命的勃兴从来都是这样的首尾接续着，我便泰然而乐。

家 之 脉

　　女儿和女婿在墙壁上贴着几张识字图画，不满三岁的小外孙按图索文，给我表演：白菜、茄子、汽车、火车、解放军、农民……

　　一九五〇年春节过后的一天晚上，在那盏祖传的清油灯下，父亲把一支毛笔和一沓黄色仿纸交到我手里：你明日早起去上学。我拔掉竹筒笔帽儿，是一撮黑里透黄的动物毛做成的笔头。父亲又说：你跟你哥合用一只砚台。

在陕北榆林海子

我的三个孩子的上学日，是我们家的庆典日。在我看来，孩子走进学校的第一步，认识的第一个字，用铅笔写成的汉字第一画，才是孩子生命中光明的开启。他们从这一刻开始告别黑暗，走向智慧人类的途程。

我们家木楼上有一只破旧的大木箱，乱扔着一堆书。我看着那些发黄的纸页和一行行栗子大的字问父亲，是你读过的书吗？父亲说是他读过的，随之加重语气解释说，那是你爷爷用毛笔抄写的。我大为惊讶，原以为是石印的，毛笔字怎么会写到和我的课本上的字一样规矩呢？父亲说，你爷爷是先生，当先生先得写好字，字是人的门脸。在我之前已谢世的爷爷会写一手好字，我最初的崇拜产生了。

父亲的毛笔字显然比不得爷爷，然而父亲会写字。大年三十的后晌，村人夹着一卷红纸走进院来，父亲磨墨、裁纸，为乡亲写好一副副新春对联，摊在明厅里的地上晾干。我瞅着那些大字不识一个的村人围观父亲舞笔弄墨的情景，隐隐看到了一种难以言说的自豪。

多年以后，我从城市躲回祖居的老屋，在准备和写作《白鹿原》的六年时间里，每到春节的前一天后晌，为村人继续写迎春对联。每当造房上大梁或办婚丧大事，村人就来找我写对联。这当儿我就想起父亲写春联的情景，也想到爷爷手抄给父亲的那一厚册课本。

我的儿女都读过大学，学历比我高了，更比我的父亲和爷爷高了（他们都没有任何文凭，我仅只有高中毕业）。然而儿女唯一不及父辈和爷辈的便是写字，他们一律提不起毛笔来。村人们再不会夹着红纸走进我家屋院了。

礼拜五晚上一场大雪，足足下了一尺厚。第二天上课心里都在发慌，怎么回家去背馍呢？五十余里路程，步行，我十三岁。最后一节课上完，我走出教室门时就愣住了，父亲披一身一头的雪迎着我走过来，肩头扛着一口袋馍馍，笑吟吟地说：我给你把干粮送来了，这个星期你不要回家了，你走不动，雪太厚了……

二女儿因为误读俄语，补习只好赶到高陵县一所开设俄语班的中学去。每到周日下午，我用自行车带着女儿走七八里土路赶到汽车站，一同乘公共汽车到西安东郊的纺织城,再换乘通高陵县的公共汽车,看着女儿坐好位子随车而去,我再原路返回蒋村——正在写作《白》书的祖屋。我没有劳累的感觉,反而感觉到了时代的进步和生活的幸福,比我父亲冒雪步行五十里为我送干粮方便得多了。

　　我不止一次劝告女儿和女婿,别太着急了,孩子三岁还不到,你教他认什么字嘛!他现在就应该吃饭、玩耍甚至捣蛋,才符合天性。女儿和女婿便说现在人对孩子智商如何如何开发,及至胎儿。我便把我赌上去:你爸爸八岁才上学识字,现在不光写小说当作家,写毛笔字偶尔还赚点润笔费哩!

　　父亲是一位地道的农民,比村子里的农民多了会写字会打算盘的本事,在下雨天不能下地劳作的空闲里,躺在祖屋的炕上读古典小说和秦腔戏本。他注重孩子念书学文化,他卖粮卖树卖柴,供我和哥哥读中学,至今依然在家乡传为佳话。

　　我供三个孩子上学的过程虽然也颇不轻松,然而比父亲当年的艰难却相去甚远。从私塾先生爷爷到我的孙儿这五代人中,父亲是最艰难的。他已经没有了私塾先生爷爷的地位和经济,而且作为一个农民也失去了对土地和牲畜的创造权利,而且心强气盛地要拼死供两个儿子读书。他的耐劳他的勤俭他的耿直和左邻右舍的村人并无多大差别,他的文化意识才是我们家里最可称道的东西,却绝非书香门第之类。

　　这才是我们家几代人传承不断的脉。

三九的雨

这是我村与邻村之间一片不大的空旷的台地。只有一畛地宽的平台南头开始起坡，就是白鹿原北坡根的基础了。平台往北下一道浅浅的坡塄，就是灞河河滩了。我脚下踏着的平台上的这条沙石大路，穿过一个个大大小小的村庄，通往西安。

前日落了雨，小雨，通常是开春三月才有的那种"随风潜入夜，润物细无声"的春雨。腊月初二（二〇〇二年一月十四日）下起，断断续续稀稀拉拉下到今天天明，让整个村子里的男女惊诧不已，该当滴水成冰冻破砖头的"三九"时月，居然是小雨缠绵。太过反常的天气给农人心里一种不祥的妖孽氛征。这是我半生里仅见的一次"三九"的雨，以及不仅不冻反而松软如酥的土地。

我脚下这条颇为宽绰的沙石大路是一九七七年冬天动工拓宽的。与这条大路同时开工的是灞河河堤水利工程，由我任副总指挥具体实施。那时，我完成这项家乡的水利工程的心态，与我后来写作长篇小说《白鹿原》时的心境基本类同，就是尽力做成一件事。

我第一次背着馍口袋从这条路走出村子走进西安的中学时，这条路大约也就一步宽，架子车是无法通行的。我背着一周的干粮走出村子时的心情是雀跃而又高涨的，然而也是完全模糊的。我只是想念书，想上城里的中学去念书，念书干什么等抱负之类的事，完全没有。我再三追寻记忆，充其量只会有当个工人之类的宏愿，而且这主要是父母供儿女上学的原始

一九八〇年在乡村菜园

动机。在乡村人的眼睛里，挣工资吃商品粮的工人是世界上最幸福的人。我在初中二年级却喜欢文学了，这不仅大大出乎父母的意料，连我自己也感到奇怪。通常情况下，爱好文学是被视为浪漫而又富于诗意的事情，怎么会发生在一个穿粗布衣服吃开水泡馍的人身上呢？许多年后我把自己的这种现象归结为一根对文字敏感的神经——文学的兴趣由此而发端。书香门第以及会讲故事会唱歌谣的奶奶们的熏陶，只能对具备文字敏感的神经的儿孙起反应起作用，反之讲了也是白讲唱了也是白唱。

背着馍口袋出村夹着空口袋回村，在这条小路上走了十二年，我完成了高中学业。我记忆中最深的是十六岁那年遇到过狼。天微明时，我已走到距村子五华里的一条深沟的顶头，做伴壮胆的父亲突然叫了一声"狼"！就在身旁不过二十步远的齐摆着谷穗的地边上，有一只狼。稍远一点，还有一只。我没有感觉到丝毫的害怕，尽管是我第一次看见这种吓人的动物；不是我胆大，而是身旁跟着父亲。我第一次感受父亲的力量和父亲的含义，就是面对两只成年狼的时候，竟然没有产生恐惧。我成了一个父亲的时候，又在这条几经拓宽的乡村公路上接送我的三个念书的孩子。我比父亲优裕的是有了一辆自行车，孩子后来也有了，比当年父亲步行送我要快捷多了。我和孩子再也没有遭遇狼的惊险故事。狼已经成为大家怀念的珍稀宝贝了。

我的一生其实都粘连在这条已经宽敞起来的沙石路上。我在专业创作之前的二十年基层农村工作里，没有离开这条路；我在取得专业创作条件之后的第一个决断，索性重新回到这条路起头的村子——我的老家。我窝在这里的本能的心理需求，就是想认真实现自己少年时代就产生的作家之梦。从一九八二年冬天得到专业写作的最佳生存状态到一九九三年春天写完《白》书，我在祖居的原下的老屋里写作和读书，整整十年。这应该是我最沉静最自在的十年。

我现在又回到原下祖居的老屋了。老屋是一种心理蕴藏。新房子在老房子原来的基础上盖成的，也是一种心理因素吧。这个祖居的屋院只有我一个人住着。父亲和他的两个堂弟共居一院的时代早已终结了。父亲一辈的男人先后都已离开这个村子，在村庄后面白鹿原北坡的坡地上安息有些年了。我住在这个过去三家共有的屋院里，可以想见其宽敞和清爽了。我读着的欧美那些作家的书页里，偶尔竟会显现出爷爷或父亲或叔父的脸孔来，且不止一次。夜深人静我坐在小院里看着月亮从东原移向西原的无边无际的静谧里，耳畔会传来一声两声沉重而又舒坦的呻吟。那是只有像牛马拽犁拉车一样劳作之后歇息下来的人才会发出的生命的呻唤。我在小小年纪的时候就接受着这种生命乐曲的反复熏陶，有父亲的，还有叔父的，有一位是祖父的。他们早已在原坡上化作泥土。他们在深夜熟睡时的呻吟萦绕在这个屋院里，依然在熏陶着我。

这是一个不可思议的冬天。我站在我村和邻村之间的旷野里。

从我第一次走出这个村子到城里念书的时候，父亲和母亲每每送我出家门时的眼神，都给我一个永远不变的警示：怎么出去还怎么回来，不要把龌龊带回村子带回屋院。在我变换种种社会角色的几十年里，每逢周日回家，父亲迎接我的眼睛里仍然是那种神色，根本不在乎我干成了什么事干错了什么事，升了或降了，根本不在乎我比他实际上丰富得多的社会阅历和完全超出他的文化水平。那是作为一个父亲的独具禀赋的眼神，这个古老屋院的主宰者的不可侵扰的眼神，依然朝我警示着，别把龌龊带回这个屋院来。

北京丰台。我从大礼堂走出来。《西安晚报》记者王亚田第一个打来电话。选举刚刚结束。他问我当选中国作家协会副主席后首先想的是什么。我脱口而出：作为一个作家，应该始终把智慧投入写作。

他又问：还有什么呢？我再答：自然还有责任和义务。

我站在我村与邻村之间空旷的台地上，看"三九"的雨淋湿了的原坡和河川，绿莹莹的麦苗和褐黑色的柔软的荒草，从我身旁匆匆驶过的农用拖拉机和放学回家的娃娃。粘连在这条路上倚靠着原坡的我，获得的是沉静，自然不会在意"三九"的雨有什么祥与不祥的猜疑了。

山·水·树·鸟

某个晚上，瞅着月色下远远蒙蒙的原坡，我却替两千年前的刘邦操起闲心来。他从鸿门宴上脱身以后，是抄那条幺径便道逃回我眼前这个原上的营寨的？"沛公军霸上"。霸上即使霸陵原。汉文帝就葬在白鹿原北坡坡畔，距我的村子不过十余里之遥。文帝陵叫霸陵，今名是依着霸水而命名。这个地处长安东部自周代就以白鹿得名的原，渐渐被"霸陵原""霸上"取代了。刘邦驻军在这个原上，远远相对霸水北岸骊山脚下的鸿门，我的祖居的小村庄恰在其间。也许从那个女钓一发命悬一线的宴会逃脱出来，在风高月黑的那个恐怖之夜，刘邦慌不择路翻过骊山涉过霸河，从我的村头某家的猪圈旁爬上原坡直到原顶，才喘出一口气来。无论这逃脱如何狼狈，并不影响他后来打造汉家天下。

愿白鹿长驻此原

独寻秋景城东去，白鹿原头信马行。

这是白居易一首七绝中的两句。每有机缘上原，心头便会涌出这首绝句，情绪顿时也会畅朗起来。我无法想象千余年前的白居易纵马白鹿原上寻到的是怎样一幅秋色美景，单是眼前的一派绿色，已经让我沉醉了。

一条新修的宽敞的公路盘旋在西边原坡上，两边是层层叠叠的绿树。刚刚从酷暑进入初秋，尽管杨树柳树槐树等树木的树冠呈现着深色和浅色的小小差异，却依然流露着蓬勃的气象。草木清爽的气味，诱使我连续深呼吸。这里曾经是荒坡和梯田。荒坡上长满刺枣和杂草。梯田里一年只种一料麦子，因为缺水缺肥，麦子长得矮小细瘦如同猴子的黄毛，收割时搭不住镰刀，只能用手薅，民间戏称薅猴毛，产量也就可想而知了。大约不过十年前，那种延续了不知多少年的广种薄收乃至无收的景象中止了，退耕还林，便有了这一派让上原和下原的人心旷神怡的绿色。

上原的路大约走到一半，有一道平台，自南到北散落着一个个或大或小的村庄，俗称二道原。民办大学思源学院已成气候，随坡倚势建造成一幢幢楼房，校园里如同精心构设的花园，四季轮番开放的花草和花树，弥漫着种种诱人的香气。这里活跃着来自全国各地的两万余名学子，避开了都市的喧嚣，在这一方天地汲取知识。校方扶持建立了白鹿书院，我常和一些文学朋友到书院交流，尽管他们多是走南闯北见惯了奇山异水的人，也多感佩这一方地域独有的脉象。大约十年前，这所大学的创始人周先生约我参加一个座谈会，把他想在白鹿原的二道原上创办一所民办大学的意图坦陈出来，让大家论证。我那时竟然很激动，一时尚不敢估计这座古原破天荒建立的第一所高等院校的深远影响，却也想到不仅是每年能有多少年轻人完成高等学业，更有对原上乡民文化意识的潜移默化的启示。十年过去，这所学院不仅被评为全国十大民办大学，而且让民办大学由二道原扩展到白鹿原上，挂着种种专业校牌的民办大学已建成十余所，形成了一个颇具规模的民办大学城。就我粗略的印象，一九四九年新中国成立前，这道原上大约只有两三所新式小学；截止到二十世纪九十年代，仅有三四所中学，分属三个区县督管；到今天不过十年时间，这里已经形成拥有十余万学子的民办大学城了。从这些民办大学门前经过的时候，我常有不可思议的感慨，变化之快几乎让我不敢相信，随之也生出生不逢时的自怜，如若晚生许多年，就不会留下缺失高等教育的人生遗憾了。

原的西部已经几乎看不到庄稼，传统的麦田消失了，蓬勃着一眼望不透的樱桃树。种植樱桃和小麦的悬殊的收益，是任谁都不会拒绝对樱桃的选择。每到五月樱桃成熟时节，原上原下和原坡的万亩樱桃园里，笑语喧哗，那是西安城里人或呼朋唤友或扶老携幼上原摘樱桃时忘情的声浪。秋天刚刚来到原上，葡萄又熟了。樱桃几乎是家家户户都有种植，而葡萄却是规模化的集中栽培。原上先后建起三家较大规模的果园，两家既种樱桃又种葡萄，还有一家是专门种植葡萄的园子，种植面积由几百亩到过千亩，都是以最严格也最规范的技术措施栽培管理。我曾有幸参观，可谓大开眼界，且不说那些颇为深奥的技术措施，外行的我看到细水浸润的滴灌设施，顿然感知到现代农业和粗放管理的农业的差异来。为了保证果品的品质，一概不用化肥，连复合型的肥料也不用，而是从内蒙古草原收购牧民的牛羊粪，集中窝沤，使其熟化，再从千里外的内蒙古草原运回原上，单是这项投入的工本就令我咋舌了。这样培植的樱桃和葡萄，不仅味美，更让消费者放心，价格也就高出普通果园的樱桃、葡萄几倍。我走在这家葡萄园里，满眼都是紫红的葡萄串儿，嘴里就有口水溢泛。这位种植园主是我的同乡，一位卓有建树的农民科学家，曾获得国务院的褒奖，那是他向乡民传授各种果树管理技术赢得的奖励。他在原上亲自种植葡萄，更带有示范的效应。我更多感佩的却是这道原的变化，自古以来白鹿原缺水，向来不植一株果树，即使庄稼，也只能保证一料小麦的收成，多有的伏旱，秋天的作物十有九年都无收获。更甚者，生活用水都很困难，原下人调侃原上人说，早晨起来，夫妻对面吐唾沫儿洗脸。现在，每个村子都有深井，自来水通到家家户户，果园也就蓬勃起来了。白鹿原高过渭河平原二百米，昼夜温差大，无论樱桃无论葡萄的甜蜜就享有天时地利的优势了。

　　绿树掩映着的一个个或大或小的村庄，既是古老的，又是新生的，古老到和这道原的历史一样悠久，新生在于现在的村庄已经完全改换出一派新的风貌，一幢幢二层小楼或平房，从绿树的空隙间显露出来。如果走进村巷，便会看到甚为讲究的一个个农家院的门楼上都有题款。几乎看不到土坯垒墙的传承了千年的厦房了。沟通每一个村庄的道路全部实现了硬化——水泥路面，永久性地告别了泥泞小路。我曾陪《白鹿原》剧组的朋友踏访原上村庄寻找外景地，失望而归，二十世纪的白鹿村的影像荡然无存。我不为剧组的失望而失望，倒为原上的乡党而庆幸，他们终于获得了安逸富足的生活，既不为锅里缺米缺面而熬煎，也不为屋漏而愁肠百结了。

　　写到这里，我突然意识到，每触及一景，便牵出这一景地昨天的景象来。似乎不是有意为之，而是一种自然的不可违逆的心理反应，昨天的贫瘠景象铸存太久，而今天焕然一新的景象来得太快，作为这道原的亲历者，发生今天与昨天的鲜明而又强烈的对比，欣然的感触和感慨就是本能的心理反应了。

　　因为一只白鹿的出现，这道原便有了象征着吉祥安泰的白鹿的名称。随后，汉文帝葬在白鹿原西北的原坡上，原坡根下流淌着灞水，文史典籍称为灞陵，这道原也被改名为灞陵原，民间却少有人说。自北宋大将军狄青在原上屯兵驯马，这道原又被改换为狄寨原，一直沿用至今，白鹿原的名字早已湮灭以至消亡了。近年间，因为拙作《白鹿原》的发行，这个富于诗意也象征着吉祥安泰的白鹿原的名字又复活了。白鹿原名称的重新复归，恰当其时，多少代人期盼向往的富裕和平的日子已经实现，却是改革开放的科学而又务实的富民国策实施的结果。

　　愿白鹿长驻此原。

二〇一二年九月二十七日　二府庄

毛乌素沙漠的月亮

朋友电话约写一点有关月亮的记忆。话尚未落音，我的心底便有一轮又圆又大的满月缓缓浮现出来。这是我平生见过的最大的月亮，在毛乌素大沙漠的天空悬浮着，也沉浮在我的心底，整整二十五年了。

那是一九八五年的酷暑时月，由路遥挑头在陕北召开"长篇小说创作促进会"。"促进"二字彰显着这次会议的主旨，却也明白不过地提醒与会作家，应该考虑长篇小说创作的探索了。客观的情况是，新时期出现的一茬陕西青年作家，正热衷于中篇小说和短篇小说的创作，尚无一部长篇小说出版，作协领导有点着急，需要促进一下。会议的第二阶段由延安转移到毛乌素大沙漠中的塞北重镇——榆林，作家们的兴致更高涨了，纷纷表态要把长篇小说的创作列入最近的写作计划，"促进"促得会上会下的气氛十分热烈。挑头的路遥无疑也很受鼓舞，顿时突发奇想又别出心裁，要搞一场篝火晚会，就在荒无人迹的毛乌素沙漠里，这在当时无疑是一场浪漫而又颇为新潮的晚会。

柴火是向当地乡民购买的，一捆一捆干绷绷的沙柳棒子，见到引火便蹿起火苗，得着沙漠夜风的鼓吹，火势顿时便起一丈多高，把刚刚降下的夜幕现出一片光亮的空间。与会的这一茬作家正值青年壮年，又得着思想解放的时风的鼓舞，全都围着噼啪爆响的火堆几近疯狂地蹦跳起来，很难看到谁有规范的舞步，都是随心所欲地胡蹦乱跳，夹杂着平素很难发生的野性的狂呼吼叫，把静谧无息的毛乌素沙漠吵翻天了。我也夹杂其中，蹦着跳着,便有了难得的一次尽情放纵的生命狂欢。不料有人从背后抓住了我的胳膊,不容分说把我拉出狂欢的人窝儿,说,咱俩散散步去。依声音辨识,这是诗人子页。

我便随着子页走,几乎是漫无目的的无意识行走,却恰恰走在往北的沙地上。往北无疑是更为荒凉的沙漠腹地的方向。估摸不准走出多远了,篝火晚会的嘈杂的人声消失了,腾跃的火焰也看不见了,只有一片小小的略显红色的亮光标示着篝火晚会会场的方位。天上繁星点点,沙漠夜幕里仅有一丝微弱的亮色,我只能看见并排走着的子页的人形,完全看不清他的眉眼。凭着感觉判断,已经走得很远了,恰好脚下踩到了一道沙梁,两

一九八五年八月,榆林沙漠。左起:陈忠实、白描,京夫,子页,路遥,贾平凹。

人不约而同停住脚步。他坐下来。我也坐下来。白天被晒得烫脚的沙子似乎还有余温。他说了些什么话,社会热点话题或文学写作什么的,认真的和不认真的,正经的或不正经的,现在竟通通忘记了,一句也没留下来。同样,我对他说了些什么话,也通通忘记了,一句都回忆不起来。我俩在沙梁上对面坐着,此起彼落地聊着(用西安当地话说叫"谝着"),仍然是谁也看不清谁的眉眼,依着说话的语调和口吻的缓急,感知对方的思想和情感。

无意间，我突然看见他脸上的轮廓了，不由一惊，瞬间就意识到月亮出来了。他几乎同时轻轻地惊呼：啊！多大的月亮！我转过身，就看见沙漠尽头地天相接的地方，浮现着一轮小碾盘那般大的月亮，惊得我一跃身站立起来。子页也站起来了。

多大的月亮。我忍不住赞叹。

没见过这么大的月亮。他也随口赞叹。

多大多圆唯。我忍不住再说一句，便想到当属农历的六月十五或十六，难得看见毛乌素沙漠的满月。子页庆幸地说。

子页是一位颇具广泛影响的诗人。我也算得一个作家。诗人的他和作家的我站在毛乌素沙漠里，面对初升起来的一轮满月，反复赞叹的词汇里，只有一个"大"字和一个"圆"字，竟然再反应不出一个更生动更美妙的文字来。我俩站在沙地上，看那又圆又大的月亮缓缓浮升起来。沙漠里偶尔传来一声单调的野兽的叫声，我可以辨出是狐狸，城市长大的子页却以为是狼。月亮浮上天际大约有一竿子高了，似乎渐渐缩小了一轮，却更明亮更清湛了。子页突然对我说："我有一个提议——"却不说提议的内容。我也没有急于追问。只见他附下身去，在月亮照亮的沙地上摸索，终于找到几根沙蒿杆儿，捋去枝叶，盯着我说："面对毛乌素的满月，咱俩发誓——"说着便跪倒在沙地上，把三根蒿草杆儿双手举起，反复三匝，插在沙地上，颇为郑重地发出誓言："我对毛乌素沙漠的月亮起誓，和忠实老哥肝胆相照，永不背叛……"我看着他突如其来的甚为庄重的举动，虽然始料不及，却没有任何犹疑，瞬即便和他并排跪下了，捡起三根替代香火的蒿草杆儿，照他的动作做起：双手握住蒿草杆儿，从胸前举起到眉心，反复者三，同样插在他插着的蒿草杆儿的一边，也信誓旦旦地对着毛乌素沙漠上空的月亮起誓，誓词自然和他的誓词保持一致。待我说完，两人相应地转过脸来面对面瞅着对方，两双手便紧紧地握在一起，然后便四仰八叉倒躺在沙地上，纵声大笑起来……

有人吼叫我和子页的名字，我俩当即应了声，料想篝火晚会要收场了，我俩似乎还留恋这一方静谧神奇的夏夜的沙漠，更有沙漠上空越升越高也愈加明亮的月亮。奔到我俩面前的两位作家虚张声势：还以为你俩被狼吃了呢！我俩都不在意地笑笑。有位作家颇认真地渲染说，沙漠里的狼可厉害了，常叼牧民的羊。子页随机应变，从沙地上捞起他和我插下的蒿草秆儿，说："我俩有金箍棒，什么样的恶狼都不怕……"

算不得结义，也算不得结拜，不过是面对沙漠上空一轮又圆又大的月亮，诗人子页诗性激情的瞬间生发的举动。我之所以毫无犹疑地响应，有一个基本的感知，就是子页弃政从文的人生选择。他在新时期文艺复兴的热烈而又神圣的文学氛围里，辞去了给一位重要领导当秘书的工作，自愿调动到文艺圈子里来，在作家圈里曾发生了好久的一阵议论。任谁都能预料，为一位重要的一把手当秘书多年，仕途上绝不会亏他的；他却舍弃了，毅然投身到文学圈子里来了，可见他对文学的痴迷和神往。平心而论，我和他认识也有四五年了，来往屈指可数，他热衷诗的创作，我学习写作的兴趣却在小说，文学大圈子里还有不同文学样式的几个小圈子。再说他住在西安城里，我住在白鹿原下的乡村，平素难得相遇。我对他最直接的印象，便是他舍弃官场投身文坛的举动，一个如此痴迷文学也神圣文学的同龄人，大致该当是可以信赖的……我便和他并排跪倒在毛乌素沙漠上，面对那一轮又圆又大的月亮。

之后二十五年，淡淡如水，一年半载遇合到一起，我看着他虽依旧浓密却大半花白的头发，他瞅着我光亮的谢顶，互相先自笑了，竟然谁对谁都说不出一句客套的话，开口总是调侃。待喝过两盅之后，或他或我就会说起毛乌素沙漠里用蒿草秆儿做香火对月起誓的事来，仿佛就在昨夜。可见毛乌素沙漠上空的那一轮又圆又大的月亮，沉浮在我的心底，也在他的心底沉浮着。我便自然想到，如果谁有了无论大或小的苟且之事，沉浮在心底的那一轮又圆又大的毛乌素沙漠天空的月亮，就再也浮现不出来了。原本仅属于诗人子页兴之所至的一项提议，其实不无玩笑作趣的成分，现在倒感觉到一种人生的颇可珍重的情趣了。

二〇一〇年七月二十八日　二府庄

难忘一种鸟叫声

在乡村生活和工作的几十年里，每到公历五月中下旬的初夏时节，无论是行走在乡间土路上，抑或是坐在月光朦胧的自家小院里，都会听到"算黄算割——算黄算割"的鸟叫声。在乡村叫得上和叫不上名字的诸多鸟儿中，最让人亲切的鸟叫声，莫过于这种被乡人称作"算黄算割"的鸟儿了。没有任何神秘的因由，这种鸟叫声提醒庄稼人，麦子黄熟一点就要及时收割一点，不能等得整块麦子全黄熟了才收割。那样往往会被骤来的暴风雨毁了成熟的也是即将到口的麦子。其实，麦子一边黄熟一边收割，这是任何一个庄稼人都明白的常识，谁也不会太在乎空中响着的这种"提醒"。然而，人们对"算黄算割"的鸟鸣声和对这种鸟儿的亲切感，在于它传达的小麦即将成熟的喜讯。对于喝了一个冬天又一个春天的苞谷糁子的庄稼人来说，麦子成熟最切实的意义，便是碗里可以挑出美味的面条了，锅里可以烙出酥脆的白面锅盔了。尤其是那些日子过得紧巴到吃上顿愁下顿的人家，早已瞪着眼瞅着麦苗返青，拔节，吐穗，扬花，再由绿变黄，"算黄算割"的鸟叫声，既撩拨着他们急不可待的心，也搅动着他们亏欠太久的饱腹的欲望。

在我幼年的记忆里，虽然没有饥饿，却对纯粹的白面馍馍有一种本能的期盼，盼到过年，可以吃到白面包子、饺子和臊子面，过罢初五，就换成苞谷面馍了。再盼到收割麦子，打下新麦，直到地净场光，大约半个月左右，馍和面条都是新麦磨下的纯白面做的，之后又以苞谷、豌豆等杂粮为生了，正所谓"跟着碾麦子的碌碡过个年"。打下第一场新麦，磨下白面，母亲总要先烙一张焦黄酥脆的锅盔，为割麦子拉运麦子碾打麦子没黑没白劳作的父亲改善生活。我却早已迫不及待地守候在锅台边，看着母亲把擀好的白面锅盔放进锅里，当即发出吱吱吱的响声，便有香味弥散开来。及至三翻三扣，满屋满院都漫浮着锅盔的香气儿，我早已口水连连下咽了。母亲把烫手的锅盔从锅里拎起，旋即摆放到案板上，拿起切面刀切成大小匀称的方块。我急不可待地从她刀下抓过一块还有点烫手的锅盔，咬出嘎嘣脆响的声音，那是美味香甜到刻骨铭心的吃食了……我对"算黄算割"鸟叫声的敏感，源自幼年的生存感受，即使活到这把年纪，每到初夏时节，在城市的街巷里听到树梢上一声连一声的"算黄算割"的叫声，脑子里便浮出在案板上从母亲刀下抓过锅盔的情景，口中似乎有口水溢出……

　　同时浮现于脑际的图像却有点不堪，那是在收割过麦子的麦茬地里搂拾遗丢的麦穗的情景。父亲和母亲收割完一块地里的麦子，母亲回家做饭，父亲用木轮推车把一捆捆麦子拉运回麦场上，麦茬地里遗丢的零散麦穗，要用竹篾或铁丝制作的一个大笆子搂拾，这是我要干的活。其实不单是我，凡能拖动那把笆子的农村男孩，都要干这种劳动。其实那笆子的分量并不重，搂拾的麦秆麦穗也已晒干，没有多少重量，难耐的是头顶火辣辣的太阳，直晒得裸露的胳膊由红变黑，再脱下一层层白色的皮来。在河川的小块水田里，地头有白杨树，搂到地头可以在树荫下乘一会儿凉，还可以从水渠里撩水洗脸。最难受的是在坡地上，地块大，周边见不到一棵树，更见不到一滴水，拖着笆子从地这头搂到那头，再从那头搂到这头，头顶的大太阳晒着，脚下的麦茬地也像火烤一样，满脸满身都流出汗水，直到没有汗水可以流出，喉咙里也似乎有一种着火的焦灼。这是我幼年从事的劳动项目中最不堪的一种。父亲又拉着空车到地里来装麦捆，大约看到我不堪忍受乃至气急败坏的脸色，没有安慰或劝导，只是平静地说一句，这会儿你想一想白面锅盔就好办了……

　　后来上了中学，读到唐诗"锄禾日当午，汗滴禾下土，谁知盘中餐，粒粒皆辛苦"。我不是听人教诲之后才得知，而是在能拖动那把搂拾麦穗的竹笓的幼年就知道了"粒粒皆辛苦"的道理，是用流尽汗水再无汗水流出的切身感受获得的生存道理，盘中的餐更具体为母亲案板上的一块锅盔，或一碗纯粹麦子白面做成的面条。我对这位已记不得名字的诗人产生了敬重和亲近感。

记不清哪年看到一幅画，是一个拾麦穗的女孩，扎着羊角辫儿，穿着红兜肚，模样是天然的好看，正在收割过麦子的麦茬地里捡拾麦穗。我看见这幅画面，当即想到我拖着笓子搂拾麦穗的情景。我体会到的不堪和画面上那阳光而又富于诗情的美形成反差。我拾麦和搂麦是生活真实，画面上拾麦穗的女孩形象展现的是艺术化了的生活，未必要把拾穗者被太阳炙烤得淋漓的汗水和脱皮的肌肤的不雅画出来，那样就缺少诗性的浪漫诗性的美了。

生活真实和艺术真实是个大命题，我从喜欢上文学就面对这个命题了，几十年过来，依旧朦朦胧胧莫衷一是，姑且不赘。倒是宁可淡忘幼年搂麦穗拾麦穗的记忆，多欣赏画中所洋溢的诗性韵味，当会有一种解脱的轻松。

二〇一二年七月三十一日 二府庄

又见鹭鸶

那是春天的一个惯常的傍晚,我沿着水边的沙滩漫不经意地悠步。旱草和水草都已经蓬勃起来,河川里满眼都是盎然生机,野艾苦蒿薄荷和鱼腥草的气味混合着弥漫在空气里,风轻柔而又湿润。在桌椅间窝蜷了一天的四肢和绷紧的神经,渐渐舒展开来松弛开来。

绕过一道河石垒堆的防洪坝,我突然瞅见了鹭鸶,两只,当下竟不敢再挪动一步,生怕冲撞了它们,惊飞了它们,便蹑手蹑脚悄悄默默在沙地上坐下来,压抑着冲到唇边的惊叹,哦!鹭鸶又飞回来了!

在顺流而下大约三十米外,河水从那儿朝南拐了个大弯儿,弯儿拐得不急不直随心所欲,便拐出一大片生动的绿洲,贴近水流的沙滩上水草尤其茂密。两只雪白的鹭鸶就在那个弯头上踯躅,在那一片生机盎然的绿草中悠然漫步;曲线优美到无与伦比的脖颈迅捷地探入水中,倏忽又在草丛里扬起头来;两条峭拔的长腿淹没在水里,举趾移步优然雅然;一会儿此前彼后,此左彼右,一会儿又此后彼前此右彼左;断定是一对儿没有雄尊雌卑或阴盛阳衰的纯粹感情维系的平等夫妻……

于是,小河的这一方便呈现出别开生面令人陶醉的风景,清澈透碧的河水哗哗吟唱着在河滩里蜿蜒,两个穿着艳丽的女子在对岸的水边倚石搓洗衣裳,三头紫红毛色的牛和一头乳毛嫩黄的牛犊在河滩草地上吃草,三个放牛娃三对角坐在草地上玩扑克,蓝天上只有一缕游丝似的白云凝而不动,落日正渲染出即将告别时的热烈和辉煌……这些时常见惯的景致,全

在神农架

都因为一双鹭鸶的出现而生动起来。

不见鹭鸶，少说也有二十多年了。小时候在河里耍水在河边割草，鹭鸶就在头前或身后的浅水里，有时竟在草笼旁边停立；上学和下学涉过河水时，鹭鸶在头顶翩翩飞翔，我曾经妄想把一只鸽哨儿戴到它的尾毛上；大了时在稻田里插秧或是给稻畦里放水，鹭鸶又在稻田圪梁上悠然踱步，丝毫也不戒备我手中的铁锨……难得泯灭的永远鲜活的鹭鸶的倩影，现在就从心里扑飞出来，化成活泼的生灵在眼前的河湾里。

至今我也搞不清鹭鸶突然离去突然绝迹的因由，鸟类神秘的生活习性和生存选择难以揣摸。岂止鹭鸶这样的小河流域鸟类中的贵族，乡民们视作报喜的喜鹊也绝迹了，张着大翅盘旋在村庄上空窥伺母鸡的恶老鹰彻底销踪匿迹了，连丑陋不堪猥琐笨拙的斑鸠也再不复现了，甚至连飞起来遮天蔽日的丧婆儿黑乌鸦都见不着一只，只有麻雀种族旺盛，村庄和田野处处都只能听到麻雀的叽叽喳喳。到底发生了什么灾变，使鸟类王国土崩瓦解灭族灭种留下一片大地静悄悄？

山·水·树·鸟

单说鹭鸶。许是水流逐年衰枯稻田消失绿地锐减，这鸟儿瞧不上越来越僵硬的小河川道了？许是乡民滥施化肥农药污染了流水也污浊了空气，鹭鸶感到窒息而逃逸了？许是沿河两岸频频敲打的庆贺"指示"发表的锣鼓和震天撼地的炮铳，使这喜欢悠闲的贵族阶级心惊肉跳恐惧不安，抑或是不屑于这一方地域上人类的愚蠢可笑拂尾而去？许是那些隐蔽在树后的猎手暗施的冷枪，击中了鹭鸶夫妻双方中的雌的或雄的，剩下的一个鳏夫或寡妇悲怆遁逃？

又见鹭鸶！又见鹭鸶！

落日已尽红霞隐退暮霭渐合。两只鹭鸶悠然腾起，翩然扇动着洁白的翅膀逐渐升高，没有顺河而下也没见逆流而上，偏是掠过小河朝北岸树木葱茏的村庄飞去了。我顿然悟觉，鹭鸶原是在村庄里的大树上筑巢育雏的。我的小学校所在的村庄面临河岸的一片白杨林子里，枝枝杈杈间竟有二十多个鹭鸶搭筑的窝巢，乡民们无论男女老幼引为荣耀视为吉祥。一只刚刚生出羽毛的雏儿掉到地上，竟然惊动了整个村庄的男女老少，合议着公推一位爬树利落的姑娘把它送回窝儿里。更不必担心伤害鹭鸶的事了，那是被视为作孽短寿的事。鹭鸶和人类同居一处无疑是一种天然和谐，是鸟类对人类善良天性的信赖和依傍。这两只鹭鸶飞到北岸的哪个村庄里去了呢？在谁家门前或屋后的树上筑巢育雏呢，谁家有幸得此吉兆得此可贵的信赖情愫呢？

我便天天傍晚到河湾里来，等待鹭鸶。连续五六天，不见踪影，我才发现没有鹭鸶的小河黯然失色。我明白自己实际是在重演那个可笑的"守株待兔"的寓言故事，然而还是忍不住要来。鹭鸶的倩影太富于诱惑了。那姿容端的是一种仙骨神韵，一种优雅一种大度一种自然；起飞时悠然翩然，落水里也悠然翩然，看不出得意时的昂扬恣肆，也看不出失意下的气急败坏；即使在水里啄食小虫小虾青叶草芽儿，也不似鸡们鸭们雀们饿不及待的贪馋和贪婪相。二三十年不见鹭鸶，早已不存再见的期冀和奢望，一见便不能抑制和罢休。我随之改变守候而为寻找，隔天沿着河流朝下，隔天又溯流而上，竟是一周的寻寻觅觅而终不得见。

我又决定改变寻找的时间，于是舍弃了一个美好的出活儿的早晨，在黎明的微曦中沿着河水朝上走。大约走出五华里路程，河川骤然开阔起来，河对岸有一大片齐肩高的芦苇，临着流水的芦苇幼林边，那两只鹭鸶正在悠然漫步，刚出山顶的霞光把白色的羽毛染成霓虹。

哦！鹭鸶还在这小河川道里。

哦！鹭鸶对人类的信赖毕竟是可以重新建立的。

我在一块河石上悄然坐下来，隔水眺望那一对圣物，心头便涌出一首脍炙人口的诗歌来：

　　蒹葭苍苍　白露为霜　所谓伊人　在水一方

两株玉兰树

清明前一日后响回到老家,到村子背靠的白鹿原北坡上,在父母的坟头烧了一堆被视为阴币的黄纸。尽管明知这是于逝者没有任何补益的事,然而每年此日不仅不能缺少,甚至早早就泛溢着一种甚为急切的情绪。自己心里明白,上坟烧纸和跪拜的行为,无非是为消解对父母恩德亏欠太多的负疚心理,获得一种安慰。

天气很好。温润的风似有若无。西斜的依然明媚的阳光下,原坡和河川满眼都是蓬勃的绿色和黄色,绿的是返青的麦苗,黄的是盛开的油菜花,间有零星散落在坡梁上杏花的粉白。

回到老屋小院,便坐在前院闲聊。许是那种负疚心绪得到消解,许是得了这明媚春色的滋润,竟是一种难得的轻松和平静。记不得是谁颇为惊诧地叫了一声,玉兰树开花了。我便朝大门右侧的玉兰树看去,在树梢稍下边的一根分枝上,有两朵白花。我的心微微一颤,惊喜得轻叫一声,从坐着的小凳上站起来,几步走到玉兰树下,久久观赏那两朵玉兰花。那是两朵刚刚绽放的玉兰花,雪白、鲜嫩、纤尘不染,自在而又尽情地展示在细细的一根枝条上,洁白如玉,便想到玉兰花的名字确属恰切。玉兰树尚不见一片叶子,叶芽刚刚在枝条上突出一个个小豆般的苞,花儿却绽放了。我久久地看那两朵花儿,竟然不忍离去。玉兰花在我其实也算不得稀罕,见得也早也多了,之所以发生一缕不寻常的惊喜,这是开在自家屋院里的玉兰花,而且是我栽植的玉兰树苗,便有了一种情结;还有一种非常因素,就是这株玉兰树苗成长过程的障碍性经历，曾经让我颇费过一番心思。

几年前我重回原下小院读书写字，一位在灞河滩苗圃打工的乡党，闲聊中听说我喜欢玉兰花，便给我送来一株不过食指粗的幼苗，我便在大门右侧的围墙根下挖坑栽下了。为了便于浇水和保护，我在玉兰幼苗四周用砖箍了一圈护栏。得到我的用心守护和浇灌，玉兰树苗日见蹿高，分枝，加粗，蓬蓬勃勃，生机盎然，我便期待花苞的出现。恰好盼到玉兰树应该发苞开花的规定期树龄，不仅没有开花，失望且不论，等到叶子成型，我发现了非常的征象，本应是深绿色的叶子，却呈现着浅黄，即使到盛夏烈日暴晒的时月，各种树叶都变得深绿近青的颜色，我的玉兰树叶反而由浅黄变得几乎透亮了。任谁都会看出这是一种病态的表征。村里乡党见了，有说是蛴螬咬了树根，有说是缺肥，有说是化肥施多烧了根，等等。后两种说法不能成立，我栽植时填的是农家粪土，不缺肥更不会发生烧根的事，倒是蛴螬啃食树根有可能发生，却也无可奈何。我曾扒土寻找蛴螬，一只也未见到。我就怀疑大约是玉兰根自身发生了什么病患。

等到第二年，玉兰树仍然是满树病态的黄叶，自然不会开花了。我便有所动摇，这株病态的树会不会自愈？需得几年才能缓解过来？如果等过几年不仅缓解不了反而病情加重以致枯死了，那我就会白等了。我便想挖掉它，重植一株。拿着镢头刨挖的一瞬，却似乎听到一种凄婉的求生的哀音，那一片片透亮的黄叶似乎也幻化成哭相，我便举不起镢头来。突然想到，任它继续存在着，如果真的挨过了病患，当一树健康墨绿的叶子呈现在小院里的时候，我会获得一种别样的欣慰和鼓舞；如果万一病患发展到发生枯死，再换植一株也无妨，这株玉兰树便保存下来。约略记得去年

中年陈忠实

夏天回家，玉兰树的叶子变绿了，尽管仍不像正常的叶子那么深色近青的绿，却不是往年那种透亮的黄色了，我不由得庆幸，它的病情缓解了，更庆幸我握在手里的镢头没有举起来……今年，这株玉兰树开花了。尽管只有两朵，却是一种美的生命的胜利。对遭遇过生存劫难之后开放的这两朵洁白如玉的玉兰花，就不单是通常对所见的玉兰花的欣赏的愉悦了，多了一缕人生况味的感受。

栽在中院里的一株广玉兰，相对而言似乎简单得多了。这是我离开老屋小院之后一年春天栽下的。大约是我栽植上述这株玉兰幼苗的时候，问过送来玉兰树苗的乡党，苗圃里有没有广玉兰？问过也就不在心了，尤其是返城之后就淡忘了。这年清明回家祭祖时，那位乡党又送来一株广玉兰幼苗。他竟然对我的那句问话经年而不忘，知道我每年清明肯定回老家，便预备下这株我问过的广玉兰树苗，让我颇感动。我就把它栽到中院左侧的北边，避免后屋对阳光的遮蔽。

我之所以喜欢广玉兰，不全在它的各种颜色的花朵，更偏爱它的四季常青的绿叶。多年前到广东见识这种迥异于玉兰树的广玉兰，尽管很喜欢它四季不落的深沉的绿色，却不曾发生拥有的奢望，常识让我难以动心，这种在南方温暖湿润气候环境里生长欢实的好树，难得抵御北方凛冽的寒风和大雪。及至近年间，我在西安看到作为街心路边风景的广玉兰树，才意识到我犯了一个想当然的错误。这种广玉兰树在干燥缺雨的西安依然蓬蓬勃勃，有紫红的花，也有雪白的花；尤其是那浓密的深绿色叶子，在最难熬的冷风刺骨的三九寒冬里，依然蓬勃着一道绿色，为天灰地枯的冬天的西安增添了一种生命的活力。我就在第一眼看见这道风景时，便想给我家屋院栽植一株广玉兰，冬日回到老家，开门进院能看到一株绿树，当会是别一番生动情怀……这株广玉兰的幼苗终于栽到中院了。

我对这株广玉兰的管护，远不及前院那株玉兰树。这是难能补救的事。我居住在城里，偶尔回到乡下老屋，才可能为它浇一桶水，拔除杂草，每到夏天常有的久旱不雨的时月，它就只好忍受干渴了。然而，这株广玉兰生长的欢实简直令我不可思议，每隔二三月回家看到它时，又冒高了一大截，树干也变粗了许多，且又伸出二三条横枝来。不过二三年，树梢已经高过房檐了，树干也有我的胳膊粗了，我便想到它该开花了。

这株连管护粗疏都说不上的广玉兰，就这样茁壮起来蓬勃起来。春天夏天和秋天且不论，每到山枯水瘦的冬天回到老家时，看到的是白鹿原北坡灰黄的枯草，灞河川道里落光了叶子的果树和杂树，路边上烧荒留下的黑色灰渣。而一旦走进屋院，看到绿色依旧的广玉兰，这古老的祖居的屋院洋溢着生命的活力，心理上便泛起一种鲜活。就在我盼着它开花的期待心绪里，灾难却不期而至。那是三年前的隆冬季节，一场多年少见的大雪降至。雪后多日我回到乡下老屋，便看到一副惨不忍睹的场景，广玉兰的主干从高处折断了，颇为庞大的枝叶躺在尚未融尽的残雪上。我看着主干折断处白色的断茬，再看看脚旁的断枝，一种隐痛久久难以化释。这是太浓密的树叶上积压的雪所导致的惨相。无论怎样惨不忍睹怎样心疼，却无可如何，我只能弥补，便用水在地上和了一团泥巴，涂抹到白色的断茬上，这是乡村里抚慰断枝的传统技法。当我涂抹着泥巴的时候，心情渐渐缓解了，相信到来年春天，断茬处肯定会发出新芽来，这是我种树的生活经验。

去年夏天回家时，从断茬处长出的主枝，已经和主干浑然一体了，初看竟看不出曾经让我心疼的断折的痕迹，凑近了才能看到重新弥合后的新枝与老干树皮颜色的差异。我便有了灾难之后的完全的欣慰。尤其让我格外惊喜的是，广玉兰开花了。枝叶太过繁密，几朵紫红色的花朵夹在树叶之间，不拨开枝叶竟难以发现。我似乎不大在意这花的色彩，也不甚在意这花朵夹在枝叶之间难得赏心悦目，我栽广玉兰的着意处，原本是为着冬日的小院有一派绿色。

山枯水瘦万木萧条的隆冬季节，回到祖屋小院，我能看到蓬勃的绿树绿叶。

初春的刚刚明媚的阳光里，回到祖屋小院，我可以尽情观赏洁白如玉的玉兰花。

这方久蓄着许多代先人命运的沉重气氛的小院里，平添了绿叶的鲜活和玉兰花的柔媚。我回归的向往便铸成永久。

二〇一一年五月四日　二府庄

拥有一方绿荫
——《我的树》之一

农历十月初一是家乡的鬼节，活着的人要给死去的亲人烧纸送钱，好让他们在冬季到来之前置备防寒的衣物。在这种事情上我一直是处于理智和情感的分离状态，结果却是一次又一次顺从了情感的驱使，便匆匆赶回乡下老家，去为我的那位终身都在为吃饭穿衣愁肠百结的父亲烧一扎纸钱，让他在冥冥之域不再饥寒交困。

转过村里那座濒临倒塌的关帝庙，便瞅见我的家园。那株法桐撑开偌大的三角形树冠，昂昂扬扬侍立在大门前不过十米的街路边。我的树——每一次回归家园第一眼瞅见这株法桐，我的心里就会涌出"我的树"的欣然浩叹。原因再简单不过，这株法桐是我栽的。父亲在世时喜欢栽树，我们家的房前屋后现在还蓬勃着他老先生栽植的树群，场塄上的那株白椿树已经有一搂粗了。然而我每一次回乡看见自己栽下的树都要比看见父亲栽的树更亲切，说穿了不过是栽树的人对那株幼苗当初所寄托的希冀将实现。是的，当我看见自己掘坑栽下的那株不过指头粗细的幼苗终于雄壮起来，侍立在村巷里，在浩渺的天空撑起一片绿盖的时候，我的那种感觉颇近似阅读自己刚刚写完的一部小说。

十二年前的这个月，我调进陕西作协专业创作组。我那时的唯一感觉便是开始进入最理想的人生状态；专业创作对我来说它的实质性含义只有一点，所有时间可以由我自由支配，再不要听命于谁对我的指派了。压力也同时俱来，生活、学习、创作既然全由自己支配，那么再写不出像样的

二〇〇一年初夏，与《家庭》杂志社编辑在故乡灞河

作品，也就没有任何托词可以替自己遮羞了。

我几乎同时决定回归老巢。回归我父亲我爷爷我老太爷一脉相承的家园。不是因为他们都死了需要由我来承继，纯粹是为了图得一个耳根清净的环境，可以平心静气地坐下来读书，思考一些不单是艺术也包括艺术的问题。深知自己知识残缺不全，而生活演进的步伐又如此急骤，好多好多问题太需要沉心静气地想一想了。

住在乡间真是令人心旷神怡，所有的骚扰和诱惑都自然排除。每每在清静到令人寂寞的时候我便走出大门，和村巷里随意相遇的任何一个人拉拉闲话，哪怕逗小孩玩玩也觉得十分快活。夏天暴日当头时，走出门来就招架不住炎炎烈日的烤炙，暴晒后我的头顶和赤臂就生出一层红红的小米粒似的斑点，奇痒难支，医生说那叫日光性皮炎。我便畏惧已构成暴力的太阳，于是便想到应该有一方绿荫做庇护。出得大门站在浓厚而清凉的树荫下和农人闲谝、抽烟那真是太惬意了……便想到栽两株树。

首先是树种的选择。我要栽两株法桐。几近四十年前我读初中，看过一场中国和法国合拍的儿童电影《风筝》，巴黎街道上那高大的街树令我记忆特深，我在家乡没有见过这种树。又过二十年我才知道这种树叫法桐，中国的许多城市的公路两边已经形成风景，家乡的一些农家屋院也栽植起来。

是我动手那部长篇小说写作那年的早春，我托村子里一位青年从庙会上买回两株法桐，一株一块钱。树买到了自然很遂心愿，只是遗憾着它太小太细了，仅仅只有食指那么粗。天哪！想要乘它的阴凉，想要拥有一方绿荫，得等多少年啊！

我仍然毫不犹豫地挖了坑，给坑底垫上土肥，把它栽下了；栽下了它，也就把一种对绿荫的期盼坚定地埋下了。我拄着铁锨把儿抹着脸上的汗水，欣赏着只及我胸脯高的幼株，一缕忧虑产生了，猪可以拱断它，小孩随手可以掐折它，它太弱小了嘛！于是我便扛着镢头上山坡，挖回一捆酸枣棵子，插在幼株周围，把它严严密密地保护起来。

令我失望的是，几乎所有树木的嫩叶都变成了绿叶，我的两株法桐依然叶苞不动。我拨开酸枣棵子在那树干上掐破表皮，发现已经是干死的褐色。我想把它拔起来扔掉，就在我拽住树干准备用力的一瞬，奇迹发生了，挨近地皮露出来一点嫩黄的幼芽，我的心就由惊喜而微微颤抖了。这是从法桐的根部冒出的新芽，证明树根还活着。树根活着就会发出新的幼芽，生命多么顽强又多么伟大啊！那是一个尚看不出叶形的粗壮的锥形幼芽，刚刚拱破地皮而崭露头角，嫩黄中有淡淡的嫩绿，估计也不只经受过一两回春天阳光的沐浴吧。我久久地蹲在那里而舍不得离开，庆祝一个新的生命的诞生。我把扒掉的酸枣棵子重新插好，这幼芽不仅经不起车碾马踏人踩猪拱，鸡爪子只要一下就会轻而易举地把它刨断把它摧毁。

我一日不下八次地看那幼芽。它蹿起来了，它由嫩黄变成嫩绿了，它终于伸出一片绿叶了，它又抽出一片新叶了。它终于冒过围护着它的酸枣棵子，以一身勃勃的绿叶挺立起来，那么欢实，那么挺拔地向着天空……唯其丝毫不敢松懈，每年春天挖一捆酸枣棵子加固防护的围障，它依然还弱小，依然经不起意外的或有意的伤害。

它长到我的胳膊粗的时候，我终于享受到它的绿荫了。那树荫投射到地面上，有筛子般大小，我站在我的树的阴凉下，接受它的庇护。它的尚不雄壮的枝干和尚不宽厚的绿叶，毕竟具备遮挡日烈焰的能力，我想拥有一方绿荫的愿望实现了。那一年底，我也终于完成了历时四年的长篇小说写作工程，回城里去了。临走之前，我仍然给它的周围加固一层酸枣棵子。

去年夏天我回去，发现那树干已经长到小碗那么粗了。不知哪家的孩子用小刀在树干刻写下我的名字，刻刀的印迹已经愈合，颜色却是褐红色的，在树皮的灰白色中十分显朗。从去年到这次回归，我发现那树干急骤加粗，刻着的我名字的那俩字也在长大。树下已经有偌大一片绿荫了。

法桐已经成为一株真正的树挺立在那里，巨大的伞状树冠撑持在天空。父亲在世时给我说过，树冠在天空有多大，树根在地下就会伸延多么远；树干有多粗，树的主根也就有多粗；树枝在空中往上往前伸长一尺一寸，树根在地下也就往下往周围延伸一尺一寸。我至今无法判断父亲这话有多少科学的可靠性，但确凿相信，这树的根已经扎得很深了，即使往坏处想到极点，譬如说突然被过往的汽车撞断了，或者几十年不遇而在某一天却遇到了雷劈电击，这自然都无法预防，但这根是不会被撞毁劈断的。它会重新冒出新芽，它的生命还会重新开始。真的发生这种情况，我将无怨无悔地再去挖酸枣棵子，重新开始对我的法桐新芽的围护。

我久久伫立在我的法桐树旁，欣赏着那已经变形却依然清晰可辨的我的名字，那刻下我名字的淘气鬼也该和这树一样长高长壮了吧？天空飘落着零星小雨，日头隐没了，虽然看不到树荫，却也毫无遗憾。到明年三伏那燥热难熬的时候，我就回家园，享受暴日烈焰下的我的那一方绿荫。

绿蜘蛛，褐蜘蛛
——《我的树》之二

记不清究竟是临近清明前的哪一天早晨，我洗罢脸走出房门便惊得站住了脚，小院围墙根下的梨树开花了，一嘟噜一嘟噜粉嫩嫩的白花，疏疏朗朗点缀在嫩绿的枝叶之间，密集的花朵绣结成团，稀疏的花朵独秀一枝。我在最初瞧见的一瞬顿然幻化出一位白衣天使的绰约风姿。

我走到梨树下，竟然是潜意识的轻脚慢步，似乎单怕惊飞了这位白衣仙女。树干上湿漉漉的，夜气和露水浸润着的褐色的树干像刚刚出浴的小腿。嫩绿的叶片也湿漉漉的，像仙女濯洗过后随意披散的长发。花是一簇一簇的，一根花梗里多则生出七八朵，少则四五朵，团成一簇；白如雪的花瓣，暗黄的花蕊，绿色的花柄儿，团团簇簇有如凝脂，装扮得这梨树恰如一位冰清玉澈神采仙风的白衣天女了。

记得是五年前秋末冬初的一天傍晚，邻村的一位青年时期的农民朋友到我家来，腋下挟着一捆果树苗，有几株桃树，有几株杏树，有几株李子树，还有几株梨树，都是刚刚嫁接一年的幼株，说是特意送给我的。我解开捆扎的草绳儿，捏着看着那一株株细如小指的树苗，竟然激动起来了。他说他知道我盖起一年多的新房前有一块小院，他说他知道我喜欢栽树，他说他觉得给围墙内的小院栽几株各色果树最好。我也知道他现在在责任田里侍弄各种果树苗，嫁接树苗和管理果树的本领在本地区小有名气，常常被一些果树专业户请去指导。他虽然只有小学文化，生性却极聪慧，闲暇时总是对果树栽培专业书籍乐而不疲。他和我坐下喝茶，头头是道娓娓述说各类果树管理的尖端新潮技术，美国怎么怎么了，日本又怎么怎么了，令我大开眼界。

送他走后我就作难了，小院里已经栽下两株樱桃和一株小柿树，剩下的空间无论如何也容纳不下这一捆树苗生存发展的，于是我就开始了甚为困难的抉择。首先淘汰的是桃树，原因是农业合作化前我家拥有一方桃园，那几种美好的桃子的味道至今想起来依然馋涎欲滴，对如今种种

与评论家梁鸿鹰在大兴安岭森林中

好听的新品种实在不敢恭维。杏树随之也被否决了，原因是我家后坡上长过一抱粗的一棵杏树，杏子又是我们这里的土著果品已无新鲜感觉。最后割舍的是那李子树，这水果红里透紫十分好看，味道却不怎么可口，耐看而耐不得嚼。这样，便留下来四株梨树苗，我没有种过梨树，我父亲似乎也没有栽过梨树。幼年时记得我们家有一小块地叫作梨园，父亲总是说"后晌割梨园地里的麦子"，或者说"梨园那儿的苞谷旱得撑持不住了水还轮不上浇"。我问过父亲梨园地里为啥没有一株梨树，没有一株梨树为啥把这块地又叫作梨园。父亲说他也不知道其中的缘由，说他从爷爷手里继承下来家业时这块地就称作梨园，爷爷这么称梨园他也就跟着叫梨园，我在跟着父亲称梨园的同时却多了一份期望，这

梨园真要是有几株梨树会多好啊！我们村子里压根儿就没见过谁家种过一棵梨树，我那时候尚不知梨树的叶子是圆的还是长条的。

赶在天黑之前，我便把三株小小的梨树栽在小院里，剩下一株左看右看再也无法插足，便只好栽到围墙外边靠近大路的空地里。遭到淘汰的桃、杏、李子树毅然分送给邻居的小伙子，他们有责任田有果园。我顿然产生了失去田地以后的某种失落感和生存的狭窄感。

这时候我基本完成了一部长篇小说的构思和准备工作，就要开始草拟，不料母亲却大病始发，整整一个冬天都奔波在医院和家园之间，难得进入创作的沉心静气状态，便推后到次年春季。

草稿本子上记下的草拟开工的日子是四月一日，其时梨树苗儿已经绽出新叶，四株全部成活，显示出勃勃的生命的茁壮气势。我便在写作困倦想抽一口烟时走到小院里，在这一株旁边蹲一会儿，在那一株跟前站一站，数一数叶子增加了几片，心头恬静得如同抚摸着小儿头上的黄毛。梨树周围是坚决不能容忍一株杂草的，几乎每天早晨都能发现刚刚拱出地皮的草芽，我随手便用一把锋利的挖铲连根刨出来⋯⋯到了秋天落叶时，我竟然有一缕不忍落去的依恋，然而看着这梨树由小拇指加粗到大拇指粗，从齐我胸高一下子冒过我的头顶，一年里长高了一米多，而且四周抽出几条旁枝，初具树形了，我就真切地惊叹这绿色生命的伟大了。当春风又一次吹绿万物，我的梨树也应时发出新芽绽出绿叶。我已不再惊讶和好奇，而是以一种沉稳踏实的心境开始盘算，到今年秋天它肯定要冒过围墙了，树干也会加粗到擀面杖一般了。去年冬天到来时，我给它们的根部埋下了充足的有机肥料，整年生长发育的养分都会绰绰有余。

意外的挫折使我心疼不已。那天我写累了又抽着烟转悠到梨树跟前，发现地上掉下来几片嫩叶，还有两个小芽尖儿。往树上一看，发现主干刚刚冒出半尺长的新芽尖儿被掐断了，一根朝西的小小分枝的芽尖也被掐断了，还有一些嫩叶梗被折断。我大为惊诧，甚为惋惜心疼，便猜想是谁家小孩子弄坏的。可是大门一直关着，孩子不可能翻墙来干这种事的。我就在这幼树上一枝一叶逐渐查证，突然在一片稍大点儿的叶子的背面发现了一只怪物，它不过像一颗扁豆粒儿那么大小，通体绿色，绿得嫩亮亮的，六只左右对称着的复足也是绿色，纹丝不动趴伏着。我在看见它的一瞬心头掠过一阵儿恐惧，皮肉收缩而悸颤起来。它的绿色不像梨树的嫩绿唤起人对于生命的礼赞，而切实让我感到了阴冷鬼祟和毛骨悚然。我虽然自小生长在农村，自以为天上飞的地上跑的飞禽走兽都可以按家乡习惯叫出名字，这个绿色的怪物却系头一遭发现。我便斗胆用手去捉它，刚刚触及树叶，那怪物便自动掉下来，在地上跑得好快，我一脚便把它踩得灰飞烟灭了。在它从树上自动坠地时，我发现了它吐出一道细丝，大约是一种自卫的安全坠地的本能，这倒启示我把它与吐丝作网的蜘蛛联系起来：绿蜘蛛。

一场你死我活惊心动魄的人蛛大战便由此启幕。我逐树逐枝逐叶一一检查，发现了绿蜘蛛，便用一根树棍儿轻轻敲击一下树叶儿，那怪物故伎重演坠到地上，我便跟上一脚将它消灭。我得意于我对它的战略战术的成功。却不料发生了问题，在东墙角的梨树上一敲，那怪物没有弹到地上而是弹到另一片树叶上，然后就在绿叶中哧溜哧溜逃窜，搞得我眼花缭乱而终于丢掉了目标。好在就这么一棵小树，没有几根分枝，从头再侦察起来。到我终于再发现它的诡秘的行踪，便忘记了它可能身蕴毒汁，一把抓上去，连同那片绿叶都揉碎在掌心了。

整死了绿蜘蛛我也陷入老大的不自在，这右手的手心总是感到别扭和不舒服。我已经用肥皂洗过三回，没有发红也没有发肿，证明那怪物体内尚无蝎子和蛇一样的毒汁。然而我仍然感到极大的不自在，我便坐在小院里抽烟。这绿蜘蛛其实既不食枝也不噬叶，它是咬断芽尖和嫩叶叶梗吸吮树的汁液来养活那绿色肉体的，这未免有点太可恶。我又想了，我未栽梨树的时候，这种怪诞的昆虫从未发现过，梨树刚刚栽下一年，它就出现了，或者说它就来了。那么，它是打哪儿来的？也许它的卵在我朋友的苗圃里就附着在小杆上或根部，而它是专门以梨树汁液为生的寄生虫却确定无疑。我也就明白了，世上有多少种禾苗多少种花草多少种树木，就会有多少种专门以各种禾苗各种花草各种树木的叶、汁为生存依托的寄生物，不必惊诧。

我后来便不再愤愤更不惊诧了，便在写作间隙里转到小院来捕杀绿蜘

在波罗的海海滨

蛛，常常使我疲惫的神经亢奋起来，然后又沉心静气地拔出钢笔写作。整个一个春天和夏天都在进行着这种习以为常的间断性的战争，四株梨树在我的游戏似的战斗保护下蓬蓬勃勃生长起来，四棵中生长最慢的一棵也有擀面杖那么粗了。

到第三个年头的春天到来时，门外的那一株成熟了，当嫩芽开始在枝上逐渐膨胀肥大起来的时候，我发现有四五个芽苞儿几倍于普通的芽苞，我突然想到这是花苞儿而不是芽苞儿。果然，那包裹着花苗的胞衣在那天夜里自然破裂了，蹦出一束花蕾来。我更加警惕地监视绿蜘蛛的出现，绝不能让它危害第一茬花朵。花儿绽开了，是在夜里。早晨我推开大门时就瞅见绿叶之间点缀的那几束白花，心都微微悸颤了。

绿蜘蛛果然出现了，而且又多出了一种灰褐色的蜘蛛。比起绿蜘蛛来，这种灰褐色的蜘蛛就显得太平常太土老帽了，它与普通的蜘蛛似乎无大的差异，只是个儿很小；普通的常见的蜘蛛凭自己天才的织网本领捕捉昆虫为生存手段，而这种灰褐色的蜘蛛却和那种绿蜘蛛一样，以吸吮梨树汁液来养肥壮大自身，它吐出的丝不是为织网而是作为潜逃保命的护身宝器，本质的差异就在这里，人类的我们判定它们为益虫或害虫的分界也在这里，绿蜘蛛褐蜘蛛的生存和发展是以残害梨树为生存条件的，而且是一种无可改变的生性本能。

在我严密的监视下，七束梨花完成了授粉而终于凋谢了，花心里托出一枚小小的豆粒大小的青色小梨。我竟然一时不敢相信，这小不点儿日后果真能长成一只拳头大的黄灿灿的梨子？在我的疑惑尚未解除的时候，突然发现，那些小青果的果梗全部被咬伤而干死了。我搞不清是绿蜘蛛咬的，还是褐蜘蛛咬的，反正是咬了，却又没把那梗咬断，依然支撑着，可能是那梗把儿比嫩芽坚硬吧？它把梗咬破吮咂了汁液就达到目的了。我一枚一枚揪下已经干死的豆粒大的小梨，心头涌出的不单是愤怒，还有对自己过失的内疚。反省之后的重大举措就是动用化学武器。我向邻居借来喷洒农药的器械，10CC灭虫剂就把四棵梨树喷洒得药水嘀嗒，蜘蛛们无论绿的还是褐的全都毙命——树大叶密了，凭眼睛瞅瞄凭手抓脚踩已经是费力而难以收效的笨事了。

终于又等到梨树开花！

靠近北边围墙的那一棵长得最健壮的梨树，花儿开得好繁，头一次开花就如此繁盛却是出乎预料。金色的蜜蜂在花朵上嗡嗡缭着绕着亲吻着，在白色的花瓣上起落蠕扭，我居然嫉妒起那小精灵如此亲近我的梨花仙子的举动了。我在放下笔点燃烟以后，便走出房间在这棵梨树下站一站，又转到那一棵梨树下站一站，尽管这棵只开了一束五朵花，也值得看，然后又走出大门站在第二次开花的这棵梨树旁边，她也是满树雪片一样的白花。悠悠的花香沁人心脾，嗡嗡的蜂声柔声蜜语，我忽然从心头飘出一句悠扬的歌：每当梨花开遍了原野……

我时刻也不敢忘记那绿的褐的蜘蛛。我按捺着不敢动用化学武器，唯恐杀伤采花酿蜜同时也替我的梨树完成授粉的蜜蜂。待到花色呈现衰败花心已现出麦粒大小的梨子的时候，我便又动用了化学武器。而且根据去年积累的经验，二十天喷洒一次，不等前次喷洒的药力消失，这一次又喷上树叶了。这一年，狡猾而阴毒的绿蜘蛛褐蜘蛛都没有构成大的危害。我胜利了。

　　这一年难以忘记，就在梨花开放的前一周，我把那部长篇小说的手稿交给了北京来的高、洪两位先生。交给他们的时候，我心里涌到唇边一句话：我连生命一起交给你们了。考虑这话会对他们构成心理压迫，我终于忍住不说。

　　我真正进入一种闲适的轻松状态，像负重远行走到尽头卸下了负载，而这负载又是精神的。我在小院里铺就一方砖地，垒起一个小小的石桌，砖地上可以放置一把竹编躺椅和一只竹编矮凳。天气渐渐热起来，我早晨喜欢躺在竹躺椅上喝茶，晚上更喜欢躺在这里独斟独饮"西凤"。太阳从东边移向西边，月亮也随其后从东边的原顶沉入西边的原坡，灞河里涨起的湿润的水汽则不管阴阳转换一直滋润人的肺腑。我躺在竹椅上，看着那从花瓣里分离出来的小梨渐渐膨胀，栗子大了，核桃大了，鸡蛋大了，又渐渐呈现出大头细尾的形状了。这么小小的一棵树上，居然长成了近五十个梨子，果梗终于承受不住不断长大的梨子的重负而变弯了，梨子便一个个头颅下垂吊在树上。乡邻们发现了我的梨树上的奇观，接二连三来参观，纷纷感叹："咱们这地方还是可以种梨树的嘛！"

　　梨子的颜色由深绿渐渐褪色为浅绿，而终于透出淡黄来，我知道它成熟了，怎么也舍不得把它摘下来，破坏了这一方风景。我总是想，如若摘去了梨，我躺在竹椅上看到的将会是怎样空落的梨树？每当村里有乡邻来看稀罕，我就只摘下一两个，用刀切了让大伙品尝，都说是酥脆水大甜香……直到剩下的梨子成熟过度而自己往下掉时，我才把它们摘了。我的那位送来梨树苗的朋友教导我说，梨子熟了就要摘，摘了好让梨树歇息下来，要不就会影响明年收成，我大为惊讶。

　　这年冬天我进城住了，小院的大门便永久性地锁上了，连同我的家园和我的梨树。我一去便陷入了一种无序的忙乱之中，常常几个月不能回乡下的家。到我夏天终于抽暇回家打开大门时，天哪，擀面杖粗的蒿子被风吹倒匍匐在院子里，过道也被堵得走不过去。最悲哀的是梨树，不要说挂果了，芽芽叶叶被咬断得七零八落，真个是疮痍满身，可见绿蜘蛛褐蜘蛛以怎样的疯狂和得意对我进行了报复。

今年初春，我依然搅缠在纷纷纭纭的杂事之中而不能脱身，看到城市街树绿了，便想着家园里的梨树也该绿了，花苞也该开绽了，何时再能得到早晨起来看见袅袅娜娜的白衣仙女的惊喜？遂成一阕拙词：《阳关引·梨花》——

  春风撩拨久，梨花一夜开。露珠如银，纤尘绝。晨光里，看团团凝脂，恰冰清玉澈。四年矣，终究等到清明节。
  便手舞足蹈，歌一阕，自信千古，有耕耘，就收获。依旧谢浮华，还过愚人节。花无言，魂系沃土香愈烈。

绿　风
——《我的树》之三

　　大约是十年前的那个夏天的末尾，即我下决心从都市返归故居的那一年，据说是关中几十年不遇的一个湿夏。这一年的麦子被连绵不断的淫雨浸泡得在麦穗上又发出绿芽来，稀泡泥泞的麦田里，农人无法挥动镰刀收割已经熟透已经发霉已经出芽的麦子。阴雨持续到夏末，满川已是一片绿色的苞谷、谷子和棉花，阴雨还在持续着，往常的百日大旱变成了百日阴雨，农家用石头和土坯垒筑的猪舍和茅厕十有八九都倒塌了，猪们便满村满地乱跑乱拱……

　　那天晚上交过子夜睡得最酣的时刻，一声天崩地裂似的响声震得我从被窝里蹦起来，坐在炕上足足昏厥了五分钟。天塌了？地震了？我是否还活着？当我肯定并没有发生这样的灾难的时候，也就判断出来后院里可能有小的灾变发生。我打着手电筒出了后门，后坡上滑坡了，幸亏滑塌的泥浆土方不大，否则我早已在酣睡中被泥浆葬埋了——我祖居的房根距后坡充其量不过十米。

　　我吓得再也无法入睡，坐等到天明一看，才真正地惊恐了。绿草和树木全部倾覆在后院里，和泥浆石头搅缠在一起。坡上竟是一片白花花的沙石鹅卵石堆积起来的沙坡。我从有智能的年岁起，就记得这后坡上长满了迎春花，每年春天便率先把一片金黄的花色呈现给世界也呈现给父亲。父亲年年都要说一句：迎春花开了！然而父亲也说不清是我们家族的哪一位祖宗栽植的，反正整个后坡上都覆盖着迎春花的厚茸茸的枝条，花丛中

在毛泽东用过的书桌上挥毫泼墨

长着一些不能成材的枸树榆树和酸枣棵子。现在完了，整个都完了，什么树什么花什么草全都滑塌下来，和泥浆沙砾搅缠堆积在坡根下捂死了。陡坡上也不知被掩盖了几千年乃至几万年的沙砾重新裸露出来，某种史前的原生原始的气韵瞬间使我感觉到一种莫名的畏怯。我联想到被剥掉了衣服刮光了皮肉的一架骷髅，这骷髅确凿又是我们祖先我们家族里男人的骷髅……一种从家族墓穴里透出的幽冷之气直透我的骨髓。

我在那一刻便想到了覆盖，似乎不单是覆盖那一片史前的沙砾，而是把家族的早已腐蚀净尽血肉的骷髅覆盖起来。我要栽树，植草，然而须得等到秋后。

树叶落光白露成霜的秋末冬初是植树的好时节。我到山坡上挖了十余株野生的洋槐树，很随意地栽下了。所以随意，是我深知洋槐树生存能力特别强，一般树难存活的贫瘠干旱的石山河滩都能繁衍它的族类。然而我也不能太随意，在那很陡峭的沙坡上挖下坑，再给坑里回填上肥沃的一筐黄土，以便它能扎根。我相信，在这一堆黄土里扎下根来，它就可能再把它的根一寸一寸一尺一尺地伸向沙层。

当这一批指头粗细的小洋槐绽出绿叶的时候，我又忍不住浮想联翩。

一束一束鲜嫩的绿枝绿叶婷婷于沙坡上，一种最悠远的古老和新近的现实联结起来了，骷髅和新生的血脉勾连起来了，生命的苍老和生命的鲜嫩融合起来了……无法推演无法判断家族悠远的历史，是一个从哪儿来的什么样的人在这里落脚或者可能是落草？最先是在山坡上挖洞藏身还是在河滩上搭置茅草棚？活着的最老的一位老汉只记得这个家族出过一位私塾先生，"字写得跟印出来的一样"。这位先生可能是近代以来家族中最伟大的一位，因为后人只记着他和他的字并引以为骄傲……整个家族的历史和记忆全部湮没了，只有一位先生和他写得一手好毛笔字的印象留传，家族没有湮没的竟然只是一个会写字的先生。

洋槐很快就显出了差异，栽在坡根下有黄土的一株独占优势水肥，越往高处的树苗就逐渐生长缓滞了，尤其是最顶头的那一株，在抽出最初的几片叶子之后便停止生长了。直到随之而来的伏旱，我终于惊讶地发现它的叶子蔫了。我想如果再旱下去，不过三五天它就会残废，便提了半桶水爬上坡顶，那次倒下去像倒入一个坑洞，然而那叶子就在眼皮下重新支棱起来了……这株长在最高处也是沙层最厚的地方的洋槐苗子，终究无法蓬勃起来。几年过去，最下边的那棵已经粗到可以做椽子了，而它却仍然只有指头粗细。那里没有水，它完全处于饥渴之中。在濒临旱死的危亡时刻，我才浇给它半桶水，而且每次都要累出我一身汗。然而它毕竟活下来了。

活下来就是胜利。它和其他十余棵洋槐苗子并无任何差异，在我从山野把它们挖回来移栽到我家后坡上的时候，它们自身仍然没有任何差异，只是我移栽的生存条件发生了巨大的差别，它们的命运才有了天壤之别。最下边的坡根下完全植根于肥沃土壤的那一株自然很欢实，我也最省事，从来也没给它浇过一滴水。而最上边的那一棵生存最艰难，我甚至感伤无意或者说随意选中它植于这块缺水缺肥几乎没有生存条件的地方真是亏待了它，把它给毁了，它未来也应该有长成一棵大树的生存权利的。然而它也给我以启迪，使我理解到一种生命的不甘灭亡的伟大的顽强。

这个启示是前年初夏又加深了的。那些洋槐已经成为一片林子，它们的各种形态的树冠在空中互相交接，形成一个巨大的绿盖，把那史前沉沙严密地覆盖起来，那沉沙上也逐年落积了一层或薄或厚的黄土，各种耐旱的野草已形成植被，只有少许几坨地方像秃疤裸露。五月初，我的后坡上便爆出一片白雪似的槐花，一串串垂吊着，蜜蜂从早到晚都嗡嗡嘤嘤如同节日庆典。那悠悠的清香随着微微的山风灌进我的旧宅和新屋，灌进大门和窗户，弥漫在枕头床被和书架书桌纸笔以及书卷里。我不想说沉醉。我发觉这种美好的洋槐花的香气可以改变人的心境，使人从一种烦躁进入平和，从一种浮躁进入沉静，从一种黑暗进入光明，从一种龌龊进入洁净，从一种小肚鸡肠的醋意妒气引发的不平衡而进入一种绿野绿山清流的和谐和微笑……尤其是我每每想到这槐香是我栽植培育出来的。

　　最上边的那一棵没有开花。我根本没有对它寄托花的期望，它能保住生命就很不容易了，它保存生命所付出的艰辛比所有花串儿繁密的同族都要多许多。前年春天我回家去，我惊喜地发现它的朝着东边的那根枝条上缀着两朵白花，两朵距离很大而不能串结成串儿的花。我的心不由得微微悸动了，为了这两朵小小的洋槐花而悸颤不止。它终于完成了作为一种洋槐树的生命的全过程，扎根，绿叶，青枝和开花，一种生命体验的全过程，而且对生存的艰难生存的痛苦的体验最为深刻。我俯身低头亲吻了这两朵小花，香气不逊于任何别的一树。

　　每有风起，这片洋槐组成的小森林便欢腾起来，绿色的树冠在空中舞摆，使我总是和那海波海涛联系起来。是的，绿色的波涛汹涌回旋千姿百态风情万种，发出低吟响起长啸以至呐喊，都使我陷入一种温馨一种激励一种亢奋。每有骤雨声和整个村庄的树木群族不可分割地融会在一起。每当风和日丽，我在写作疲惫时便走出后院爬上后坡，手抚着那已经粗糙起来的树干倚靠一会儿，或者背靠大树坐在石头上抽一支烟，便有一种置身森林的气息。旱薄荷依然有薄荷的清香，腐烂的落叶有一股腐霉的气味。我的小森林所形成的绿色的风，给我以生理和心理的调节；而这种调节却是最初的目的里所没有的。

原上原下樱桃红

白鹿原的樱桃红了。

时令刚过立夏，向阳面的原坡上的樱桃率先红了；晚不过两天，原下灞河川道里的樱桃接着也红了；再过两三天，受地理高度温差制约的原上的樱桃，最后红了。

这个时候的白鹿原，便进入一年里最红火的时月。原上原下和原坡，新修的水泥大道和田间小径，便呈现着车水马龙熙熙攘攘的车流和人群，这是西安城里的男人女人或搭伙结伴或扶老携幼摘樱桃来了。他们散漫在樱桃园里，伸手攀下缀满或紫红或金黄的樱桃的树枝，摘下一串一串熟透的樱桃，填到嘴里，便发出舒心的赞叹，好鲜好甜耶。更有男孩或女孩，攀爬到树上，从树梢上摘下最大也熟透的樱桃极品，下树来送到情侣手里，会心的微笑里荡漾着别具一格的浪漫。喧哗声嬉笑声和呼朋唤友的声浪，此起彼伏在樱桃园里。原上原下通往樱桃园的大道和小路两边，摆满了盛着樱桃的筐篮和纸箱，叫卖声议价声嘈嘈一片，交易活跃。我看着那些抱着一箱箱樱桃乘车离去的男人和女人欣慰的脸色，无疑是北方这种第一料鲜果独有的滋味带来的。我更感兴趣的是那些出售樱桃的卖方收款装钱的动作，无论农夫农妇抑或小伙姑娘，从买方手里接过钱来数一数，尽管数钱的手指的动作有灵巧和笨拙的差别，而脸上的表情却无多大差异，不见惊喜，更不见得意，多是数过之后塞入挂在胸前的布兜，无论三十五十乃至三百五百，都是以习惯性的动作塞入布兜了事，又忙着招呼围过来的新的顾客了。他们一把一把往布兜里塞着钱时所显示的平静而又平常的表情,可以透见原上原下乡民的心理气象了。

这里的樱桃,在我已形成难以化释的情结。

我至今依旧清楚地记得,四十六年前的一九六五年,我在《西安晚报》发表过散文《樱桃红了》,是歌颂一位立志建设新农村带领青年团员栽植樱桃树的模范青年。这是我初学写作发表的第二篇散文,无论怎样幼稚,却铸成永久的记忆,樱桃也就情结于心了。樱桃在我生活的白鹿原地区,是当地乡民种植的诸如桃、杏、沙果等果类中的一种,多在原坡不能种植庄稼的坡地上生长,没有资料显示何朝何代开始栽植这种水果;村子里年龄最大的长者也说不清,只记得自己穿开裆裤的幼稚年纪,就吃樱桃,吃着自家园里的樱桃还嫌不够味儿,常常结

一九六三年的陈忠实

伙偷摘品尝别家的樱桃。当地人自古以来不称樱桃,称作玛瑙。如果依这种水果的果形和色彩而论,玛瑙远比樱桃更为恰切也更富诗意,那缀满树枝的一嘟噜一嘟噜或鲜红或金黄的小颗粒,活脱就是一串串珍珠玛瑙。

加深且加重这种樱桃情结的另一种因素,说来就缺失浪漫诗性了。我在白鹿原地区生活和工作大半生,沉积在心底的记忆便是穷困的种种世相。不单是我和我的家庭,整个白鹿原的乡民,从年头到年尾都纠结在碗里吃食的稀了稠了有了空了。尤其是我在公社(现称乡或镇)工作的十年时间里,体味尤深。每年交上五月,即民间俗话说的青黄不接的时月,一些生产队(即今村民小组)的干部便三天两头赶到公社来,堵住分管粮食

的干部，百般申述缺粮的困境，要求多给他们分配救济粮食。这些求助的生产队干部，多是来自白鹿原北坡上或大或小的村庄。坡上沟道里有小股泉水，仅供人畜饮用，"学大寨"大潮中修建过一些蓄水池，效益甚微；北坡上的田地，多为跑水跑肥不蓄墒的薄田，仅种一料庄稼的小麦产量，顶好的年份不过二百斤，遇到干旱缺雨的灾年，稀疏矮小的麦秆儿搭不住镰刀，只好用手撅拔，俗称猴拔毛，产量就可想而知了。上级调拨下来的救济粮可以说是杯水车薪，分管粮食的专干即使慈心软肠也只能撒胡椒面儿。那时候的樱桃虽然依旧开花结果，却当不得饭吃。随着"文革"愈来愈左到极端的农村政策，一只鸡蛋卖给国家还是卖给城里个人，都被提高到资本主义和社会主义两条道路斗争的严重性看待，又有"以粮为纲"的纲纪，樱桃树虽然没有被铲除，却也不提倡，处于自生自灭状态。尤其在"学大寨"学得几乎发疯的"文革"后几年，许多生长在坡地上的樱桃树，因为修造梯田而砍掉了。有幸存留的樱桃树，在青黄不接的五月初成熟的樱桃，由社员摘下再送到指定的国营商店，换回的有限的钱款，成为生产队空乏已久的钱柜里的库存，首先作为头等合理开销的项目，便是给发生疫情的牲畜作疗治费用，弥足珍贵。

在西安郊区辖属的二十六个公社里，地处坡、原和山岭地区的公社不过两三家，与那些占据渭河平原腹地的公社相比，难以望其项背。这两三家自然环境较差的公社干部遇合到一起，便自我调侃定位为"第三世界"；在"第三世界"里，我工作的原坡地区当属垫底的一家，走到处似乎都有矮人半截的感觉，所谓人穷气短不单说个人，工作单位似乎也应此话，我有双重体验。

彻底扭转以致完全改换那种不良感觉的卓绝一笔，便是樱桃。我约略知道，自二十世纪八十年代中期起始，灞桥区的领头人，既得改革开放之"天时"，更度白鹿原地理特质之"地利"，确定该地区以樱桃种植为主业，为乡民开创一条脱贫致富的途径。且不赘述领头人和技术人员如何四处奔走，引进西洋大樱桃品种；如何向乡民推广普及樱桃种植的技术要领；还有为樱桃的销售不遗余力……我尤为赞赏尤为敬重的一点，二十余年来，灞桥区的领头人调换过一茬又一茬，而一茬又一茬的新继任的领头人，都一如既往地瞅住樱桃园的建设和发展，终于形成气候，形成产业化的规模。单是白鹿原上原下和原坡，现已种植樱桃二点四万亩，结果的樱桃树有一点五万亩。三千余户乡民现在年均收入超过四万元，人均超过万元，竟然比本区那些过去的盛产粮食的平川地区的人均收入超出近两成。尽管我知道读者逆反文章里引用数字，仍然忍不住要把这些数字摆列出来；这些数字牵涉我的情感，甚至颠覆了情感记忆里最软最短的那一脉。我确凿相信这些数字，尽管没有必要挨家逐户去询问谁个收入了多少，因为你随便走进原上原下和原坡的或大或小的村庄，一街两行全部都是新建的房子，有平房也有二层小楼，三合院司空见惯，迎着大门的正面几乎全部都用白色瓷片包装，一派崭新气象。这里的乡民积习已久善于门楼的建筑，却几乎很少见到老祖宗们用青砖刻着神鹿白鹤的图案，而是用现代建筑材料或白色或紫红颜色的瓷砖，给人直观的感觉是清爽和温暖。每每看到这些宽敞漂亮的农家小院，我便想起高晓声的小说《李顺大造屋》来，如果说李顺大是二十世纪八十年代初以前的中国农民生活形态和心理形态的一个典型，那么白鹿原上下一幢幢新房小楼的主人，便是对李顺大的终结。我在原坡的樱桃园里散漫时，看到龙湾村几幢破旧的厦屋，墙皮多半脱落，房檐多处垮塌，垒墙的土坯暴露无遗。这些尚未拆除的旧房破屋，却勾起我的似曾相识的记忆，在这些屋子里，我当年下乡时吃过派饭，约略还记得房子的主人。他们不是作家创造且难免夸张的李顺大，却是我亲历且认识的真实的村民。

　　有朋自远方来，恰逢樱桃成熟的五月，我便领他们上原摘樱桃。站在白鹿原头，原上平地里是蓬勃着的樱桃树，一眼难尽；原坡上随着坡势和浅沟起伏错落着一派绿色，自然都是樱桃树了，几乎看不到裸露的地皮；原下的川道，灞河自东而西蜿蜒过来，几乎被满川的樱桃树遮掩住了。朋友无论男女，也不论长幼，站在原头观赏这一方自然景致的时候，无不发出由衷的慨叹，你老兄（或老弟）竟独得这一方活水绿山！我便凑兴纠正，这不是山，是原和原下的坡。另有一点需要纠正的，活水绿坡绿原只是当今的景象，为不致扫兴，我不想提过去。远方的朋友多见过中国和世界多处的好风景，能对白鹿原的樱桃园流连忘返感慨连连，储存在我心底的那种"第三世界"的块垒，便悄然化释了。

进入五月，便进入这座古原最红火的季节。果农们选择了早熟和晚熟的多种樱桃品种，采摘的时间可以延续月余。这座雄踞于西安东南方位的开阔的古原，距离西安不过十来公里，工余假日，人们呼朋唤友引妻携子，驾车不过半个多小时便进入樱桃园了，或上原或上坡或到原下的河川，尽都是缀满红色金黄色珍珠玛瑙的樱桃树，诸种烦恼和疲倦顿然消解了。当各种媒体大呼急叫着西安城区应该形成"低碳"的健康空间的时候，这里的樱桃园无疑是一方天然氧吧，从城里赶来的男女老幼，从树枝上摘下一颗颗樱桃填到嘴里嚼咂品尝的时候，或在樱桃园里逸情漫步的时候，把在城市里吸入的污浊废气全都排出了，获得一种神清气爽的生命活力。即使在樱桃清园以后的夏天和秋天，原上原下和原坡的果园和小路上，仍有不少城里人观光散心，迷恋这个天然氧吧的洁净的空气。

每到清明，樱桃花开，原上原下和原坡，尽皆是粉白的樱桃花，香气弥漫。树叶刚刚吐芽，花儿却灿烂了，这原这川这原坡，望去是纯一色的樱桃花的世界。果农们忙着种种技术性管护，只企盼樱桃开花时不要下雨，雨水灌花就结不出樱桃。城里人搭帮结伙来赏花了，散漫在樱桃花的海洋里，留几张以樱桃花为陪景的照片，在农民开办的"农家乐"饭馆吃一顿地道的农家饭菜，不仅释放了胸中积存的废气，缓解了办公室或工作台上的紧张的神经，把粉白的樱桃花储入胸间，当属滋养精神心理的氧。

有朋友要约见，我便顺口说，如果事由不急，最好五月来，或清明前后来，或摘樱桃或赏花，坐在农家屋院或果园里说话，我会有最佳的情绪；相信南方北方来的朋友，也会感应而生诗性的灵气。

二〇一一年五月三十日　二府庄

年年柳色

时令刚刚进入关中的初春季节，冷气却依旧凛冽，冬天御寒的衣服一件也减不下来。某天早晨出门，无意间的一瞥，路边的柳树枝条上泛出一片鹅黄的嫩叶，毕竟是春天了，这是瞬间发生的一种本能的心理反应。几乎同时映现于脑际的景致，便是家乡灞河岸边独成一景的柳色，还有回响于心头的李白的词句：年年柳色，灞陵伤别……

在灞河岸边生活和工作了大半生，柳色已储成永久的鲜活的记忆，确凿捺不住初春时节那一抹鹅黄色的嫩叶的诱惑，约一二乡友回到灞河滩上，在瞥见那一派柳色的瞬间，我顿生遗憾，不过迟来了三五天，柳树枝条上的叶子已经转换成绿色了。河岸边的柳林，恣意纵横伸张着的粗杆和细枝上，都缀满刚刚由鹅黄转换为嫩绿的新叶；没有一丝风，连接成一道绿色浮云似的柳叶纹丝不动，沐浴着午后温柔的阳光。我还是看到了一团夹杂在望不到头的绿叶中的鹅黄色嫩叶，大约是柳树种族中的一株异类，或者类同双胞胎中的那个后生孩儿，却让我感受到鹅黄嫩色的无可替代的诗意。也许明天或后天，那一团鹅黄色的嫩色就转换为绿色，和漫空的绿云融为一体，成为今年的灞桥柳了。

眼前的灞河和河上的桥，以及河边桥头的柳色，既不是李白们千古吟诵的柳色，也不是我记忆里的柳色。我无能想象千古诗家词人眼里所见和笔墨所吟的柳色，却淡漠不了我曾经看惯也依旧鲜活的柳色。二十世纪五十年代末到六十年代初，我在灞桥南头的中学读书，学校的北围墙紧贴灞河河堤的南坡。河堤向水的一面，不过百米便有一道青石垒筑的挡水坝，坝与坝之间全蓬勃着一株株合抱粗的柳树，无疑也是为着减弱洪水对河堤的冲击力。站在灞桥上远眺，柳树的绿叶顺河而上而下绵延三五十里，成为一种令人惊诧又浮泛诗意的独特景象，自然可以理解历朝历代的诗家词人，何以会留下无以数计的吟诵灞河柳色的诗章。而我所亲历的柳树下的风景，是我的同学在河堤上柳荫下读书，或是于微明中在河堤上跑步做早操。却几乎看不到单男独女谈情说爱的场景，其实灞河水畔柳荫之下野草丛中最是卿卿我我的佳地。在我印象最深的是，每逢周六下午回家，出学校后门便跨上河堤，打开我正在阅读着的小说，一路读过去，不用操心脚下的绊磕，更不用担心撞人碰车，那个时代的汽车很少，连拖拉机也是稀罕的机械，偶尔有人骑自行车过往，总是骑车人绕着步行者。

这道于新中国成立前修建的灞河长堤，堤面上可以对开汽车，属于那个国穷民更穷的战乱年代的非凡工程了。照例，周日下午返校时，一踏上河堤，便接着读小说，享受在柳荫里，却几乎全没有感觉了。

也有令人痛切的记忆，我在这儿读高中的三年，正遭遇着共和国历史上最不堪的"三年困难"时期，饥饿的感觉是那个时代人的共同体验。每到鹅黄的柳叶刚刚冒出，不仅村里和镇上的居民争相捋

二〇一〇年五月，陈忠实在一九七八年修建的灞河河堤上。

取，我和同学也爬树攀枝，很小心地捋下嫩不堪捋的叶片，在一位当地同学的家里煮熟，用温水浸泡一夜，把柳叶里的苦汁排除，再一勺一勺分配给全班每一个同学。作为农村出身的学生，自幼年我就吃惯了多种野菜野果，却从来也没听说过柳树叶子可以当作饭菜吃的事。想来也很自然，寻常那些诸如荠荠菜、灰灰菜和洋槐花儿、构树絮儿、榆钱儿等野生物，早成为饥饿年月的抢手货，被抢挖抢摘一空，便把肚子的填充物扩大到柳树枝上的叶子。当我攀枝捋采柳叶以及嚼食变成黑色的柳叶时，完全缺失了"年年柳色"的诗性浪漫，只有肠胃得到填充的满足。

匆匆间二十年过去，交上二十世纪八十年代，我又回到灞桥古镇。曾经读书的母校在灞桥的南桥头，后来供职的文化馆在灞桥北头的古镇上。刚进灞桥古镇不久，便遇上早春河堤上一派鹅黄的柳色，傍晚时分就散漫在河堤上沙滩里，眼看着那鹅黄的柳叶一天天变得金黄，变成浅绿，又变成深绿色。有文学朋友来，我便以柳色喧哗，招引他到河堤上散漫，无论说正经事无论闲聊，无论是鹅黄的柳叶抑或是绿云般的柳色，都令朋友陶醉。然而，好景不长，大约是我到古镇的第二或第三年，我发现柳树的叶子发生了异变，一棵又一棵柳树的叶子由深绿变成一种枯焦的黄色，刚刚入秋便落叶了，第二年就再也吐不出那诱人的鹅黄了。每当我周六回家和周日下午返回灞桥，骑着自行车在灞河南岸的长堤上行进时，便看到一种惨不忍睹的景象，死去的柳树已被人齐根锯断，留下一个圆圆的树茬子；一棵又一棵合抱粗的柳树的庞大的树冠上的叶子，呈现着如同肝病患者的枯黄色，不久也该被锯断了。未过三年，灞河南岸北岸的柳树死光灭绝了。这些柳树是二十世纪四十年代筑成这道河堤之后栽下的，三十多年的树龄，又得着灞河水的滋润，棵棵都长到合抱粗的树干，成为守护河堤的天然屏障；庞大的树冠互相连接，构成一道绵延几十里的绿色云雾；壮观而又不失柔美的柳色，年年月月，成为关中地区独有的一道风景。短短的两三年间，灞河的柳色消失了；没有了柳色的灞桥和灞河，如若李白有灵，该会发生怎样的喟叹？我听说受害于某种病毒，也有人说是空气中的有害的工业废气。我似乎凭本能判断偏重于后者，那个时代关于空气污染还是一个陌生的话题。无论如何，灞桥和灞河的柳色却消失了。

我现在和朋友漫步着的灞河长堤,依旧是那道老堤,面目却全非了。这儿已经被改造被装点成公园了,得着灞河水的滋润,正儿八经被命名为"灞河湿地公园",河堤内外种植着各种花草树木,其中不乏颇为稀罕的品种,长堤外侧和河堤堤面,是两条笔直规整的通车和行人的大道,多条小径曲里拐弯,从堤外沟通着堤顶,又弯转到内侧的河滩;河边原来的沙滩,也是奇花异草连片相间,栅栏围护的木板小桥通到水边;水边长着密不透风的野生苇子,有水鸟在水中自由自在地凫游。我几乎难以想象,也一时很难从印象里的灞河转换为眼前的景致。

我还是偏重这个时月里的灞河柳色。河堤内侧的滩地上和河水两边的苇丛里,有连片的柳树,还有独撑一方柳色的单株,不像是人为的栽植,而是自然的野生物。我和朋友倚在柳树干上闲话,那一株株柳树已经有半抱粗了,柳叶刚刚从鹅黄转换为嫩绿,散发的清爽之气弥漫在空气中,令我有一种发迷似的陶醉,记忆里缺失的柳色终于得到补偿了……年年又有柳色了。

在灞水岸边柳色之中漫步,和朋友少不得说到李白的词句"年年柳色,灞陵伤别"。汉唐时期的灞桥是长安城的东大门,迎接贵客好友到此等候,以示敬重;送别也送到灞桥桥头,依依不舍挥手;更有那些冒犯者被贬到远方,亲朋好友送别到灞桥,就不仅是伤心伤情的告别,而是撕心裂肺的生离死别了。可以想见几百年的王朝更迭中,灞河的河水里、石桥上、柳荫下落过多少泪水。

站在柳色中的长堤上,隐约可以眺见灞陵。灞陵里安卧着汉文帝,陵墓选在白鹿原西端的北坡上,坡根下便是自东向西倒流着的灞水,史称灞陵,白鹿原随后也有了另一种称谓——灞陵原。灞桥距文帝陵不过四公里,李白不说灞桥伤别而说灞陵伤别了。《史记》里的灞陵原又称"灞上",泛指白鹿原以及原下的灞河小河川,灞桥也在其中。

我现在看到的灞河,河水边依依着青春男女,祖孙三代散漫在柳色之中,偶尔碰见多年不见的熟人,握手叙旧,也都是轻松欢悦的腔调,大约谁在这样的柳色里,都不会有撇不开的心事。这里已经没有伤别,依旧着年年柳色。

二〇一二年四月六日　二府庄

一　株　柳

这是一株柳树，一株在平原在水边极其普遍极其平常的柳树。

这是一株神奇的柳树，神奇到令我望而生畏的柳树，它伫立在青海高原上。

在青海高原，每走一处，面对广袤无垠青草覆盖的原野，寸木不生青石嶙峋的山峰，深邃的蓝天和凝滞的云团，心头便弥漫着古典边塞诗词的悲壮和苍凉。走到李家峡水电站总部的大门口，我一眼就瞅见了这株大柳树，不由得"哦"了一声。

这是我在高原见到的唯一的一株柳树。我站在那里，目力所及，背后是连绵的铁铸一样的青山，近处是呈现着赭红色的起伏的原地，根本看不到任何一种树。没有树族的原野尤其显得简洁而开阔，也显得异常的苍茫和苍凉。这株柳树怎么会生长起来壮大起来，怎么就造成高原如此壮观的一方独立的风景？

这株柳树大约有两合抱粗，浓密的枝叶覆盖出大约百十余平方米的树荫，树干和树枝呈现出生铁铁锭的色泽，粗糙而坚硬；叶子如此之绿，绿得苍郁，绿得深沉，自然使人感到高寒和缺水对生命颜色的独特锻铸；它巍巍然撑立在高原之上，给人以生命伟力的强大的感召。

我便抑制不住猜测和想象：风从遥远的河川把一粒柳絮卷上高原，随意抛撒到这里，那一年恰遇好雨水，它有幸萌发了；风把一团团柳絮抛撒到这里，生长出一片幼柳，随之而来的持续的干旱把这一茬柳树苗子全毁了，只有这一株柳树奇迹般地保存了生命；自古以来，人们也许年复一年看到过一茬一茬的柳树苗子在春天冒出又在夏天旱死，也许熬过了持久的干旱却躲不过更为严酷的寒冷，干旱和寒冷绝不宽容任何一条绿色的生命活到一岁；这株柳树就造成一个不可思议的奇迹，千年奇迹万年奇迹，无法猜度它是否属于一粒超级种子？

我依然沉浸在想象的情感世界：长到这样粗的一株柳树，经历了多少次虐杀生灵的高原风雪，冻死过多少次又复苏过来；经历过多少场铺天盖地的雷殛电轰，被劈断了枝干而又重新抽出了新条；它无疑经受过一次又一次摧毁，却能够一回又一回起死回生，这是一种顽强一种侥幸还是有神助佛佑？

我的家乡的灞河以柳树名贯古今，历代诗家词人对那里的柳枝柳絮倾洒过多少墨汁和泪水。然而面对青海高原的这一株柳树，我却崇拜到敬畏的情境了。是的，家乡灞河边的柳树确有引我自豪的历史，每每念诵那些折柳送别的诗篇，都会抹浓一层怀恋家园的乡情。然而，家乡水边的柳树却极易生长，随手折一条柳枝插下去，就发芽就生长，三两年便成为一株婀娜多姿风情万种的柳树了；漫天飞扬的柳絮飘落到沙滩上，便急骤冒出一片又一片芦苇一样的柳丛。青海高原上的这一株柳树，为保存生命却要付出怎样难以想象的艰苦卓绝的努力？同是一种柳树，生活的道路和生命的命运相差何远？

这株柳树没有抱怨命运，也没有畏怯生存之危险和艰难，更没有攀比没有嫉妒河边同族同类的鸡肠小肚，而是聚合全部身心之力与生存环境抗争，以超乎想象的毅力和韧劲生存下来发展起来壮大起来，终于造成了高原上的一方壮丽的风景。命运给予它的几乎是九十九条死亡之路，它却在一线希望之中成就了一片绿荫。

我崇拜这株高原柳树。

种菊小记

朋友在一家公园供职,前年送我几盆花色各异的菊花,我大为惊讶,人工竟然能培养出这样争奇斗妍的花色品种来。

花谢之后,我便将盆栽菊花送回乡下老家,移栽到小院里。一来是偷懒,免得时时操心旱涝,也少去了天天或隔天浇水的麻烦,土地里毕竟要比花盆耐得伏旱。二来是出于性情,我更喜欢那些自发自然自由生长的原生形态的草木,向来不大欣赏那种栽剪得太规整的东西,包括盆栽花木,尤其不忍心观赏那些被人为地扭曲到奇形怪状的盆景,总是产生欣赏女人小脚的错觉。这样,这几盆菊花一旦移栽到小院的泥土里,便被迫还原为野生形态,任由其发芽、长茎,任由其倒伏在地上。秋来时花儿开了,白色的更显得白,紫色的更显得紫,抽丝带钩的花瓣更显得生动。只是比原先的花要小许多了。小点就小点吧,少了修饰的痕迹,看起来我倒觉得更顺眼。

今年清明前,妻子去了一回城乡交界处死灰复燃了的古庙会,买了几团菊花的根,同样栽在小院里,一视同仁,一任其自由发展,只是不知道这几种菊花是何品种,开什么形状的花色。一团团的花根埋到地下,也就埋下了一团团的花谜,看着蓬勃起来的叶子和茎秆,常常就有揭开谜底的期待。我在这些菊花旱得叶子发蔫时,便用井水浇个透湿浇个痛快,便可耐得多日高温。入秋后一场阴雨,原有的新栽的菊花秆茎全都匍匐到地上,扑倒在院中的路径边沿,我也不想扶起它。有乡友来,建议并出主

玉龙雪山

意，弄几根竹棍或树枝，把菊花枝秆儿绑扶起来。我口头应诺，却仍未实施，心里想着，它自己长得太疯太软，它自己撑持不住要扑倒在地，何必要我扶绑。再说铺地的菊花开了，当会是另一种风情，也许呢。

　　前不久有一次时日不长的外出。回到原下的小院时，映入眼帘的却是一片惹人的金黄，黄得那么灿烂，黄得那么鲜嫩，又黄得那么沉静，令我抑制不住心颤。记得离家时，这一丛丛古庙会上买来的菊花已呈现出繁密的骨朵花苞，我以为花期尚早，因为暑气洇热还在，起码也应在野菊花之后，不料，它率先开了，这一丛菊花的谜就这样揭开，金色铺地，花团锦簇，一团一团的金黄的花朵任性开放，直教我左看右看立着看蹲下看不忍离去。

　　看到这一丛铺地盛开的菊花，金黄金黄的颜色，脑海里便浮出黄巢那首广为流传的《咏菊》的诗来。说真话，我记着这首诗，却不喜欢这首诗。从表征意义上，我不赞同"我花开罢百花杀"的狭隘小气。如果真应了黄巢的心愿，百花杀尽，只存留菊花，这世界就太单调太孤清了。不光在我不能忍受，恐怕任何正常的人都会不堪的。黄巢的咒语自己未能实现，却在千余年后的"文革"中发生了，中国文坛百花杀尽，只准存活八个样板戏。搞到一花独放独尊，肯定会出麻烦，肯定长久不了的。从这首诗的深层说，黄巢不过是以菊花自喻，隐含着称王称霸的政治抱负。联想到刚刚做了皇帝的李自成的胡来，以及尚未完全称帝的洪秀全和他的诸王们的胡整，黄巢即使做了皇帝，肯定也强不到哪儿去。只有菊花是无辜的，向来被有风骨的文人学士暗喻明恋地作为傲霜独立品行的一种花，无端地被称帝当王心切的黄巢拉出来称了一回霸，连柔嫩可人的花瓣也被拟化为黄金盔甲。

昨日傍晚，阴霾初开，夕阳在云缝中乍泄乍收。我走出小院，走上村后的原坡，野花凄迷，蚱蜢起落，树青草也绿着，却已分明是秋的景致了。山沟里，坡坎上，一簇簇一丛丛野菊花已经含苞，有待绽放。往昔的记忆中，这山野间的菊花一旦开放，满山遍野都是望不断的金黄，我家小院里的那一丛无法比拟，任何花园里的娇生惯养的公主般的同类也是无法比拟的。那种天风地气所孕育的野菊花，其气象其烂漫其率真，都是人工或小院所难以为之的。

作菊花诗两首，以释怀，以备忘。

其一　家菊

含露凝香铺地开，小院金菊报秋来。
秋风秋雨秋阳好，顿生诗情上高崖。

其二　野菊

何事争春斗妍态，不与桃杏一时开。
伏花凋谢香色去，抖出遍山黄花来。

告别白鸽

老舅到家里来，话题总是离不开退休后的生活内容，谈到他还可以干翻扎麦地这种最重的农活儿，很自豪的神情；养着一只大奶羊，早晨起来挤下羊奶煮熟和孙子喝了，孙子去上学，他则牵着羊到坡地里去放牧，挺诱人的一种惬意的神色；说他还养着一群鸽子，到山坡上放羊时或每月进城领取退休金时，顺路都要放飞自己的鸽子。我禁不住问："有白色的没有？纯白的？"

老舅当即明白了我的话意，不无遗憾地说："有倒是有……只有一对。"随之又转换成愉悦的口吻："白鸽马上就要下蛋了，到时候我把小白鸽给你捉来，就不怕它飞跑了。"老舅大约看出我的失望，继续解释说："那一对老白鸽你养不住，咱们两家原上原下几里路，它一放开就飞回老窝里去了。"

我就等待着，并不焦急，从产卵到孵化再到幼鸽独立生存，差不多得两个月，急是没有用的。我那时正在远离城市的乡下故园里住着读书写作，大约七八年了，对那种纯粹的乡村情调和质朴到近乎平庸的生活，早已生出寂寞，尤其是陷入那部长篇小说的写作以来的三年。这三年里我似乎在穿越一条漫长的历史隧道，仍然看不到出口处的亮光，一种劳动过程之中尤其是每一次劳动中止之后的寂寞围裹着我，常常难以诉述难以排解。我想到能有一对白色的鸽子，心里便生出一缕温情一方圣洁。

出乎我意料的是，一周没过，舅舅又来了，而且捉来了一对白鸽。面对我的欣喜和惊讶之情，老舅说："我回去后想了，干脆让白鸽把蛋下到你这里，在你这里孵出小鸽，它就认你这儿为家呗。再说嘛，你一年到头闷在屋里看书呀写字呀，容易烦。我想到这一层就赶紧给你捉来了。"我看着老舅的那双洞达豁朗的眼睛，心不由怦然颤动起来。

我把那对白鸽接到手里时，发现老舅早已扎住了白鸽的几根羽毛，这样被细线捆扎的鸽子只能在房屋附近飞上飞下，而不会飞高飞远。老舅特别叮嘱说，一旦发现雌鸽产下蛋来，就立即解开它翅膀上被捆扎的羽毛，此时无须担心鸽子飞回老窝去，它离不开它的蛋。至于饲养技术，老舅不屑地说："只要每天早晨给它撒一把苞谷粒儿……"

我在祖居的已经完全破败的老屋的后墙上的土坯缝隙里，砸进了两根木棍子，架上一只硬质包装纸箱，纸箱的右下角剪开一个四方小洞，就把这对白鸽放进去了。这幢已无人居住的破落的老屋似乎从此获得了生气，我总是抑制不住对后墙上的那一对活泼泼的白鸽的关切之情，没遍没数儿地跑到后院里，轻轻地撒上一把玉米粒儿。起始，两只白鸽大约听到玉米粒落地时特异的声响，挤在纸箱四方洞口探头探脑，像是在辨别我投撒食物的举动是真诚的爱意抑或是诱饵？我于是走开，以便它们可以放心进食。

终于出现奇迹。那天早晨，一个美丽的乡村的早晨，我刚刚走出后门扬起右手的一瞬间，扑啦啦一声响，一只白鸽落在我的手臂上，迫不及待地抢夺手心里的玉米粒儿。接着又是扑啦啦一声响，另一只白鸽飞落到我的肩头，旋即又跳弹到手臂上，挤着抢着啄食我手心里的玉米粒儿。四只爪子掐进我的皮肉，有一种痒痒的刺疼。然而听着玉米粒从鸽子喉咙滚落下去的撞击的声响，竟然不忍心抖掉鸽子，似乎是一种早就期盼着的信赖终于到来。

又是一个堪称美丽的早晨，飞落到我手臂上啄食玉米的鸽子仅有一只，我随之发现，另外一只静静地卧在纸箱里产卵了。新生命即将诞生的欣喜和某种神秘感，立时就在我的心头漫溢开来。遵照老舅的经验之说，我当即剪除了捆扎鸽子羽毛的绳索，白鸽自由了，那只雌鸽继续钻进纸箱去孵蛋，而那只雄鸽，扑啦啦扑向天空去了。

终于听到了破壳出卵的幼鸽的细嫩的叫声。我站在后院里，先是发现了两只破碎的蛋壳，随之就听到从纸箱里传下来的细嫩的新生命的啼叫声。那声音细弱而又嫩气，如同初生婴儿无意识的本能的啼叫，又是那样令人动心动情。我几乎同时发现，两只白鸽轮番飞进飞出，每一只鸽子的每一次归巢，都使纸箱里欢闹起来，可以推想，父亲或母亲为它们捕捉回来了美味佳肴。

我便在写作的间隙里来到后院，写得拗手时到后院抽一支烟，那哺食的温情和欢乐的声浪会使人的心绪归于清澈和平静，然后重新回到摊着书稿的桌前；写得太顺时我也有意强迫自己停下笔来，到后院里抽一支雪茄，瞅着飞来又飞去的两只忙碌的白鸽，聆听那纸箱里日复一日愈加喧腾的争夺食物的欢闹，于是我的情绪由亢奋渐渐归于冷静和清醒，自觉调整到最佳写作心态。

这一天，我再也按捺不住神秘的纸箱里小生命的诱惑，端来了木梯，自然是趁着两只白鸽外出采食的间隙。哦！那是两只多么丑陋的小鸽，硕大的脑袋光溜溜的，又长又粗的喙尤其难看，眼睛刚刚睁开，两只肉翅同样光秃秃的，它俩紧紧依偎在一起，静静地等待母亲或父亲归来哺食。我第一次看到了初生形态的鸽子，那丑陋的形态反而使我更急切地期盼蜕变和成长。

我便增加了对白鸽喂食的次数，由每天早晨的一次到早、午、晚三次。我想到白鸽每天从早到晚外出捕捉虫子，不仅活动量大大增加，自身的消耗也自然大大增加，而且把衔来的最好的吃食都喂给幼鸽了。

说来挺怪的，我按自己每天三餐的时间给鸽子撒上三次玉米粒，然后坐在书桌前与我正在交缠着的作品里的人物对话，心里竟有一种尤为沉静的感觉，白鸽哺育幼鸽的动人的情景，有形无形地渗透到我对作品人物的气性的把握和描述着的文字之中。

又是一个美丽的早晨，我在往地上撒下一把玉米粒的时候，两只白鸽先后飞下来，它们显然都瘦了，毛色也有点灰脏有点邋遢。我无意间往墙上的纸箱一瞅，两只幼鸽挤在四方洞口，以惊异稚气的眼睛瞅着正在地上啄食的父亲和母亲。那是怎样漂亮的两只幼鸽哟，雪白的羽毛，让人联想到刚刚挤出的牛乳。幼鸽终于长成了，所有可能发生的意外或不测的担心顿然化解了。

那是一个下午，我准备到河边上去散步，临走之前给白鸽撒一把玉米粒，算是晚餐。我打开后门，眼前一亮，后院的土围墙的墙头上，落栖着四只白色的鸽子，竟然给我一种白花花一大堆的错觉。两只老白鸽看见我就飞过来了，落在我的肩头，跳到手臂上抢啄玉米。我把玉米撒到地上，抖掉老白鸽，好专注欣赏墙头上那两只幼鸽。

两只幼鸽在墙头上转来转去，瞅瞅我又瞅瞅在地上啄食的老白鸽，胆怯的眼光如此显明，我不禁笑了。从脑袋到尾巴，一色纯白，没有一根杂毛，牛乳似的柔嫩的白色，像是天宫降临的仙女。是的，那种对世界对自然对人类的陌生和新奇而表现出的胆怯和羞涩，使人顿时生出诸多的联想：刚刚绽开的荷花，含珠带露的梨花，养在深山人未识的俏妹子……最美好最纯净最圣洁的比喻仍然不过是比喻，仍然不及幼鸽自身的本真之美。这种美如此生动，直教我心灵震颤，甚至畏怯。是的，人可以直面威胁，可以蔑视阴谋，可以踩过肮脏的泥泞，可以对叽叽咕咕保持沉默，可以对丑恶闭上眼睛，然而在面对美的精灵时却是一种怯弱。

小白鸽和老白鸽在那幢破烂失修的房脊上亭亭玉立。这幢由家族的创业者修盖的房屋，经历了多少代人的更替而终于墙颓瓦朽了，四只白色的鸽子给这幢风烛残年的老房子平添了生机和灵气，以至幻化出家族兴旺时期的遥远的生气。

夕阳绚烂的光线投射过来，老白鸽和幼白鸽的羽毛红光闪耀。

我扬起双手，拍出很响的掌声，激发它们飞翔。两只老白鸽先后起飞。小白鸽飞起来又落下去，似乎对自己能否翱翔蓝天缺乏自信，也许是第一次飞翔的胆怯。两只老白鸽就绕着房子飞过来旋过去，无疑是在鼓励它们的儿女勇敢地起飞。果然，两只小白鸽起飞了，翅膀扇打出啪啪啪的声响，跟着它们的父母彻底离开了屋脊，转眼就看不见了。

我走出屋院站在街道上，树木笼罩的村巷依然遮挡视线，我就走向村庄背靠的原坡，树木和房舍都在我眼底了。我的白鸽正从东边飞翔过来，沐浴着晚霞的橘红。沿着河水流动的方向，翼下是蜿蜒着的河流，如烟如

155

带的杨柳，正在吐絮扬花的麦田。四只白鸽突然折转方向，向北飞去，那儿是骊山的南麓，那座不算太高的山以风景和温泉名扬历史和当今，烽火戏诸侯和捉蒋兵谏的故事就发生在我的对面。两代白鸽掠过气象万千的那一道道山岭，又折回来了，掠过河川，从我的头顶飞过，直飞上白鹿原顶更为开阔的天空。原坡是绿的，梯田和荒沟有麦子和青草覆盖，这是我的家园一年四季中最迷人最令我陶醉的季节，而今又有我养的四只白鸽在山原河川上空飞翔，这一刻，世界对我来说就是白鸽。

　　这一夜我失眠了，脑海里总是有两只白色的精灵在飞翔，早晨也就起来晚了。我猛然发现，屋脊上只有一双幼鸽。老白鸽呢？我不由得瞅瞄天空，不见踪迹，便想到它们大约是捕虫采食去了。直到乡村的早饭已过，仍然不见白鸽回归，我的心里竟然是惶惶不安。这当儿，舅父走进门来了。

　　"白鸽回老家了，天刚明时。"

　　我大为惊讶。昨天傍晚，老白鸽领着儿女初试翅膀飞上蓝天，今日一早就飞回舅舅家去了。这就是说，在它们来到我家产卵孵蛋哺育幼鸽的整整两个多月里，始终也没有忘记老家故巢，或者说整整两个多月孵化哺育幼鸽的行为本身就是为了回归。我被这生灵深深地感动了，也放心了。我舒了一口气："噢哟！回去了好。我还担心被鹰鹞抓去了呢！"

　　留下来的这两只白鸽的籍贯和出生地与我完全一致，我的家园也是它们的家园；它们更亲昵地甚至是随意地落到我的肩头和手臂，不单是为着抢啄玉米粒儿；我扬手发出手势，它们便心领神会从屋脊上起飞，在村庄、河川和原坡的上空，做出种种酣畅淋漓的飞行姿态，山岭、河川、村舍和古原似乎都舞蹈起来了。然而在我，却一次又一次地抑制不住发出吟诵：这才是属于我的白鸽！而那一对老白鸽嘛……毕竟是属于老舅的。我也因此有了一点点体验，你只能拥有你亲自培育的那一部分……

　　当我行走在历史烟云之中的一个又一个早晨和黄昏，当我陷入某种无端的无聊无端的孤独的时候，眼前忽然会掠过我的白鸽的倩影，淤积着历史尘埃的胸脯里便透进一股活风。

　　直到惨烈的那一瞬，至今依然感到手中的这支笔都在颤抖。那是秋天的一个夕阳灿烂的傍晚，河川和原坡被果实累累的玉米棉花谷子和各种豆类覆盖着，人们也被即将到来的丰盈的收获鼓舞着，村巷和田野里泛溢着愉快喜悦的声浪。我的白鸽从河川上空飞过来，在接近西边邻村的村树时，转过一个大弯儿，就贴着古原的北坡绕向东来。两只白鸽先后停止了扇动着的翅膀，做出一种平行滑动的姿态，恰如两张洁白的纸页飘悠在蓝天上。正当我忘情于最轻松最舒悦的欣赏之中，一只黑色的幽灵从原坡的哪个角落里斜冲过来，直扑白鸽。白鸽惊慌失措地启动翅膀重新疾飞，然而晚了，那只飞在头前的白鸽被黑色幽灵俘掠而去。我眼睁睁地瞅着头顶天空所骤然爆发的这一场弱肉强食、侵略者和被屠杀者的搏杀……只觉眼前一片黑暗。当我再次眺望天空，唯见两根白色的羽毛飘然而落，我在坡地草丛中拣起，羽毛的根子上带着血痕，有一缕血腥气味。

侵略者是鹞子，这是家乡人的称谓，一种形体不大却十分凶残暴戾的鸟。

老屋屋脊上现在只有一只形单影孤的白鸽。它有时原地转圈，发出急切的连续不断的咕咕的叫声；有时飞起来又落下去，刚落下去又飞起来，似乎惊恐又似乎是焦躁不安；我无论怎样抛撒玉米粒儿，它都不屑一顾更不像往昔那样落到我肩上来。它是那只雌鸽，被鹞子残杀的那只是雄鸽。它们是兄妹也是夫妻，它的悲伤和孤清就是双重的了。

过了好多日子，白鸽终于跳落到我的肩头，我的心头竟然一热，立即想到它终于接受了那惨烈的一幕，也接受了痛苦的现实而终于平静了。我把它握在手里，光滑洁白的羽毛使人产生一种神圣的崇拜。然而正是这一刻，我决定把它送给邻家一位同样喜欢鸽子的贤，他养着一大群杂色信鸽，却没有白鸽。让我的白鸽和他那一群鸽子合帮结伙，可能更有利生存；再者，我实在不忍心看见它在屋脊上的那种孤单。

它还比较快地与那一群杂色鸽子合群了。

我看见一群灰鸽子在村庄上空飞翔，一眼就能辨出那只雪白的鸽子，欣慰我的举措的成功。

贤有一天告诉我，那只白鸽产卵了。

贤过了好多天又告诉我，孵出了两只白底黑斑的幼鸽。

我出了一趟远门回来，贤告诉我，那只白鸽丢失了。我立即想到它可能又被鹞子抓去了。贤提出来把那对杂交的白底黑斑的鸽子送我。我谢绝了。

又过了一些日子，失掉我的两只白鸽的情感波澜已经平静，老屋也早已复归平静，对我已不再具任何新奇和诱惑。我在写作的间隙里，到前院浇花除草，后院都不再去了。这一天，我在书桌前继续文字的行程，窗外传来了咕咕咕的鸽子的叫声，便摔下笔，直奔后院。在那根久置未用的木头上，卧着一只白鸽。是我的白鸽。

我走过去，它一动不动。我捉起它来，它的一条腿受伤了，是用细绳子勒伤了的。残留的那段细绳深深地陷进肿胀的流着脓血的腿杆里，我的心里抽搐起来。我找到剪刀剪断了绳子，发觉那条腿实际已经勒断了，只有一缕尚未腐烂的皮连接着。它的羽毛变成灰黄，头上粘着污黑的垢甲，腹部黏结着干涸的鸽粪，翅膀上黑一坨灰一坨，整个儿污脏得难以让人握在手心了。

我自然想到，这只丢失归来的白鸽是被什么人捉去了，不是遭了鹞子？它被人用绳子拴着，给自家的孩子当玩物？或者连他以及什么人都可以摸摸玩玩的？白鸽弄得这样脏兮兮的，不知有多少脏手抚弄过它，却根本不管不顾被细绳勒断了的腿。我在那一刻突然想到，它还不如它的丈夫被鹞子扑杀的结局。

我在太阳下为它洗澡，把由脏手弄到它羽毛上的脏洗濯干净，又给它的腿伤敷了消炎药膏，盼它伤愈，盼它重新发出羽毛的白色。然而它死了，在第二天早晨，在它出生的后墙上的那只纸箱里……

拜见朱鹮

中国有熊猫，世界独一无二，国宝。

中国有朱鹮，同样独一无二，同样为国宝。

朱鹮在中国，也只是在陕西洋县一地有。洋县在秦岭南麓，汉江边上，有平坦的坝子，有曲线优美舒展温柔的缓坡，有重叠起伏一袭秀气的丘陵，有挺拔伟岸弥漫着原始森林气息的秦岭群峰，有如画如诗的田畴和稻地，更有性情温和天性怡然的乡民……在世界各地的朱鹮相继灭绝（日本仅余一只失去繁育能力的老鸟）的现今，洋县却存留住了这种鸟儿。

想到今天就可以看到朱鹮，竟有拜谒的激动和忐忑。这种心态源自既久的关于朱鹮的传闻的神秘。九十年代初，第一次从报刊上看到在陕西洋县发现朱鹮的消息，看到了这种前所未闻的稀世珍禽的倩影，尽管报纸上照片的印刷质量极差，然而这鸟儿的仙姿丽影依然飘逸显现，留下来一个梦幻丽人的记忆。那时候，同时就滋生了想一睹其风姿的欲望，整整十年了，曾经有过下汉中途经洋县的行程，却没有机缘去攀见，欲望便滞积在心里，愈久愈强烈。

十年里，有关朱鹮的印象不断地加深着，报刊和电视上不断有关于朱鹮的消息，都是令人兴奋和欣慰的：最初发现的几只朱鹮安全无虞。国家已经在洋县建立朱鹮救护基地，并派出专家精心养护。日本友人捐资救护朱鹮，有社会团体也有个人。更令人振奋的消息说，在洋县某地又发现朱鹮聚生的群体。十年下来，朱鹮的族群从最初的几只已经繁衍到两百只，

登上华山

成为一个令世界惊羡的华丽家族了，这个濒临灭种的鸟类珍品注定不会从最后一块栖息之地消失了。

朱鹮在南美的丛林里已经消失了，不再重现。朱鹮在日本仅存一只，也到了年迈色衰失掉繁殖本能的奄奄状态，绝灭是注定了的。日本国民为这种鸟儿即将面临的灭绝，几乎举国哀怨，且有自省，他们的许多东西都趋世界前列，而一个小鸟的保护却屡遭失挫，以至眼巴巴看着它绝世而去。朱鹮被日本人视为国鸟，有某种悠长的情结。据说日本人通过几种途径渴求得到中国朱鹮，以弥补国人心里那份永久的遗憾和亏欠，直到天皇访华向国家领导人提出这种愿望，于是就有一对名为"友友"和"洋洋"的朱鹮从洋县起程东渡日本，一路专车监护，经西安，举行隆重的赠送仪式，然后直飞东邻岛国，使人想起那位出塞的汉家女王昭君。我在到达丘陵缓坡下的朱鹮救护基地时，有一位日本人刚刚离开。确凿无误的消息说，一九九八年东渡日本的"友友"和"洋洋"已经成功地哺养了第一只后代，作为日本国鸟的朱鹮有了第一个递增的数字，据说又轰动了日本。

我在电视上看到过有关朱鹮的专题片，一袭嫩白，柔若无骨，在稻田里踯躅是优雅的，起飞的动作是优雅的，掠过一畦畦稻田和一座座小丘飞行在天空是优雅的,重新落在田埂或树枝上的动作也是一份优雅。这个鸟儿生就的仙风神韵,入得人眼就是一股清丽,拂人心肺。头顶一抹丹红,长长的紫黑的喙的尖头竟然是红色,两条细长的腿红色惹眼,白色的翅膀的内里却是红色的,像是白面红里的被子,通体嫩白中点缀着这几点丹朱,凭想象尽可以勾勒它的美妙了。

凭着积久的印象和愿望,在即将见到朱鹮的真身时,就有了某种拜谒至仙的感觉。我在朱鹮救护基地看见的朱鹮是笼养的,未免遗憾,它们无法飞翔起来,只能在人工搭设的木架上栖息,在笼子圈定的沙地上蹒跚,在人和鸟共同筑成的巢窝产卵孵卵。四月正是朱鹮的繁殖期,不能惊扰。据说受了惊扰的雌鸟激素会受影响,减少产卵数量,我就甘愿远远地站着。

另外的遗憾还是因为时月。处于繁育期的朱鹮,羽毛竟然神奇地变换了,变换出一身的灰色,据专家说这是鸟儿为了保护自己以迷惑天敌的生理性转换。白色的羽毛已经变成灰色,从头到尾,那灰色也有深和浅的不同层次,深灰浅灰和灰白色,像是野战将士的迷彩服。这种羽毛在季节中的变化,最初连专业人员也产生过错觉,以为在山野里又发现了朱鹮的"新新人类",后来才知闹了笑话,仍然是朱鹮,灰色的朱鹮是白色的朱鹮适应生存发展的一种色变。

灰色的朱鹮头顶上耀眼的丹红暗淡了,长喙尖头的红色也变成铁红了,长腿的红色也收敛了艳丽,只有翅膀内里的红色还依旧鲜亮。为了繁育后代,为了繁育期卧巢和不能远行的安全,这鸟儿一身素装,把天生丽质隐蔽起来,像最爱美的少妇在月子里的不修边幅和甘愿的邋遢。对我来说,遗憾虽然有,毕竟见到了真实的朱鹮,优雅依旧,神韵依然,囚在笼子里的栖卧和蹒跚,依然不失其仙风神韵的优雅。

为了防止最丑恶的蛇和老鼠偷食鸟蛋和幼鸟,偌大的笼子用罕见的细密的钢丝织成围就。我无法想象蛇和鼠对朱鹮生存的威胁和残害的惨景,然而自然界从来就是这样混生着。专家还告诉我,养在笼子里的朱鹮,最初是从野外抢救回来的"老弱病残",经人工科学养护脱离危险,它们就不习惯笼子里的囚守般的限制往外扑逃,常常撞到丝网上而伤翅破头,感染溃烂致死。于是就在网内再设一层软网，有效地解决了这个棘手的问题。正是这一道软网，使日本人感到自己脑袋还有不开窍的那一面，能造出世界上最好的汽车和电器，却想不到这一张软网，致使饲养的朱鹮屡屡发生撞伤以至死亡的惨事。

我还是想看到纯如白雪公主的朱鹮，还是渴望观赏朱鹮在稻田和缓坡地带飞翔在蓝天白云下的仙风神韵。需得等到秋天或冬天，朱鹮的幼鸟也能翱翔天空时，哺育和监护后代的使命宣告完成，就逐渐变换出嫩白的羽毛和几点惹眼的丹红，就可以看到掠过水田和绿树的仙姿神韵了。

留下遗憾，也留下依恋和向往，待秋后满山红叶时，再到洋县朱鹮聚居的山野来，再做礼拜。

难忘一渠清流

在村子里的初级小学校念书到四年级期满，算是毕业了。要继续深造，需要通过升学考试，到所辖学区的高级完全小学接着读五、六年级。严峻的前提是，必须通过考试得以录取。初级小学是复式教学，一个教室里四个年级的三四十个男女学生，由一位既是教师也兼校长的青年老师独统这一方乡村教育领地。他很负责任，在我们毕业前夕已经打听到准确的招生消息，属于西安市辖区离我家最近的两所高级小学都不招生，却有蓝田县辖的一所高级小学招生。我家所在的地域属西安市辖的最东头一个村子，再往东就属蓝田县辖的地域了，往北是灞河，河北边也是蓝田县辖地，正对着我们村子的灞河北边的油坊镇上有一所高级小学，距家不过三里地。我和同村的两个同班同学搭伙儿涉过灞河，抱着碰运气的心理找到那所小学，再找到管招生的老师说明来意，竟破例允许不属蓝田县辖的我们报名应考……考试的结果，我们三人有一个落榜，我竟有幸得中。这是一九五三年的事，我十一岁。

即将开学的时候，天降暴雨，灞河涨起洪水，多日不退，我几乎天天乃至一天三次跑到河边，看河水落下去的情状。直到水落到我可以蹚过的时候，开学已过一周了。父亲送我上学，他肩头扛着一袋面粉，我背着一捆被卷，走进学校大门时竟然忍不住心跳。学校给北边岭上和南边白鹿原上的远路学生安排住宿，并设有学生灶，把自家磨好的面粉交来，再交大约一元人民币的副食费，只有盐和醋两种调味品，酱油属于奢侈品，不供，更谈不到蔬菜或肉了。

父亲回家之后，我进入教室上课，陌生是不消说的，麻烦发生在晚上。作为我们五年级新班的教室是新建的一幢房子，房内用木板铺楼，作为睡觉的宿舍，尚未完全做好，工匠正在赶做尾巴活儿，把我们班临时安排在一个既老又低矮的教室里，晚上就睡在桌子上过夜。我初来乍到，不知底里，天尚未黑，课桌被人并拢占定了，连长条坐凳都被合并各有其主。我把剩下的三条木腿活络的板凳并拢起来，铺开被子，自然是一半做褥一半做被，又找来一块旧砖做枕头，睡下了。睡到不知什么时候，我有从悬崖跌下的恐惧，惊醒后半天反应不过来，迷迷蒙蒙还以为在自家炕上，摸到左右的木板凳，才顿时醒悟，我是从以凳做床的板凳上掉到地上了。我爬起来，眼前黑咕隆咚，那时候尚未通电，照明需学生自备油灯。我刚来一天，还未来得及买油置灯。摸着黑把掉在地上的被子拎起来，才发现三条并拢做床的长条凳分开了，我掉到地上时夹在木凳之间，也就明白是木凳的腿子太活络而难以固定，才造成这场虚惊。这是我第一次离家出门在外过夜的经历，竟铸成永久记忆。

到第二或第三四天，我的紧张心情才逐渐缓解，也才敢把这个学校的前院后院走了一遍看了个明白。大门朝南临街，将一排作为教室的房子中间留一间作为通道。进入校内，西边一排低矮的房子，是老师的餐厅和学生灶，还有储藏杂物用房；北边是一排教室，中间夹着校长和几位教师宿办兼用的单间房；东边就是新建成的即将启用的我们班的教室了。四面被连排房子联结，中间是一方甚为宽敞的空地，下课后便被拥出教室的学生渲染得生动活泼。最令人难忘的一景，是从围墙外引进一渠清流，从北边那一排教室前折拐到我们的教室门外，再向西折拐到大门通道，从石板铺盖的地下流出学校，穿过街道流进对面的村子。这条水渠的水一年四季都清澈无浑，是地下渗出的一股颇为丰盛的清泉，大约流过许多许多年了，渠边上粗大的小叶杨树即可见证。北排教室外的水渠边，有小块竹林，是冬天里校园内的一抹绿色。竹林边，还有一大丛玫瑰花。北排房子中间也有一条通道，出去后便是偌大的操场，只有一副木制篮球架，再无任何体育设施。操场东北角还有两座教室，供低年级学生学习。操场西边是土打围墙的厕所。北围墙紧靠着一条沙石出路。我出围墙门站在公路边上，平生第一次看到大卡车。那些从北岭和南原上来的同班同学，晚饭后常不约而同走出北围墙后门，站在公路边等待过往的汽车看风景。那时候汽车很少，往往等半个多小时，未必能看到一辆汽车，小车几乎没见过。后来我才知道，这是关中通中国南方的唯一一条公路。

我很快便和同学混熟悉了。大约是年龄造成的不同兴趣，我和那些年龄接近个头也相差不多的小同学很自然地聚拢为友。我的学习不是太用功，把老师讲的课本内容听懂了，很顺利地做完作业，就不再翻揭书本了，课余便尽着性情玩。那时候尚未使用钢笔，必备一支大字毛笔和一支小楷毛笔，一个砚台或墨盒，每天写一张大字，两天写一页小楷字，连算术作业的洋码字也是用小楷毛笔书写。我现在还后悔那时候把大仿字和小楷字只当成作业去完成，没有认真用心地练习书法基本功。我们班有一位个头不高却很老气的同学，毛笔字写得好到被老师划归为柳体，即大书法家柳公权的笔体风格。我常见他在课余独自写毛笔字，用粗糙的黑麻纸钉成一个大厚本子，一张一张地写，左手边就放着一本柳公权的字帖，作临摹。我第一次听说大书法家柳公权的名字，第一次见到字帖，皆源于此。我和不少同学写毛笔字还处于描"影格"的初始阶段，"影格"是班主任杜老师写的，放在纸下，再在上面白纸上照着描摹。杜老师后来把给学生写"影格"的事转嫁到那位同学身上，他在全班同学面前说：谁要用"影格"，别找我，让×××同学写，他比我写得好。可惜，我忘记了这位同学的名字。

学校最火的体育运动是篮球比赛。班级之间搞得热火朝天，却是那些年龄大个头也高的学生。如我一样年龄小个头又矮的同学，流行一种小皮球的玩耍，比赛人数和规则与篮球完全一致。我曾经热衷到入迷的程度，一个篮球场，很难有给玩小皮球的学生尽兴的机会。我在闲余时就踢毽子，仅仅一条灞河之隔，我们河南边的村子里的小孩，几乎人人会踢用鸡毛扎的毽子，女孩也踢，而河北岸的同学却把我的毽子当作稀罕物，无人会踢，许多同学竟然没见过。不过，他们好奇地试踢几回之后就索然了，我一个人玩不出兴趣，就又找机会和他们一起打小皮球了。

我是顶着"毛盖"发型走进这所高级小学的。还有北岭南原偏僻乡村的同学也蓄着这种乡村未成年男孩传统的发型，即前脑上蓄留一绺长发，苫住了前额。在已经普及了所谓"一边倒"和"平头"等文明发型的学校里，常常遭到讥笑。班主任杜老师倡议男同学每人交一毛钱，买回推子、剪刀和梳子，亲自动手，把我和其他所有蓄着"毛盖"发型的同学的头发剪掉了，一律变革为新式文明发型。他随之培养了两个心灵手巧而又热心服务的男同学做理发师，给全班男生义务理发。我后来由此番发型革命约略可以感知当年辛亥革命男人剪辫子的心理。

　　从教室门口流过的清湛湛的水，是我们寄宿学生洗脸的再好不过的水了。因为是地下涌泉，夏天清凉，冬天又显得温热，洗手洗脸是一种享受。半夜从楼上宿舍下来小解，出门便对着水渠撒个痛快，尿被水流冲走，不留任何遗味。记得某年初夏，我似乎睡醒后还有点迷糊，下楼后刚站到水渠边，看到前方站着一个没有脑袋的人，吓得折身跑上楼去，躺进被窝再无法入睡。第二天早晨起来在水渠边洗脸时，才看出那个无头的"鬼"是那丛含苞待放的玫瑰。我把这场虚惊写成作文，受到杜老师的表扬，不仅在全班通篇读完，而且对几处生动描写做了点评。这是我的作文获得的第一次评论，而且以阅读的形式公开"发表"在全班同学面前，难以忘记。

　　在油坊街高级小学的两年寄宿生活，几乎记不起任何不愉快的事。唯一的缺憾，春末初夏时节遇到暴雨，灞河涨起洪水，周六回不了家。寄宿的同学和学校老师都回家了，只留下我和灞河南岸三五个同学，好生恓惶。我常站在河边，看着南岸走动的大人和小孩，清晰到可以辨认出张三李四来，却总无法回到母亲身边，忍不住滴泪。尤其是升中学考试的关键时候，遭遇洪水，不能回家，不仅口袋无钱，关键是我穿着一双鞋底快要磨透的布鞋，踏上行程三十华里的沙石公路，很快就把脚后跟磨破流血了……

二〇〇九年三月二日　二府庄

在河之洲

汽车驶出古城西安东门,不久就进入麦深似海的关中平原的腹地。时令刚交上五月,吐穗扬花的小麦一望无际,眼前是嫩滴滴的密密匝匝的麦叶麦穗,稍远就呈现为青色的,放开眼远眺,就是令人心灵震颤的恢宏深沉的气象了。车过渭河,田堰层叠的渭北高原,在灰云和淡雾里隐隐呈现出独特的风貌,无论陡立的山冈无论舒缓的慢坡,都被青葱葱的麦子覆盖着,如此博大深沉,又如此舒展柔曼,无法想象仅仅在两个月之前的残破与苍凉,顿然生发对黄土高原深蕴不露的神奇伟力的感动。

我的心绪早已舒展欢愉起来,却不完全因为满川满原的绿色的浸染和撩拨,更有潜藏心底的一个极富诱惑的期盼,即将踏访两千多年前那位"窈窕淑女"曾经生活和恋爱的"在河之洲"了。确切地说,早在几天之前朋友相约的时候,我的心里就踊跃着期待着,去看那块神秘莫测的"在河之洲"。

我是少年时期在初中语文课本上,初读那首被称作中国第一首爱情诗歌的。无须语文老师督促,一诵我便成记了,也就终生难忘了。"关关雎鸠,在河之洲;窈窕淑女,君子好逑。"许是少年时期特有的敏感,对那位好逑的君子不大感兴趣,甚至有莫名的嫉妒,一个什么样儿的君子,竟然能够赢得那位窈窕淑女的爱?"在河之洲",在哪条河边的哪一块芳草地上,曾经出现过一位窈窕淑女,而且演绎出千古诵唱不衰的美丽的爱情诗篇?神秘而又圣洁的"在河之洲"就在我的心底潜存下来。后来听说这首爱情绝唱就产生在渭北高原，却不敢全信，以为不过是传说罢了，而渭河平原的历史传说太多太多了。直到朋友约我的时候，确凿而又具体地告诉我，在河之洲，就是渭北高原合阳县的洽川，这是大学问家朱熹老先生论证勘定的。朱熹著《诗集传》里的"关雎"篇，以及《大雅·大明》的注释，有"在洽之阳，在渭之涘"可佐证，更有"洽，水名，本在今同州郃阳夏阳县"，指示出不容置疑的具体方位。郃阳即今日的合阳县，二十世纪五十年代还沿用古体郃字作为县名，后来为图得简便，把右边的耳朵削减省略了，郃阳县就成今天通用的合阳县了。洽水在合阳县投入黄河，这一片黄河道里的滩地古称洽川，就是千百年来让初恋男女梦幻情迷的在河之洲。我现在就奔着那方神秘而又圣洁的芳草地来了。

远远便瞅见了黄河。黄河紧紧贴着绵延起伏的群山似的断崖的崖根，静静地悄无声息地涌流着。黄河冲出禹门，又冲出晋陕大峡谷，到这里才放松了，温柔了，也需要抒情低吟了，抖落下沉重的泥沙，孕育出渭北高原这方丰饶秀美的河洲。这是令人一瞅便感到心灵震颤的一方绿洲，顿然便自惭想象的狭窄和局限。这里坦坦荡荡铺展开的绿莹莹的芦苇，左望不见边际，右眺也不见边际，装饰着黄河三万多亩，那一派芦苇的青葱的绿色所蕴聚的万象，在人初见的一瞬便感到巨大的摇撼和震颤。我站在坡坎上，久久说不出一句话来，那方自少年时代就潜存心底的在河之洲，完全

二〇〇四年在月牙泉

不及现实的洽川之壮美。

芦苇正长到和我一般高,齐刷刷,绿莹莹,宽宽的叶子上绣积着一层茸茸白毛,纯净到纤尘不染。我漫步在芦苇荡里青草铺垫的小道上,似可感到正值青春期的芦苇的呼吸。我自然想到那位身姿窈窕的淑女,也许在麦田里锄草,在桑树上采摘桑叶,在芦苇丛里聆听鸟鸣,高原的地脉和洽川芦荡的气韵,孕育出窈窕壮健的身姿和洒脱清爽的质地,才会使那个万众景仰的周文王一见钟情,倾心求爱。我便暗自好笑少年时期自己的无知与轻狂,好逑的君子可是西周的周文王啊,哪里还有比他更能称得起君子的君子呢!一个君王向一个锄地割麦采桑养蚕的民间女子求爱,就在这莽莽苍苍郁郁葱葱的芦苇荡里,留下《诗经》开篇的爱情诗篇,萦绕在这个民族每一个子孙的情感之湖里,滋润了两千余年,依然在诵着吟着品着咂着,成了一种永恒。

雨下起来了。芦苇荡里白茫茫一片铺天盖地的雨雾,腾起排山倒海般雨打苇叶的啸声,一波一波撞击人的胸腔。走到芦苇荡里一处开阔地时,看到一副奇景,好大的一个水塘里,竟然有几十个人在戏水,男人女人,年轻人居多,也有头发稀落皮肉松弛的上了年岁的人。这个时月里的渭北高原,又下着大雨,气温不过十度,那些人只穿泳衣在水塘里戏闹着,似乎不可思议。其实这是一个温泉,名处女泉,大约从文王向民间淑女求爱之前就涌流到今天了。温泉蒸腾着白色的水汽,像一口沸滚的大锅,一团一团温热湿润的水汽向四周的芦苇丛里弥漫,幻如仙境。洽川人得了这一塘好水,冬夏都可以尽情洗浴了,自古形成一个风俗,女子出嫁前夜,必定到处女泉净身,真是如诗如画。洽川这种温泉在古籍上有一个怪异的专用汉字:瀵。自地下冒涌出来,冲起沙粒,对浴者的皮肤冲击搓磨,比现代浴室超豪华设施美妙得远了。在洽川,这样的瀵泉有多处,细如蚁穴,大如车轮。《水经注》等多种典籍都有生动具体的描绘。现在成了各地旅客观赏或享受沙浪浴的好去处了。

这肯定是我见过的最绝妙的温泉了,也肯定是我观赏到的最壮观最气魄的芦苇荡了,造化给缺雨干旱的渭北高原赐予这样迷人的一方绿地一塘好水,弥足珍贵。我在孙犁的小说散文里领略过荷花淀和芦苇荡的诗意美，前不久从媒体上看到有干涸的危机，不免扼腕；从京剧《沙家浜》里知道江南有一片可藏匿新四军的芦苇荡，不知还有芦苇否？芦苇丛生的湿地河滩，被尊为地球的肺。无须特意强调，谁都知道其对于人类生存不可或缺的功能。

我便庆幸，在黄河滩的洽川，芦苇在蓬勃着，温泉在涌着冒着，现代淑女和现代君子，在这一方芳草地上，演绎着风流。

关于一条河的记忆和想象

在我写过的或长或短的小说、散文中，记不清有多少回写到过这条河，就是从我家门前自东向西倒流着的灞河。或着意重笔描绘，或者不经意间随笔捎带提及，虽然不无我的情感渗透，着力点还是把握在作品人物彼时彼境的心理情绪状态之中，尤其是小说。散文里提到这条河，自然就是个人情感的直接投注和舒展了，多是河川里四时景致的转换和变化，还有系结在沙滩上杨柳下的记忆，无疑都是最易于触发颤动的最敏感的神经。然而，直到今年三月一日，即农历二月二的龙抬头日，我站在几万乡民祭祀华胥氏始祖的祭坛上的那一刻，心里瞬间突显出灞河这条河来，也从我以往的关于这条河的点滴描述的文字里摆脱出来；我才发现这条河远远不止我的浮光掠影的文字景象，更不止我短暂生命里的沙金碎花类的记忆。是的，我站在孟家崖村的华胥氏始祖的祭台上，心里浮出来的却是距此不过三里路的灞河。

锣鼓喧天。几家锣鼓班子是周边几个规模较大的村子摆下的阵势，这是秦地关中传统的表示重大庆祝活动的标志性声响，也鼓着呈现高低的锣鼓擂台的暗劲儿。岭上和河川的乡民，大约四万余众，汇集到华胥镇上来了。西安城里的人也闻讯赶来凑热闹了，他们比较讲究的乃至时髦的服饰和耀眼的口红，在普遍尚顾不得装潢自己的乡村民众的旋涡里浮沉。前日刚刚下过一场大雪。北边的岭和南边的原坡，都覆盖着白茫茫的雪，河川果园和麦田里的雪已经消融得坨坨斑斑。乡村土路整个都是泥泞。祭坛前

灞河——家乡的河

的麦田被踩踏得翻了浆。巨大的不可抑制的兴奋感洋溢在男男女女老老少少的脸上,昨天以前的生活里的艰难和忧愁及烦恼全部都抛开了,把兴奋稀奇和欢悦呈现给擦肩挤胯而过的陌生的同类。他们肯定搞不清史学家们从浩瀚的古纸堆里翻拣出来的这位华夏始祖老奶奶的身世,却怀着坚定不移的兴致来到这个祭坛下的土冢前投注一回虔诚的注目礼。

华胥镇,以华胥氏命名的镇。距现存的华胥冢遗址所在地孟家崖村不过一华里,这个古老的小镇自然最有资格以华胥氏命名了。这个镇原名油坊镇,亦称油坊街,推想当是因为一家颇具规模的榨油作坊而得名。然而,在我的印象里,连那家榨油作坊的遗迹都未见过。这个镇紧挨着灞河北岸,我祖居的村子也紧系在灞河南岸,隔河可以听见鸡鸣狗叫打架骂仗的高腔锐响。我上学以前就跟着父亲到镇上去逛集,那应是我记忆里最初的关于繁华的印象。短短一条街道,固定的商店有杂货铺、文具店、铁匠铺、理发店,多是两三个人的规模,逢到集日,川原岭坡的乡民挑着推着粮食、木柴和时令水果,牵着拉着牛羊猪鸡来交易,市声嗡响,生动而热闹。我是从一九五三年至一九五五年在这个镇的高级小学里完成了小学高年级教育，至今依然保存着最鲜活的记忆。我在这里第一次摸了也打了篮球。我曾经因耍小性子伤了非常喜欢我的一位算术老师的心。因为灞河一年中有三季常常涨水，虽然离校不过二里地，我只好搭灶住宿，睡在教室里的木楼上，夜半尿憋醒来跑下木楼楼梯，在教室房檐下流过的小水渠尿尿，早晨起来又蹲在小水渠边撩水洗脸，住宿的同学撩水也嘻嘻哈哈着。这条水渠从后围墙下引进来，绕流过半边校园，从大门底下石砌的暗道流到街道里去了。我们班上有孟家崖村的同学，似乎没有说过华胥氏祖奶奶的传说，却说过不远处的小小的娲氏庄，就是女娲"抟土造人"的神话发生的地方。我和同学在晚饭后跑到娲氏庄，寻找女娲抟泥和炼石的遗痕，颇觉失望，不过是别无差异的一道道土崖和一堆堆黄土而已。五十多年后的二〇〇六年的农历二月二日，我站在少年时期曾经追寻过女娲神话发生的地方，与几万乡民一起祭奠女娲的母亲华胥氏，真实地感知到一个民族悠远、神秘而又浪漫的神话和我如此贴近。我自小生活在诞生这个神话的灞河岸边，却从来没有在意过，更没有当过真。年过六旬的我面对祭坛插上一炷紫香弯腰三鞠躬的这一瞬，我当真了，当真信下这个神话了，也认下八千年前的这位民族始祖华胥氏老奶奶了。

在蓄久成潮的文化寻根热里，几位学者不辞辛苦劳顿溯源寻根，寻到我的家乡灞河岸边的孟家崖和娲氏庄，找到了民族始祖奶奶华胥氏陵。

历史是以文字和口头传说保存其记忆的。相对而言，后人总是以文字确切记忆里的史实，而不在乎民间口头的传闻，民间传说似乎向来也不在意史家完全蔑视的口吻和眼神，依然故我津津有味地延续着自己的传说。这里发生了一件有趣的事，史家的文字记载和民间的口头记忆达到默契，互相认可也互相尊重，就是发生在灞河岸边创立过华胥国的华胥氏的神话。

这点小小的却令我颇为兴奋的发现，得之于学者们从文史典籍里钩沉出来的文字资料鉴证的事实。华胥氏生活的时代称为史前时代。有文化却没有文字。没有文字，反而给神话传说的创造提供了空前绝后的繁荣空间。等到这个民族创造出方块汉字来，距华胥氏已经过去了大约五千年，大大小小的史圣司马迁等学者们，只能把传说当作史实写进他们的著作。面对学者们从浩瀚的史料典籍里翻捡钩沉的史料，我无意也无能力考证结论，只想梳理出一个粗略的脉系轮廓，搞明白我的灞河川道八千年前曾经是怎样一个让号称作家的我羞死的想象里的神话世界。

据《山海经·海内东经》说，"华胥履大人迹，于雷泽而生伏羲。"据《春秋世谱》说，"华胥氏生男名伏羲，生女为女娲。"在《竹书纪年·前篇》里的记载不仅详细，而且有魔幻小说类的情节，"太昊之母，居于华胥之渚，履巨人之迹，意有所动，虹且绕之，因而始娠。"华胥氏在灞河边上，无意间踩踏了一位巨人留下的脚印，似乎生命和意识里感受到某种撞击，那一美妙时刻，天空有彩虹缭绕，便受孕了，便生出伏羲和女娲两兄妹来。

据史圣司马迁《史记·五帝本纪》说，华胥氏生伏羲女娲，伏羲女娲生少典，少典生炎帝和黄帝。这样，司马迁就把这个民族最早的家庭谱系摆列得清晰而又确切。按照这个族系家谱，炎帝和黄帝当属华胥氏的嫡传曾孙，该叫华胥氏为曾祖奶奶了。被尊为"人文初祖"的轩辕黄帝，埋葬于渭北高原的桥山，望不尽的森森柏树弥漫着悠远和庄严，历朝历代的官家和民间年年都在祭拜，近年间祭祀的规模更趋隆重更趋热烈，洋溢着盛世祥和的气象。在湖南和陕西宝鸡两地均有祭奠炎帝的活动，虽是近年间的事，比不得黄帝祭祀的悠久和规模，却也一年盖过一年的隆重而庄严。作为黄帝炎帝的曾祖母的华胥氏，直到今年才有了当地政府（蓝田县）和民间文化团体联手举办的祭祀活动，首先让我这个生长在华胥古国的后人感到安慰和自豪了，认下这位始祖奶奶了。

我很自然追问，华胥氏无意间踩踏巨人的脚印而受孕，才有伏羲女娲以及炎黄二帝，那么华胥氏从何而来？古人显然不会把这种简单的漏洞留给后人。《拾遗记》里说得很确凿，"华胥是九河神女。"而且列出了九条河流的名称。这九条河流的名称已无现实对应，具体方位更无从考据和确定。既是"九河神女"，自然就属于不必认真也无须考究的神话而已。然而，《列子·黄帝篇》里记述了黄帝梦游华胥国的生动图景："其国无帅长，自然而已，其民无嗜欲，自然而已。不知乐生，不知恶死，故

三峡行·到万县

无天殇。不知亲己,不知疏物,故无所爱憎。不知悖逆,不知向顺,故无利害。都无所爱惜,都无所畏忌。入水不溺,入火不热,斫挞无伤痛,指摘无痛痒。乘空如履实,寝虚若处林。云雾不碍其视,雷霆不乱其听,美恶不滑其心,山谷不踬其前,神行而已。"这是一种怎样美好的社会形态啊!其美好的程度远远超出了几千年后的现代人的想象。黄帝梦游过的华胥国的美好形态,甚至超过了世界上的穷人想象里的共产主义的美妙图景。华胥氏创造的华胥国里的生活景象和生活形态,不是人间仙境,而是仙境里的人间。这样的人间,截至现在,在世界的或大或小的一方,哪怕一个小小的角落,都还没有出现过。黄帝的这个梦,无疑是他理想中要构建的社会图景。然而要认真考究这个梦的真实性,就茫然了。我想没有谁会与几千年前的一个传说里的神话较真,自然都会以一种轻松的欣赏心情看取这个梦里的仙境人间。我却无端地联想到半坡遗址。

黄帝梦游过的华胥氏创建的令人神往的华胥国,即今日举行华胥氏祭祀盛会的灞河岸边的华胥镇这一带地域。由此沿灞河顺流而下往西不过十公里,就是中国第一座史前遗址博物馆——西安半坡遗址。这是黄河流域

山·水·树·鸟

175

一个典型而又完整的母系氏族公社时期的生活图景。有聚居的村落，有用泥块和木椽搭建的房子，房子里有火道和火炕。这种火炕至今还在我的家乡的乡民的屋子里被继续使用着。我落生到这个世界的头一个冬天就享受着火炕的温热，直到二十世纪八十年代初用电热褥取代了火炕。半坡人制作的鱼钩和鱼叉，相当精细，竟然有防止上钩和被叉住的鱼逃脱的倒钩。他们已经会编席，也会织布，这应该是中国最早的编织品，编和织的技术是他们最先创造发明出来的。他们毫无疑义又是中国制陶业的开山鼻祖，那些红色、灰色和黑色的钵、盆、碗、壶、瓮、罐和瓶的内里和陶盖上单色或彩绘着的鱼张着大嘴，跳跃着的鹿，令我叹为观止。任你撒开想象的缰绳张开想象的翅膀，想象六千多年前聚集在白鹿原西坡根下浐河岸边的这一群男女劳动生产和艺术创造的生活图景。他们肯定有一位睿智而又无私的伟大的女性作为首领，在这方水草丛林茂盛、飞禽走兽鱼蚌稠密的丰腴之地，进行着人类最初的文明创造。这位伟大的女性可是华胥氏？半坡村可是华胥国？或者说华胥氏是许多个华胥国半坡村里无以数计的女性首领之中最杰出的一位？或者说是在这个那个诸多的半坡村伟大女性首领基础上神话创造的一个典型？

这是一个充满迷幻魔幻和神话的时期。半坡遗址发掘出土的一只红色陶盆内侧，彩绘着一幅人面鱼纹图案，大约是魔幻现实主义的创始之作，把人脸和鱼纹组合在一幅图画上，比拉美魔幻小说里人和甲虫互变的想象早过六千多年，现在还有谁再把人变成狗的细节写出来或画出来，就只能令当代读者和看客徒叹现代人的艺术想象力萎缩枯竭得不成样子了。我倒是从那幅人面鱼纹彩绘图画里，联想到伏羲和女娲。华胥氏无意踩踏巨人脚印受孕所生的这一子一女，史书典籍上用"蛇身人首"来描述。"蛇身人首"和"人面鱼纹"有无联系？前者是神话创造，后者却是半坡人的艺术创作。我在赞叹具备"人面鱼纹"这样非凡想象活力的半坡人的同时，类推到距半坡不过十公里的华胥国的伏羲女娲的"蛇身人首"的神话，就觉得十分自然也十分合情理了。浐河是灞河的一条较大的支流，灞河从秦岭山里涌出，自东向西沿着北岭和南原（白鹿原）之间的川道进入关中投入渭河，不过百余公里，浐河自秦岭发源由南向北，在古人折柳送别的灞桥西边投入灞河。我便大胆设想，在灞河和浐河流经的这一方地域，有多少个先民聚集着的半坡村，无非是没有完整保存下来或未被发现而已，半坡遗址也是在二十世纪五十年代初兴建纺织厂挖掘地基时偶然发现的。华胥国其实就是又一个半坡村，就在我家门前灞河对岸二里远的地盘上，也许这华胥国把我的祖宗生活的白鹿原北坡下的这方宝地也包括在内。据史家推算，华胥氏的华胥国距今八千多年，半坡村遗址距今六千多年，均属人类发展漫长历程中的同一时期。神话和魔幻弥漫着这个漫长的时期，以至五千年前的我们的始祖轩辕黄帝，也梦牵魂绕出那样一方仙境里的人间——曾祖母华胥氏创造的华胥国。

告别华胥氏陵祭坛，在依然热烈依然震天撼地的锣鼓声响里，我徒增起对祭坛前这条河的依恋，便沿着灞河北岸平整的国道溯流而上。大雪昨日骤降骤晴。灿烂的丙戌年二月二龙抬头日的阳光如此鼓荡人的情怀。天空一碧如洗。河南岸横列着的白鹿原的北坡上的大大小小的沟壑，蒙着一层厚厚的柔情的雪。坡上的洼地和平台上，隐现着新修的房屋白色或棕色的瓷片，还有老式建筑灰色瓦片的房脊。公路两边的果园和麦地，积雪已融化出残破的景象，麦苗从融雪的地坨里露出令人心颤的嫩绿。柳树最敏感春的气息，垂吊的丝条已经绣结着米黄的叶芽了。我竟然追到蓝田猿人的发现地——公王岭——来了。

这是一阶既不雄阔也不高迈的岭地，紧依着挺拔雄浑的秦岭脚下，一个一个岭包曲线柔缓。灞河从公王岭的坡根下流过，河面很窄，冬季里水量很小，看上去不过像条小溪。就是这个依贴着秦岭绕流着灞水的名不见经传的公王岭，一日之间，叫响了整个中国，乃至世界，进入中学历史课本，把公王岭发现的蓝田猿人铸入一代又一代人的常识性记忆。这是在中国迄今发现最早的人类化石遗存，刚刚从猿蜕变进化到可以称作人的蓝田猿人，距今大约一百一十五万年。

这个蓝田猿人化石的发现，带有很大的偶然性，或者正应了"踏破铁鞋无觅处，得来全不费工夫"的老话。一九六三年春天，中科院古脊椎动物与人类研究所的一行专家，到蓝田县辖的灞河流域做考古普查。这是一个冷门学科里最冷的一门，别说普通乡民摇头茫然，即使有一定文化知识的当地教师干部，也是浑然不知茫然摇头。他们用当地人熟知的龙骨取代了化石，一下子就揭去了这个高深冷僻的冷门里神秘的面纱，不仅大小中药铺的药匣子里都有储备，掌柜的都精通作为药物的龙骨出自何地，蓝田北岭和原坡地带随处都有；被他们问到的当地识字或不识字的农民，胳膊一抡一指，烂龙骨嘛，满岭满坡踢一脚就踢出一堆。话说得兴许有点夸张，然而灞河北岸的岭地和南岸的白鹿原的北坡，农民挖地破山碰见龙骨屡见不鲜，积攒得多了就送到中药铺换几个零钱，虽说有益肾补钙功效，却算不得珍贵药材，很便宜的。农家几乎家家都有储备，有止血奇效。我小时割草弄破手指，大人割麦砍伤脚腕，取出龙骨来刮下白色粉末敷到伤口上，血立马止住不流，似乎还息痛。我便忍不住惋惜，说不定把多少让考古科学家觅寻不得的有价值的化石，在中药锅里熬成渣了，刮成粉末止了血了。

这一行考古专家在灞河北边的山岭上踏访寻觅，终于在一个名叫陈家窝的村子的岭坡上，发现了一颗猿人的牙齿化石，还有同期的古生物化石，可以想象他们的兴奋和得意，太不容易又太意外的容易了。由此也可以想到这里蓄积的丰厚，真如农民说的一脚能踢出一堆来。这一行专家又打听到灞河上游的古老镇子厚镇周围的岭地上龙骨更多，便奔来了。走过蓝田县城再往东北走到三十多里处，骤然而降的暴雨，把这一行衣履不整、灰尘满身的北京人淋得避进了路边的农舍，震惊考古史界的事就要发生了。

他们避雨躲进农舍，还不忘打听关于龙骨的事。农民指着灞河对岸的岭坡说，那上头多得很。他们也饿了，这里既没有小饭馆就餐，连买饼干小吃食的小商店也没有，史称"三年困难"的恶威尚未过去。他们按"组织纪律"到农民家吃派饭，就选择到对面岭上的农家。吃饭有了劲儿，就在村外的山坡上刨挖起来，果然挖出了一堆堆古生物化石，又挖出一颗猿人牙齿。他们把挖出的大量沉积物打包运回北京，一丝一缕进行剥离，终于剥离出一块完整的猿人头盖骨化石，震惊考古学界的发现发生了。这个小岭包叫公王岭。我站在公王岭的坡头上，看岭下公路上川流着的各种型号的汽车，看背后蒙着积雪的一级一级台田，想着那场逼使考古专家改变

接受博尔赫斯夫人赠书

行程的暴雨。如果他们按既定目标奔厚镇去了,所得在难以估计之中,这个沉积在公王岭砾石里的猿人头盖骨化石,可能在随后的移山造田的"学大寨"运动中被填到更深的沟壑里,或者被农民捡拾,进了药铺下了药锅熬成药渣,或者如我一样刮成粉末撒到伤口永远消失。这场鬼使神差的暴雨,多么好的雨!

我在公王岭陈列室里,看到蓝田猿人头盖骨复原仿制品,外行看不出什么绝妙,倒是对那些同期的古生物化石惊讶不已。原始野生的牛角竟有七十多公分长,人是无论如何招不住那牴角一触的。作为更新世动物代表的纳玛象,一颗獠牙长到二十多公分,直径粗到十余公分,真是巨齿了,看一眼都令人毛骨悚然。还有剑齿虎、披毛犀,单是牙齿和牴角,就可以猜想其庞然大物的凶猛了。我便联想到二十世纪七十年代初,我下乡驻队在白鹿原北坡一个叫龙湾的村子里。那是一个寒冷异常的冬天,在北方习惯称作冬闲季节,此时倒比往常更忙了,以平整土地为主项的学大寨运动正在热潮中。忽一日有人向我通报,说挖高垫低平整土地的社员挖出比碾杠还粗的龙骨。随之,打电话报告了西安有关考古的单位,当即派专家来，指导农民挖掘，竟然挖出一头完整的犀牛化石，弥足珍贵。龙湾村距公王岭不过四十公里，当属灞河的中偏下游了。可以想见，一百万年前的灞河川道，是怎样一番生机盎然生动蓬勃的景象。这儿无疑属于热带的水乡泽国，雨量充沛，热带的林木草类覆盖着山岭原坡和河川。灞河肯定不止现在旱季里那一绺细流，也不会那么浑，在南原和北岭之间的川道里随心所欲地南弯北绕涌流下去。诸如剑齿虎、纳玛象、原始野牛和披毛犀牛等兽类里的庞然大物，傲然游荡在南原北岭和河川里。已经进化为人的猿人的族群，想来当属这些巨兽横行地域里的弱势群体，然而他们的智慧和灵巧，成为生存的无可比拟的优势。他们继续着进化的漫漫行程。

　　从公王岭顺灞河而下到五十公里处，即是灞河的较大支流浐河边上的半坡氏族村落遗址。从公王岭的蓝田猿人进化到半坡人，整整走过了一百多万年。用一百多万年的时间，才去掉了那个"猿"字，成为真正意义上的人，真是太漫长太艰难了。我更为感慨乃至惊诧的是，不过百余公里的灞河川道，竟然给现代人提供了一个完整的从猿进化到人的实证；一百多万年的进化史，在地图上无法标志的一条小河上完成了。还有华胥氏和她的儿女伏羲女娲的美妙浪漫的神话，在这条小河边创造出来，传播开去，写进史书典籍，传播在一个有五千年文明史的子民的口头上。这是怎样的一条河啊！

　　这是我家门前流过的一条小河。

　　小河名字叫灞河。

行程·体验·言说

　　宠辱忧欢不到情，
　　任他朝市自营营。
　　独行独坐空林下，
　　白鹿原头信马行。

　　这是白居易的一首七绝。是诸多以此原和原下的灞水为题的诗作中的一首。是最恬静的一首，也是最通俗易记的一首。一目了然可知的诗人在长安官场被蝇营狗苟的龌龊熏烦了，闹得腻了，倒胃口了，想呕吐了。却终于说不出口呕不出喉，或许是不屑于说或吐，干脆骑马到白鹿原头逛去。

　　还有什么龌龊能淹没污染这个以白鹿命名的原呢，断定不会有。

　　我在这原下的祖屋又生活了两年。自己烧水沏茶，把夫人在城里擀好切碎的面条煮熟。

儿时的原

这道原·那道原

李巍打电话来，竟有瞬间的惊诧。重温那独有的说着普通话的口音，便感知到一种重逢的欣然，是伴着惊诧的欣然。大约有几年不通音信，依旧储存着这位彩云之南的老朋友的别致的口音，久别重逢的欣然就自然地发生了。他约我散文稿。我不仅贸然应允，而且随口提出让他命题，在我的生活范围内，看他对什么话题有兴趣；如果我确凿也有生活体验，便可谋篇。他说让他想想再说。他想过之后便点题了，让我写少年时期所经历的和白鹿原相关的生活。我当即应诺。这自然是地理概念的白鹿原。原是西北地区特有的一种地理地貌，实际就是一方小小的平原，大约因为规模太小而不能称为通常意义上的平原，故叫作原。有好事者为了区别原与平原，给"原"字左边添加一个"土"字变成了"塬"。其实古人都没有多此一举，白居易一首七绝写到白鹿原："宠辱忧欢不到情，任他朝市自营营。独寻秋景城东去，白鹿原头信马行。"且不究什么人干龌龊事惹得诗人心烦要到白鹿原上扬鞭驱马畅快抒情。单是说这"原"字原本就没有画蛇添足似的"土"字作偏旁。再如毛泽东的名作《沁园春·雪》里的"原驰蜡象"的"原"字，也未有"土"字作偏旁，而陕北地区也有规模大小不等的多种原，毛泽东把大雪覆盖的一道原拟为蜡像，足见得诗人的情怀和气魄。

西安周边有好多道原，城北有龙首原，自然是因其地形像一条扬头的龙而得名。据说汉高祖刘邦之所以把皇都圈定此地，要借龙脉之气象便是诸种因素中最重要的一点。从西安城端直往南靠近终南山的神禾原，传说远古时生长双穗的谷子，便有了神禾原的名称。曾经的西北王胡宗南在此原为蒋介石修建一座阔绰的行宫，老蒋曾站在原头观望原下的滈河小平原和背倚的终南山的风光。作家柳青于二十世纪五十年代初相中此地，在原头一座废弃的破庙里安家落户，兼职深入生活，一住就有十四年，创作出史诗著作《创业史》。悲剧也发生在这道原上，他的夫人熬不住"文革"的迫害，跳入井里饮恨而去了。神禾原东边是少陵原，两原之间有潏河流过。少陵原上有汉宣帝刘询和他的许皇后的陵墓，两座陵墓相隔一段距离，许皇后的陵墓规模较小，便有少陵之谓，且成为这道原的名称。此地在秦时曾设杜县，汉宣帝的陵墓被称作杜陵。然而，此原却是依其皇后的小陵墓而得名少陵原，竟然比皇帝刘询还风光。少陵原东边便是白鹿原，两原之间有颇为宽阔的河谷，发源自终南山的浐河自南朝北流过，河川里曾经有五六千年前的新石器时期母系氏族的人群在此渔猎，也种谷，村落遗址被称为"半坡遗址"，遗址旁边的村庄称半坡，位置在白鹿原的西边坡根下。白鹿原的北坡下，也是一道河川，有灞河自东向西流过，是发源地秦岭的山势造成的倒流河。灞河原称滋水，一个让人感觉温馨的名字，却被要称王称霸的秦穆公改为霸河，以显示其统一中国称霸天下的壮志和野心，后人为霸字添加了三滴水，成为灞河。

　　汉文帝把他的陵墓选定在灞河河畔的白鹿原西头的北坡上，史称霸陵，亦称霸陵原。"沛公军霸上"即是说刘邦和项羽争夺咸阳时驻军在霸陵原上。霸陵原多见于史籍，民间尚未流行。北宋时，大将狄青在白鹿原西部屯兵养马，从此便将白鹿原改名为狄寨原，一直延续到今天，一个古老的镇子也称为狄寨镇。这道原东西长约五十华里，南北宽三十多华里，自东向西纵断着一条深沟，把此原割裂为南原和北原。我的家在北原的北坡根下，是一个五六十户人家的小村子。出了我家祖屋后门不过十来步，便是白鹿原的北坡坡根；走出我家前门不过五六百米，便可以掬灞河水洗脸了。在我从少年到成年的甚为漫长的岁月里，只知此原叫狄寨原，竟然不知诗性烂漫的白鹿原这个好名称。小说《白鹿原》出版二十年了，褒贬且不论，却把尘封在《竹书纪年》里的白鹿原的名称复活叫响了……

割草·搂麦

出生在农家屋院里的男孩子，从小小年纪就帮父母干农活了。我却记不准自己究竟是从几岁开始动手干活的，按乡村人归结的普遍规律，说男娃子一顿能吃完一个馍馍，就是好帮手了。我据此判断，当在我六七岁的时候。我同样记不清先学会的是哪一种农活，却笼统记得我能干的农活有拔草、割草、搂柴火、搂麦穗、掰苞谷和剥苞谷等。幼年从事的这些农活，有的是我喜欢干的，留下了愉快的记忆；有的是难以承受的不想干却不得不干的，便铸成一种伤痛。

我最喜欢干的农活是割草。我家和隔壁一家同族本门人家合养一头黄牛。牛喜食青草。每当春天青草长出来，我便背上柳条编织的小号笼子，提上割草的短把儿镰刀，下到灞河河川或上到白鹿原坡去割草了。当时不知白鹿原的名称，只说上坡割草。割草总是结伴去，几乎没有一个人独自行动的行为，除了结伴搭伙儿热闹有趣，还有至关重要的一条，便是安全。那时候沟梁纵横的原坡上还有狼族活跃其间，常常就有某人在某道坡梁或某条沟谷里撞见了狼，甚至还有某村的小孩被狼叼走的骇人听闻的灾祸发生。父亲总是在我出门割草时提醒，不要单个上坡，找俩伴儿一搭去。

村子里和我同龄或不差上下年岁的伙伴不过三四个，今日我找他，明日他会来找我，三四个人聚齐了，便商量确定到哪一条沟或哪一道梁去割草，说着谝着嘻嘻哈哈便走出村子了。麦子收罢进入伏天的酷热季节，阳光如喷火，伙伴们不约而同在坡梁下的沟道里遮蔽了阳光的背阴处坐下来，玩一种抓掷石子的游戏，或者打扑克，直玩到太阳西斜，才抓起短把儿镰刀去割草。最富诱惑的快活事儿是逮蚂蚱。蚂蚱有麦蚂蚱和秋蚂蚱，前者是生长在麦子地里的，到麦子成熟时也发育完成了，趴在麦穗上发出吱吱吱的叫声，我曾和小伙伴们在麦子地里逮蚂蚱，着急处就忘记了已经黄熟的麦子，踏倒了麦子，招来麦田主人的叫骂。不过，这种麦蚂蚱叫声很单调，很快就把兴趣转移到秋蚂蚱这灵虫上来了。所谓秋蚂蚱，是相对麦蚂蚱而言的，在麦蚂蚱完成三次脱壳可以鸣叫的时候，秋蚂蚱才从埋在地皮下的卵蛋里化育成虫钻出来，满体嫩绿如同刚刚脱壳的绿豆。秋蚂蚱生长在长满酸枣刺棘的田坎上、荒坡上和坟地里，捕捉很难。我和伙伴们根本等不得它完成三次脱壳羽化为可以鸣叫的蚂蚱，就在刺棘丛中寻找，常常被刺棘的尖刺刺得脚面和小腿布满血印也不在乎。逮着小小的秋蚂蚱，装进竹篾编的蚂蚱笼子里，每天喂它野谷苗的内芯。眼看着它在小笼子里一天天长大，完成三次脱壳成为一只羽翼丰满的蚂蚱，发出铃铛一样响亮有节奏的歌唱，我常常陷入一种沉醉。这种秋蚂蚱生命力很强，如果喂养精到，往往可以鸣叫到深秋以至霜冻时节才会完结，给平静也显孤寂的农家院子添一缕欢乐的声响……逮秋蚂蚱太专注也太投入，往往忘记了割草，无论逮着秋蚂蚱的兴奋或逮不着的懊丧，都会在拾起短把儿镰刀开始割草不久便淡化了，只畏怯草割得太少父亲那责备的眼色。

  印象里最不愿干却不得不干的农活是搂麦子。我家有十六七亩土地，绝大多数分散在原坡上，只有三五亩可以浇灌的水田分作四五块散布在灞河川道里。养牛积攒的土肥，单是施到一年可收两料的麦子和苞谷的水田里都不够，原坡上的单料麦子根本施不上一次土肥，那麦子长得黄不拉叽的样子，收割时几乎搭不住镰刀，散落在麦茬地里的遗穗就很多了。村子里乡民把这种成色的麦子称作猴毛，把小小的麦穗称作蝇子胫（苍蝇头），把割这种麦子称作薅猴毛。父亲把一块又一块全是猴毛似的麦子薅过，我紧跟其后用粗铁丝做筢刺儿的大筢子把遗落的猴毛搂起来。至今印象最深的是在离村子最远的称作唐家坡顶的那块地，这是我家在原坡上最大的一块地，大约两亩还多，周边没有一棵树。我拖着足有一米宽的粗铁丝作筢刺儿的大筢子，一筢紧挨着一筢从东往西搂过去，再从西往东搂过来，却也如同为这块刚刚薅过猴毛的猴子梳头又梳身。这个铁丝筢子倒也不太重，拖起来也不太累，关键是坡地上滚动的热浪太难忍受了，火盆似的太阳就在头顶喷火，被晒了大半天的麦茬子热气蒸腾，拖着筢子过去再

陈忠实走在西蒋村

拖着笆子过来的过程，是被翻来覆去的炙烤。尽管头顶戴着草帽，头皮和脸皮仍然感觉到难耐的烘烤的灼伤，身上和裸露的小腿更不用说了。从家里带来的沙果叶茶水早已喝光，汗水似乎已经淌干流尽，口干到连一口唾沫儿也吐不出，看着还有一大半尚未搂过的麦茬地，有种想哭却哭不出来的无奈。看到远处一块坡地上有一个同龄的伙伴也在搂着，心里似乎有一种安慰，农家娃娃都得做这种活儿，且谈不到劳动的单调和无趣，那时候还不懂这些高雅的词汇，尽管切实地承受着……而当某天晚上和父亲坐在院子里吃晚饭，抓起母亲刚刚蒸熟端到跟前的白面馍馍咬下一口时，父亲顺口便会说，白面馍馍香不香？香。爱吃不爱吃？爱吃。明年搂麦子，再甭嘴噘脸吊的了，搂麦子受苦招架不住的那阵儿，想到吃白面馍馍，你就有劲了……这是我最初接受的关于劳动的教诲。

祭　祖

我生活的村子叫西蒋村，解放初仅三十七户人家，村子东头有一条沟，流着清凌凌的发源自原坡上的泉水，供全村人饮水、洗衣，也浇灌小块田地。沟那边有一个东蒋村，更小，不过二十七户人家，村子之间的距离不足二里路。两个以蒋姓作村名的村子却没有一户姓蒋的人家，我问父亲，父亲说不清楚，问比父亲更年长的老爷爷，竟没有一个人说得清白。我生活的西蒋村几乎全是陈姓，只有两户郑姓的人家。陈姓共有一个老祖宗，我却搞不清老祖宗的大名了，然而，这个陈姓老祖宗当属三十五户陈姓人家的始祖，也当是第一个在西蒋村这块地盘上落脚的人，有族谱为证。

每到大年三十后晌，陈姓的成年男子领着虽然尚未成年却已懂人事的男孩齐聚我家，迎神拜祖。父亲早已把不大平整的上房中间的地面用湿土垫平砸实，清扫干净，把我家那张方桌擦洗得一尘不染，放置到后墙中间开着后门的位置；方桌上已经摆置了蜡台和香炉，还有四盘令人馋涎欲滴的油炸的馃子和点心；那幅族谱——俗称神轴——就摆在方桌上，近乎一丈长，平时架放在木楼上，到此时父亲把它拿下来了。待全村陈姓男人聚齐，由陈姓一位辈分最高年龄最长的老者主持仪式，开首是：点蜡上香。这项指令实际是老者发给自己的，话音刚落，他便拿起点燃的火纸，猛吹一口气，那自燃的火纸便冒出火焰来，老者先点着左边的插在蜡台上的紫红色蜡烛，再点着右边一支，再撮三根紫色的香，在蜡烛上点燃，一根一根又一根插入盛着细沙的香炉，双手抱拳，跪拜三匝，然后退居方桌旁边。在老者发出"点蜡上香"的指令时，侍立在方桌两边的父亲和另一位男子便举起族谱——神轴，缓缓地展开，再挂到墙上。也就在此同时，我家街门外便响起鞭炮的响声，夹杂着雷子炮的震天轰响。侍立供桌前的陈姓男人们，依着辈分的高低，一个一个走到供桌前，从香炉里抽出一根紫香（只有主持的老者上头一道香拿三根），在蜡烛跳跃着的火焰上点燃，双手掬着插入香炉，再双手抱拳举到额头鞠躬，然后跪地三叩首。有领着儿子的人，儿子在他右首照着他的动作做下来。我父亲在陈姓的辈分最低，我自然更低一辈了，轮到父亲朝拜列祖列宗的时候，已经剩下不足十个人了（拜过的人都回家去了），我跟着父亲一起鞠躬跪拜，心里顿然也会潮起一种肃穆的感觉。

在我们家祭拜陈氏祖宗的事，据说有两个因由，一是我们家有一幢三间大房，尽管这幢房子已经分为两半，我家和叔父家各占一半，但作为敬奉祖宗展挂神轴却是宽展的，几乎是别无选择的。大约到一九四九年解放，村子里仅仅只有两三幢这种被称作大房的房子，多数村民都住着单面流水的比较窄小的厦房，厦房既供不起长宽都过一丈的神轴，也容不下祭拜的陈姓族人；再一个因由，据说是我爷爷曾经是村子里说话很有分量的人，尽管辈分低，却不影响他说话的分量，由他保存神轴年终祭拜祖宗就是顺理成章的事了。爷爷大约在父亲刚刚成年时便英年早逝了，尽管父亲不再具备爷爷说话的分量，保护神轴祭拜祖宗的活动依旧在我家顺延。在我有资格跟着父亲跪拜祖宗不过两三次之后，这幅神轴转移到另一户人家，这户陈姓人家盖起了宽敞的三间新瓦房，而我家的老房子已经漏雨了，积雪融化滴溜的水滴浸洇了神轴——陈姓列祖列宗神圣到顶礼膜拜的族谱——那是不可饶恕的罪孽。在我跟着父亲到这户祭奉祖宗神轴的房子里去跪拜的时候，对祖宗的虔诚已发生自觉，却也因不在我家里而隐隐感到一缕空虚……再没过几年，在破除封建迷信的"大跃进"年头里，神轴——陈姓族谱据说被焚毁了，大年三十后响公祭的事再没有举办过。我也留下了无法补救的遗憾，搞不清陈姓四辈往上的祖宗，更不知进入西蒋村的陈姓始祖的大名了。

原上有个名叫窑村的村子，乡民多姓陈，是从我们村子迁居到原上的窑村的一户陈姓人家繁衍的族群，每到大年初一，他们搭帮结伙从原上下来，到我家（后来到另一家）祭拜祖宗，原上原下两个村子的陈姓后裔相聚一堂。嘘寒问暖，说收成、谝笑话，其乐融融，我和那些跟随父亲来祭拜祖宗的男娃子们，已经结伙玩耍了，同宗同祖的血缘，似乎确有某种亲情的天然纽带相系结。

卖　菜

白鹿原上的这村那寨和白鹿原下的这寨那村的人家，多有亲戚关系，原上的姑娘嫁到原下或原坡上的某户人家，也多有原下的姑娘嫁到原上某个村寨的人家，亲戚间的往来就很频繁。单就我们这个不足四十户人家的小村庄说，竟然有六七户人家都和原上有这种最亲近的亲戚关系，而我母亲的娘家（我的舅舅家）就在白鹿原西头的五坊村，两个姨妈家也在原上的两个很大的村子。这样，在我尚未懂事也爬不动坡上很陡的土路的时候，据说是由父亲背着我上原，每年正月头上去向舅爷舅奶舅舅舅母拜年。到我能走得动的时候，一大清早起来便跟着父亲母亲出门上路了，从我们村子通舅家的原上的村子有一条斜路，大约七八里，尽管天气很冷，走上原头的时候早已浑身淌汗了。

走上原头的感觉是奇异而又新鲜的。天太宽阔了，直到眼睛所能抵达的模模糊糊的终南山的群峰（那时候尚不知终南山的称谓，当地乡民只说南山）；往北看，对面的北岭（即骊山的南端，同样在那时尚不知骊山的称谓，当地乡民只说北岭），竟然遮挡不住天了；原上一马平川，远远近近散落着大大小小的村寨，无论如何望不见东边原的尽头，便有一种神秘感。我之所以会有这种感觉，完全是我生活的小村庄所在的特定地域造成的。我们的村子紧紧倚靠着白鹿原的北坡，站在村子的任何一个角度，满眼都是熟悉不过的坡坎和峁梁，刀裁一样的原顶遮住了天空，往北看，便是骊山的南麓，同样遮住了天空；在南原和北岭之间，蓝的天或阴的天，永远都是窄窄的一条长绺的天空，当地乡民自我调侃说，生在咱这地方，一辈子只看一绺绺天。绺绺，通常是说布条的，一绺布条。在我能够独立走上白鹿原的时候，宽阔的天和平坦无边的地让我发生奇异的感觉就不足为奇了。

在我更生动鲜活的记忆，是上原卖菜。

在我考上中学的时候，家庭的经济来源没有了，父亲种树卖树供我们兄弟俩上学，无奈树长得太慢，供给不上两个中学生的学杂费；村子里已经建立了农业合作社，即使劳动有盈余，也得等到年终合作社决算后才能分配，况且多数人家都是倒贴户。我在父亲完全无法可想的困局里，上完初一第一学期便休学了，后来在政府的帮助下复学，却错过了一个年级。记得是在复学读完初一的那年暑假，出现了学生卖菜挣学费的新鲜事，而且很快形成了一股风气。那些和我一样先后考入初级中学的乡村学生，其实大多数的家境相差不了多少，十个有九个都上不起每月大约要花费十元钱的学生灶，都是背着一袋子馍上学，每天三顿都是开水泡馍，伴着辣椒酱或咸菜。即使如此节俭，每学期开学的十多元学杂费仍然成为每个学生家长的重而又重的负担。这一年的暑假，不知由哪个村子的哪位脑门活泛又灵动的学生闯出一条挣学费的生财之道，从原下的农业合作社的菜园里趸下时令蔬菜，第二天一早挑着菜担上原，到原上的镇子上去卖，赚下钱来，到暑假结束便高高兴兴交学费了。我很快就加入到这个刚刚形成的学生卖菜的不大不小的群体中了，心劲颇高，不用再担心失学了。

白鹿原上自古缺水，俗称旱原。无论大村小寨的乡民，吃水是最大的困难，靠人力打下的深井，水多不旺，而且是人力所能挖到的极限深层了。吃水历来困难，种庄稼自不待说是靠天吃饭，每年只种一料麦子，不种秋田，在于秋禾更费水，而当地的气候特征恰恰是十年有九年的伏天都缺雨水，蔬菜就更谈不上种植了。原下人调侃原上人说，宁可给你一个馍，不舍得给你一碗水。更有甚者说，原上人早晨起来，为节省洗脸水，夫妻兄弟姊妹面对面吐唾沫儿洗脸……原下的一个又一个村庄，门前流着丰沛的灞河清流，每个村子都有引灞河水自流浇灌的水田，还有不少稻地。在个体经营时代，几乎每个村子都有一两户心灵手巧善于抚育蔬菜的农民，便有了收入强过普通庄稼的菜园；到二十世纪五十年代中期农业合作社建立后，每个社里都有相当规模的蔬菜种植地块，作为合作社的副业。我们村子就有五亩地种植着传统的韭菜、大葱、蒜苗、茄子、辣椒和刚刚引进的洋柿子（西红柿）等，合作社社员把这些蔬菜挑到原上的镇子去卖。原上人自古以来就吃着原下人种的菜。

我在我们村子的合作社的菜园里趸下时令蔬菜，多是大葱、韭菜、茄子和西红柿，总量一般不超过五十斤，这是十五岁的我挑菜上原所能承受的极限重量。

我和村子里的小伙伴一起挑菜上原。天微明便爬起来挑着装满蔬菜的竹笼出门了，走不过一里平地便上坡，目的地是狄寨镇——我尚不知是用北宋大将军名字命名的镇子，大约十华里远，上原后到镇子还有约三华里平路，上原的陡坡路占过大半。我挑着蔬菜，出村子时尚不觉得压迫，很快走过一里平地开始踏上上原的坡路的时候，那装着蔬菜的两只竹条笼便沉重起来，出气也急促了，汗水也冒出来了，直到肩膀疼痛不堪双脚也难以跨步的时候，便招呼伙伴歇一歇……从出家门到上到原顶，少说也要歇四五回，上到原顶的那一刻，肩头的担子几乎是扔到地上的，当即躺倒在地，汗水似乎汹涌而出，喘着粗气的嘴连叫妈的气力都没有了。然而，心里却是一种成功的轻松，最难的坡路爬上来了。待喘息初定，便拿出用布包着的馍来，肚子也咕咕叫起来，吃完一个馍，便挑起两笼蔬菜直奔狄寨镇了。

狄寨镇街道的两边，任由各种商贩自选位置，先到者便先占得街道中间人来人往最稠密的一方地盘。我选定地盘放下装菜的竹条笼，把各色蔬菜都亮出来，便坐在地上迎接买菜的顾客。二十世纪五十年代中期的蔬菜价格，我从合作社趸来的时候，韭菜大约五分钱一斤，大葱一角钱，西红柿七八分钱，挑到镇子卖出时的价格都要翻一倍，开始时咬紧牙关不给购菜者讨价还价的机会，如果销售不顺利，便只好忍痛降低售价了。印象深的事是算账麻烦，那时候还用的是十六两为一斤的秤，买主如果买整数的蔬菜很好结账，如果一斤二斤又带着三两四两，结算就犯难了，我便用小木棍在地上划拉乘法运算，往往惹得那些大叔小婶瘪着嘴笑，逗我说这个"土算盘"算的账准不准？然后才掏出钱来付我。如果卖得顺利，到人去集散的时候卖完最后一秤菜，挑起空笼走出集市的时候，便有一种想喊想唱的快乐；如果眼看着街道上的人越来越稀，笼里的蔬菜还剩下不少，便着慌了，很自然地减价，而且大声呼喊着"便宜了减价了快来买呀"之类的吆喝；如果仍然无人为津，便只好和同样没有卖完菜的伙伴重新挑起菜笼，到镇子周边的村子去叫卖，肯定会贴本儿，这是令人丧气的事。

从初中一年级到高中一年级，每年暑假都是以割草和卖菜为主要劳动项目。原上有三个较大的集镇，各有各的集日，除过一个距家太远的集镇，另两个集镇每逢集日，除过下雨天，我都会挑着两笼蔬菜去赶集，多数时日里都可以赚一元上下的人民币，也有赚不到钱乃至亏本的倒霉事。无论如何，每到暑假结束背着一袋子馍上学去的时候，口袋里装着我自己卖菜挣来的学杂费，是一种坦然，乃至骄傲。有一年卖菜收入颇丰，母亲竟到供销社买来机织的"洋布"，在镇上的裁衣店为我做了一件四兜的制服，我平生第一次穿上了制服。

木板·秧歌

　　一九五〇年春节过后的一个晚上，父亲把我叫到方桌前，郑重却也平和地说，你明日格去上学。我也不觉得太惊奇，上学的事在年前已经说过不止一回了，只是得知明天就要走进学堂的时候，还是有一种说不清楚是紧张或是受制约的异样的感觉。我没有说话。父亲接着把一支新买的毛笔递给我，还有一沓写大字的仿纸，说，你跟你哥合用一个砚台。我哥早我两年上学，笔墨纸砚备全，我接过写大字的毛笔。拔下那个竹筒笔帽儿，毛笔的竹竿尖头是一撮紫红色动物毛做的笔头，我当即联想到在原坡上割草时撞见的狐狸尾巴的毛，据说好毛笔都是用狐狸的尾巴制作的，称鸡狼毫。

　　学校设在村子东头的一孔窑洞里。我们的村子倚着白鹿原北坡的坡根自东向西排列，我家是西头倒数第二家，后门外的坡地却是河卵石和河沙的沉积层，这是不知几千乃至几万年前，灞河曾经流过的河床。村子东头却是黄土崖，不见一粒沙石，村民便在崖根下凿成冬暖夏凉的窑洞。这里的窑洞又高又深且宽阔，里边用土坯垒成隔墙，一家两代乃至三代共住一孔窑内。作为学堂的这孔窑，是村子里有房子住的一户人家放置杂物的闲置的窑洞，提供给乡民作学堂，已经使用许多年了。这孔窑洞学堂容纳着二三十个学童，是我村和东蒋村以及处于原坡上的仅有十多户人家的史家坡三个村子的求学的子弟。请来的教书先生的报酬，由上学的学童的家庭分摊，那时候不论钱而论麦子，大约是新中国成立前国民党纸币贬值得和废纸一样，人们常说背一口袋纸币买不来一口袋麦子，乡民们的交易便是以物易物，无论卖地卖树嫁女儿，都以麦子或苞谷为易物。聘请来的教书先生，也是议定一学季给多少斤麦子，具体给多少，我那时不用关心。

　　我拿着父亲昨晚交给我的毛笔和一沓写大字的仿纸，拘束而紧张地走进那孔窑洞，在自家的方桌旁的自家的长条凳上坐下来。那个时候的乡村学堂，没有公用桌凳，由学童搬来自家的方桌或条桌和凳子上学，有的学童的家长约定合用一张桌子，我家的方桌四边可以坐八个学童，我和我哥之外，另有四五个同村的学童共用一桌。

紧靠窗户是一个土坯垒成的炕。紧靠炕边支着一个方桌。桌上摆着一摞书和一摞纸，还有一个插着粗杆细杆毛笔的笔筒，还有磨墨的砚台。先生正襟危坐在桌边的椅子上。先生很年轻，穿一件淡蓝色长袍，正在给学童写影格。初入学的学童先把先生写好的影格垫在仿纸下面，然后按着影格上的字的笔划在仿纸上照写。我不敢到先生的方桌跟前去，由我哥把一方仿纸送到先生桌上，要求为我写一方影格。约略记得是从一到十最简单的十个字，我把影格铺到仿纸下，模模糊糊可以看到仿纸下的笔画，用蘸了墨汁的毛笔照写起来，尽管横笔不直竖笔歪扭，却总算是我捉笔写出的第一张汉字了。

印象里的先生眉目清秀，却不苟言笑，看去和善的脸上，一旦被哪个学童惹得生起气来，也够怕人的，顺手便抓起摆放在方桌上的足有三尺长的窄木板，抽打那个学童的手掌，打得学童尖声哭叫，他也不会饶恕，说打五板绝不少打一板。我确凿怯惧那把木板，窝着贪玩的野性子，避免了木板击掌的惩罚。我已记不清学习课目的内容，却记得这种延续到一九五〇年春天的老式乡村学堂的格局到秋季就废止了。据说穿蓝袍的先生被政府收编，集中培训去了。人民政府派来了一位新老师，穿着四个兜的干部服，个头高大且粗壮。他到处向乡民申明他是人民教师，要称他是×老师，不许再称他先生；对入学的孩子要称学生，不能称学童了；最让乡民们新鲜的是，这位人民教师的报酬由政府每月发给，不用学生家庭分摊，村民们惊喜地说，娃娃念书不掏钱，新社会真好。

我上学的第二个春天，村子里实行了土地改革，我们村子没有划定一户地主或富农的农户，比我们村子少一小半农户的东蒋村划定一户地主成分的人家，土地和财物被分配给穷人了，作为三合院的坐庄建筑——三间大房，收归为公有，议定为初级小学的学校。这样，一九五一年的下学期，我和同学们就在这幢宽敞的大房子里上课了。教室宽敞了，光线也比窑洞亮堂了，却要出村子跑远路上学了，东、西蒋村之间纵着一道不太高的土梁，梁的两边是两条不太深的沟。那时候一天上三次学，我和西蒋村同学便来回翻六次沟和梁，却也从来不觉得累或苦。也是从这学期起始，教室里有了女学生，都是老师耐着心到乡民家里说服开导，应该让女娃上学识字，女学生逐渐多起来了，还有十六七岁的大姑娘也认字求学来了。

每天下午，这位老师领着我们在农民的打麦场上扭秧歌，双手上下轮换甩动，高过肩膀，三步一跳，左右扭摆腰身，动作不复杂，很容易做到，难的是排列的两队不仅要步调节奏一致，而且两队要互相交叉变换队形。后来老师又教给我们一种竹竿秧歌，因为多数学生家里没有竹竿，老师变通为柳条，我们从灞河滩到处都有的柳树上砍下擀面杖粗细的柳树枝，剥掉皮，是洁白的柳杆，再用红颜料涂成红白相间的彩色。按照老师教的竹竿秧歌的舞步跳起来，仍然是三步一跳，右手拿着的竹（柳）竿合着脚步击打左肩再击打右肩，最后击打跳起来的脚掌。同学们个个都练得认真，跳得满头大汗也乐在其中，尤其是打麦场边有许多男女村民和小孩围观的时候，大家跳得更认真了，吹着哨子伴着节奏的老师也更来劲了。

教育局的管理部门组织了一场秧歌赛，分片举行，原坡地区的初级小学会聚在中心小学，我们的竹（柳）竿秧歌别具一姿，独领风骚，随后被安排到原坡和原上的村子里去表演（还有另外几所学校的秧歌队）。每有节日庆祝活动，我们的竹（柳）竿秧歌都受邀表演。我大约刚交上十岁，跟着老师和同学，攥着一根磨得溜光的竹（柳）竿，扭遍了原下原坡和原上的大寨小村，兜里装着自家的馍或锅盔，所到之处的村子或学校供给开水，歇息下来便吃馍喝水，依旧劲头十足地扭。

直扭到四年级毕业，在当年考高级小学难似考秀才的升学考试中，我竟考中了。当时学习的情况已经基本无记，只留下竹（柳）竿秧歌的记忆。在我后来到原上或原坡的这村那庄走动的时候，偶尔竟会泛出少年时到这里扭秧歌的情景。

二〇一二年十二月十七日　咸宁居

不能忘却的追忆

走进小岗村

至今依然记得,六年前的清明节刚刚过去,我随中国作家访问团走进安徽省小岗村时,心情很不平静。这个小小的小岗村,悬在我心里足足有三十年了,今日终于得着机缘走进来了。

我说小岗村悬在心中三十年,不是夸张。三十年前的一九七八年,秋末冬初,我从一场规模很大的修建"大寨田"的会战工地上下来,调进区文化馆这种比较轻闲也更显松散的文化单位,已经基本确定要把文学创作作为主业的人生志向。桌子上、枕头旁摊开着契诃夫和莫泊桑的书,而睡梦里常常冒出我在平整土地或是修筑防洪河堤工地上的这事那事,一时尚不能从我在人民公社(即今乡镇)工作过整整十年的感觉里调整到这安静的书桌上来。大约就是这个时候,我听到私下里窃窃议论着的一个小道消息,说安徽省已经在农村实施包产到户的"大包干"政策了。直白说来就是"分田到户"了,再透彻说来就是恢复到二十世纪五十年代农业合作化之前的单家独户种庄稼的形态了,习惯称呼为"单干"。这个小道消息不胫而走,不仅在农业这个系统工作的人议论纷纷,不仰仗土地吃饭的城里人也纷纷热议,对生活在公社体制下的农民的心理瓦解更是不言而喻的。我那时候尚不知道小岗村,窃窃私议发展到沸沸扬扬的小道消息,只是笼统地说着安徽,有的说正在搞"大包干——分田到户"的试验;有的说是农民自发搞"分田到户",安徽省官方睁一只眼闭一只眼默许农民的越轨行为;还有的说法很夸张,安徽省已全面推行"分田到户"了……之后不过两三年,小道消息已经作为中央一号文件下达了,"农业生产责任制"在全国农村实行。我也曾作为落实"责任制"的工作组成员驻到渭河边一个村子里,让农民把生产队饲养室的骡马和黄牛牵回家去,把大块土地切割成一条一块划归一家一户……那时候,我记住了小岗村。这个向中国农村近三十年的集体化体制——从农业生产合作社到人民公社——发出挑战的小岗村,引发了随后被称作"农业生产责任制"的堪称翻天覆地的伟大改革。

在小岗村村外的田野上,我们一行来到一座别致的展览馆门前,上书"大包干展览馆"。我看到这个名称便怦然心跳了,及至走进展馆,在看到那幅被放大了的秘密盟约时,竟有一种屏息的感觉。秘密盟约仅有两三行文字,即要搞分田到户的"大包干",上面有这个不足二十户人家的生产队的十八个干部和社员的签名,而且每人都按上了自己的指印。我反复默读着那几行简短的文字,久久凝视着那十八个签名和指印,心中涌起的是一种神圣的景仰。秘密盟约最后一句文字申明,如果此举暴露而招致某人坐牢或杀头,其子女由所有签名者共同帮助抚养到十八岁。这无疑是一个生死盟约。生死盟约的十八个结盟人,在签写自己的名字再按上手印的那一刻,都有了坐牢乃至杀头的心理准备。而能促使这个不足二十户的小村庄的十八户当家男人豁出命来要搞土地"大包干",任谁都会想到他们的光景怎样难以为继……姑且不评说其精神和意义。

我的眼光最后停驻在"严俊昌"的名字上,他当时是小岗村的生产队长,秘密联盟是他一手策划的,由他亲自向各家各户的男主人征求意见,获得呼应,就形成了这个堪称共生死的约定。任谁都会想到,一旦"大包干"的秘密盟约暴露,首当问罪的肯定就是他严俊昌了。任谁也都会想到,小岗村一旦分田到户,土地分割成一块一绺,一家一户的男女主人在自家分得的田块里耕耙、播种、除草,与集体化的大帮人群劳动的场景相对照,不几天秘密盟约就会大白于天下,这是无法掩盖更无法保密的事。严俊昌难道连这样简单的事都会马虎吗?显然不会。这就让我想到,明知遮掩不住却仍然要做，就是冒死心态了。看着秘密盟约上严俊昌的名字，我的心里已经泛溢出伟大的感觉。

见到这位伟大的农民严俊昌，是在第二天的座谈会上。一张方正的脸，一双明澈的眼睛，还有尤为突出的大脑门，头顶是基本全白的头发，我便看到一个睿智却也更为坚实的形象。他已六十六岁，我看到他的服装，是质地不错的西装，当属今天的农民普及了的服饰，我在欣慰的同时，更多的是恍如隔世的感慨。

我们村的安徽菜贩

自进入小岗村，或许自下火车踏上安徽省的大地，我的脑海里便浮现出一个安徽人来。掐指算来，竟然是近五十年前的事了。

这是习惯上称作"三年困难时期"的头一年，即一九六〇年。我正读高中一年级，某个星期六从学校回到家里，在村子里遇见一个挑着空筐的陌生人，看样子是刚刚在集市上卖完菜归来。我也不大在意，村子里有陌生男女过往是常有的事。而这个挑着空筐的陌生人连连和我的两三个乡党打招呼，而且是一种让我听来十分生涩的外地口音，让我难免好奇，便问和他说话的乡党，这是哪里来的菜贩子。乡党随口说是安徽人，又着重加一句，难民。

我随后就知道这是一个不远千里从安徽逃难来到我们村子的难民。据说他先找到我们村子的主事人——党支部书记和生产队长，想从我们生产队的蔬菜地里趸菜卖菜，书记和队长都同意了。据说俩人同意接纳这个安徽人的因由基本一致，于公事说，生产队每天可以少派一个赶集卖菜的劳力。顺便说明一事，自从实行农业合作社以来，我们村这个独立生产队就开辟了一块七八亩的蔬菜种植地，种植时令蔬菜，春夏有韭菜、菠菜、茄子、大葱、洋葱、豆角、西红柿、芹菜、辣椒、大蒜等，秋冬有白萝卜、红萝卜、白菜、冬葱、香菜等。少量给社员分配享用，主要是给生产队增加收入。我们村周边的河川和白鹿原上有三四个规模大小不等的集镇，几乎每天都有逢集的镇子可以销售蔬菜，生产队每天都要派出六七个甚至十多个社员挑着各种蔬菜上原或过灞河赶集去卖菜。这个安徽人从菜园里趸买了蔬菜，生产队每天就可以节省一个卖菜的劳动力了，但也不能不说我们生产队的当家人对这位安徽"难民"的恻隐之心。这个安徽人便在我们村住下来，每天傍晚从集镇上卖完菜回来，马不停蹄直接进入菜园，趸买两筐各种蔬菜，第二天一早就挑着菜筐赶集去了……他竟然在我们村子一住就是四五年。

　　我约略了解他，是在他到我们村不久的那年暑假。我从学校放暑假回到家中，几乎每天都能看到这个早上挑着装满蔬菜的竹筐出村、傍晚挑着空筐回村的安徽人。我家门前不过三五十步就有一面小坡坎，坡坎下有一孔年代久远的窑洞，曾经是我家隔壁一户人家的磨坊，一个圆形的石磨盘，两块同为圆形的磨石，曾经是村民磨麦子的好去处。不知何年何月窑洞的后壁发生坍塌，便没有人再进这孔危窑磨麦了。多年过去，尽管这孔危窑再没有发生坍塌，却也没人来磨麦了。这个安徽菜贩就住在这孔废弃的窑洞里，他每天出门卖菜、傍晚回来，都要经过我家门前。暑假里我可以参加生产队劳动挣工分了，每逢阴雨天不能出工，便有同村伙伴相约打扑克，往往选中这孔窑洞。阴雨天安徽菜贩也不能赶集卖菜，就只好待在窑里。我曾和他聊天，他尽管姿态很谦诚，却总是不多说一句话。我其实也就问一些无关痛痒的话，譬如，你跑这么远路到我们这儿来买菜卖菜，何不在自家村子做这买卖？他大约支吾着说，他的老家生意不好做之类的话？搪塞一下。我大约也问过这样的事——你一年四季不在生产队出工劳动，生产队会允许你出门卖菜给自己挣钱吗？会不会扣下分给你的口粮？他依旧支吾着说他们那里的生产队管得不严，可以外出，不指望生产队分粮了。我之所以会问这些，是依着我们当地的政策戒律产生的疑问，当地的农业生产队不允许社员私自出门做任何为自己挣钱的事，如有违犯，就不给他乃至全家人分配口粮。我仍不死心，又把曾经听说他是逃难的"难民"的话题提出。他没有否认，却仍然支支吾吾着说是先遭旱灾又遭水灾，颗粒无收……我大体相信了他的说辞，那时不仅安徽省遭灾，整个中国已经陷入"三年困难时期"，自然灾害是一个重要原因，我们村子也陷入饥馑年月，瓜菜代食，谷糠充饥，且不赘述。

二十多年过去，这个早已被遗忘的安徽菜贩，突然在某一天从记忆深处浮现出来，竟让我惊讶半日。那是二十世纪八十年代初某日，我到区上开会，主题是学习和落实中共中央一号文件，即在全国农村实行"农业生产责任制"。会上放映了一部中国农村发展现状的资料纪录片，其中有一组镜头是拍摄"三年困难时期"安徽省某些村子的景象，整个村庄已人去村空，村子中的道路上长满荒草，一个特写镜头映现的是一户人家围墙里的杆状野草，竟然长到高过围墙高过围墙里的房子的窗户，快要接上房檐屋瓦了，这样荒芜的屋院连成一片……低沉的解说词告诉观众，村民全部逃荒要饭讨活路去了，尽管没有说饿死人的事，观众大约都会想到这是不可避免的。我在看着那一组令我惊诧的惨景时，突然想到毛泽东的两句诗——千村薜荔人遗矢，万户萧疏鬼唱歌。这是毛泽东在得知消灭了血吸虫病的喜报后乘兴写下的七律《送瘟神》中的两句。他老人家大约怎么也想不到，血吸虫病造成的那种惨不忍睹的景象，几年之后又在中国乡村出现了。自然灾害是一个因素，更重要更直接的因素当数"大跃进"和人民公社，这是乡村不识字的乡民都明白的事……我在看到安徽乡村村巷和屋院里的荒芜景象时，就想到那个安徽农民，甚至想象他也许就是纪录片中某个院子的主人……

我已不记得这个安徽农民的名和姓了，却还有他的粗略印象，大约四十出头，中等个头，扁平脸膛，光头，那双眼睛从来也未见过怒色。他和村子里的人碰面，点头说一句客气话便不停脚步地走过去了。他傍晚在菜园里选购几种蔬菜，需得淘洗的就在地头的水车井边淘洗干净，再挑回那孔窑洞，第二天早晨便挑着装满蔬菜的两只竹筐上原或过河赶集去了。他的这种营生持续了四五年，和我们这个不足五十户人家的小村子的男女老少都再熟悉不过了，却突然在某一段时日，村人发现这个安徽人不见了，似乎缺失了什么，互相打问他的去向。他是二十世纪六十年代中期某一天悄没声息离去的，据说是包括我们村子在内的地区即将开始搞"四清运动"的诸多传闻风声鹤唳，"三年困难时期"稍得宽松的农村政策又收紧了，阶级斗争的锋芒又显露了，安徽人胆怯了，溜走了……我和村人一样不大在意他的离去。现在在我看到纪录片上那些长满荒草的村巷和屋院时，不仅想到这个安徽菜贩，而且很自然地想到他的家庭，他的父母妻儿到哪里去了，我尽管不敢猜想他们的结局，却不由得心里发冷。

看着严俊昌领头搞的秘密盟约，及至第二天见到已着西装的严俊昌本人，我都想着那个安徽人。前者冒死联名密约分田到户，后者隐身逃难到千里之外的村子里贩菜谋生。他们在生存危机来临时各自选择了求生的途径，也让我加深了对他们的理解，尤其是对严俊昌这位伟大的农民。

惊天动地"万言书"

在我走进小岗村"大包干展览馆"，看到秘密盟约时，我的脑袋里还浮现着陕西户县农民杨伟名。严俊昌是一九七八年要搞分田到户的，采取的是秘密结盟的方式，盟约文字不过两三行。而杨伟名是公开地建议，把一份名曰《当前形势怀感》（亦称《一叶知秋》）的万言书投递给各级政府和相关领导，从最底层的人民公社直送到市、省以至中央，文章里不乏哲思色彩的辩证和具体建议。座谈会上见到严俊昌时，杨伟名因为那份"万言书"而被迫自杀的惨象浮现在我眼前。这一刻，我顿然悟到一个尤为关键的时间概念，即一九七八年这个非同寻常的年份。严俊昌们的幸运就在于秘密结盟在一九七八年，而杨伟名的悲剧概出于一九六二年这个特殊的年份，及至更不堪的随后发生"文化大革命"的一九六八年，他已陷入绝境，只好吞下毒药……

在走进小岗村之前的二〇〇五年岁末的寒冬时月，我曾到陕西户县寻访杨伟名这位被许多高人称为"伟大的农民思想家"的足迹。

此事发端于一九六二年春天。这是时称"三年困难时期"最困难的年月，且不赘述乡民吃糠咽菜甚至剥树皮撸树叶拔野草填腹充饥的惨景。杨伟名时任陕西省户县城关公社七一大队党支部委员，担任大队文书、会计和调解主任，在"三年困难时期"，他和支部书记贾生财、大队长赵振离多次交谈如何摆脱困境。他们尽管也相信中央关于造成"三年困难"的几条原因，却也有自己最直接的疑问。在水丰土厚的渭河流域的关中平原，除非百年才可能遇到的特大旱灾能够导致广泛的生存绝望，一般不会发生如此普遍且持久的饥荒，人们记忆里最近的一次旱灾，已经是近半个世纪之前的事了。况且在民间早就流传着"金周至银户县"的民谣，户县在关中平原都算得上白菜心的好地区，今年的旱灾虽有发生，但灾害程度根本比不得三十多年前那场连续三年滴雨未下的灾难。他们三人在商议如何尽快走出困境的时候，自觉或不自觉地都看到了公社体制的问题和弊端，尤其是"干活不计工分，吃饭（集体食堂）不要钱"的"共产主义"。几经交谈几经讨论，他们三人形成了走出困境的几条举措，决定由杨伟名写成文字稿。

这里对杨伟名做一点儿简要介绍：一九二二年农历年末出生在户县北街一个小磨坊家庭，十到十四岁先后在县城两家私塾馆就读，从《三字经》《幼学琼林》等读起，又熟习四书五经中的《书经》《诗经》等，生性聪慧，背记古文五十余篇，奠定了深厚的文字基础。即使因贫穷辍学，他也一边种庄稼一边借来邻居好友的高小、初中、师范和农业专科学校的课本自学。一九四六年七月，闻一多被国民党当局杀害，时为乡村邮递员的杨伟名在《陕西商报》发表悼念文章。一九四九年初加入中国共产党，西安解放后，党组织选派他到咸阳地干班学习培训，无疑是进入地方基层队伍的途径，却被妻子抱住双腿不得离家，随之脱离了党组织。新中国成立后，杨伟名积极参与并组建互助组和初级、高级农业生产合作社，一九五七年再次加入中国共产党。直到"大跃进"和农村实行人民公社化，他一直任会计、文书，后来当选支部委员。从互助组到人民公社，他都是积极参与并组织建设，而且把自家较为宽裕的房子腾出来，给村子里做食堂。在"大跃进"和人民公社体制开始出现许多问题时，他依然以负责任的姿态绝不盲从，写文章予以纠正。比如针对当时发生的不仅反科学也近乎不懂常识的"小麦密植"，他写下《谈谈小麦播种量》予以纠正。"三年困难时期"发生的"物资供应困难"，他写成七千余字的《关于处理目前"物资供应困难"问题的建议》，不仅提出良好意见，而且一针见血地指出造成困难的主要原因是"人为因素"。针对党政机关不重视人民来信来访的现象，他写成《致县委信》，指出作为"脑"的领导机构，应当重视作为"耳目"的基层干部和群众的意见。一九六二年四月写《目前农村工作十谈》时，他已经写下十余篇针对农村人民公社各种偏颇现象的建议文章。他的《目前农村工作十谈》刚写完三谈，便停止下来，开始写作《当前形势怀感》这篇近万言的文章，于五月十日完成。内有十三个小标题，分别为：前言、忆"撤退延安"、处方、腰带、改造与节制、恢复单干、进与退、走后门、市场管理、烦琐的哲学、双程轨道、提建议有感、后记。

麻烦和后来的自杀悲剧，概出于这篇《当前形势怀感》亦称《一叶知秋》的文章。

包括《当前形势怀感》以及杨伟名此前的十余篇文章，都收入社会科学文献出版社出版的《一叶知秋——杨伟名文存》一书中，我不必再赘述其全部内容，仅点出《怀感》一文中令我尤为感动到惊讶的两点。一是他竟然敢于提出"恢复单干"，即包田到户，这是任谁都知道碰刀刃的事，他却直白地呈报各级党政领导。联想到十六年后严俊昌秘密结盟的事，是做了杀头坐牢的精神准备的，杨伟名等三人却敢于把《怀感》送到从公社到中央的各级领导手中，难道没有考虑如严俊昌们的严重后果吗？再一点是，他关于二十世纪五十年代的认识，提出了"社会主义初期建设任务"的概念，也与今天科学论定的"社会主义初级阶段"相类似。

杨伟名把《怀感》寄出后，很快就引发了用今天的话说是"正能量"的积极反响。中共陕西省委办公厅在《人民来信来访反映》内刊上予以选载，陕西省委宣传部的机关刊物《宣传动态》也摘要刊登，无疑是给各级领导作为决策的参考。尤其值得一提的是，时任咸阳地区专员的王世俊很赞同《怀感》，亲自给杨伟名回信说"感谢你对国家大事的关怀"，告诉他"这封信连日前一封建议信一并印发各有关部门和同志，供他们研究问题时参考……"而且把《怀感》和附信印发给咸阳地区的几位领导参阅，破例把杨伟名这个农民聘为该地区政策研究室研究员。西北局第一书记刘澜涛也有非常举动，指示西北局办公厅主任陶信镛专门到户县和有关人士谈话，并聘请杨伟名为西北局机关刊物《西北建设》杂志通讯员。由此可以判断，刘澜涛肯定读过《怀感》，尽管没有见到他的表态话语，也未能得知陶信镛和户县有关人士传达的刘澜涛书记的指示内容，但仅就聘请杨伟名为《西北建设》杂志通讯员而猜测，起码是很重视杨伟名《怀感》的建议，也颇关心农民杨伟名这个人才。然而，恰恰是刘澜涛关于杨伟名《怀感》的相关资料，竟然在随后的"文化大革命"中导致另一个毫不相干的年轻人的灾难，也成为对杨伟名的致命一击……

　　杨伟名和《怀感》的命运，不久就发生了逆转，不是一般的逆转，而是惊天动地的逆转。在《怀感》写成并寄出之后的同年八月，中共中央在北戴河召开中央工作会议，且不说会议的主旨，单说毛泽东主席的一段讲话，直接点到杨伟名的《怀感》。毛泽东以文章中有"一叶知秋，易地皆然"的话题说："一叶知秋，也可以知冬，更重要的是知春、知夏……任何一个阶级都讲自己有希望。户县城关公社写信的同志也讲希望……"毛泽东主席又问对户县三个党员的来信回答了没有，并甚为郑重地申明"共产党员在这些问题上不能无动于衷"。有了毛泽东主席的指示，八月份的北戴河会议刚一结束，九月初就有处理此事的工作组进驻杨伟名所在的户县七一大队了，而且是一个由省、市、县、社四级党委负责人组成的工作组，对杨伟名等三名写信人开始教育纠正的工作。

　　一九六二年八月上旬，在北戴河参加中央会议的陕西省省长赵伯平给陕西省委打电话，询问杨伟名等三人《一叶知秋》的事，当属他亲自聆听了毛泽东主席讲话后的反应。

　　一九六二年八月十六日，省委办公厅《人民来信来访反映》随即全文刊登《怀感》，送省委常委阅读。前次该刊所做的《摘编》，是供各位领导克服"三年困难"决策的参考，此次全文刊登显然是供批判之用。

　　一九六二年九月七日，省委一位副秘书长和省委宣传部一位副部长，与咸阳专署一位副专员，以及户县县委书记四人一起和杨伟名等三人谈话，且有四次，指出《一叶知秋》的错误。

　　一九六二年九月十三日，中共户县县委将《一叶知秋》印发给县级机关和城关公社机关支部，明确在通知中指明其在"两条道路斗争"中的观点、立场是非常错误的。

在这样由省到县的连番谈话纠正错误的过程中，三人中最年轻的大队长据说没经历过如此严峻的大场面，最早表态认识错误了。支部书记贾生财起初尚想不通自己所犯的错误，在各级领导的连番谈话指明其错误的过程中，也表示知错认错了。杨伟名在最初一次谈话时，竟然神情自若且甚为自信地表示自己认识无错。工作组把杨伟名视为重点对象，不仅和他谈话，而且和村里的所有党员谈话，在普通社员中召开座谈会，指出单干的错误导向，党员和大多数社员一致表态集体化不能分解为"单干"，杨伟名陷入孤立。经过甚为艰难的思考，他写下了一纸检讨书，名曰《亲切的教导，深刻的一课》。

在三个写信人先后认识错误之后，接着便是程序化的关于这个事件处理意见的汇报。户县县委对地委、地委对省委宣传部、省委宣传部对省委、省委对西北局以及中央就三个写信人的处理意见，共同的观点是三个党员主张"恢复资本主义道路，是严重的政治立场错误"。之后，各级领导在各种会议上都有涉及这个事件的讲话，指出其错误是"退到资本主义道路"，最严厉的是省委第一书记在省委一次全会上说："杨伟名们分田到户的观点是十分荒谬的，十分反动的。"就我能见到的各级文件和领导人的言论，这一句是最严厉且最严重的，即"荒谬"和"反动"，而且足足是"十分"。

在处理杨伟名等三人的最后结论形成时，从县委、地委到省委的监委会意见完全一致："杨伟名等三名党员对自己的错误做了检讨，认识很好，且他们只是向组织反映情况，没有实际行动……党内不给纪律处分。"此事终算了结，支部书记贾生财调离七一大队，到竹器社任厂长；原大队长赵振离接任支部书记；杨伟名大约依旧做原来的文书、会计等工作。写到这里，我竟有一种感动，一封惊动毛泽东主席的户县三个党员的来信，这个事件搞得从户县到咸阳专署到陕西省委再到西北局几乎"手忙脚乱"，况且有省委第一书记"十分荒谬十分反动"的定性，处理意见却是"不给党内纪律处分"。我感觉到一种温情，一种包容的温情，也应该是处于"三年困难"特殊时期各级党委和领导人对此前狂热的"大跃进"造成的灾难的反思的效应。

杨伟名从此再未写过一篇文章，尽管仍继续着读书看报的爱好，却不写字了，似可理解。他也再无出奇之举，平静地生活着，颇动兴致地为一张全家照赋诗一首："一胎两女喜孪生，不幸离母襁褓中。居鳏孤楚难抚养，乳娘分忧感衷情。流水光阴匆匆过，双双各长十齿龄。今朝依傍欣合影，愁絮收敛露笑容。"这首诗大体体现着杨伟名此一时段的心情，前妻所生的孩子已长到十岁，他忽然动情赋诗，着意在不幸中遇到的后妻对孩子的"乳娘分忧感衷情"，"愁絮"表面是说丧妻后无人养育孩子的忧愁，内里显然也更有《一叶知秋》引来的麻烦到此时基本淡静，能够将"愁絮收敛"且可以"露笑容"了的宽慰。我揣测他能在这样短的时间里调整到可以"露笑容"的良好状态的因由，自然在于他本人的襟怀和自信，也在于他贤惠的妻子在此间尤为知心尤为小心的照料和关爱，然而，更关键的一点当在于各级党组织结论里的"不给党内纪律处分"的决定。

我在户县杨伟名的村子搜集他的素材时，人们讲了他的诸多趣事逸闻，仅述一例。某年他和队干部没收了一户社员的边角地，那位社员堵到他家门前破口大骂。杨伟名不仅既劝又压妻子的火气，而且别出心裁地端了一壶茶水送出门去放到骂人者面前，不言自明的意思是：你尽管骂吧，骂得口干舌燥了，喝口茶再接着骂……后来被一些高人誉为"农民思想家"的杨伟名，生活中是这样宽怀柔肠，也当是他能很快走出《一叶知秋》招致的麻烦的个性因素。

相对平静地过了四五年，"文化大革命"开始了，成为他无法逃躲的致命灾难，却是因为一桩他意料之外的事件。

绝望终未绝

"文革"伊始，贾生财和赵振离成为"走资派"，被批斗被夺权。而基本不在党政权力范畴内的杨伟名也未能幸免，就因为他的那份《一叶知秋》。他被造反派定性为修正主义分子，又升级为反革命分子，大门上被贴上办丧事才写的白纸对联：单干单干，才能发家致富；修正修正，赫鲁晓夫祖宗。被游街又被批斗，随之实行无产阶级专政，把他和"地富反坏右"排在一列的位置。在此大灾大难面前，杨伟名的心态如何，无疑是我顶关注的一点。他的儿子杨新民告诉我一件事，过春节时，杨伟名把造反派贴在他家大门两边的阴纸对联撕掉，清洗干净，写下鲁迅先生的"横眉冷对千夫指，俯首甘为孺子牛"诗句，自然用的是喜庆的红纸。不仅如此，他在大门两边的围墙上也贴出了他的"大字报"，南边是毛泽东主席的七律《送瘟神》，北边是自赋七绝一首："砥柱触天立中流，时光如涛荡泥土。无私无畏即自由，真理在胸笑在手。"我钦佩杨伟名的情愫，概出于如此灾难性逆境中的"砥柱中流"的刚烈和胆魄，也就无须再猜想他面对游街、批斗和与"地富反坏右"五类敌对分子为伍的心情了。时过不久，造反派们把心思集中于夺权，一个农村生产大队的权已不能满足造反派们的胃口，目标转移向公社这个党政机关，更在乎户县这个地方性的大机关。顺便说一句，作为咸阳地区一把手的王世俊，已经被斗被整得死去活来，其中一条罪状就是支持杨伟名万言书建议的包产到户，是"为复辟资本主义大造舆论"等。此间，无权的杨伟名作为"五类分子"的"死老虎"，已不在造反派们心急火燎夺权的焦点之内，反倒被"冷清"地搁置一边去了。杨伟名冷眼观看，静观运动的态势，但他大约丝毫也预料不到的一件事发生了。一个造反派大学生找他来了，进而酿成两人撼天动地泣鬼神的悲剧。

　　这位大学生名叫刘景华，是西安冶金建筑学院的学生，也是"西安地区大专院校红卫兵统一指挥部"下的一个造反派成员。该组织授命他组建一个调查团，调查整理并形成对西北地区最大的走资本主义道路的当权派且有叛徒之说的刘澜涛的定罪材料。刘景华曾有文字坦言："我出身于穷苦人家，是毛主席等老一辈无产阶级革命家打下了江山，我一个农民的儿子才得以上大学……我就无条件地站在以毛主席为首的无产阶级革命路线一边，一颗红心两只手，党叫干啥就干啥。党叫我领导红卫兵调查'走资派'的罪行，是对我的信任，我坚决执行。"于是，他很快组建起十二人的调查团，来到西安南郊长安县细柳公社姜仁村，开始着手调查。姜仁村是一九六四年"四清运动"时刘澜涛选择的"蹲点村"，三年后的一九六七年九月，刘澜涛已被"军管会"拘押，且押到姜仁村接受造反派的调查。刘景华带领他的十二名团员赶到姜仁村来了，这个满怀"忠心"的红卫兵调查团领队刘景华，在翻阅了作为西北地区头号"走资派"兼叛徒的刘澜涛的揭露材料后，首先对刘澜涛最致命的叛徒问题产生了怀疑。尽管他未说明怀疑的具体事件，但是我推想，肯定是那些揭露材料多属"莫须有"和虚妄之作，缺失最基本的可靠性，也就缺失了可信性。他的怀疑成为一桩颇揪心的困惑，想找人交流却又不能，因为谁都会意识到这是为刘澜涛翻案的大忌讳，况且他的身份是调查团的团长。刘景华隐匿着不无痛楚的怀疑，继续翻阅刘澜涛的罪恶材料，其中有一条涉及包庇户县反革命分子杨伟名的事件。他得知刘澜涛不仅没有处分杨伟名，而且指派西北局办公厅主任陶信镛亲自到户县和有关人士谈话，不仅把杨伟名的《怀感》刊登在《西北建设》杂志上，还破例聘请杨伟名为该杂志的农民通讯员。刘澜涛当年这种作为高级领导人尊重人才的美德和眼睛向下的良好作风曾经成为美谈，现在却成为罪恶。关键在于刘景华对此事发生极大兴趣，怀着已有的疑问，当即找到《怀感》阅读。他自述的读后感是这样的："我认为这篇文章本质地分析了当时我国农村的经济形势，一针见血地指出了造成这种困难局面的原因，并提出了解决困难的办法……"刘景华就"决定去户县见见杨伟名"。几日前，在对刘澜涛的叛徒问题产生怀疑后，刘景华曾急于和人交谈辩白此事而不能，且郁闷郁结，随之看到杨伟名《怀感》事件也竟然牵涉到刘澜涛的罪证材料时，他终于遇到了一个可以交谈乃至倾吐衷情的对象。他肯定知道这是一个叛逆的决定和行为，不堪设想的后果也是明摆在眼前的。我便尤为感动、感慨于这位难得的独立思考者——刘景华的大无畏精神，尤其是在"文革"最疯狂的夺权背景下。这是从陕西贫困山区走出且怀着感恩忠心的大学生刘景华的反叛，面对的是铺天盖地的"刘澜涛不投降就叫他灭亡"的叫嚣，他要去找杨伟名，这就注定了他年轻的生命别无选择亦无可逃遁的悲剧。

刘景华只身来到户县，两次找过杨伟名。第一次是在七一村的大队办公室里（此时的杨伟名是被判为"死老虎的五类分子"，何以会待在大队办公地，我猜大约是被看管），刘景华和杨伟名竟然一见如故，有资料说"促膝相谈"（我猜想刘景华大约是以造反红卫兵的身份为伪装，才可能有与杨伟名谈话的机会）。两人"促膝相谈"一个上午还不能尽兴，杨伟名领着刘景华到他家吃了午饭又接着谈。第二次仍然是刘景华赶到杨伟名家里长谈。在第一次和第二次交谈的间歇，发生了一件大事，红卫兵造反组织正式给刘澜涛形成"叛徒走资派"的结论时，不仅专案组和造反头目意见完全一致，"中央文革"也已有了明确的表态，但刘景华竟然发言说"刘澜涛不是叛徒"。刘澜涛被定性为叛徒的材料上报中央，刘景华当时被严重警告。刘景华不服气，又到户县和杨伟名交谈倾诉。还是在他们两次会面的间隔期，两人还有多次通信交流，可见他们达到怎样相见恨晚水乳交融的状态。然而，他们谈话的内容只有他们自己知道，信件也在后来的灾变中被家人焚毁了。仅我能看到的资料，只笼统地说到杨伟名此时已不顾个人安危，公然指出"文革"是"盲人骑瞎马，夜半临深池"，说学习《毛选》的口号"急用先学、立竿见影"是教条主义，说"阶级斗争""反修防修"和"文化大革命"是极"左"路线的极端发展。这是杨伟名和刘景华交谈和信件的只言片语，总算留下了一些见出杨伟名的思想锋芒的珍贵文字。我想杨、刘两人能如此投机，当属"英雄所见略同"，而对刘澜涛定性"叛徒"的反对意见，便是刘景华的思想导致的行动。他的这种行动仍不能倾泄义愤，竟而拍案而起，他把由刘澜涛莫须有的叛徒冤案引发的对"文革"的彻底否定和反对，写成十余张大字报，张贴到古城西安的钟楼上，这是西安的心脏部位。大字报引发惊天动地的反响，很快被公安人员揭走。刘景华被逮捕，判处死刑，但不知因何故没有立即执行。刘景华被囚整整八年，到粉碎"四人帮"后才获释平反。

　　由刘景华案的牵涉，杨伟名陷入灭顶之灾。原本他已不在造反派夺权焦点之内，甚至造反派懒得再批再斗这只"死老虎"。但刘景华被逮捕后，他和杨伟名来往和通信的事也露了底儿，以他所在学校西安冶金建筑学院为主的造反派追到户县，联合户县的造反派，对杨伟名展开前所未有的"武斗"。造反派给杨伟名认定的罪名是"反革命分子刘景华的黑后台"，又是"杨刘反革命集团"。之前杨伟名被本地红卫兵批斗时，据说只有低头弯腰的惩罚措施，尚未动用武力。但这回被大学生造反派批斗时，由"文斗"兼加"武斗"了。批斗地点选定在城关公社院内，造反派质问并声讨他和刘景华的"反革命言论"，却不准许他回答，更不允许他申辩，干脆不容他开口。红卫兵造反派要他向毛主席下跪，他不跪。造反派扇他耳光，用拳头捶打他，用脚踢他，从背后踢到他膝盖弯里，他跌倒了也跪下了。杨伟名的妻子放心不下，又去不了批斗现场，只好让女儿杨新慧去。杨新慧不敢到批斗现场，偷偷躲在后窗，看到这样一幕：杨伟名膝盖跪着的竟是铡草的铡墩（底座），而且垫着烧焦的煤渣。女儿看到乱拳乱脚乱打乱踢的景象，吓得逃走了。这样的批斗连续两场，时在一九六八年五月五日和五月六日。和批斗中被打罚跪等身体所受的折磨摧残相比，更致命的是杨伟名在造反派的叫嚣声中得知，刘景华已被逮捕，且判了死刑。

杨伟名和妻子当晚双双自杀，这是一九六八年五月六日夜发生的悲剧。

杨伟名的儿子杨新民和两个女儿至今清楚地记着当晚发生惨剧的过程和细节。杨新民告诉我，五月六日傍晚，被整整批斗了一天的父亲回到家中，吩咐他把两个出嫁的姐姐叫回来，却不说有何事。妻子已做好晚饭，杨伟名不吃。杨伟名夫妇和两个出嫁的女儿、儿子杨新民在一个简短的全家团圆见面之后，他便安排三个儿女到右边卧室休息睡觉，他们夫妇常住左边隔间卧室。杨伟名的女儿告诉我，弟弟新民尚未成年，父母让睡就睡着了。姊妹俩觉得蹊跷，根本无法入眠，随后听到厨房有拉风箱烧锅的响动，她俩便来到厨房，见母亲在灶下烧锅，问母亲天这么晚了烧锅干啥。母亲说烧开水。她俩更奇怪了，说电壶（暖水瓶）里有开水呀。母亲便不耐烦，让她俩少管闲事快去睡觉。姊妹俩也未再追问便回屋去了，却依旧难得入眠。不久又听到木楼上有响动，姊妹俩又问谁在楼上干啥。母亲说她取个东西，又催她俩睡觉。到半夜时分，刚刚入睡的姊妹俩被一阵很痛苦也很大的呻吟声惊醒，慌忙爬起来跑到父母卧室前，但是推门推不开，门闩反插着，煤油灯也被风吹灭了。大女儿杨彩英情急之下从后门出去爬上后窗，砸破窗玻璃进入屋内，闻见呛人的农药味，慌乱中点亮煤油灯，就看见父亲杨伟名和母亲刘淑贞并排躺在炕上，已无声息，两人的胳膊还挽在一起……我听到此，做记录的手抖得写不成字。

姊妹俩随后才明白，母亲烧水是为了净身，父母的卧室地面上还留着泼洒的水痕，父母都从内到外换穿了一身干净衣服。母亲上楼是取剧毒农药，木楼是作为生产队的保管室沿用着，既存有种子，也有杂物，还有杀虫除菌的剧毒农药。姊妹俩懊悔不迭，曾有疑心，却仍然粗心大意，没想到会发生这样的惨剧。从杨伟名被批斗完回家，到他和妻子双双烧水净身换干净衣服，再到他们夫妇喝下剧毒农药，整日整夜都下着雨。第二天，在某个公社造反派干部吆喝着"杨伟名是自绝于人民自绝于党"的声响里潦草下葬的时候，雨下得更大更猛了，真可谓天公垂泪。

在我理解，杨伟名的自杀选择，无疑是一种绝望，一种彻底的绝望。一纸补天济世的《怀感》，把自己弄到这种死不下活不旺的处境姑且不论，而且把一个从穷山沟里跨进高等学府的刘景华害苦了——不是一般的惩戒处罚，而是坐以待毙！杨伟名曾有对《怀感》理论坚持不改的精神自信，也有面对批斗乃至跪铡墩等忍受肉体折磨的刚强，却承受不了彻底的绝望，且不说以生命之躯对"文化大革命"的控诉……我在户县采访结束时，想去杨伟名的墓前致礼，掬一捧黄土撒上他的坟冢。杨新民无奈地告诉我，原本潦草埋葬的坟堆，后来被一家小工厂征地建厂时抹去了，连他也找不到准确位置了。我便退一步想到，把杨伟名的思想和品格以及由此发生的时代性悲剧形成文字，权且当作那一抔无处抛撒的黄土。

这是二〇〇五年岁末月初，已经是天寒地冻的隆冬时节。从户县回到西安，我便急于寻访刘景华。我多方打问，得知刘景华平反后一直在广州某高校任教，电话联系倒也未有周折。我说明前往拜访意图，他很爽快地应诺，只是时间稍微推后，他正忙于学生期末考试，还要阅卷。他说春节要回老家，到时可以见面，也免去我劳神费事跑远路的折腾。我便和他约定待他春节期间回来见面。我等待他的电话，想到他从远方归来，又是春节，亲朋好友难得一聚，但我怎么也想不到，农历大年初二晚上接到他打来的电话，竟然说他检查出肺癌。我一下惊呆了。他又缓缓地告诉我，已经做过手术，恢复尚好，只是回不了老家了。我哪儿还有"纠缠"他的心思，连连劝他专心养护身体，采访之事暂且不管。他说手术做得很成功，术后恢复很好，约我一月后去广州见面。

刘景华家住广州老城区一条窄巴的巷道里，临街两边全是卖各种生活品的小铺。几经打问，终于找到一幢平顶住宅楼房，抬头看见楼台上站着一位男子往街巷张望，看见我时便问是不是西安客人。我当即招手应声。我走到他站立的平台，握手问好之际，看见他满头稀疏花白的头发，胖瘦适中的脸上呈现着沉稳平和的气色。我依旧难以抑制激动的情绪。他领我走进他的屋子，住室很宽敞，家具摆饰不见豪华，质朴实用。我和他坐下交谈，他谈到往事，不仅神闲气静，而且更显得淡漠。我意识到不单是时移世易痛定之后的超然，更当属他对把整个民族和国家陷入灾难的"文化大革命"的蔑视。他说话断断续续，我已经不再提问，不忍心看他说话的艰难，也怕过细地谈到曾经遭受的折磨使他伤心动情，肯定会影响正在恢复的病体。我能见到他已经很荣幸。告别时握着他的手，再看着那稀疏花白的头发，脑海中又浮现出那个在西安钟楼张贴声讨"文化大革命"檄文的风华正茂的刘景华，竟有泪水涌出……

二〇一四年七月十九日 二府庄

又及：近十年前，先后寻访了杨伟名和刘景华，原想写块稍大的东西，却终未成事。遗憾且不论，这两位陕西乡党的伟迹一直搁在心底，竟成一种纠结。近日发生自我宽宥心思，做退一步想，把就我所知的事迹记述下来，既向他们致敬，也注入我的文字存留。

我看老腔

二○○六年六月，话剧《白鹿原》由北京人艺演出的一个月时间里，我应邀两次到北京看戏。中场休息时到剧场外的院子里换换空气，有幸不期而遇几位作家朋友，握手问好之间，不说对《白鹿原》的观感，开口便问在剧情中穿插演唱的老腔，多是一种惊喜的口吻，且几乎都用"震撼"或"撞人心胸"之类的词发出由衷的慨叹。他们随后便打问，老腔是什么剧种，从来没听说过呀；民间竟然保存着这样好的原生态的唱腔，真正的艺术瑰宝哇，等等。听着这样热烈至诚的赞叹，我为老腔这种纯民间原生态的剧种而欣慰。这些作家朋友身居北京又走南逛北，自然见识过中外古今各剧种的艺术景观，何以会对陕西关中乡村纯粹的民间班社演出的老腔发生如此强烈的慨叹，这足以见得老腔独具的魅力。听着作家朋友的议论，我也暗生一分窃喜，即我第一次听到老腔时所产生的心灵震撼和撞击的强度，和这几位作家朋友不差上下，由此便可排除我对关中民间艺术的偏爱之局限，原来，看着听着老腔的演唱，大家的感受基本是类同的。

我第一次看老腔演出，不过是在此前两三年的事。二○○四年春节的气氛尚未散尽，一位在省政府做经济工作又酷爱文化的官员朋友告知我，春节放假期间，由他联络并组织了一台陕西民间多剧种的演出，当晚开幕，不属商业性质的演出，只供喜欢本土文化的各界人士闭门欣赏。他随口列举出诸如眉户戏、线腔、碗碗腔、阿官腔、关中道情、同州梆子、老腔等多种关中地区的戏曲剧种（秦腔属于大剧种，反倒不在其列）。这些地方小戏我大都看过演出，也不甚新鲜，只有他最后说到的老腔，在我听来完全陌生。尽管他着重说老腔如何如何，我却很难产生惊诧之类的反应，这是基于一种庸常的判断：我在关中地区生活了几十年，从来没听说过老腔这个剧种，可见其影响的宽窄了。尽管如此，我还是蛮有兴趣地观看了这台由他热心促成的关中民间小剧种的演出。往日里看过这种小戏或那种小戏，却很难有机缘看到近十种关中小戏同台亮相，真可谓百花齐放，各呈其姿。

开幕演出前的等待中，赵季平也来了，打过招呼握过手，他在我旁边落座。屁股刚挨着椅子，他忽然站起，匆匆离席赶到舞台左侧的台下，和蹲在那儿的一位白头发白眉毛的老汉握手拍肩，异常热乎，又与白发白眉老汉周围的一群人逐个握手问好，想必是打过交道的熟人了。我在入座时也看见了白发白眉老汉和他跟前的十多个人，一眼就能看出他们都是地道的关中乡村人，也就能想到他们是某个剧种的民间演出班社，也未太注意。赵季平重新归位坐定，便很郑重地对我介绍说，这是华阴县的老腔演出班社，老腔是很了不得的一种唱法，曾经在张艺谋的某一部电影中出现过，尤其是那个白毛老汉……我自然能想到，老腔能进入大导演张艺谋的电影，必是得到担任电影作曲的赵季平的赏识，我对老腔便刮目相看了。再看白发白眉老汉，安静地在台角下坐着，我突然生出神秘感来。

这台集中展现关中地区小剧种的"十样锦"式的演出开幕了，参演的演员全部是来自乡村的演出小团队或班社，是他们的衣着装束和眉眼间的气色让我认定的；无论登台演唱的是哪一种"腔"，都唱出一种有别于专业演员太过圆润的另一番韵味儿，我当即联想到曾经在山坡上河滩里乃至马车过后的村路上听过的这种腔那种腔的余韵。

轮到老腔登台了。大约八九个演员刚一从舞台左边走出来，台下观众便响起一阵哄笑声。我也忍不住笑了。笑声是由他们上台的举动引发的。他们一只手抱着各自的乐器，另一只手提着一只小木凳，木凳有方形有条形的，还有一位肩头架着一条可以坐两三个人的长条板凳。这些家什在关中乡村每一家农户的院子里、锅灶间都是常见的必备之物，却被他们提着扛着登上了西安的大戏台。他们没有任何舞台动作，用如同在村巷或自家院子里随意走动的脚步，走到戏台中心，各自选一个位置，放下条凳或方凳坐下来，开始调试各自的琴弦，其中的板胡、二胡、喇叭、勾锣、大鼓、铙钹和马锣这些乐器我都见过，秦腔剧也都要用到的，只有坐在前排的白毛老汉和另一位中年演员怀中所抱的乐器我叫不出名称，却很眼熟，大约是一种少数民族的乐器。好在作曲家赵季平坐我身边，肯定知道我不识此器，当即告诉我，白毛老汉抱的是月琴，老腔的主要乐器。

锣鼓敲响，间以两声喇叭嘶鸣，板胡、二胡和月琴便合奏起来，似无太多特点。而当另一位抱着月琴的中年汉子开口刚唱了两句，台下观众便爆出掌声；白毛老汉也是刚刚接唱了两声，那掌声又骤然爆响，有人接连用关中土语高声喝彩，"美得很！""太斩劲了！"我也是这种感受，也拍着手，只是没喊出来。他们遵照事先的演出安排，唱了两段折子戏，几乎掌声连着掌声，喝彩连着喝彩，无疑成为演出的一个高潮。然而，令人惊讶的一幕出现了，站在最后的一位穿着粗布对门襟的半大老汉扛着长条板凳走到台前，左手拎起长凳一头，另一头支在舞台上，用右手握着的一块木砖，随着乐器的节奏和演员的合唱连续敲击长条板凳。任谁也意料不及的这种举动，竟然把台下的掌声和叫好声震哑了，出现了鸦雀无声的静场。短暂的静默之后，掌声和欢呼声骤然爆响，经久不息，直到把已走进后台的演出班社再唤回来，又加演了一折唱段……

我在这腔调里沉迷且陷入遐想，这是发自雄浑的关中大地深处的声响，抑或是渭水波浪的涛声，也像是骤雨拍击无边秋禾的啸响，亦不无知时节的好雨润泽秦川初春返青麦苗的细近于无的柔声，甚至让我想到柴烟弥漫的村巷里牛哞马叫的声音……

气势磅礴，粗犷豪放，慷慨激昂，雄浑奔放，苍莽苍凉，悲壮的气韵里却也不无婉约的余韵，我能想到的这些词汇，似乎还是难以表述老腔撼人胸腑的神韵；听来酣畅淋漓，久久难以平复，我却生出相见恨晚的不无懊丧自责的心绪。这样富于艺术魅力的老腔，此前却从未听说过，也就缺失了老腔旋律的熏陶，设想心底如若有老腔的旋律不时响动，肯定会影响到我对关中乡村生活的感受和体味，也会影响到笔下文字的色调和质地。后来，有作家朋友看过老腔的演出，不无遗憾地对我说过这样的话，小说

《白鹿原》里要是有一笔老腔的画面就好了。我却想到，不单是一笔或几笔画面，而是整个叙述文字里如果有老腔的气韵弥漫……

后来还想再听老腔，却难得如愿。听说这个演出班社完全是业余的松散组合，仅在华山脚下的华阴县活动，多是为这个村那个村的乡民家庭的红事和白事演出，也应约到一些庙会祭日赶场子，毕竟是少有出场，平时就在自家的责任田里劳作。这样，我就很难再次享受到那种撞击胸脯的腔儿。直到两年之后，正在筹备话剧《白鹿原》的北京人民艺术剧院导演林兆华电告，让我挑选并联系几位秦腔演员，在《白鹿原》话剧的情节中插唱几段。他特别强调，不要剧团的专业演员，就要那些纯粹的乡村里喜欢唱秦腔的演员。我当即满口应承，这事不难，关中乡村唱得一嗓子好戏的人太多了。后来的通话中，我告诉他还约了几位老腔演员试唱，供他根据剧情的构想进行选择。他表示乐于"看看"，却不甚迫切，尽管我做了坦诚的介绍，他仍是不太热烈地做"看看再说"的回应。待我在灞桥区文化局工作的朋友帮忙物色到十余位乡村秦腔唱家，我也联系约定好了华阴老腔演出班社，林兆华专程到西安来验收了。且不赘述他对秦腔演员的选择，到他看老腔班社演出的时候，我却独生一分担心：老腔的腔调不知能否切合他构想中的剧情需要。白毛老汉来了，另一位弹月琴唱主角的张喜民自然不可或缺，还有那位用木砖砸长条板凳的张四季等十余位演员都来了。在一个小会议室里，他们仍然依着习惯蹲在地板上，或是坐在作为演员道具的小凳上。他们开唱伊始，我已不能专注于欣赏，而是观察林兆华导演的反应。一折戏尚未唱完，我发现林兆华老兄的两只锐利的眼睛发直了。这是我当时的第一反应，用关中俗话说，那种眼神的确叫发直。我至今依旧记着那种发直的眼神。我在发现那种眼神的一瞬，竟有一种得意的释然，林兄不仅相中了，而且被震住了。果然，老腔班社刚演唱完两个小折子戏，正准备再演唱第三折，不料林兆华导演离席，三五步走到老腔演员跟前，一把攥住白毛老汉的手说，这就定啦！随之和在他身边的张喜民等握手又拍肩。最后才转过身对我说，真棒！那眼神已经活跃起来，而且溢出颇为少见的光亮……这样，老腔便登上了北京人民艺术剧院的舞台。

且不说话剧《白鹿原》的演出，穿插在剧情中的老腔的几次亮相却是产生了轰动性效应。我最早感知那种效应是在首演，无论是老腔班社集体出场演出，抑或是白毛老汉怀抱月琴一人独奏独唱，剧场里屏声静息，当他们短暂的插演结束离去时，便爆出暴风骤雨般的掌声，间以噢噢哟哟的浩叹。尤其是张四季扛着长条板凳走到台前，一边吼唱着一边掀起板凳一头，右手攥着木砖把板凳砸得咣咣响的时候，观众席发出惊诧的呼应，当是一种沉浸其中的忘情境界。其实，老腔班社演出的小折子唱段，与话剧《白鹿原》的情节毫无关联，全是他们素常演出的传统剧目中的唱段，自然是纯正的关中东府地方的发音，观众能听懂多少内容可想而知，何以会有如此强烈的呼应和感染力？我想到的是旋律，一种发自久远时空的绝响，又饱含着关中大地深厚的神韵，把当代人潜存在心灵底层的那一根尚未被各种或高雅或通俗的音律所淹没的神经撞响了，这几乎是本能地呼应着这种堪为大美的民间原生形态的心灵旋律。观众是社会各种职业的人群，对华山脚下的老腔能发生共鸣，我便有如此推想。在我颇为有幸的是，也为老腔提供了两句唱词。这是在话剧《白鹿原》筹备阶段，编剧孟冰要为老腔创作一首作为主题曲的唱词，电话嘱我提供关中民间歌谣。我几乎本能地想到几句流传甚广的既能唱也能顺口溜出的词儿来：他大舅他二舅都是他舅。高桌子低板凳都是木头。走一步退两步全当没走。前奔颅（前额）后马勺（后脑）都有骨头。金圪垯银圪垯还嫌不够，天在上地在下你娃甭牛……孟冰甚感兴趣，这样结实的大实话似乎只有在关中这块土地上才会产生。他随后引用了前两句，且依此民谣编了几句关涉白鹿原人生活形态的唱词。话剧《白鹿原》的主题曲由白毛老汉他们唱响了，颇具反响效应。孟冰把我的名字作为词作者打在屏幕上，未所料及，向他申明予以纠正，竟不能，我就有了平生第一首剧词儿，它能被老腔吼唱出来，深以为幸。

  我再一次去北京人艺，是一位工作人员电话告知这是濮存昕团长的指令。我想我已经看过《白鹿原》的首演，接连又陪贵宾和文友看过两场，再去看的兴头尚未潮起，自然就想到可能有什么相关的事由需要商量，电话里人家不说有何事，我也不多问，就按濮团长指令的时间去了。见到濮存昕，他说《白鹿原》休演两晚，他整了一台老腔和秦腔演员的专场演出，定在中山音乐堂，让我来欣赏。这是一个惊喜。他说话剧《白鹿原》演出半个多月以来，观众对剧中插演的老腔和秦腔唱段反响强烈，因为剧中的插演主要为着烘托剧情的气氛，有的插演仅仅唱一句两句，观众似乎很不过瘾，他便想利用话剧休演的这个晚上，搞一场秦腔和老腔的专场演出，让那些专业人员和倾心的观众一饱眼福和耳福……我说我也在期待眼福和耳福的受众之中，我此前看老腔演出不过三次（包括话剧《白鹿原》），每次不过两三小折唱段，也未曾过足瘾，这回可如愿了。

那晚在中山音乐堂的演出，可谓别开生面，濮存昕一人坐镇，优雅自如而又自信地担当节目主持人，介绍演出的话语郑重而又幽默，让我充分感知到这位艺术家对来自民间的艺术演员的敬重之情。我无论如何也想不到，竟然会坐在中山音乐堂里看这些乡党的演出，那些来自白鹿原和灞河两岸的秦腔演员，从来也没有登过大戏台，他们在乡村田野里扶犁吆牛耕地的时候，尽着性情吼唱秦腔，顶得意的是春节期间组织排练，在村头广场上搭台演出，年过完了，又扛着锄头下滩或上坡干活去了。老腔演出班社也类似，多为有红白喜事的人家出演，抑或是被邀到传统的庙会上演皮影戏，算不得高台。对我来说，乡野里吼唱的秦腔早已耳熟，倒是真过足了老腔的瘾。由濮存昕精心安排，秦腔和老腔交替出台，我看到的老腔的演出，都是较为完整的有大段唱词的折子戏，无论白毛老汉，还是张喜民等演员，都是尽兴尽情完全投入地演唱，把老腔的独特魅力发挥到最好的程度（且不说极致），台下观众一阵强过一阵的掌声，当属一种心灵的应和。我在那一刻颇为感慨，他们——无论秦腔或老腔——原本就这么唱着，也许从宋代就唱着，无论元、明、清，以至民国到解放，直到现在，一直在乡野在村舍在庙会就这样唱着，直到今晚，在中山音乐堂演唱。我想和台上的乡党拉开更大的距离，便从前排座位离开，在剧场最后找到一个空位，远距离欣赏这些乡党的演唱，企图排除因乡党乡情而生出的难以避免的偏爱。这似乎还有一定的效应，确凿是那腔儿自身所产生的震撼人的心灵的艺术魅力……在我陷入那种拉开间距的纯粹品赏的意境时，濮存昕却做出了一个令全场哗然的非常举动，他由台角的主持人位置快步走到台前，从正在吼唱的张四季手中夺下长条板凳，又从他高举着的右手中夺取木砖，自己在长条板凳上猛砸起来，接着扬起木砖，高声吼唱。观众席顿时沸腾起来。这位声名显赫的濮存昕已经和老腔融和了，我顿然意识到自己拉开间距，寻求客观欣赏的举措是多余的。

据音乐专家考证，老腔的源头远自西汉。华阴县地处黄河、渭河和洛河三条河流的交汇地带，西汉王朝在这里首开通往长安的漕运通道，张喜民家所在的村子背后即是西汉王府的一个超大粮仓遗址。船夫和码头劳工的号子与帮声，逐渐演化出一种拉坡腔，推想当属老腔最早的源头。我对老腔形成的太过悠长的历史略作了解，不甚用心细究，更关注它的生存危机和传承。老腔的领班党安华告诉我，华阴仅存这一个较为拿得出手的老腔班社，而过去记不准有多少活跃在乡村的自演自乐的或紧凑或松散的班社，究其原因，关键的一条是经济效益太差，演出收入低微，不仅年轻人看不上这个行当，过去那些颇具演唱天赋的老艺人也另寻生活途径去了。党安华是县文化局干部，正为老腔的后继无人乃至断档而揪心。出人意料的好事不期而至，且不说在陕西当地被邀频频出场，自参与话剧《白鹿原》演出结束到当年年末，老腔第一次登上了中央电视台"千秋华宴——2007春节戏曲晚会"的高台，同时又受邀参加中国文联于人民大会堂举办的"百花迎春"春节联欢晚会的现场演出。紧随其后，又赴上海、成都、深圳、香港、湖北、苏州等省市演出；著名歌手任贤齐赶到华阴跟白毛老汉等人学唱老腔；韩国国家电视台追到华阴碾峪乡双泉村，不惜费时一周拍摄老腔艺术专题片；不止一次到我国的香港、台湾演出；随国家文化部的安排，先后到日本、德国、美国献演。我难以想象，那些听惯了交响乐曲的欧美人的耳朵，在听到张四季用木砖砸得长条板凳哐哐哐咣咣咣的声响时，会是怎样一种表情……

令人更为欣慰的是，华阴老腔空前活跃起来，不仅重新组织起不少演出班社，许多具备演出天资的年轻人也亮开了嗓子，党安华、白毛老汉们不再担心断档的事了……生活原本不可或缺老腔的腔儿。

二〇一二年六月二十三日　二府庄

汽笛·布鞋·红腰带

一个年过五十的人，依然清晰地记得平生听到第一声火车汽笛时的情景。

他当时刚刚勒上了头一条红腰带。这是家乡人遇到本命年时避灾禳祸乞求平安福祉的吉祥物，无论男女无论长幼无论尊卑都要在本命年到来的头一天早晨穿裤子时勒上腰的。那是母亲用自纺的棉线四股合成一股，经过浆洗经过大红颜色的煮染再经过蜂蜡的打磨，然后把经线绷在两个膝盖之间织成的。早在母亲搓棉花捻子和纺线的时候就不断念叨："娃的本命年快到了，得织一条红腰带。"在标志着一年将尽的最后一个月份——腊月——到来之前，母亲已经织好了一条红腰带，只让他试着勒了一下就藏进木板柜里，直到大年三十晚上才取出来放到枕头旁边，叮嘱他天明起来换穿新衣新裤时勒上那根红腰带。他那时只是因为那条鲜红的线织腰带感到新奇而激动不已，却不能意识到生命历程的第二个十二年将从明天早晨开始……

半年以后，他勒在腰里的红带已经变成了紫黑色的了，鲜艳的红色被汗渍尿垢以及褪色的黑裤污染得失去了原本的颜色。他依旧勒着这条保命带走出了家乡小学所在的小镇，到三十里外的历史名镇灞桥去投考中学。领着他的是一位四十多岁的班主任老师，姓杜；和他一起去投考的有二十多个同学，这些小学同学中有的已经结婚，那是他们在新中国成立后才迟迟获得读书机会的缘故，他是他们当中年龄最小个头最矮的一个。

这是一次真正的人生之旅。

从小镇小学校后门走出来便踏上了公路。这是一条国道，西起西安，沿着灞河川道再进入秦岭，在秦岭山岩中盘旋蜿蜒一直通到湖北省内。这是他第一次走出家门三公里以外的旅行。他昨夜激动惶惧得几乎不能成眠；他肩头挎着一只书包，包里装着课本，一支毛笔和一只墨盒，还有几个学生灶发给的混面馍馍，还有一块洗脸擦脸用的布巾，同样是母亲用织布机织下的手工布巾……口袋里却连一分钱也没有。

开始上路他和老师、同学相跟着走，大约走出十多里路也不觉得累，同学们大都是来自小镇附近村庄，谁也没出过远门，兴致很高心劲十足一路说说笑笑叽叽嘎嘎。后来的悲剧是从脚下发生的。他感觉脚后跟有点疼，脱下鞋来看了看，鞋底磨透了，脚后跟上磨出红色的肉丝淌着血，血浆渗湿了鞋底和鞋帮。他首先诅咒的便是砂石铺垫的国道上的砂子，全然想不到母亲纳扎的布鞋鞋底经不住砂石的磨砺，随后才意识到是一双早已磨薄了的旧布鞋的鞋底。在他没有发现鞋破脚破之前还能撑持住往前走，而当他看到脚后跟上的血肉时便怯了，步子也慢了。

活的我与雕的我

似乎不单是脚后跟上出了毛病，全身都变得困倦无力，双腿连往前挪一步的勇气都没有了，每一次抬脚举步都畏怯落地之后所产生的血肉之苦。他看见杜老师在向他招手，他听见同学在前头呼叫他。他流下眼泪来，觉得再也撑不上他们了。他企望能撞见一位熟人吆赶的马车，瞬间又悲哀地想到，自己其实原来就不认识任何一位车把式。

他看见杜老师和一位结过婚的小学生大同学倒追过来，立即擦干了眼泪。老师和同学的关心鼓励丝毫也不能减轻脚下的痛楚和抬脚触地时引发的内心的畏怯。老师和大同学不能只等他一人而往前走了。他没有说明鞋底磨透脚跟磨烂的事，不是出于坚强而纯粹是因为爱面子，他怕那些能穿起耐磨的胶质球鞋的同学笑自己穷酸。这种爱面子的心理不知何时形成的，以至影响到他后来的全部生活历程，不愿意在任何人面前哭穷。老师和大同学临走时留给他的一句话是："往前走不要停。慢点儿不要紧只是不要停下。我们在前头等你。"

他已经看不见杜老师率领着的那支小小的赶考队伍了。他期望在路上捡到一块烂布包住脚后跟，终于没有发现哪怕是巴掌大的一块碎布而失望了。他从路边的杨树上捋下一把树叶塞进鞋窝儿，大约只舒服了两分钟走出不过十几米就结束了短暂的美好和幼稚。他终于下狠心从书包里摸出那块擦脸用的布巾，相当于课本的两倍大小，只能包住一只脚。洗脸擦脸已经不大重要了，撩起衣襟就可以代替布巾来使用。用布巾包住的一只脚不再直接遭受砂石的蹭磨减轻了疼痛，况且可以使另一只脚踮着而避免脚后跟着地。他踮着一只脚就跛着往前赶，果然加快了行速。走过不知有多少路程，布巾很快又磨透了，他把布巾倒过来再包到脚上，直到那块布巾被踩磨得稀烂而毫无用处。他最后从书包拿出了课本，先是算术，后是语文，一扎一扎撕下来塞进鞋窝……只要能走进考场，他自信可以不需要翻动它们就能考中；如果万一名落孙山，这些课本无论语文或是算术就都变成毫无用处的废物了。那些课本的纸张更经不住砂石的蹭磨，很快被踩踏成碎片从鞋窝里泛出来撒落到砂石国道上，像埋葬死人时沿路抛撒的纸钱。直到课本被撕光，他几乎完全绝望了，脚跟的疼痛逐渐加剧到每一抬足都会心惊肉跳，走进考场的最后一丝勇气终于断灭了。他站下随之又坐下来，等待有一挂回程的马车，即使陌生的车夫也要乞求。他对念中学似乎也没有太明晰的目标，回家去割草拾柴也未必不好……伟大的转机就在他完全崩溃刚刚坐下的时候发生了，他听到了一声火车汽笛的嘶鸣。

他被震得从路边的土地上弹跳起来。他被惊吓得几乎又软瘫坐下。他的耳膜长久地处于一种无知觉的空白。他的胸腔随着铿锵铿锵的轮声起伏着战栗着。他惊惧慌乱不知所措而茫然四顾，终于看见一股射向蓝天的白烟和一列呼啸奔驰过来的火车。他能辨识出火车凭借的是语文课本上的一幅拙劣的插图。这是他平生第一次看见火车。第一次听见火车汽笛的鸣叫。隐蔽在原坡皱褶里的家乡村庄，一年四季只有人声牛哞狗吠鸡鸣和鸟叫。列车从他眼前的原野上飞驰过去，绿色的车厢绿色的窗帘和白色的玻璃，启开的窗户晃过模糊的男人或女人的脸，还有一个把手伸出窗口的男孩的脸……直到火车消失在柳林丛中，直到柳树梢头的蓝烟渐渐淡化为乌有，直到远处传来不再那么震慑而显得悠扬的汽笛声响，他仍然无法理解火车以及坐在火车车厢里的人会是一种什么滋味儿？坐在飞驰的火车上透过敞开的窗口看见的田野会是怎样的情景？坐在火车上的人瞧见一个穿着磨透了鞋底磨烂了脚后跟的乡村娃子会是怎样的眼光？尤其是那个和他年岁相仿已经坐着火车旅行的男孩？

天哪！这世界上有那么多人坐着火车跑哩而根本不用双脚走路！他用双脚赶路却穿着一双磨穿了鞋底磨烂了脚后跟的布鞋一步一蹭血地踯躅！似乎有一股无形的神力从生命的那个象征部位腾起，穿过勒着红腰带的腹部冲进胸腔又冲上脑顶，他无端地愤怒了，一切朦胧的或明晰的感觉凝结成一句，不能永远穿着没后底的破布鞋走路……他把残留在鞋窝里的烂布绺烂树叶烂纸屑腾光倒净，咬着牙在砂石国道上重新举步，腿上有劲了，脚后跟也还在淌血还疼，走过一阵儿竟然奇迹般地不疼了，似乎那越磨越烂得深的脚后跟不是属于他的，而是属于另一个怯弱者懦弱鬼王八蛋的……在离考场的学校还有一二里远的地方，他终于追赶上了老师和同学，却依然不让他们看他惨不堪睹的两只脚后跟。

……

在那场历时十年的大浩劫发生时，他虽未被完全打翻却感到已经走到生命的尽头。那一年又正好是他勒上第二条红腰带开始第三轮十二年的时候。他被划进刘少奇路线而注定了政治生命的完结,他所钟情的文学在刚刚发出处女作时便夭折了,家庭的灾难也接踵而至,不是祸不单行而是三面伏击四面楚歌。他步入社会尚无任何生活经验也无丝毫的防卫能力,很快便觉得进入绝境而看不出任何希望,不止一次于深夜走到一口水井边企图结束完全变成行尸走肉的自己。没有促成他纵身一投的缘由,便是他在那最后一刻听到了发自生命内部的那一声汽笛的鸣叫……

　　在他勒上第三条红腰带开始生命年轮的第四个十二年的时候,恰好又遭遇到一次重大的挫折。如果说上一次的遭遇与红腰带有无什么联系尚无意识,这一次就令他暗暗惊诧了,人类生命本身是否存在着一种神秘的周期性灾变?他不再以一个简单的无神论者的简单态度轻易去判断其有无了。这一次挫折纯粹是自作自受,不能怨天不能怨地更不能怨天下任何人,自己写下一篇对生活做出简单谬误判断的小说而声名狼藉。他曾想告别政坛也告别文学,重新回到学校做一名乡村教师,与农村孩子去交朋友。在那个人生重大抉择的重要关头,他不仅又一次听到了那声汽笛,而且想到了那双磨透了鞋底磨烂了脚跟的布鞋。有什么可畏惧的呢?本来就是穿着磨透鞋底的布鞋走进社会的,最终最糟失掉的大不了也就是又一双破烂布鞋……他走进图书馆,把莫泊桑和契诃夫的小说抱回住屋,昼夜与这两个欧洲人拥抱在一起。

　　他后来成为一个作家,但不是著名的,却终归算一个作家。这个作家已过"知天命"的年岁,回顾整个生命历程的时候,所有经过的欢乐已不再成为欢乐,所有经历的灾难挫折引起的痛苦也不再是痛苦,变成了只有自己可以理解的生命体验,剩下的还有一声储存于生命磁带上的汽笛鸣叫和一双破了鞋底的布鞋。

　　他想给进入花季刚刚勒上头一条或第二条红腰带的朋友致以祝贺,无论往后的生命历程中遇到怎样的挫折怎样的委屈怎样的龌龊,不要动摇也不必辩解,走你认定了的路吧!因为任何动摇包括辩解,都会耗费心力耗费时间耗费生命,不要耽搁了自己的行程。

我的秦腔记忆

在我最久远的童年记忆里顶快活的事，当数跟着父亲到原上原下的村庄去看戏。

父亲是个戏迷，自年轻时就和村子里几个戏迷搭帮结伙去看戏，直到年过七旬仍然乐此不疲。我童年跟着父亲所看的戏，都是乡村那些具有演唱天赋的农民演出的戏。开阔平坦的白鹿原上和原下的灞河川道里，只有那些物力雄厚而且人才济济的大村庄，不仅能凑足演戏的不小开销，还能凑齐生、旦、净、末、丑的各种角色。我们这个不足四十户人家的村子，演戏是连想也不敢想的事，我和父亲就只有到原上和原下的那些大村庄去看戏了。

不单在白鹿原，整个关中和渭北高原，乡村演戏集中在一年里的两个时段，是农历的正月二月和伏天的六月七月。正月初五过后直到清明，庆祝新年佳节和筹备农事为主题的各种庙会，隔三岔五都有演出，二月二是传统习惯里的龙抬头日，形成演出高潮，原上某个村子演戏的乐声刚刚偃息，原下灞河边一个村子演戏的锣鼓梆子又敲响了，常常发生这个村和那个村同时演出的对台戏。再就是每年夏收夏播结束之后相对空闲的一个多月里，原上原下的大村小寨都要过一个各自约定的"忙罢会"。顾名思义，就是累得人脱皮掉肉的收麦种秋的活儿忙完了，该当歇息松弛一下，约定一个吉祥日子，亲朋好友聚会一番，庆祝一年的好收成。这个时节演戏的热闹，甚至比新年正月还红火，尤其是风调雨顺小麦丰收家家仓满囤溢的年份。

　　我已记不得从几岁开始跟父亲去看戏，却可以断定是上学以前的事。我记着一个细节，在人头攒动的戏台下，父亲把我架在他的肩上，还从这个肩头换到那个肩头，让我看那些我弄不清人物关系也听不懂唱词的古装戏。可以断定不过五六岁或六七岁，再大他就扛架不起了。我坐在父亲的肩头，在自己都感觉腰腿很不自在的时候，就溜下来，到场外去逛一圈。及至上学念书的寒暑假里，我仍然跟着父亲去看戏，不过不好意思坐父亲的肩膀了。

　　同样记不得跟父亲在原上原下看过多少场戏了，却可以断定我那时候还不知道自己看的戏种叫秦腔。知道秦腔这个剧种称谓，应在二十世纪五十年代中期离开家乡进西安城念中学以后，我十三岁。看了那么多戏，却不知道自己所看的戏是秦腔，似乎于情于理说不通。其实很正常，包括父亲在内的家乡人只说看戏，没有谁会标出剧种秦腔。原上原下固定建筑的戏楼和临时搭建的戏台，只演秦腔，没有秦腔之外的任何一个剧种能登台亮彩，看戏就是看秦腔，戏只有一种秦腔，自然也就不需要累赘地标明剧种了。这种地域性的集体无意识就留给我一个空白，在不知晓秦腔

学老腔艺人

剧种的时候，已经接受秦腔独有的旋律的熏陶了，而且注定终生都难能取代的顽固心理。

在瓦沟里的残雪尚未融尽的古戏楼前，拥集着几乎一律黑色棉袄棉裤的老年壮年和青年男人，还有如我一样不知子丑寅卯的男孩，也是穿过一个冬天开缝露絮的黑色棉袄棉裤，旱烟的气味弥漫不散；伏天的"忙罢会"的戏台前，一片或新或旧的草帽遮挡着灼人的阳光，却遮不住一幢幢淌着汗的紫黑色裸膀，汗腥味儿和旱烟味儿弥漫到村巷里。我在这里接受音乐的熏陶，是震天轰响的大铜锣和酥脆的小铜锣截然迥异的响声，是间隔许久才响一声的沉闷的鼓声，更有作为乐团指挥角色的扁鼓密不透风干散利爽的敲击声，板胡是秦腔音乐独有的个性化乐器，二胡永远都是作为板胡的柔软性配乐，恰如夫妻。我起初似乎对这些敲击类和弦索类的乐器的音响没有感觉，跟着父亲看戏不过是逛热闹。记不得是哪一年哪一岁，我跟父亲走到白鹿原顶，听到远处树丛笼罩着的那个村子传来大铜锣和小铜锣的声音，还有板胡和梆子以及扁鼓相间相错的声响，竟然一阵心跳，脚步不自觉地加快了，一种渴盼锣鼓梆子扁鼓板胡二胡交织的旋律冲击的欲望潮起了。自然还有唱腔，花脸和黑脸那种能传到二里外的吼唱（无麦克风设备），曾经震得我捂住耳朵，这时也有接受的颇为急切的需要了；白须老生的苍凉和黑须须生的激昂悲壮，在我太浅的阅世情感上铭刻下音符；小生和花旦的洋溢着阳光和花香的唱腔，是我最容易发生共鸣的妙音；还有丑角里的丑汉和丑婆婆，把关中话里最逗人的语言做最恰当的表述，从出台到退场都被满场子的哄笑迎来送走……我后来才意识到，大约就从那一回的那一刻起，秦腔旋律在我并不特殊敏感的乐感神经里，铸成终生难以改易更难替代的戏曲欣赏倾向。

我记不得看过多少回秦腔戏了。有几次看戏的经历竟终生难忘。上学到初中三年级，学校在西安东郊的纺织工业重镇边上，住宿的宿舍在工人住宅区内。晚自习上完，我和同伴回宿舍的路上，听到锣鼓梆子响，隐隐传来男女对唱，循声找到一个露天剧场，是西安一家专业剧团为工人演出，而且有一位在关中几乎家喻户晓的须生名角。戏已演过大半，门卫已经不查票了，我和同学三四个人就走进去，直到曲终人散。无论从哪方面说，都比乡村戏台上那些农民的演出好得远了，我竟兴奋得好久睡不着觉。第二天早上走进学校大门，教导主任和值勤教师站在当面，把我叫住，指令站在旁边。那儿已经站着两个人，我一看就明白了，都是昨晚和我看戏的同伴——有人给学校打小报告了。教导主任是以严厉而著名的。他黑煞着脸，狠声冷气地训斥我和看戏的同伙。这是我学生生活中唯一的一次处罚……

二十多年后的一九八〇年，我被任命为区文化局副局长的同时，新任局长就是训斥并罚我站的教导主任。我和他握手的那一刻，真是感慨"人生何处不相逢"灵验了。从和他握手直到我离开这个单位，始终都不曾提及此事。他肯定不记得这件事了，他训斥过可能就置诸脑后了，又忙着训导另一位违纪的学生去了。不过，这个时候的他，已经半老，依然严厉的脸上总是洋溢着微笑，大笑的时候很爽朗。一张棱角严厉的脸无论畅怀大笑还是微笑，尤其生动感人，甚为可爱。

还有一次难泯的记忆。这是"四人帮"倒台不久的事。西安城里那些专业秦腔剧团大约还在观望揣摸文艺政策能放宽到何种程度的时候，关中那些县管的也属专业的秦腔剧团破门一拥而出了，几乎是一种潮涌之势。他们先在本县演出，又到西安城里城外的工厂演出，几乎全是被禁演多年的古装戏。西安郊区的农民赶到周边县城或工厂去看戏，骑自行车看戏的人到傍晚时拥满了道路。我陪着妻子赶过二十里外的戏场子。我的父亲和村里那几个老戏友又搭帮结伙去看戏了。到处都能听到这样一句痛快的观感："这才是戏！"更有幽默表述的感慨："秦腔到底又姓秦了！"这种痛快的感慨发自一个地域性群体的心怀。"文革"禁绝所有传统剧目的同时，推广八个京剧"样板戏"，关中的专业剧团和乡村的业余演出班子，把京剧"样板戏"改编移植成秦腔演出，我看过，却总觉得不过瘾，多了点什么又缺失了点什么。民间语言表达总是比我生动比我准确："这是拿关中话唱京剧哩嘛！"还有"秦腔不姓秦了"的调侃。

到二十世纪八十年代中期，我的经济状况初得改善，便买了电视机，不料竟收不到任何节目，行家说我居住的原坡根下的位置，正好是电视信号传递的阴影区域。我不甘心把电视机当收音机用，又破费买了放像机，买回来一厚摞秦腔名家演出的录像带，不仅我把包括已经谢世的老艺术家的拿手好戏看了个够，我的村子里的老少乡党也都过足了戏瘾，常常要把电视机搬到院子里，才能满足越拥越多的乡党。我后来又买了录音机和秦腔名角经典唱段的磁带，这不仅更方便，重要的是那些经典唱段百听不厌。大约在我写作《白鹿原》的四年间，写得累了需要歇缓一会儿，我便端着茶杯坐到小院里，打开录音机听一段两段，从头到脚、从外到内都有一种无以言说的舒悦。久而久之，连我家东隔壁小卖部的掌柜老太婆都听上了戏瘾，某一天该当放录音机的时候，也许我一时写得兴起忘了时间，老太太隔墙大呼小叫我的名字，问我，"今日咋还不放戏？"我便收住笔，赶紧打开录音机。老太太哈哈笑着说她的耳朵每天到这个时候就痒痒了，非听戏不行了……在诸多评说包括批评《白鹿原》的文章里，不止一位评家说到《白鹿原》的语言，似可感受到一缕秦腔弦音。如果这话不是调侃，是真实感受，却是我听秦腔之时完全没有预料得到的潜效能。

我看过、听过不少秦腔名家的演出剧目和唱段，却算不得铁杆戏迷。不说那些追着秦腔名角倾心倾情胜过待爹娘老子的戏迷，即使像父亲入迷的那样程度，我也自觉不及。我比父亲活得好多了，有机会看那些名家的演出，那些蜚声省内外的老名家和跃上秦腔舞台的耀眼新星，我都有机缘欣赏过他们的独禀的风采。然而，在我久居的日渐繁荣的城市里，有时在梦境，有时在一个人独处的时候，眼前会幻化出旧时储存的一幅幅图景，在刚刚割罢麦子的麦茬地里，一个光着膀子握着鞭子扶着犁把儿吆牛翻耕土地的关中汉子，尽着嗓门吼着秦腔，那声响融进刚刚翻耕过的湿土，也融进正待翻耕的被太阳晒得亮闪闪的麦茬子，融进田边沿坡坎上荆棘杂草丛中，也融进已搭着圆顶的太阳的霞光里。还有一幅幻象，一个坐在车辕上赶着骡马往城里送菜的车把式，旁若无人地唱着戏，嗓门一会儿高了，一会儿低了，甚至拉起很难掌握的"彩腔"，在乡村大道上朝城市一路唱过去……

秦人创造了自己的腔儿。

这腔儿无疑最适合秦人的襟怀展示。

黄土在，秦人在，这腔儿便不会息声。

二〇〇八年八月七日　二府庄

我经历的狼

几个根系都扎在乡村的朋友遇到一起，很随意也更自然地慨叹着生活发生的急促到不敢想象的变化，由此而不由自主地感慨童年时期乡村生活的艰难，有人说到一块糖疙瘩留下的难忘的记忆；有人说到他直到进县城寄宿读中学时，晚上睡觉脱裤子时才发现别人穿着贴身衬裤，回家哭闹着要母亲赶制一条；有的人说他和一位女同学同坐一条长凳同趴一张课桌整一个学年，竟然发现没有说过一句话，甚至不敢正眼看对方一眼，往往是伪装看书用眼角的余光偷瞄一眼，如此等等。这些旧时生活经历的细节，几乎是一人道来人人呼应，都有过同样的或类似的经历。其实不难理解，那时候关中乡村乡民的生活情况大同小异，如上三种在今天几乎是不可思议的事，在我都经历过也发生过，那时候寻常存在的生活世象，今天竟有恍若隔世之感，却又如此鲜活，如在昨天发生。

这种老朋友老同学老乡党的聚合，没有任何主题话语，纯粹闲聊，想到哪儿就说到哪儿，一种再轻松不过的气氛，再加上几杯酒下肚，情绪愈加亢奋，往往发生几个人同时说话各说各的人生际遇以及感慨。我往往在这种境况里省下口舌，享受听的乐趣，却也有控制不住的时候，便是有人说到了狼。几个人都争抢着说到自己幼年遭遇狼的险事和趣事，我也加入了说狼的旧话之中。朋友中竟有人插话说，你能写文章，把你这些狼的故事写出来，挺有意思。我曾动过此念，之后又觉得意思不大，便搁下来。前几日在电视上看到一个说狼的短片，业已沉寂的写狼的兴趣又发生了。

自有生活能力的幼稚时期，我对自己生活的世界最早产生的恐惧来自两种东西，一是狼，另一个是鬼。印象里对狼的恐惧肯定早于鬼，先说狼，暂且搁置鬼的故事。

小时候闹性子耍脾气，父母顺口一句恐吓的话，狼来了。尤其是晚上，玩得兴奋不安生睡觉，或是因什么不高兴的事使性子，父母没招了就请出狼来吓唬我。狼是什么样子无法想象，恐惧的效应却在心里形成了。我对狼的近距离感知，发生在十三四岁的时候。

那年实行了农业合作化，劳动分红需得等到年底，父母平时只顾在农业社出工干活，属于自己的土地和土地上的物产都归集体了，自然没有任何经济收入了。家里总不能缺盐，醋可以由母亲酿造，也难免头疼脑热去看病买药，还有我和家兄的学费，都得花钱。父亲想到了养猪，猪养肥杀了卖肉，或是把肥猪卖给屠户，都会赚一点儿利钱。父亲在后院垒了猪圈，春天买回一只小猪，放进猪圈。那个猪圈的上方，横着搭了几根木棍，上边又架着一束一束从坡坎上砍下来的满身长刺儿的野酸枣棵子，是为防狼跳进猪圈咬小猪的。在猪圈的外墙上，用当地出产的一种白土化成浆水画了几个圆圈，据说狼怕钻圈。其实，村子里凡养猪的人家，猪圈四周和上边都是这种防狼的措施。然而，不妙的是，把小猪放进猪圈仅仅半天一夜的第二天早晨，父亲便在猪圈外边的地面上发现了狼的蹄印。尽管小猪安然幸免，父亲仍断然采取措施，白天把小猪关进猪圈，晚上把小猪放出来安置到屋子里，在后门左侧的木梯下的墙拐角，铺了一层黄土，又撒了一撮稻草，小猪便卧在那里过夜。

我那时在城里读初中，寄宿学校，周六晚上才回家一次。有天晚上睡到半夜，我被敲击后门的响声惊醒。父亲却依旧打着鼾声。我摇醒父亲说谁在敲门。父亲随口不在意地说："是狼。"我不由得啊的一声，睡意全吓跑了。父亲便告诉我，自打把小猪安置到后门门内的墙角，夜里时不时就有狼来守在后门口，初发生门被撞响的头两次，他手抓一根木棍，拉开后门门闩时，狼便窜上后门外的白鹿原坡上了。他曾在月光下看见慌急逃窜的狼的身影，佯装追赶几步，吓一下狼，多少能安生几晚。过不了十天半月，狼又来了，又把后门板弄得咣咣当当响，他不仅懒得招理，而且照睡不醒。父亲告诉我，狼能够在很远的原坡上闻到猪的气味，总想吃猪。父亲还告诉我，狼是用屁股碰撞后门板，狼是铜头铁尻子（屁股）豆腐腰，打狼要打腰。说罢，又睡着了。

我却睡意全无，似乎心还在慌跳着。后门板停住了响声，大约是狼听见了父亲说话的声音。当父亲睡着不久，后门板又响起来，我更加害怕了，从我睡觉的后屋的炕，到后门不过几步，狼就在后门外用尻子碰撞后门，门板响几声，卧在后门内的猪就发出却也不甚惊慌的一两声哼哼。我怎么也睡不着，想象着狼的发着绿光的眼睛，龇着长牙的大嘴，越想越怕越睡不着。我又摇醒父亲。他披衣下炕，懒得开后门，只听他用脚把后门板蹬得山响，就回屋睡下了。后门再未发出响声，狼吓跑了。我缓了好久才睡着。

到这年冬天放寒假时，这头猪已长成一头大肥猪了，正在加精料追肥，不久就该卖掉或宰杀了。我几乎每天晚上半夜时分都能听到狼用尻子碰撞后门板的响声，竟然也不再发生惊吓睡不着的事了。有一晚，又被狼碰撞后门板的声响惊醒，我竟然想和狼有一个短距离接触的冒险举动，捞起父亲常备的那根木棍，走到后门口，本想拉开后门敲那只恶作剧的狼一棍子，但到后门前却胆怯了，万一我在拉开后门板的一瞬间，那馋急了的狼朝我扑来怎么办？我便学着父亲的做法，用脚猛蹬后门板，狼逃走了。这是我与狼的最短距离的接触，之间仅隔两扇门板。过了几天，杀了肥猪，再也听不到夜半狼用尻子撞碰后门板的响声了，我竟觉得有点寂寞，似乎缺失了什么。

早在一年前的冬天，还经历过一回狼的故事，不是发生在通常的乡野，却是发生在省会城市西安。我刚刚考上初中，新建的校舍尚未完工，便把新招的四个班级的学生临时安排在一所停歇的教堂里。教堂在西安城东门外的东关北边一条狭窄的小巷里，倒也清静，是一方听讲写字的好地方。教堂的后门外，是一块很大的平场，有一孔早已废弃的砖窑，可以判断这儿曾经是一个制砖烧砖的场地。有人在这里养了一群羊，用很简陋的围栏围住羊群，养羊人自己食宿在废弃的也很破旧的砖窑里。教堂的后门外设置男女厕所，我和同学一天几次走出后门去方便，不久也就看出过去的砖场，现在的"牧场"上的生活景象，大约在太阳出来许久，养羊人才赶羊出场（据说羊吃不得有露水的草）到野外去放牧。太阳落山时，他又把吃饱了牧草的羊拦回"牧场"，圈进围栏里。入学时看见的小半大羊，眼看着到冬天就长成大羊了。

临近寒假，正是关中地区最寒冷的数九季节。我在某日早晨进入教室开始早读，听班里同学说，昨晚"牧场"上的羊被狼咬死了两只。我架不住好奇，和一个同学跑出教堂后门，头一眼就看见，放羊汉子正在持刀剥着羊皮，那羊是倒挂在一根凌空架起的横杆上，并排挂着两只，一只已经剥光了皮，鲜红的肉体，且已开膛，内脏就堆在脚旁边的一只木盆里，正在剥离这一只羊的羊皮。我闻到一股血腥味，却也没问羊的主人，想来昨天夜里发生狼咬死羊的惨事是无疑的了。

这是一九五五年的冬天，西安城东门外的东关北边一条小巷里发生的狼咬死羊的事。顺便简介一下那时的西安古城的格局。西安古城有一圈虽则破旧却基本完整的明代修筑的城墙，墙顶上可以对开汽车，足见其雄厚。西安城中心有钟楼鼓楼作为标志，以此展开东西南北四条大街，也就有了东门西门南门北门四道大城门。四道城门外仍然延续着城市的格局，分别为东关西关南关北关，比之四道城门内的四条大街的规模自然小而短得多了。我在一九五五年看到的东关的东面南面和北面都是庄稼地，这里那里散落着村庄，却不与东关里的城市人混居。就在东关的北面的小巷里，庄严肃静的教堂后门外，竟然有狼光顾，且咬死了两只即将出栏的肥羊，约略可以想到五十多年前古城西安的一斑。我曾猜想，说不准那野狼完全可以窜进东门，在东大街乃至钟楼鼓楼下转悠觅食……在我却是看到了弱肉强食的直观现场，竟然是在城市范围内的教堂后院。

我第一次看见狼，是在两年后的一天早晨。我上初中三年级时，转学到离家较近的一所中学，约二十华里，依旧继续着背馍寄宿的生活。已成规律的生活秩序，是周六下午放学回家，周日下午背着母亲蒸好的馍上学，绝大部分的农村学生都是这样求学读书的，不仅不以为只啃干馍喝白开水的生活艰苦，而且对新中国给予的上中学的机会心怀感恩。记不得那个周日下午因何故未能返校，周一天不明便起身背馍赶路，那时没有公交车，更不敢奢望自行车，只有步行，却也习以为常。因为天尚未明，父亲便陪我赶路，主要担心是怕遇见狼，那时候拦路打劫的凶事几乎闻所未闻。

暑末秋初的灞河川道的黎明时分，弥漫着一层白色的水雾。路上不见行人。过了一个马家村，也未遇见一个早起的村人。出马家村要翻一道流沙沟，很深，仅有一步宽的小道，这是传说中多有野狼出没的地方，往往使人有阴森的心理压迫。有父亲相陪，我只顾走路，没有任何恐惧，下沟再上沟丝毫也不觉得累，只怕迟到，尤其是陌生的新学校的开学第一天。不觉间翻上流沙沟对面的平地，天色有亮光了。父亲突然惊叫一声，狼！我吓得当即收住脚步，便看见离我们不过十来步远的谷子地头，有两只狼，灰黄色。两只狼在谷子地头的流沙沟边上嬉戏，这只跳起来扑向那只，那只歪头躲过，纵身跃起又扑向这只。狼肯定看见了父亲和我，却不逃走，依然戏耍着。人说虎不失威，我直接看到了的狼也不失威。父亲似乎不甘于就此走掉，顺手在地上捡起两块石头，接连朝狼扔去。那两只玩得正开心的狼并不惊慌，却也终止了戏闹，缓缓慢跑着朝北边去了，给人以悻悻的感觉。这是我平生唯一一次在乡野间和狼的遭遇，距离很近。有父亲在身边，短暂的惊怕很快过去，我又真实体验了父亲存在的意义。再说，那两只戏耍着的狼，没有任何凶猛残忍的外相，和我见惯了的戏耍的狗几乎没有差别。这是一九五八年九月初"大跃进"正热火的年月的一次奇遇，这年我十六岁。

这时候，我尚无在生产队参加劳动挣工分的资格，每逢学校放假，寒假时到坡上拾柴禾，暑假也是到坡上割草，可以挣工分。这里所说的坡，就是地理上白鹿原的北坡，起伏有急有缓，形成一条连着一条的大沟浅峪；舒缓的坡地上被先人们开垦为田地，种植小麦；陡峭的坡坎和沟峪里只能生长荆棘和野草，间有杂树。我和伙伴拾柴割草的时候，常常能发现狼拉下的新鲜粪便。狼的粪便很容易辨认，常常挟裹着白色的羊毛和黑色的猪毛，任何其他动物不会拉出这种粪便来。可以想到，就在昨夜，狼从这里走过，不由得心里发紧，偶尔还会看到被狼撕扯破烂的小孩的衣裤，那是不幸早夭的孩子因为埋得浅，被狼刨出来了，却不见残骨，我常被吓

行程·体验·言说

233

得不敢多看一眼。后来的许多年间，时不时会听到村人中间的传闻，临近哪个村子什么人家的猪或羊被狼咬死了，或叼走了，甚至偶尔传闻吓人的惨事，什么村什么人家的小孩被狼伤害了。这样积久的传闻，即使无意，也在加深着对狼的印象，凶残。

  大约到了"文革"发生的第二年，我所工作和生活的西安东郊地区，也和西安其他地区一样激烈着造反夺权的风潮，几乎是村村社社无宁日。与这里那里不断发生的武斗相映成趣的是，有两只狼似乎也被疯狂的社会气氛感染了，到处为非作歹，前日咬死了坡上某人家的猪，昨天夜里又叼走了河川一户人家的羊，还有威胁行人的危险事相继发生，已经闹得人心惶惶。我那时候正在一所民办中学任教，造反伊始便停课闹革命了，学生时来时不来，教师也获得了来去自由。我因被划到"保皇"系列，受到小小的批判，虽然成了什么组织也不参加的逍遥派，却不敢任性，坚守在学校养那只正待产的老母猪（农业中学自力更生办校）。这时几乎心如死灰，却也没有了任何欲望的烦恼，业余爱好文学创作的兴趣早都消亡了，能否继续做一名教师都不敢太乐观。尽管如此，却仍然不敢马虎对老母猪的保护，到坡地上挖来酸枣刺棵子，几乎把猪圈上边纵横交错架满了，料定那两只癫狂的狼也只能徒叹奈何。我真的在猪圈外边的土地上不仅发现了狼的蹄印，还发现了狼拉的粪便，完全可以想见在猪圈外趸摸着又不能得逞施暴的狼猴急的样子，可惜这里没有我家的后门板供它用尻子碰撞撒野，我自安然睡觉。

  这年春节过后不久的一天，早晨起来便看到地上落了一层不薄亦不太厚的雪，原也不足为奇。我正洗脸的当儿，突然听到学校背后传来几声响亮的枪声，扔下毛巾便跑到院子里，心里想着武斗虽不新鲜，却还没有动用过枪炮，是不是今日破禁了？跑到院子里往后看去，白鹿原北坡上茫茫一层白雪，蓝天下的白雪地上，有三四个人在缓慢行走，可以辨认出是穿着绿色服装的军人，手里提着枪。起初以为驻军借着难得的雪地演练，随之遇到一位路过学校的熟人说，解放军为民除害，打死了那两只呈疯狂状态作恶多端的狼。我当下便有欢呼的欲望，表现出来却是脱口而出的一句"这下好嘞"的话。

我的家乡有一所军事性质的高校，就在白鹿原北坡一个很大的深洼里。据说是经过反复论证，这是一方最可隐蔽的好地方，便把军校设置在这里。军校有警卫连，常常做许多爱民的善事，在当地群众中口碑甚好。他们肯定听到乡民被那两只癫狂的狼危害的议论，便决定为民除害。难得这一场雪，再狡猾的狼也无法消除行走留下的蹄印。战士便循着狼的蹄印，在白鹿原北坡的沟梁坡坎之间追踪发现了两只狼，先打死一只，再追着逃脱的另一只，又打死了。我听到的那几声枪响，就是射击逃到学校背后坡沟里的那只狼时发生的。

眼看着战士们从坡坎上走下来，从学校门前的公路上经过。我站在路边等着，看见两个战士用步枪抬着一只狼，另两个战士跟在左右，侍候着换肩。那只狼的皮毛上染着血，刚刚结束它癫狂的生命。狼头耷拉着蹭着地皮，舌头伸到长嘴外边。我不自觉地留心看了看狼的皮毛的颜色，灰黄色，只是比我十年前上学路上碰到的那两只狼的灰色偏重一点，感觉却相去甚远，那两只狼在熹微的晨光里嬉闹，尽情撒着欢，眼下看到的却是被枪击致死的一具狼尸。

这是我的家乡灞河川道白鹿原坡地最后的两只狼，死在解放军战士的枪口下。四十多年过去，这方有原有坡有河有川的颇为适宜野生兽类生存的地方，却再也没有发现过狼的行踪。

在濒临灭绝的动物名单中，似乎还没有列入狼，可见狼的生命力之强。然而，就我眼见的关中平原地区，自不必说，单是渭北高原乃至毛乌素沙漠，十余年间已经变得铁路、公路和高速公路纵横交错形成网状体系，火车奔驰汽车穿梭，狼们便失去了任性撒野随性作恶的自由空间，迁徙到更僻远也更阔大的荒野地带去了。可以想见狼的数量在减少，比不得二十世纪五十年代随处都有狼的蹄印的现象了，却远远不到濒临灭绝的危机状态。我又想到，有些濒临灭绝的动物，除了生存环境恶化等因素外，很重要一条是这些动物自身所具备的商品价值，被那些生财无道挣钱无门的人盯住，或捕捉或猎杀，偷换几张钞票。譬如老虎，虎皮虎骨乃至虎血，都是任人随意张口要价的昂贵之物。狼的皮毛不值几个钱，狼的骨头亦无保健的药用功能，内脏无疑属于废物。即使作为动物的一个品种，狼在动物园里，其形象也缺失观赏趣味，甚至连狐狸的毛色也不及。狼是以凶残而造成深远影响的。如果不是它对人类和家畜为害太过太烈，一般情况下，人是不会和狼计较的，也懒得费劲劳神去捕杀它。同样可以对比的是狐狸，不在乎它天性就喜欢偷鸡，可见人的宽容；人之所以捕杀狐狸，诱因全在它那一身珍贵的皮毛，狐皮做褥不仅色彩漂亮，而且特别暖和，尤其是它的尾毛，是中国传统的书写工具毛笔的绝佳用料。狼与狐狸是连一点优势都比不出的，且不说虎。

时不时地从媒体上得知老虎生存的危机，便引发担心；获知仅剩几只的朱鹮，经持续多年的精心救助和保护，已经繁衍到一千余只的颇为壮观的族群，完全脱离灭绝的危情，我甚为欣慰，那鸟儿实在太漂亮了；无论狼是否会灭绝，我却怎么也操不上心来。平心而论，我和狼没有构成成见的因由，尽管它曾经用尻子撞碰过我家的后门门板，却不过是猴急的无奈的举动罢了，没有对家养的猪造成伤害；尽管上学的路上遇见过两只狼，因为身边站着如山的父亲，我也没有受到威胁，倒是看到戏闹着的狼的可爱的一面。在我生存的白鹿原下灞河川道，四十年不见狼的声息和踪迹，似乎也没有听到过一声惋惜或遗憾。

我相信狼不会绝种，少几只就少几只吧；也希望狼不要灭绝，它毕竟是野生动物之一种，是造化赋予世界的一种生命形态，无论其可恶或可爱与否。

二〇一〇年四月三十日 二府庄

我经历的鬼

知道世界上有鬼，和知道有狼一样，都是在少不更事的愚顽时期。晚上玩得癫狂不能安生睡觉，母亲为了节省灯油，好话规劝无奈，往往就用绿眼长牙凶相毕露的狼来吓唬我，却从来不说鬼，这已成铁定的忌讳。然而，她不说鬼却有人说鬼，谁家屋里昨晚闹鬼了，一个看不清面目的黑衣女人从院中飘到房脊上；隔不了三五天又有鬼事发生，某人在村人回家歇工的正午时到坡地上寻找丢遗的烟袋，看到乱葬坟堆里有二三人影，均无头，他咳嗽一声便消失了；某妇人走娘家回来，看到不远处的柿树下有一位老妇人在哭着诉着，便加快脚步想劝慰其节哀，不料竟眼睁睁看着那人隐去了……我的这个不过三十多户人家的小村庄，隔不过几天就有鬼事发生，当天便传得家喻户晓，两人一堆，五人一伙，说得如同亲见一般生动翔实。夹在她们胯旁的我听得头发倒立毛骨悚然，却仍忍不住想听。相对于狼而言，鬼更可怕，狼一般在夜深人静时才到村子里偷叼猪羊，鬼却不管白天黑夜都在游荡；狼活动在山野荒坡，鬼却天上地下荒野宅院任由出入，防不胜防，想躲更难。年少时我不仅不敢独睡一屋，甚至不敢走进空无一人的自家院子，心里总怯着房顶上、过道里或屋梁上会隐藏着一个鬼。

我只说我经历过的几次鬼事。

有月亮的夜晚，往往是村里孩子聚合玩耍的天赐良机。我平生仅有一次碰见过的鬼，就发生在一个冬天的月色朦胧的村巷里。我跟着比我稍高一点的哥哥到村子东头去玩耍,刚走到离家门不过百十步的一户人家的围墙口时,他却突然改变主意不许我跟他走了。眼睁睁看着他和几个伙伴往前走去,我很失落地转身回家。就在刚转过身的一瞬,看见不过五步远的一个茅厕里有一个怪物,体形像一头半大的牛,又像一只超大的猪。出奇更在不是我每天都能看见的活牛生猪,而是如同过年时乡村集市上叫卖的纸扎的动物造型的灯笼,从头到脚涂饰着红的黄的绿的色彩鲜艳的圆形和方块形的图案,似乎还有一缕亮光透出。好奇心驱使我停住脚步,那纸扎的"四不像"的怪物竟然走动起来。那时候的乡间茅厕,多是三堵半的土墙围成的一方避身遮丑的小小空间,那怪物笨拙地移动着纸扎的躯体,竟然还扭过头来看着我。恰是在这一瞬间,我的毛发倒竖,后脊发冷,恐惧顿时攫住了我的心,腿都软了。我已经记不得是怎么回到家的,也不记得母亲后来施用了民间的哪种措施为我驱鬼除邪,随后似乎也未遭遇什么灾祸或病痛。然而,那个纸扎的却会移动的"四不像"的怪物的身影,却铸成永久的记忆,及至六十年后的今天,我仍然能够描绘出曾经眼见的形态和色彩。

我更多经见过的鬼事,都是发生在村子里这家或那家、这个人或那个人身上。

村子里以及周边最爱闹鬼的地方,是距村子不过一里路的一座孤坟。这座孤坟在很窄的一畛地的南头,倚着矮矮的一道地坎。这畛地的北边有一条两步宽的土路,是我们村子通向外部世界的主干道,离那座孤坟不过十来步远。这里埋着一个不幸死去的年青男子。我很小的时候就听到村里某个女人或某个男人在这里撞见了鬼,有的人在夜里撞见,有的人竟然在大白天撞见,还有早起赶路的人在微明的晨光里,也撞见过鬼。有人撞见的是有身躯却无脑袋的鬼,有人撞见的竟然是有头有脸四肢齐全的走动着的鬼,还有人竟然看到坐在孤坟不远的路边发出呜呜哭声的鬼。谁都会想到,这是孤坟里那个年青男人的鬼魂再现。

我记不清从这座孤坟旁走过几千上万次了,却一次也没有撞见那个被许多人都看见过的鬼。然而,每一次走过这座孤坟旁的进村路时,我都不敢扭头去看土坎下的那个小小的长着荒草的坟堆,而且头发便倒立起来,头皮感觉到一缕凉意。小时候不敢单人走过这里，即使和家人或伙伴大白天走到这座孤坟旁，仍然抑制不住头发倒立头皮生凉的反应。及至成年，我自信已经成为不信神更不信鬼的唯物论者，每当单人路过这里，头发照旧倒竖头皮仍然会生出一缕凉气，甚至连自己都忍不住暗暗自嘲。有一回我和自己较起劲来，当头发倒竖头皮生凉的反应发生时，我索性停住脚步，点燃一支烟，直对着孤坟抽起烟来；似乎这样还不足以把劲较足，干脆走到土坎下的孤坟堆前，转过去又转过来，抽着烟转了三圈，又伫立在坟堆前，直到倒竖的头发不再倒竖，头皮上的凉气消散，我才离去。我以为经过这次最近距离的心理抗争之后，当会中止往常生理反应的惯性，结果却依然故我。说来更不可思议的是，在我住在原下老屋写作《白鹿原》的最后一年，难耐每天停笔歇工之后的无聊，迷上了下象棋，本村的棋友如若凑不到一起，我便到东边或西边的邻村去找棋友，常常玩到半夜方可尽兴。关键是去西边邻村下完棋回家时，满天星光，走到土坎下的孤坟旁，仍然头发倒竖头皮生出凉气，须知我已经是年近五十岁的准老汉了。幼年时因为这座孤坟野鬼的传闻而发生的恐惧，由恐惧而引发的头发倒竖头皮生凉气的生理反应，竟然成为一种惯性，直到准老汉的年岁都难以消除，也就只好任其发生罢了。

真正致成我心里创伤的鬼事，却是发生在一九六二年。

这一年，我高中毕业，高考的作文题有两个，一为"雨中"，一为"说鬼"，前者无疑是记叙文，后者亦无疑为论文体。依我自己而言，选择叙述文体的"雨中"为宜，因为我在初中的作文本上早就写过几篇小说了，颇得语文老师好评，记事的叙述文体当胜过论文一筹。然而，我却鬼使神差地选择了"说鬼"。我已不记得我是如何说鬼的，也不必说我把鬼论说得如何，致命在于我没有写完。考场的铃声响起的时候，我的紧张在残酷的铃声里完全失控了，脑子里一片空白，完了！我完了。看着监考老师从我桌上收走考卷，我连站起来的力气都没有。我走出考场和设置考场的中学的大门，看到街道上熙熙攘攘的人群，这时才意识到已经尿湿裤裆了。

后来自我检讨，之所以选择我并不擅长的论文体去写"说鬼"，原是出于一种错误的判断；之所以发生判断的失误，说穿了是自作的小聪明所致成；再扎实说来，是不无投机心理的。我读高中的二十世纪六十年代初，有一本名为《不怕鬼的故事》的书，不仅风靡全国，而且成为高中生的必读物，是政治课的补充教材。后来才知道出版并要求党政干部和高中以上学校师生阅读这本书的社会背景，既有国际因素，又有国内因素。国际关系中，兄弟般的苏联和中国，矛盾已发展到不可调和的面临翻脸成仇的地步，视苏联为修正主义，简称"苏修"。修正了马克思列宁主义的修正主义的代表人物赫鲁晓夫，被喻为鬼。国内的背景是庐山会议关于大跃进大炼钢铁和人民公社造成灾难的事，持这种观点的彭德怀被定为右倾机会主义者。右倾机会主义者也是鬼。无论赫鲁晓夫，无论彭德怀，两大事件尚没有向国民公开，先以打鬼运动造成舆论。我那时候似乎在私下里隐隐听到一点儿风声，便自作聪明地选择了论文"说鬼"的题目，以为正合拍于社会的大命题，肯定要比"雨中"这类抒情的叙述文更切社会热点……不料却栽倒在"说鬼"上。那个年代的高考语文试卷，问答题占六十分，一篇作文占四十分。我的作文无疑为零分，我便觉得完了。

我回到那个三四十户人家的小村庄，才切实感到曾经热烈到热切的人生梦想彻底破灭了。上初级中学时，关于人生前途还黏黏糊糊，而一当坐进高级中学的教室，便想着某所大学，几乎再无第二种意向。我是我们那个小村庄的第一个高中毕业生。我回乡务农的事实开了一个念书白念也白花钱的糟糕先例。当然，关键还是对我自身的挫伤，"说鬼"没有说完，更遑论完美，这个意象里的鬼便刺刻在我的心灵深处。

单举填表一例。从我走出学校走进社会，几十年来不知填过几百成千次表，无论什么用途的表，不可或缺"文化程度"专栏，我都填写"高中"。每一次写着"高中"这两个字时，心底便泛出"说鬼"这道作文题目来，几乎没有一次幸免。尽管随着岁月的流逝和年龄的递增，"说鬼"泛出的心理滋味渐渐淡化；尤其是得幸成为一个作家写出了一些作品，"说鬼"没有说完全的那种无以言状的挫伤感基本平复，然而仍缺失不了填表每遇"文化程度"栏目写着"高中"俩字时，便泛出"说鬼"的事。那情形极其类似每过村子西边土坎下孤坟时头发倒竖头皮生凉的生理反应。孤坟野鬼致成的是纯粹的恐惧，由恐惧致成的头发倒竖头皮生凉的纯粹生理反应竟然成为根深蒂固的生理惯性，即使成为无神无鬼的唯物论的信徒，仍抑制不住生理惯性的发生。相对而言，"说鬼"写作的失败造成的心理伤害，是我人生历程中可以用致命来划档的三两次最厉害的伤害之一，且是第一次。

　　高考落榜的那年暑假，我不止一次于半夜里惊叫着翻跌到床下。父亲大约担心我会弄成"神经客"，却也只有一句平常的话来劝慰：天底下农民一层人哩。正是这句平常到平庸的话，遏止了我的慌乱无着的情绪的恶性发展，我的人生参照是中国最庞大的人群——农民，我的悬空的心便落到了鸡鸣狗叫猪哼哼的村巷里了。然而，"说鬼"里的那个纯属意象的鬼，尽管没有村子西边土坎下孤坟里的野鬼可怕，却远远超出其伤害的重和深。有一年我被邀出国访问，办公室王主任让我填写出国申报表时，笑着为我建议，在"文化程度"栏目里填上高等学历，至少应该填成大专学历。他替我操心，怕我以往所填的中等学历会被洋人轻视；他又为我释疑，反正也没人查验毕业证书。我拿着表格回到自己办公室，犹豫之后，还是填写上"高中"二字。这一回，"说鬼"里的鬼所引发的心理反应较大，办公室王主任好心替我出谋划策的时候，这个意象里的鬼就在心里泛浮出来，一直盘旋在心头，直到我回到自己的办公室，直到我犹豫不决的一段时间，直到我终于拿定主意写上"高中"二字，那鬼才隐去……村子西头孤坟里的野鬼和高考作文"说鬼"里的鬼，竟然几乎伴我一生，我至今辨不清有幸或不幸。

　　还遭遇过更严峻的鬼事。

　　二十世纪八十年代后半段写作《白鹿原》时，涉及田小娥被杀后变鬼的情节，有二，一是田小娥的鬼魂附着在杀死她的公公鹿三身上。关于这个情节的合理性和我写作的原意，且不自白，以免自我阐释之忌讳，单说出处。

　　乡村中的层出不穷的鬼事，有一种便是鬼魂附体，即刚刚死去不久乃至死去多年的某个男人或女人，其鬼魂附在活着的女人或男人身上（女性居多），说出他或她生前未能实现的心愿，甚或冤情。被鬼魂附体的人往往处于失去自我的半癫狂状态，说出的事乃至说话的口吻，都很像死鬼生前的神态。

我小时候看见过被鬼魂附体的人，成年及至中年也都见过和听过。印象深的是一个接近成年尚未成年的女孩，昏倒在灞河岸边的浅水里，被午后出工的人发现救回家中，恢复知觉后便自说自话，竟然说什么他被淹死灞河的事，亏了什么他的妻子养大了孩子……云云。那口吻显然不是一个尚未成年的女孩说话的习性。她说着说着又昏厥过去，围着的女人们便往她身上扣一张簸箕，用桃树枝条抽打簸箕（桃树枝条驱邪），她竟又苏醒过来，又自说那些鬼话。我看得身上直起鸡皮疙瘩。我写田小娥鬼魂附着鹿三的情节，得益于许多年前亲眼看见的鬼事。

然而，让我敢把这种可能被认为是"宣扬迷信"的情节写进小说，却是得了马尔科斯的启示，他敢让他的人物长出尾巴，我何必要忌讳写鬼。再说，他让人物长出尾巴等情节属拉美魔幻。我面对至今也不能消除的乡村鬼事，自审依旧属于生活真实的现实主义范畴。好在基本没有人批评我"宣传迷信"。

二是田小娥的鬼魂不散制造瘟疫，朱先生和白嘉轩修塔镇压的情节，却出了一点儿麻烦。关于这个情节的合理性，同样不做阐释，我已因评论家和读者的评说深感欣慰了。麻烦恰恰出在关于这个情节的写作上，有一位批评《白》的评论家说，这是模仿鲁迅《论雷峰塔的倒掉》里那座镇压白蛇的塔而写作的。如实说来，我从构思到实施写作这个情节时，确实想到过镇压白娘子的雷峰塔，我最终没有回避，是以为此塔与彼塔还是有区别的。再者，储存在我记忆里的塔，有记不清的许多座，而镇压白娘子的雷峰塔是在中学语文课本上才知道的。单说我们那个三四十户人家的小村庄，不仅有四座敬神的庙，敬着关公敬着佛爷（不知谁），还有一座仅为一间房的马王爷庙，那是为保家畜安全而修建的最小的庙。此外，还有四座镇邪驱鬼的高低和粗细不同的塔，分别建在村子的东头和西头。

我能在村子里玩耍的年纪，常和伙伴在其中的三座塔周围游戏，至于这三座塔因何故而修建，不甚了了，而第四座塔却是我眼见着修建起来的。二十世纪五十年代初，我们村子发生过牛的瘟疫，作为农户半个家当的犍牛和母牛一头接着一头死掉了，我父亲养的一头黄色皮毛的牛也未躲过。第二年又有一种儿童传染病流行，村子里夭折了六七个娃娃。接连发生的灾难，搞得村子里一片悲伤的气氛，便有人出招，应该找一位能禳灾驱祸的阴阳先生来，看看哪儿出了毛病。被请来的阴阳先生很认真，把我们村子东部和西部的坡地踏察了一遍，最后把脚步停驻在村子西头稍微偏后的小台地上，说，给这儿修一座塔。据说他给村里干部说明修塔的原因，是村子东头有一道深沟，村口已有一座塔，避了邪气妖孽，邪气妖孽却从村子西边的沟里钻进村子来施虐了。村里干部召集全体村民议事，得到一哇声的拥护，家家户户都交去了该分摊的粮和款，这座青石垫底料礓石砌身青砖镶顶的塔很快垒成了，塔的高度和塔身的直径，都是严格遵照阴阳先生设定的尺码修筑的。这是我眼看着平地而起的一座塔。

　　我家在村子西头的倒数第二家，距这座新修的也是村子里最高最粗的塔，不过百十步距离，尽管当时我只是一个小学高年级学生，似乎隐隐也感觉到了驱邪避灾的安全感。其实，何止我们那个小村子，在我走到过的大大小小的原上原下的村子，都有敬神的庙，更有驱邪避祸的塔，有的且不止一座。

　　乡村里后来经历了一场连一场的运动，传承了许多代人的敬祭神灵的庙会废止了，香火也断了，庙里神像的色彩也渐渐褪色，以至褪皮，再也没有谁敢张罗重塑，却也没有人搬掉神像，而是一任其垮塌。塔更无人问津，风吹雨淋，村东村西的四座高低不同的镇压不同来路鬼魅邪恶的塔，先后倒塌，了无痕迹。这些敬神驱鬼的庙和塔的消亡，主要是多种运动扫荡的结果，也包含着乡民对神和鬼之事看法的变化，通常说觉悟提高了，起码对神鬼这类被指斥为封建迷信的事是如此。我在高中政治课上学习《辩证唯物主义常识》时，又有附加教材《不怕鬼的故事》，自信已基本确定为既不信神又不信鬼的唯物论者，回到村子听到鬼事时，我便向乡民宣讲纯属迷信的道理，年轻气盛到不能容忍鬼事继续迷蒙乡人。尽管如此，直到我在二十世纪八十年代中期回看白鹿原前半世纪的生活演变时，那些沉潜在记忆深处的庙和塔里的神和鬼，以及我亲历的听说的鬼事，竟然也都浮泛上来了，而且不仅只是封建迷信的概念，而是和原上原下的男女人物的心理结构中的文化色彩大有关系……无法排除神，更无法回避鬼，尽管知道法海用雷峰塔镇压过白娘子，仍然让白嘉轩把田小娥的尸骨压埋到塔下，不惜犯模仿这种写作之大忌。唯一让我可以强词夺理的因素，便是原上原下那个时代里的真实生活的难以回避的世象，白嘉轩面对田小娥的鬼魂，除却修塔这种惯用的也是极端的手段，似乎都不足以达到彻底解决的目的。

　　生活发展到改革开放的年代，科学思维以迅猛之势连续冲决政治概念上的个人迷信，无疑给人鼓舞，而传统习惯里的封建迷信却在刚现宽松的社会氛围里死灰复燃。二十世纪八十年代初，我的家乡的一座业已拆除多年的古庙又得以重建，引发了不大不小的社会舆论。这座古庙位于白鹿原北坡西段，曾经是西安城东规模最大的一个庙会，每年农历二月二俗称的龙抬头的吉祥日子为会日，人山人海。大约在"文革"前两三年已被拆毁，倚坡而挖的敬着多路神仙的窑洞也被挖掘机械毁掉了，那儿刚刚建立了一家机械生产砖瓦的国有工厂。二十多年后，当地乡民串通联手，捐资捐粮，在原坡上很快挖出新窑洞，窑洞里又塑成了神像，二月二烧香拜神包括乞子的庙会又红火起来。当地政府曾经力阻而不能止，随后就任其自然了，直到现在红火依旧。我曾在事发之初，理智和情感上都不能接受这种封建迷信活动，曾写过一篇随笔类短文发在当地报纸上，不惜惹恼乡党。然而谁也不在乎我那篇小文章，庙会每年依旧红火，我也只能随其自然了。

　　说了这些鬼事，似乎想图得一缕抛却的轻松；回头一想，其实无论镇鬼的塔或记忆里的鬼事，早已失去分量，仅留下习惯性的生理反应；写罢这篇谈鬼事的文章，不知能否除去头发倒竖头皮发凉的生理反应，还有"说鬼"没有说好更没有说完全的心理亏损，也只能随其自然了。

二〇一〇年八月八日　二府庄

饭事记趣

几位朋友聚餐,没有任何正经话题,全是随心所欲,即兴发挥,难免东拉西扯,却多为逗笑开心的生活趣事逸闻。记不得谁说到自己幼年时期经历的艰难生活,为争食半碗锅底铲下的锅巴,曾和长自己两岁的哥哥动手厮打。这种锅巴我也喜食,那是用很细的苞谷糁子熬烧稀饭时,大铁锅底留下的一层沉积糁子,被烙得金黄,用锅铲铲下来,多成卷儿状,味道甘美且不论,在"三年困难"时期,一天三顿喝苞谷糁子的情状里,吃不上面条,更见不到馍,这种半干的锅巴则耐得住饥饿;父母把这种稀罕吃食全让给孩子,孩子多的家庭,会分给每人半勺,或轮流吃……

由此引发出我有关吃饭的记忆,便凑热闹说了两三件有关吃饭的事,朋友们甚觉有趣,有人便说,你不妨把这些轶事写出来,挺有点意思。这话倒让我记住了,而且又触发出几则吃饭的事。我想,人一生要吃多少顿饭,吃过也就忘了;而吃过几年乃至几十年的几顿饭难以忘记,这几顿饭就在人生行程中留下印痕;这种多属饥饿年代的有关吃饭的事,会让今天以营养成分调配吃食的读者感到好笑,也不顾忌了,索性让大家笑一回,何妨……

确凿记得是一九六七年五月末的事。这是"文革"派性闹得最疯狂的时月。我供职的公社(即乡镇)农业中学早已停止上课,学生虽然也搞成两派造反组织,却在本公社社区无甚影响,多数学生早回家了。七八个教师也是去留自便,常来的人没有谁夸奖你坚守岗位,常常不来的人也没有谁计较你失职。到了五月末,"靠边站"(即罢官)的校长突然挺身而出,通知所有教师返校,他要安排学校收割麦子的事。农业中学属社办公助性质,学校搞勤工俭学,在学校西南边的荒坡上开荒种地,播种了几亩麦子,还栽下不少果树。这方坡地在白鹿原西头的北坡上,紧依着汉文帝的倚坡而建的陵墓,史称灞陵,因坡根下流淌的灞河得名,白鹿原由此也称灞陵原。灞陵的坡形,东西两边有着几处基本对称的凸出和凹进的地形,活脱如张翅飞翔的凤凰,灞陵的民间名称为凤凰嘴。就在凤凰嘴的东侧,有农业中学师生开荒播种的麦田。这方地域向阳,又因坡高缺水,麦子便早熟了。校长尽管作为当权派被冷置着,却操心已经基本黄熟的麦子,着急了。

一九八〇年春,陈忠实(左三)与毛西公社干部在村头

且不说这七八位教师怎样汗流浃背地收割麦子,再翻沟过梁人背车拉运送麦子,以及人做畜生拽着碌碡碾打麦子,单说开镰之日的第一顿饭。教师们聚集在离灶房最近的一座教室里,炊事员老头把刚刚蒸熟的馍

端到教室里，当众揭去大蒸笼里的垫布，一片冒着热气的白花花的馍晾现出来。校长宣布：大家割麦运麦要出大力气，这馍就随便咥（吃）。这个主意是我拿的，如果违反粮食政策被迫查的话，我负责，处罚就处罚我，与大家无关。校长话音刚落，教师们便动手掂起纯麦子面馍咥起来，就着咸菜，喝着稀米汤。我也不甘落后，早掂来一个馍咬下去了，竟顾不得吃咸菜，白面馍本身香味的巨大诱惑，让我心无他顾，三下五除二就把一个馍吞咽下去了。大家几乎腾不出嘴来说话，自顾自地吞咬咀嚼着馍，教室里一片静寂，咀嚼馍块的或轻或重的吧唧声便突显出来。大约在大家吃到八九成饱的时候，才有人说起笑话，是以某位先生吞咬馍块的怪异表情为由头，随即引发笑声和互相调侃的轻松气氛。多少有点"文革"派别不同"政见"的隐性纠葛，在猛吃狂咥的放浪形骸的欢愉氛围里，暂且忘却了。

有人突然提议，各人自报咥了几个馍，并解释其意图，既不收粮票也不收钱纯属白咥，所以希望如实招来咥了几个。说完，此兄把眼光盯住了我，哈哈着命令：你先报！

我顺口报出：七个。

似乎稍有惊讶之音，却不强烈。随之一个个都报出数来，却没有一个超过我的，连持平的也一个没有，只有一个人报了六个。多数人都报了五个，男教师只有一个人吃得最少，四个。两个女教师都说吃了三个。我当了一回冠军，平生仅此一回。参加过几次篮球、乒乓球和象棋赛事，从来没拿过冠军；一顿咥七个馍的记录，在农业中学教师的范围内未曾被人打破，我自己后来也未能再刷新。

饭后便提着镰刀到凤凰嘴东侧的坡地上割麦子。我感觉到胃里很撑，也很沉。那时候的馍都习惯以二两为规格，再加一碗稀米汤，我的胃里至少装着两三斤重的食物，馍的计量标准的二两，是指干面粉，和水蒸成馍，不会少于四两。当我挥动镰刀割麦子的时候，感觉到了难受，也就伴之而生悔意，吃得太多了。这种因为贪吃而发生的身体负担以及后悔情绪，在我却是久违了的别一番感慨。许多年来，吃饭已经形成习惯，就是抑制住饥饿便罢手也闭口，很少有吃到一满饱的机遇。每月三十斤粮食定量，我通常是以三四四来分配一天三顿伙食的数量的，计量单位是两。这样的配额，连半饱似乎都勉强，自我感觉就是仅仅"压住了饥饿"。尽管这样，三十斤粮票仍然维持不到月底，便从家里蹭来吃食弥补亏空……

我现在的工作点有餐厅，在我看到吃剩的大半个馍和小半碗干面条或米饭被倒入垃圾桶的时候，常常会泛出曾经咥过七个馍的往事来。且不说可惜了粮食这种陈年老话，我也不无庆幸，中国人不仅告别了如我四十多年前丑陋的食量和吃相，而且可以随意扔掉吃剩的馍、米饭和面条，连眼皮也不会眨一眨。

大约是我被抽调到公社（乡或镇）协助工作的第二年冬天，我跟一位领导到白鹿原北坡上的一个村子去驻队，还有当地驻军（军校）的一位教员和一个战士，四个人组成一个工作组，单项任务是重建生产大队一级的党组织——党支部。"文革"把各级党委和基层党支部全部搁浅了，现在要恢复重建。这个村子派性比较复杂，更深层的渊源是三大姓氏的由来已久的积怨。如何化解矛盾，争取在上级规定的时限内，完成党支部重建的任务，说来话长，不是本文的主旨，这里只说一件轻松有趣的一顿饭的事。

下乡驻队在我已经成为习惯性工作，且不说公社机关对干部下乡纪律的严格规范，单就常识而言，到农民家吃派饭不能有任何要求，农民日常吃什么，也就给我等下乡干部吃什么。其实许多人家在轮到为下乡干部管饭的一天，总要比自家平时的饭食做得更好一点，他们平时多吃汤水面条，给干部做一碗干面条；平时他们多以苞谷面做馍，给干部吃的馍里，总要掺进一些麦子面粉。这是当地传统习俗，不能慢待客人。每遇到这种优待饭食，我便对主人说，下顿不要这样了，却收效甚微。这回下乡搞建党支部的这个村子，地理环境缺水，每遇干旱便难保收成，村民的粮食多数吃不到新粮下来，我们工作组的几位干部也就更自觉地接受粗食淡饭了。

关中乡村自古一天三顿饭，与别的地区无差异，差异在吃饭的时间。农民天明便起身下地干活，二十世纪五十年代中期农业合作化之前的个体经营时期是这样，农业合作化集体经营时期依旧遵循着这种生产和生活秩序，干活大约到九点十点（冬夏差别）回家吃早饭，午饭大约在两三点钟，晚饭就是天黑收工以后才吃的。我和工作组的人也是入乡随俗，改变了在公社机关早晨起来先吃早点之后才上班的习惯。这一顿记忆颇深的饭是一顿早饭。

我们四人分成两组，主要考虑农民家庭一次管四个人吃饭负担太重，我和领导为一组，从村子西头到东头一家接一家往过吃；两位军人为一组，从村子东头到西头一家接一家往过吃。无论吃得好吃得差，我们从来不议论，其实没有谁规定不许议论吃食的好坏，也没有人提醒，却都闭口不提，似乎是一种忌讳。那天早晨到早饭时，一位穿戴整齐的青年来叫我吃饭，干净整洁的中山装，浓密油黑的头发梳理得很整齐，谦和的笑容里显示着彬彬有礼，截然区别于农民，尽管难以判断其职业，却可以肯定是一位吃商品粮挣工资的公家人。在靠挣工分生活的绝大多数农民家庭中，谁家有一个能有固定月工资收入的公家人，就意味着这户人家在普遍贫穷的村民中优裕的经济地位。我和我的领导——工作组组长，跟这位公家人去他家吃早饭。

一个老式方桌，周围摆着条凳，我和组长坐下，陪坐也陪吃的就是这位公家人。组长说，让家里人一起来吃嘛！公家人说，你不用管，他们吃他们的。组长也不再勉强。我却有点敏感，大约是为我们做了好吃食，却不多，只供我和组长以及公家人吃，其他人包括他的父母和姐妹兄弟都不上桌了，是为着节省。这种情况遇见过不止一户人家，也确实令我吃着不自在。公家人先端来一大碟酸菜和一盘红苕，又端来两大碗苞谷糁稀饭，继之又为自己也端来一碗稀饭，热情地招呼我和组长，吃！快吃！天冷得很，小心饭凉了。我先喝稀饭，稀饭稀到筷子上挂不住苞谷糁。我再吃红苕，全是如同未剥皮的花生那样大的堪称袖珍红苕。吃红苕一般要剥去薄皮，这小红苕捏在指间，尤为难剥，我索性连皮吃了。这些未发育长成的小红苕，内里多丝，那丝如同纤维，韧性很强，咀嚼不碎，又不好意思吐出，我便囫囵咽下了。我吃饭的心情有点不好。我家也在农村，每个村子都种植红苕，因为红苕产量大，可以充饥，在困难时期的农村，每个生产队都扩大了红苕种植面积，家家都挖着一口储存红苕的地窖，从初冬一直可以吃到来年初夏即将接上新麦。乡民说，一年到头，红苕坐庄。更有说得损的话，红苕是救命的爷。生产队大量种植多产的红苕，不仅成为村民锅里碗里的主食，红苕的叶子可以窝制酸菜，红苕的蔓和根是喂猪的上佳饲料。我在公家人餐桌上所吃的袖珍红苕，其实是红苕根上不值得采揪的舍弃物，通常都是和根蔓一起晒干粉碎后喂猪的。我猜想这些袖珍红苕的来路，是从生产队分配给他家作饲料用的红苕根上摘下的，或是从挖过红苕的地里捡拾的遗弃物。可见这是一个很节俭的人家。公家人一直陪着组长和我吃饭，不断地招呼我们吃饱吃好。直到我们放下筷子说吃好了，他仍然礼让我和组长再吃几个红苕。

出了公家人的大门来到了村巷，组长说要到老支书家说事，我便跟着他走，谁也不说这顿早饭吃得如何，已成习惯。走进老支书家的大门，迎面看见他正跷着腿坐在方桌旁，捉着一根烟袋抽旱烟，走近了又看到尚未收拾的碗筷和菜碟，还有一盘馍。未等组长开口说事，老支书抢先问：吃好了没？我和组长异口同声说，吃好了。老支书很惊讶地说，哎呀，算你俩有福。我能听出他话里的异味，却仍然说，好着哩好着哩。他哈哈一笑，说，自解放到现在，来到村上的干部，在这家管饭时，谁也甭想吃一顿好饭。组长也笑着说，好着哩。老支书说，不好你也不说不好——你有纪律哩。老支书说，曾经在某年有某个下乡干部在这户人家吃派饭，喝的是挂不上筷子的稀溜溜苞谷糁子，还没有馍，干部喝了一肚子稀汤，不到午饭就饿得撑持不住，跑到他家来，二话不说就伸手在装馍的笼子里抓馍吃。他说他曾经提醒过这户人家的主人，却不奏效，后来便不让他家给外来干部管饭，人家还不依。老支书解释说，干部吃派饭交钱又交粮票，仍怕村民吃亏，生产队给管饭的人家再发一份补贴粮，少则每天一斤，多则二斤，会有余头的，所以村民一般都争着给下乡干部管饭。说到这儿，老支书又问：有馍吃没有？我觉得既不好说没有，也不宜说谎说有，比我老到的组长笑着把话题转移开来，说起工作的事项。老支书还不尽兴，继续说，这户人家在村子里是日子过得相对窝逸的，家里大人都不少挣工分，又特别节俭，尤其是有一位挣钱的公家人，"文革"发生前的大学毕业生，月工资听说在六十块上下……组长再次把话题岔开。老支书末了还说，这是这家人的家风，我说了你俩就不见怪了。要是肚子饿了耐不到晌午饭，就到我这儿来拿馍……午饭和晚饭依旧，无须赘述。

顺便说一下这位老支书。这是新中国成立后乡村里发展的最早一批中共党员，历任乡村各种干部和支部书记，刚刚进入中年，俗称老支书。老字不指年龄，而是指任期比较长久，"四清"运动整得死去活来，却没有任何问题，最后仍为支部书记。"四清"运动结束不到一年，"文革"又开火了，他又被当作"走资派"打倒了。这个人性格中有一种天然的幽默智慧，面对灾难善于自我解脱，便是自己调侃自己："四清"运动把我打倒了，又把我拽起来；我还没站稳哩，"文革"又把我日倒了……组长心里有数，这个村子的支部书记非他莫属，关键是化解派性，做好党员和群众工作……喝一顿太稀的稀饭吃一些过碎的红苕，算什么了不得的事嘛。

粉碎"四人帮"之后第二年，刚过完春节上班不久，我被公社（现今的乡或镇）派到一个生产大队（村子）去驻队，任务单纯，调查一个在"四清"运动中被打倒开除党籍的前支部书记的案情。调查小组由三人组成，我被任命为组长，另两位组员都是公社党委从农村临时抽调参与这项工作的，一位是一个村子的现任党支部书记，男性，比我长几岁，另一位是回乡高中毕业生，年龄虽小，有一定文字能力，是做笔录等文字工作不可或缺的人手。这个临时组成的专案小组，是受上级（市和区）的指示做出的，对"四清"运动中被整被打倒被处分的大批干部选几个对象，重新调查其案情，作为试点。这件事非同小可，我们三人小组刚刚入驻那个村子，便惹起一片风声，纷传陈某人要给"四清"中被打倒的某某人翻案了。任谁都能想到这村那寨"四清"中受到打击和处治的干部对这件事的关切之情。

就我亲历的二十世纪六十年代农村的风风雨雨而言，一直留有一种也许是偏颇的印象，"四清"运动对集体所有制时期的乡村社会的破坏程度，不仅前所未有，甚至超过后来的"文革"。"文革"的矛盾焦点主要指向公社以上的政府机关，农村里村村都有造反队，首当其冲的自然是生产大队的党支部和大队长，而主管生产决定春播秋收和粮食分配多寡的却是生产小队，造反派一般瞅不上生产队长那个太小的官位。野心大点的造反派先夺公社的党政大权，野心更大的造反派头子再夺区或县以至市和省的大权，绝大多数男女社员依旧干农活儿挣工分过日子。"四清"运动之前，对乡村社会破坏最厉害的是大跃进吃大锅饭，直接导致"三年困难"民不聊生的惨景。然而经过中央及时而又务实的政策调整和纠正，农业生产很快得到恢复，到二十世纪六十年代中期，多数生产队基本解决了吃饭问题，呈现出毛泽东此时写的一首词里所说的"莺歌燕舞"的气氛。然而，好景不长，莺尚未歌到尽情处，燕亦未舞到尽兴时，"四清"运动由试点到全面很快推开，大兵团的人马浩浩荡荡进驻到大大小小的村庄，生产大队和生产队包括会计出纳在内的干部全部被推上被斗席。历时半年的"四清"运动结束，生产大队和生产队的主要干部至少十有七八都被整下台去，撤职不算最重的处罚，更有被开除党籍，还有被经济退赔时连房子也折价抵账的惨事，且有人自杀。我后来看到了更为严重的后遗症，许多村子的生产遭到难以弥补的破坏和损失，这个时期被打倒被处罚的干部，尤其是生产大队的书记和大队长，多是从解放初锻炼成长起来的一批主宰农业合作社的优秀骨干，能力弱或品行差的人早淘汰了。"四清"运动的最后结局，用农民的一句话概括，把那些好干部"一竿子全扫光了"。农村比不得国家机关和工厂企业，可以调换领导干部，而一个村子要成长一个主要的树得起威望的领导干部，确非易事。我所看到的事实是，许多村子在"四清"后安排的新干部，因为能力或品行太差难以胜任而自动辞职；有的不甘辞职却指挥不灵，村子里的各项工作和生产搞得一团糟。这种局面不是一年两年所能改变，说遗患无穷似不过分。我到这个村子来复查那位被开除党籍的原支部书记的案情，在我确是一种踊跃心态。

这位复查对象，原是本公社的一位先进典型人物，到"四清"运动发生之前，他早已是在本区和西安市都挂了号的模范干部。我做乡村民办教师那几年，已闻知他的大名，却难得接触，不料在他被打倒十余年后，由我来复查他的案情。我也明白，对此人案情的复查，是上级抓的一个"点"，不仅关涉他一个人的命运，更关涉无以计数的"四清"运动中被处治的"四不清"干部的命运，我不仅踊跃，更为谨慎。正是在这次长达两三个月的驻队时月里，我吃了一顿至今难忘的饭。

在公社工作已有十个年头，每个村子都吃过派饭，无论吃得好或差的饭，吃过也都忘记了，我可以自信的是，我从来没有弹嫌过谁家的饭不好吃，倒是对有些特别照顾而做的好饭，我提醒主人不要为我浪费白面。记得有一次吃派饭，竹篮里盛着香气弥散的纯白面锅盔，男主人陪我吃饭，女主人和孩子却不闪面，我也不在意，关中风俗多见如此，自然属男尊女卑的封建遗风。喝完一碗稀饭，还想再喝半碗，陪我的男主人要去为我舀饭，我二话不说便自己闯入灶房去了，眼前的景象令我吃惊：女主人和两个未成年的孩子在灶房里围着一个小桌吃饭，手里拿着纯苞谷面的馍。我的心里就撞了一下，我舀了半碗苞谷糁子稀饭出了灶房，便把装着白面锅盔的竹篮再端进灶房，让两个孩子吃锅盔。两个孩子瞅着白面锅盔，又瞅着他母亲，又瞅着跟脚进来的他父亲的脸，却仍然不伸手抓锅盔。无论男主人和女主人怎样礼让，我已坚决拒绝再吃锅盔，甚至影响了我的食欲。我小时候亲身经历过这种完全类同的情景，轮到我家给下乡的某位干部管饭，也是由父亲陪干部吃专门待客的好饭，只有在干部吃罢告辞之后，我才得以分享剩下的白面锅盔或馍。似乎不完全是好面子的事，是说不清从哪朝哪代传留下来的乡风民俗，在越是穷困的生活里，总要尽力让客人吃得好一点儿……我说此事似有自我表扬之嫌。其实，不单是干部自律，还有我小时候的那种隐秘的记忆，却在这一户人家里重现了，竟有某种触碰的痛感。

　　又到乡村早饭时辰，一位中年男人来叫我们吃饭。进村不少日子了，这位男人却显得陌生。他家在村子东头，没有围墙也就没有门楼，敞院里坐西向东两间厦房，台阶上放着镢头铁锨等几样常用的农具。进得厦房，男主人招呼我们三人坐下，是三只粗陋不堪的小木凳，没有小饭桌，一碟自家窝制的酸菜和一碟辣椒摆在脚地上。我在坐下前，或者说踏进厦屋门的一瞬，便颇感惊讶：家徒四壁，一览无余，厦屋北头是连接着锅灶的土炕，西墙根有一个用砖块垫着的破损的木柜，再不见一样家具。锅台有一块案板，上边摆着几个碗和擀杖。男主人从操勺的女主人手里接过舀满稀饭的大碗，再一一端给我们三人，然后自己也端着碗在一边陪吃，坐在一块破砖头上。我把稀饭碗搁在不太平整的脚地上，先掂起馍就着酸菜吃，心里却在猜想，这家人怎么把光景过得如此恓惶？这是一个以蔬菜种植为主业的生产大队，绝大多数土地都是有机井保证灌溉的平地，种植着各种时令蔬菜，定点供应西安的某家蔬菜公司，尽管属于统购统销的计划经营，收入远非那些以粮食和棉花为主业的生产队所可比拟。粮棉队几十个村子，工分值高不过五六毛钱，差劲的许多村子仅只一两毛；而几个以蔬菜种植为主业的村子，工分值最低也不下一块，况且，这些蔬菜生产队由国家供应至少半年的粮食，不愁碗里的稀稠和有无。那些相对贫穷的粮棉生产队的女孩，托亲靠友多想嫁到优裕的蔬菜生产队。这户人家的惨淡光景，是我们进入这个村子近月以来最令人惊讶的一户。我一时想不明白，他们夫妻二人不残不呆，看模样也不会是偷懒怕干活的人，只要出工干活，就有工分，就会分红，怎么弄得这样一副穷光景？我便和他拉家常，问一句，他说一句，或者只说半句，后半句没说出来就不再说了。从木木的神情上判断，他不仅不善言语，确凿属于木讷短语的人，但这并不影响出工干活挣工分。我想问他的身体状况，刚开了口，他不回答，突然转过身，把端着小碗蹲在我和他之间的小儿子抱离开去，我看见小家伙蹲过的地方留下一摊稀屎。我不便再看，男主人的一个举动却把我惊住了，他顺手从墙根下抓过两只破旧的布鞋，从两边刮擦到中间，把那一摊稀屎刮到鞋里，三两步跨出屋门，扔到院子里去了。我瞥了一眼，用鞋刮过的地方还留着一些稀屎，刮在鞋上的稀屎滴溜在脚地上。主人的这种举动是少见也少有的，一般家庭里多有小孩随地拉屎的事发生，大人通常用一把灶灰掩盖，再用铁锨铲除，很干净的。这个木讷的男主人此时才想到用灰撒到残留的屎摊上……我已经感觉到胃里有反应了，隐隐有点恶心。我端起碗，把剩下的半碗苞谷糁子稀饭喝了下去，企图把胃里的恶心压住，似乎收效甚微。我当即采取断然措施，让那两位同伙消停吃，我已吃饱先走一步。

走出厦屋门，很快便走进村子中间的主街道，胃里有了更激烈的响动，我越是用心压制，响动反而越是厉害，走到一个堆积牲畜粪的很大的粪堆旁，便爆发出声音很大的呕吐。刚刚吃下的一个馍和一碗苞谷糁子稀饭，全部倾泻出来。我擦了嘴，警惕地往四周看了一圈，倒是没有人，我才放心地走回房东家的住处。待那两位组员回来，见面问我怎么吃得那么少，我含糊其辞地岔开了话题，更没有提呕吐的事。我担心由此事演绎出陈某吃不惯贫下中农的饭食，这可是感情甚至上纲为立场的大问题。

空着肚子工作到午饭时间，我们三人一起到那户人家去吃午饭，熟路熟门又是熟人，仍然是坐在小木凳上，盛辣子的小蝶和盛盐和醋的小碗仍摆在脚地上，是纯粹的白面做成的汤面条，我连着吃了两碗，感觉到一种满足。出门的时候，似乎胃里又有隐隐的响动，我和两位组员说笑话，企图把注意力岔开，把胃里的不好反应抑压下去。在走到村中那个粪堆旁，胃里一阵天翻地覆的搅动，哇啦一声又倾泻而出，把两位同行的组员吓得一愣，忙问怎么回事。我谎称胃出了点毛病。待我定睛一看，正是早饭后呕吐的那块地方，早晨呕吐的残痕仍在。回到住处，两位组员担心我空着肚子耐不到晚饭。我说胃里空一空也有好处。关中农村的晚饭都是天黑时吃，两位组员提醒我该吃晚饭了。我推辞不用，并说胃需要再空一空。他俩不信。近月来三人一起吃饭，没发现我的胃有什么毛病嘛。连着追问之下，我便说了缘由，担心吃了晚饭再吐可受不了。他们便张罗如何解决我的晚餐，想到离此村不过三四里地有一家工厂，厂里有一家小门面的营业食堂，他自告奋勇要去为我买两个烧饼，我坚决制止了。我怕由此惹出事来，说陈某人吃不下贫下中农的饭，吃了呕吐，到食堂里买饭吃。资产阶级作风和感情的帽子谁戴得起。我不仅坚决制止了他去买烧饼的举动，而且提醒他们两个人坚守秘密，不许把我两次呕吐的事道及外人。我开玩笑说，空着肚子再熬一夜不算什么问题，我已经有"三年困难"饿肚子的抗饿功夫了……

让我始料不及的好事接着发生了。公社一位和我年龄相仿的干部突然登门，说是周六放假回家顺路来看我。我这时才想到周末，为了赶规定时间办完此案调查，我们自觉放弃了休假。朋友闲聊间，一位组员向这位朋友说了我饿肚子的事。这位朋友不由分说，便拽着我到他家去。他家和我驻队的村子是邻村，不过两里路。我们三人装作到他家走闲的样子，进门便由他给老婆下令做饭。来不及发酵面团，用死面烙了一张饼子，我吃得确如狼吞虎咽。饭毕，大家约定，不向外人道及老陈吃饭的事，以免造成挑食的不好影响……

调查那位被打倒的"四不清"干部的案情如期完成。这位被冤枉了十余年的老支书被宣布平反，恢复党籍。此后不过两三年，"四清"被整被处分的干部几乎全部平反了。我其实在做了那项调查之后的第二年夏天，调离了工作过十余年的家乡，到西安南郊的文化馆工作。我已感知到文艺复兴的令人鼓舞的气氛，创作的欲望潮涨起来了。

许多年后，和那两位组员以及那位公社干部偶然相遇，便说我的吃饭的故经……

二十世纪九十年代中期，受邀第一次访问美国，在耶鲁和哈佛有两次文学创作讲座，算得上正经事，其余时间便是游山逛景了。一个神秘了大半生的美国，在自东往西的车轮加脚步的匆匆一览里，自然说不上深或透的了解，神秘的帷幕却还是扯去了。姑且不说观后感，只说一顿难忘的晚餐。

这顿饭是一位姓杨的女士邀请约，我没有推辞，概出于她和陕西关中一种非同寻常的亲情渊源。此前一年或两年，她到西安时曾得以谋面，她说到来西安的意图时，且不说我惊诧之类的夸张的话，确凿是万万料想不到的。她说她是来寻根，更是拜祖。初听这些话时我毫不惊讶，国门打开之后已有多年，海外华人尤其是台湾同乡回来的人络绎不绝，在我已司空见惯。然而，杨女士说明她寻的祖宗时，我当下竟惊讶得回不上话来。她所寻的祖宗，竟然是隋朝开国皇帝杨坚。杨坚是五岳之一的华山脚下华阴县人，早已了无踪迹，墓葬在关中西府的扶风县。她虽然没有看到有关始祖杨坚的蛛丝马迹，却也未见多少遗憾，心里早有预料，着重在想感知作为皇帝祖宗曾经生活的一方地域的地脉天象。同在华山脚下的华阴县五方乡，却有为杨坚开创隋朝立下的汗马功劳的文武全才的杨素将军的坟墓。杨素不仅善于统军打仗，且是一位诗人，隋朝建立后被隋文帝杨坚封为赤泉侯。然而，杨素和杨坚虽都姓杨，却无血缘宗族脉络，杨素的祖宗上溯到西汉时代的杨喜，曾被汉高祖刘邦封为大将军。五方乡的杨素氏族，现存十八座坟墓。这些有关杨姓两家的简况，是我后来获知的。我更惊讶杨女士的乡土情结，从隋朝到现在多少年了，他们一代一代祖传着关中华阴这个"根";单是她自己,从台湾再到美国,成为美籍华人,却终于实现了到皇帝祖宗诞生的华山脚下走一回的夙愿了。

我按时赴约,是一家中餐馆。我看一眼已经到齐的人,竟然全部都是女性,多为中年,自然都是华人。她先介绍我之后,便一一介绍由她约来的朋友,几乎全是从台湾到美国定居的文化人,多数都出版过散文、小说和诗歌集子,只是名声尚不及我认识的於梨华。都是喜欢写作的人,气氛很快便轻松活跃起来,有人说到她喜欢大陆某作家的作品,有人说到她结识的大陆某位作家,自然也免不了说到她们读《白鹿原》的事。在轻松的气氛里,不觉间过去了近两个小时,饭早已吃完了。在散席前发生的一幕,让我不仅出乎预料,而且惊诧了。

杨女士说了句"那就到这儿"意思的话,在座的女士们,有的翻手提包,有的掏口袋,把一张张美元掏出来放到自己面前的桌面上,杨女士自己也不例外地掏出钱来。我在短暂的发愣的一瞬间便明白了,这顿饭是由进餐者分摊其花费的,也就赶紧掏自己的口袋。杨女士坐在我右边,压住了我往桌子上放钱的手,笑说:你是我们大家请来的客人,你绝不能。在我据理辩解的几句话还没说完,她打断说,在大陆你可能不习惯这样分摊餐费的方式,在这儿(美国)却是通常的事儿,大家想聚会了,或是接待一位朋友,都是这样做的,唯有被请的客人不能付款,这种分摊餐费的方式,说明你是大家的朋友……

我在回到住处后,心里仍不能淡忘每位进餐者纷纷掏钱包的情景。除了杨女士说的"你是大家的朋友"之外,我又想到她们可能没有报销的途径。她是一个民间文艺团体的主事人,没有公款,她的会员可能只交象征性的一点儿会费,只能做公务性的开销,更多的却是显示对自己参与的这个文艺团体的尊重。我没有问她,仅是我的猜想。

这种猜想又一次得到了验证,是随后在另一家华文文化团体搞过一次创作讲座,讲完后听众就散去了,留下十来个团体的骨干人物,和我共进午餐。就在讲座大厅旁边的一个小屋子和通道上,十来个男女朋友纷纷拎来自己的提袋,从里面掏出早已备好的菜和面包,每人都带着盒装的菜,都是在自己家里做好带来的,几乎没有重样儿,一齐摆到桌子上,任由各人挑拣品尝，不时爆出某男或某女大声的惊叫，说某种菜太好吃了，虽不无夸张，却酿成一种即使高档餐馆也难得的融和气氛。我被重点照顾，让我尝一口这种菜，再尝那种菜……我很自然想到，这个文化团体同样没有经费来源，要搞什么活动而避免不了共餐，便是这种办法……回去的路上，我和同行的朋友说，还是社会主义好。

平生吃过多少回饭，粗粮野菜也罢，鱿鱼海参也罢，多不记得了。上述几顿饭却总也难以忘记，如实写来，供有兴趣阅读的读者一哂。

二〇一一年八月二十五日　二府庄

我们村的关老爷

在我尚不知晓关羽或关云长为何人的童稚时期,却已知道关老爷这尊神。岂止知道,而且和关老爷左右为邻,距离不过五六十步。自我有记事能力,便记着我家是村子西头第二家,头一家的院墙西边紧挨着一条颇深的沟,是下雨排水的天然洪道。这条沟的西沿上,坐落着一幢比普通农家更讲究的庙,方砖砌墙表面,琉璃小瓦苫顶,房脊高高耸起,砖头上有雕刻的吉祥图纹,这座庙俗称关老爷庙。村民平常简称为老爷庙,敬奉着关羽。我一出自家土门楼,第一眼便看见关老爷庙;从村子里走回家去,直对着我视线的也是这座关老爷庙;关老爷庙的北墙根下,是走出村子的西口,村民下地干活或出村办事,都从关老爷的庙墙根下走过。不仅是我,整个村子里的男女老幼都和关老爷朝夕相处,低头不见抬头见,几乎谈不上距离。

我后来才知道,在民间传说里,关羽谢世升天后,被玉皇大帝封为管民间风雨的职司,任何一方地域的干旱雨涝或风调雨顺,全在这位风雨神的掌控之中。无须考究这个传说起自何时何方,既成的事实却非同小可。即如我眼见的灞河流域密集的大村小寨,几乎每个村子都修建着一座关公庙,敬奉着这位职司风雨的神。我生活的村子到一九四九年新中国成立时,不过三十多户人家,却不知早在多少年前已经修建起这座关公庙来,推想那时大约不过十几或二十几户农家,肯定由每户分摊建庙和雕塑关公神像的不菲的费用,可以想见村民踊跃情态里的虔诚。其实不难理解,以种植庄稼为唯一生存依靠的村民，决定粮食棉花收成丰歉也决定他们碗里吃食的稀稠乃至有无和身上穿戴的厚薄的关键一条，便是雨水，风似乎倒在其次。渭河平原这块沃土，庄稼生长最致命的制约因素，便是干旱，我查阅过西安周边三个县的县志，造成多次饥馑灾荒的原因，都是久旱不雨。敬奉关公祈求风调雨顺是村民们共同的心愿。

每年农历大年三十后晌，村子里的主事人便打开常年挂着铁锁的关公庙门，让几位村民打扫卫生，擦拭关老爷和护卒头上身上的尘土，点上两支又粗又长的红色蜡烛，再敬上三支香，然后跪拜叩头，再说几句祈求风调雨顺的话。接着，整个村子里的成年男人都来焚香跪拜祈祷来年有及时雨降下。我和小伙伴们围在庙门口，看着一个个年长的年轻的爷辈父辈的再熟悉不过的男人们，无论家道或富或贫无论性情属刚属蔫，站到关老爷塑像面前先鞠躬再跪拜时的表情，都是至诚至敬的。关老爷端坐庙堂正中，长耳几乎垂肩，浓眉大眼高鼻梁，满脸红色，黑色的胡须直垂到胸膛，威武里透着慈善，不动声色地看着一茬一茬跪拜他的村民。到得末了，主事人把我等在庙门口围观的小男孩一齐叫进庙去，教大伙抱拳鞠躬，再跪地叩头者三，最后让大伙跟着他齐声说，关老爷爱民如子，给俺多下及时雨……应该说，关公是我平生最早跪拜过的神。

每年农历二月二日，是民间传统传说里的龙抬头的日子，也是冬去春来农事铺开的一个标志性时日。村子的主事人一早又去打开关老爷的庙门，打扫卫生再点蜡焚香，敲锣打鼓和拍铙钹的好手早已敲打得震天价响，村子里的男人们闻声赶来，长辈人跪在庙里，年轻的晚辈跪在庙门外边，我等小伙伴们随意择空档处跪下，叩头三次，然后一齐仰面对着关老爷的塑像，跟着主事人齐声祈祷，祈盼雨顺风调……那声音是浑厚的，也是震动庙宇发生回声的庄严的声响，更是虔诚的心愿之声。

干旱却几乎年年都在发生，有小旱，也有大旱，多在秋苗生长的关键时月，即伏旱。小旱修渠引水可以抗御，大旱就几乎面临绝收，村子的主事人便召集村民商议，用一种激烈悲壮的方式祈雨，当地人叫"伐马角"。同样是在司职风雨的关公庙里庙外举行，点蜡焚香烧裱，庙外锣鼓铙钹敲打着激烈紧凑的曲牌，男人们聚在庙里庙外，身上都披着象征下雨的稻草编织的蓑衣,自然都是长跪在地。突然会有一人跳起,从火盆里抽出一根烧得通红的细钢条,大吼一声,吾乃关老爷"通全"的黑乌梢,随之便把通红的细钢条从右腮戳到左腮……黑乌梢是说一种黑色的蛇,蛇是龙的民间化身,即取水地点在南山的黑龙潭。于是,整个村子的人便跟着那个"通全"了神灵的人到南山去,到黑龙潭里"取水"……我等一帮小伙伴聚在一旁,反复诵念两句民谣:云往西,关老爷骑马戴帽披蓑衣。帽是指遮雨的草帽,蓑衣也是遮雨的,都是预示着甘露降临。应验落雨甚少,依旧干旱居多,灾荒和饥馑避免不过。然而,每年农历大年三十和二月二对关老爷的虔诚祭拜,依旧进行,直到新中国成立后破除迷信明令禁止,这种传承了不知几百年的仪式才被废止了。

关羽忠勇孝义,在民间的影响也很广泛,却是隐性的,不像他司职风雨直接关涉千家万户每一个村民的生存。这样,村民们很少说或不说关公庙关帝庙,而通称关老爷庙或简称老爷庙,已显示着一种亲近的情感。

说来有趣,每当在媒体上看到当地驻军在天旱时节向天空发炮催雨成功的消息,我就会从记忆深处泛出村民敬祭关老爷的画面……

二〇一一年九月六日　二府庄

白墙无字

　　熟悉的或初识的朋友到我的工作点来，看着屋子里不挂一纸的光光净净的墙壁，常有好奇者问，你号称文人，墙上却不见墨痕。有的甚至佯装慨叹，真可谓家徒四壁呀！我也不做解释，只说是习惯使然。近日因写有关斋号的短文，引发了这个话题。

　　自进入社会开始工作直到今天，不觉间竟有五十个年头了，无论换过多少单位的办公室，或是乡下和城里的住宅，还有现在的工作点的房子里，除了几样简单的办公和生活用具，四面墙壁从来都不曾挂一方纸页。想来似乎还不是有意为之，纯粹属于一种无意识的习性驱使下的习惯。二十世纪六十年代初，高考名落孙山回到原下老家，应聘为本村初级小学的民办教师，同时开始了写作的自修，心诚且意专，很想把当下的心境表述出来，按中国人的传统方式，用毛笔书写一方古人或今人为学的精辟语录置于书桌前的墙壁上，以便时时警示。然而犹豫再三而没有去做，却又于心不甘，最后选择了一个变通的方式，找了一二指宽的硬质纸，把自己喜欢的"不问收获，但问耕耘"的格言写上，贴在墙壁和书桌的接触处，外人进屋不大留意这个小小角落，我在桌前坐着读书或写字时，抬头便会看见这个自己信奉的警句，添一分踏实。由此事开端直到今天的五十年间，无论工作环境和职业发生过多少次变化，所有住过的屋子都不曾张贴一纸笔墨，真可谓积习难改。

　　确有一次破例的事。那是在"文革"初起时，和"语录"热同时潮起的种种向毛主席表忠心的社会风气，不胜枚举。其中之一是家家都敬奉一尊毛泽东的石膏塑像，或贴一张标准照，连农民家里都普及了，作为公社农业中学教师的我也不甘落伍，在办公桌上敬奉着一尊毛泽东的半身石膏塑像。大约是中学教师都会写字的方便，大家不约而同都用红纸抄写了一段毛主席语录，贴在办公桌前的墙上。我也趁热写了一张，因为办公桌对着窗户，不能张贴，便贴在卧床上边的墙上，每天早晨醒来睁开眼睛，第一个看到的目击物，就是当时通用的词汇——"最高指示"；每晚上床落枕时最后看到的物象，自然还是这幅写着毛泽东语录的红纸；每天出出进进这间两个人合居的宿办合一的房间，便会看到它，已经不是"吾日三省吾身"，而是几十次省身警示了。遗憾的是时过境迁太久太远，敲着脑袋也想不起来那句话的内容了。

　　新时期伊始，我迁居到古人折柳送别的灞河岸边的灞桥古镇上，有了一间一人独占的办公室，正热衷于刚刚兴起的农村改革题材的写作，墙上仍然不贴一纸。正当灞河岸边的柳絮如雪花漫天飘飞的某一天后响，我敬仰的大诗人戈壁舟一行四五人不期而至，我屋子里的椅子都不够用了，着急处从隔壁同志房子借来安顿稀客坐下。戈老先生一行趁着关中绝美的春色出游，看过秦始皇兵马俑，接着在广袤的田野踏青，又在杨贵妃洗浴的临潼温泉净了身，回城时路过灞桥，便乘余兴来到我供职的文化馆。记得他的兴致甚高，满口地道的川腔不时引发大家的笑声，随意所说的话题我已无记，使我完全意料不及的是，他突然从提袋里抽出一幅装裱精美的书法作品来。绽开之后，是他挥洒的自己的语录，自然是颇富哲理的诗性话语，他的同行和我的同志，纷纷赞赏他的诗句和他的书法，我却更为惊奇他在书法作品上竟然写着赠送给我的字样，可见他在起程之前就确定了要到我的住处。热心的同志找来钉子，当即挂在我的墙上，每天都可以欣赏他的个性化笔墨和个性化独到语言。大约不足一年，我又搬家另住，却把戈老的赠书存入书柜，墙上又依旧是四壁皆空。此后的三十多年间，我的乡下和城市的几处工作室，再没有贴挂过一张纸，有朋友赠送书画作品，欣赏之后便存入书柜；更没有自己题写座右铭之类的兴趣了。

　　想来大约是幼年所受的影响，那是父亲的行为规范。记不清我说了什么轻狂的话，随后父亲在一个恰当的时间对我说，不要先说话后做事，要先做事后说话；想做的事做成了，还可以不说话。他未做解释，我后来约略能够理解说与做的关系，先说要做的事如果做成了做好了，自然再好不过；如果说了要做的事（尤其是大事）而做不成功，就会造成吹牛（当地人说谝大嘴）的负面印象；一个人特别是年轻人，如果总是发生说大话而又总是做不到的事，谁也就不在乎你说的话了，可信度就在乡民中丧失了。如果更有某个说着好话而做着鬼事的人，乡民对其归结有一句俗话，嘴上念佛哩，心里咥活哩。咥活是当地方言，多指干坏事，是对某人心口不一的形象化写照。

这种幼年所接受的行为规范，竟然成为一种难以改易的习性，且不说说和做的语言和行为的先后，后来竟形成墙上不贴不挂自己欣赏的做人做事的格言警句，多少还有一点隐蔽着的心理，其实是为自己留着一条后路。格言警句贴在墙上，任谁都能看到，而自己一旦违犯，且不说别人会如何做出挂羊头卖狗肉的不屑表情，自己的尴尬也难以平复。想做的事和自己认可的行为准则，努力去做努力追寻就可以了，万一实现不了或发生错失，自己总结自我反省，也可以避免吹牛和言行不一的尴尬……我的墙壁依旧空白着。

二〇一二年二月二十六日　二府庄

最初的晚餐

——《生命历程中的第一次》之一

想到这件难忘的事,忽然联想到《最后的晚餐》这幅名画的名字,不过对我来说,那一次难忘的晚餐不是最后的,而是最初的一次,这就是我平生第一次陪外国人共进的晚餐。

那时候我三十出头,在公社(即现今的乡政府)学大寨正学得忙活。有一天接到省文艺创作研究室(即省作协)的电话,通知我去参加接待一个日本文化访华团。接到电话的最初一瞬就愣住了,我的第一反应是我穿什么衣服呀?我便毫不犹豫地推辞,说我在乡村学大寨的工作多么多么忙。回答说接待人名单是省革委会定的,这是"政治任务"必须完成。这就意味着不许推辞更不许含糊。

我能进入那个接待作陪的名单,是因为我在《陕西文艺》(即《延河》)上刚刚发表过两个短篇小说,都是注释演绎"阶级斗争"这个"纲"的,而且是被认为演绎注释得不错。接待作陪的人员组成考虑到方方面面,大学革委会主任、革命演员、革命工程师等,我也算革命的工农兵业余作者。陕西最具影响的几位作家几棵大树都被整垮了,我怎么也清楚我是猴子称王地被列入……

最紧迫的事便是衣服问题。我身上穿的和包袱里包的外衣和衬衣,几乎找不到一件不打补丁的,连袜子也不例外。我那时工资三十九元,连我在内养活着一个五口之家,添一件新衣服大约两年才能做到。为接待外宾而添一件新衣造成家庭经济的失衡,太划不来了。我很快拿定主意:借。

在阳关烽火台遗迹山下

借衣服的对象第一个便瞄中了李旭升。他和我同龄，个头高低身材粗细也都差不多。他的人样俊气且不论，平时穿戴比较讲究，我几乎没见过他衣帽邋遢的时候。他的衣服质料也总是高一档，应该说他的衣着代表着七十年代中期我们那个公社地区的最高水平。"四清"运动时，工作组对他在经济问题上的怀疑首先是由他的穿着诱发的，不贪污公款怎么能穿这么阔气的衣服？我借了一件半新的上装和裤子，虽然有点褪色却很平整，大约是哔叽料吧，我已记不清了。衬衣没有借，我的衬衣上的补丁是看不见的。

我带着这一套行头回到驻队的村子。我的三个组员（工作组）经过一番认真地审查，还是觉得太旧了点，而且再三点示我这不是个人问题，是一个"政治影响"问题，影响国家声誉的问题……其中一位老大姐第二天从家里带来了她丈夫的一套黄呢军装，硬要我穿上试试。结果连她自己也失望地摇头了，因为那套属于将军或校官的黄呢军装整个把我装饰得面目全非了，或者是我的老百姓的涣散气性把这套军装搞得不伦不类了。我最后只选用了她丈夫的一双皮鞋，稍微小了点但可以凑合。

第二天中午搭郊区公共汽车进西安,先到作家协会等候指令。《陕西文艺》副主编贺抒玉见了,又是从头到脚地一番审视,和我的那三位工作组员英雄所见一致:太旧。我没好意思说透:就这旧衣服还是借来的。她也点示我不能马虎穿戴,这不是个人问题而是"国家影响政治影响"的大事。我从那时候直到现在都为这一点感动,大家都首先考虑国家面子。老贺随即从家里取来李若冰的蓝呢上衣,我换上以后倒很合身。老贺说很好,其他几位编辑都说好,说我整个儿都气派了。

接待作陪的事已经淡忘模糊了,外宾是些什么人也早已忘记,只记得有一位女作家,中年人,大约长我十余岁。我第一眼瞧见她首先看见的是那红嘴唇。她挨我坐着,我总是不由得看她的红嘴唇,那么红啊!我竟然暗暗替她操心,如果她单个走在街上,会不会被红卫兵逮住像剪烫发砍高跟鞋一样把她的红嘴唇给割了削了?

那顿晚餐散席之后我累极了,比学大寨拉车挑担还累。

现在,因为工作的关系我常常接待外宾并作陪吃饭,自然不再为一件衣服而惶惶奔走告借了;再说,国家的面子也不需要一个公民靠借来的衣服去撑持了;还有,我也不会为那位日本女作家的红嘴唇被削而操心担忧了,因为中国城市女人的红嘴唇已经灿若云霞红如海洋了。

尴 尬
——《生命历程中的第一次》之二

我的宿办合一的住屋的门框上贴着一副白纸对联，内容选用毛泽东的诗章中的摘句：借问瘟君欲何往，纸船明烛照天烧。眉批为：送瘟神。门框右上角吊着一只灯笼，也是白纸糊的。乡间通常是在死了人过白事时才用白纸写对联，那种用白纸糊的灯笼也是专门接灵送鬼的引路灯。自从被大人操纵着的孩子们用这些东西装饰了我的门面儿的那一刻起，我便立即意识到我死了。我已从轰轰烈烈的人世进入阴气逼人的冥冥之域，成为冥国鬼蜮的一个小鬼了。

那年我二十四岁。

我完了。我已经无数次地重复过这种自我判断。完了自然首先是指政治上完了，那时候的社会准则和生活法尺都是以政治为"纲"的，"纲"完了"目"还能张么？作为"目"的文学理想也完了。那时候我刚刚发表过七八篇散文习作，即使这样短促的夭折也都由痛苦的承受转变为乖顺地接受了。然而这阴纸对联和鬼灯整上我的房门，我发觉我原以为完了死了而沉寂的心确凿地又惶惶起来，每一次进门和出门看见这两样丧气鬼氛的东西心里就发怵，都要经受一次心灵的折磨，都在无时无刻昭示着你是鬼而不是人了。我才明白死了的自己还要一张脸，还会尴尬和难堪。

我到现在也搞不明白，我的那样穷困的家庭环境，怎么会给予我如此根深蒂固的爱面子的心理。我期望那些东西尽快烂掉，然而这房子却是雨淋不着风也吹不到的小套间，那些作为冥国鬼蜮标志的装饰物竟然保存了

在朱德毛泽东会师、会面的桌子前（左为作家刘兆林）

三个月之久。三个月里，我一日不下八次地接受它对我的心灵的警示和对我脸皮的磨砺。

我最怕熟人朋友来看我，结果是最令我尴尬的姐姐和表妹先后都来光顾了。姐姐随姐夫五十年代初去青海支援建设，借了"文革"可以不上班的天赐良机第一次省亲。表妹在新疆上大学为节约路费两年都不敢回乡，逮着可以免费乘车免费吃喝的机会如愿以偿回家乡来了，自然是以革命和造反的堂皇名义归来的。姐姐引着我的小外甥进入房子，那个以调皮捣蛋而出名的小家伙一直抱着我姐姐的腰不敢松手，肯定是在进入房门瞧见鬼物而想到这是阎罗统治下的鬼魅世界了。表妹曾经和我在同一个教室里念初中，她的到来更使我自惭形秽而无地自容。她以一个大学生的昂然享受着免费旅游（串联）的革命优惠，我却已走到生命的尽头……在文化水平上姐姐和表妹尽管构成了高低两极，劝慰我的话却是惊人的一致："想开点儿，你看看刘少奇刘澜涛都给斗了游了，咱们算啥？"

刘少奇作为国家的象征，刘澜涛则是西北地区的领导人，我过去把他们的著作和讲话稿反复学习过，他们现在却成为我落难后应该活下去的一个参照了。然而我依然对自己万分痛心万分悲伤，我不能再写文章更不敢再投稿了，我还活什么呢？……

我后来才充分意识到这人生第一次的大尴尬对我的决定性好处。不单是脸皮磨厚了，不单是心理承受挫折的能力增强了，恰恰是作为一个企图反映社会的文学理想所不可或缺的生命体验。生命体验显然不应混同于生活体验。这种生命体验是任何哲学或政治教科书所不能给予我的。如果从个人意愿和自觉性上来讲，我肯定不会自愿选择那种毁灭性的尴尬，然而生活却把我强迫性地踢到那个尴尬的旮旯里，强迫我接受人生的这种炼狱式的洗礼。更值得庆幸的，是在我刚刚步入社会而且比较风顺的二十四岁时。当我后来逃脱尴尬而确信自己并没有完的时候，第一次生命体验便完成了。

后来，用马尔科斯的叙述程式可以说成是多年以后，我又陷入一种人生的大尴尬，我充分而又清醒地能够对自己的过失做出判断，便不像头一次那么慌乱，那么懊悔，那么简单地以为就完了，而能够保持一种沉静的心境，而且能够对自己说，完不完全在自己。尽管是一种清醒的沉静，仍然避免不了在一些特定场合的尴尬，我也清楚这种根深蒂固的爱面皮的痼疾依然附着我。两次大尴尬的经历之后，我完成了这一面和那一面的不同的生命体验，自家的直接体会就是，得按自己的心之所思去说自己的话去做自己的事了。不然——

便不说，更不做。

沉 重 之 尘

——《生命历程中的第一次》之三

  八年前的那年春节刚过,浓郁的新年佳节的气氛还弥漫在乡村里,我就迫不及待地赶到蓝田县城去查阅县志。我已经开始了一部长篇小说的孕育和构思。我想较为系统地了解我所生活着的这块土地的昨天或者说历史。县志在我看来就是一个县的历史,又是一个县的百科全书。为了避免

在广西北海海滨

一个县可能存在的褊狭性，我决定查阅蓝田、长安、咸宁三县县志；这三个县在地理上连接成片包围着西安，属于号称"自古帝王都"的关中这块古老土地的腹心地带，其用心不言自明。

翻阅线装的残破皱褶的县志时感觉很奇异，像是沿着一条幽深的墓穴走向远古。当我查阅到连续三本的《贞妇烈女》卷时，又感到似乎从那个墓穴进入一个空远无边碑石林立的大坟场。头一本上记载着一大批有名有姓的贞妇烈女们贞节守志的典型事例，内容大同小异，事例重复文字也难免重复，然而绝对称得起字斟句酌高度凝练高度概括，列在头一名的贞妇最典型的事例也不过七八行文字，随之从卷首到卷末逐渐递减到一人只给她一行文字。第二本和第三本已经简化到没有一词一句的事迹介绍，只记着张王氏李赵氏陈刘氏的代号了，属于哪个村庄也无从查考，整整两大本就这样实扎扎印下来，没有标点更不分章节。我看这些连真实姓名也没有的代号干什么？

当我毫不犹豫地把这三本县志推开的一瞬，心头似悸颤了一下。我猛然想到，自从这套不断被续修续编的县志编成，任何一位后来如我的查阅者，有的可能注重在"历史沿革"卷，有的可能纯粹为探究"地理地貌"，有的也许只对"物产经济"卷感兴趣，恐怕没有什么人会对那些只记录着代号的两大本能有耐心阅览。我突然替那些无以数计的代号委屈起来，她们用自己活泼泼的肉体生命〔可以肯定其中有不少身段（曲线）脸蛋肤色都很标致的漂亮的女儿〕，坚守着一个"贞"字，终其一生而在县志上争取到三厘米的位置，却没有什么人有耐心读响她们的名字，这是几重悲哀？

我重新把那三大本揽到眼下翻开，一页一页揭过去，一行接着一行一个代号接一个代号读下去，像是排长在点名，而我点着的却是一个个幽灵的名字。那些干枯的代号全都被我点化成活为一个个活泼泼的生命在我的房间里舞蹈……一个个从如花似玉的花季萎缩成皱褶的抹布一样的女性，对于她们来说，人的只有一次的生命是怎样痛苦煎熬到溘然长逝的……我庄严地念着，企图让她们知道，多少多少年以后，有一个并不著名的作家向她们行了注目礼。

我无言以对。

我喘着粗气，渐次平静；我又合上那三本《贞妇烈女》卷县志，屋子里的幽灵也全部寂然；看着那三本县志，我深切地感受到了什么叫历史的灰尘，这又是怎样沉重的一种灰尘啊！我的心里瞬间又泛起一个女人偷情的故事。我在乡村工作的二十年里听到过许多许多偷情的故事，有男人的也有女人的，这种民间文学的脚本通常被称作"酸黄菜"，历久不衰，如果用心编撰可以搞成东方的《十日谈》。

我至今也搞不清楚，是那三大本里的贞妇烈女们把我潜存的那些偷情男女的故事激活了，还是那些"酸黄菜"故事里的偷情男女把这三本《贞妇烈女》卷里的人物激活了？官办的县志不惜工本记载贞妇烈女的代号和事例，民间历久不衰传播的却是荡妇淫娃的故事……这个民族的面皮和内心的分裂由来已久。

我突然电击火迸一样产生了一种艺术的灵感，眼前就幻化出一个女人来，就是后来写成的长篇小说《白鹿原》里的田小娥。

接通地脉

约略记得那是麦收后抢时播种玉米的最紧火的时节,年轻的村长掮着铁锨走进我的院子,高挽到膝盖的裤管下是沾着泥水的赤脚。我让坐,他不坐,连肩头的铁锨也不放下来,一副急不可待的架势,倒是不拒绝我递给他的一支烟。他说,你去把场塄下那二分地种上苞谷,到时候娃们也有嫩苞谷穗儿吃嘛!

我一时竟然很感动,却有点犹豫。我在两年前调入省作协当上专业作家,妻子和孩子的户籍也随之从乡村转入城市,刚刚分到手且收获过一料麦子的责任田,又统统交回村委会重新分配给其他村民了。专业作家对我至关重要的含义,就是可以由我支配自己的时间和生命行程了。几乎就在那一年,我索性决定从城镇回归乡村老家。我在祖居的屋院里读中国新时期文学一浪高过一浪的小说,读着刚刚翻译过来的陌生的世界名著,也写着我的小说,是一个不再依赖土地丰歉生存着的乡村人了。村里的乡亲有人送来一把春天的头一茬韭菜,几个刚刚孕肥的嫩苞谷穗子,一篮沾着湿土的红苕,常常引发我内心的微妙感慨,过去我曾拿着这些东西送给西安城里的朋友,现在我自己反倒成为接受者了。我在接过一把韭菜一篮红苕几个嫩苞谷穗子的时候,分明意识到我和这块土地依存的关系割断了,尽管还住在祖居的老屋里,尽管出出进进还踩踏着这方土地,却无法改变心底那一缕隐隐的空虚的发生。我对村长好心好意的提议之所以犹疑不定,是因为我已无资格耕种哪怕巴掌大一块的土地了。

村长显然早已揣透了我的顾虑，解释说，村口场塄下这一畛子地，猪拱鸡刨，你交回的那二分地分给谁谁都不要，这几年都荒着，你种点苞谷谁也没意见……说罢转身出门去了。

我便种上了苞谷。这二分地在村子东头的场塄下。当年的新一茬的蒿草正长到旺盛时，比我还高出半头。我丢剥了长袖衣和长裤，握一把磨得锋利的草镰，把蒿草齐摆摆砍掉割尽，再用镢头把庞大的根系一一刨挖出来。因为天旱土壤干硬，也因为几年荒芜土质板结，牛拽的犁铧开掘不动，只能用双刺镢头开挖，再把大块硬土敲碎，点种下苞谷种子。大约整整干了三天，案头正在写作的小说或散文全部撒下，连钢笔也没有扭开，手掌上的血泡儿用纱布缠了几层，仍有血丝渗出来。又过了几天，于夕阳沉落西原的傍晚，我在湿漉漉的地皮上看见一根根刚冒出来的嫩黄的旋管状的苞谷苗子时，心底发生了好一阵响动。我坐在被太阳晒得温热的土墼上，感觉到与脚下这块被许多祖宗耕种过的土地的地脉接通了，我周身的血脉似乎顿然间都畅流起来了。

我在这二分地里间苗定苗，锄草施肥。三伏的大旱时节，村长便安排村民开动抽水机灌溉，轮到我的地头的时候，我便脱了鞋子，用铁锨挖开灌渠的口子把水放进地里，双脚踩着沁人肌肤的井水，让每一株苞谷都浇灌得足饱。眼瞅着苞谷拔节了，冒出天花和红缨来，绿色的苞谷穗子日渐肥大起来，剥开一条缝儿，已经孕出白色的一排排颗粒，用指甲轻轻掐一下，牛奶似的稠汁迸溅到我脸上。我掰下一篮，剥去绿色的皮壳，等待周末从寄宿中学回家的女儿，那是作为一个父亲最温馨的等待时刻。

我后来在这二分地里种过洋芋（土豆），收获的果实堆在屋角，有亲友来家，便作为礼物相送。也种过白菜和萝卜，不知是技术不得要领，还是种子不好，那白菜只长菜叶不包心，只能窝泡酸菜；萝卜又瓷又硬，熬煮勉强可食，生吃很不是滋味。只有栽种大葱大获成功，许是我勤于松土，那葱长得又粗又高，葱白尤其多，做料子菜自不必说，剥了皮生吃也很香甜，我常常是一口馍一口生葱吃得酣畅淋漓。我在务这二分地里的庄稼和蔬菜的劳动中，渐渐稀少了到河堤散步的习惯，或者说替代了。我在一天的阅读或写作之后，傍晚时分习惯到灞河边上散步，活动一下在桌椅间窝蜷了一天的腰和腿。河堤内侧的滩地里是汗流浃背忙于做事的男人和女人，河堤外侧的沙滩上是割草放羊的孩子，我往往在那种环境里感到不自在，很难生出古典和现代才子们赏山阅水的情致来。现在，当我在那二分地里为苞谷除草或为大葱培壅黄土的时候，满脸汗水满手土屑，猛不防会有一个我能闻声辨人的人发出的声音："还是把式喀！"然后就在地头坐下来，或者他抽我递给他的雪茄，或者我抽他的旱烟，然后说他儿子或女儿遇着什么难事了，需得我去帮忙交涉，我比他的"面子"大哇……我往往在那种时刻，比之在河堤上散步时的感觉稍好。

这几年间，大概是我写作生涯中最出活的一段时光，无论是中篇《蓝袍先生》《四妹子》《地窖》等，以及许多短篇小说，还有费时四年的长篇《白鹿原》，我在书案上追逐着一个个男女的心灵，屏气凝神专注无杂，然后于傍晚到二分地里来挥镢把锄，再把那些缠绕在我心中的蓝袍先生四妹子白嘉轩田小娥鹿子霖黑娃们彻底排除出去，赢得心底和脑际的清爽。只有专注的体力劳作，成为我排解那些正在刻意描写的人物的有效举措之一，才能保证晚上平静入眠，也就保证了第二天清晨能进入有效的写作。这真是一种无意间找到的调节方式，对我却完全实用。无论在书桌的稿纸上涂抹，无论在二分地里务弄苞谷蔬菜，这种调节方式的科学性能有几何？对我却是实用而又实惠的方式。我尽管朝夕都生活在南原（白鹿原）的北坡根下，却从来没有陶渊明采菊时的悠然，白嘉轩们的欢乐和痛苦同样折腾得我彻夜失眠，小娥被阿公鹿三从背后捅进削标利刃时回头的一声惨叫，令我眼前一黑钢笔颤抖……我在二分地的苞谷苗间大葱行间重归沉静。

记不清是哪一年了，陕北榆林一位青年诗人送我一小袋扁豆，这是夏天喝稀饭的好作料。因为产量太低，扁豆在关中地区早都绝种了。我倍加珍惜的一个缘由，是我生在三伏，又缺奶，母亲用白面熬煮的扁豆喂活了我。直到我的孩子已经念大学的时候，母亲往往面对牛奶面包而引发出扁豆救命的老话。我在重新品尝救命的扁豆稀饭之后，留下一部分种子，当年秋天种到我的二分地里，长出苗儿来，年龄在中年以下的农民竟不认识是何物。扁豆长得很好，绿茵茵罩满地皮，常常引来许多村民围观。扁豆比麦子早熟，在大麦成熟小麦硬粒的时候成熟了。我准备近日收割，自然跃跃，慷慨地答应过几个村民讨要种子的事。不料，当我提着镰刀走到二分地头，扁豆秧子竟然一株都不见了。我愣在那里，半天回不过神来。肯定是昨晚被谁偷割了。我其实也没有生多大的气，只是有点怨气，怨这人做得太过，该当给我留下一小块，我好留得种子。

那是至今依旧令我向往而无法回归的年月和光景。

二〇〇七年一月四日　二府庄

五十开始

一

孙康宜教授到西安来,走出机场见着面时开口就感慨:哦!我去年给你说想到西安来,现在真的就来了!这种感慨随后在从机场开往西安的汽车上又重复说了两次,那神情是连她自己都有点不可置信的惊喜。孙教授是美国耶鲁大学东亚文学系主任,去年四月我在美国东部海岸城市波士顿结识她的。她确凿说过很想到西安来看看,我自然知道她这样的人想到西安来看什么。现在她真的来了,而且驱车行驶在暮色苍茫的咸阳古原上了,我也有某种难以信真的惊讶,甚而至于生出"地球真小"那种中国的地球公民们的伟人意识式的慨叹了。

汽车在气度恢宏地韵沉雄的咸阳原上疾驰,连片的果林和墨绿的禾苗背后,掩映着一个个或大或小或远或近却一律苍老衰败着的皇家墓冢,久远的辉煌和昔日的威仪,终究被历史的风雨剥蚀得精光,只剩下一堆堆荒草盘结的黄土圪垯。孙康宜教授从窗外收回眼光,突然问我:你不再把五十看作是一个危机的年龄了吧?我不觉一愣,想不到她还记着这个话题,随之也就释然:去年基本达成共识了嘛!她依然很直率又很认真地说:不知你回来以后有无反复?

这是一个有趣的话题。

去年四月在美国时,孙教授和北美华人作家协会联手在哈佛大学办了

翻阅老古董

一次文学讲座，包括她和我在内共有四人演讲，每人一小时，我被排在头一个。我讲完规定的一个钟点，从讲台上走下来直接走出演讲大厅，站在校园的草坪上抽烟。美国的公众场合和绝大多数家庭都不许抽烟，想过过烟瘾就得走出户外。

我刚点烟吸了两口，有一位留学生从讲演厅溜出来走到我跟前，自我介绍之后就提出他想和我单独聊聊。我说我出来仅仅是想抽口烟，很快就要回讲演厅去，还想听听他们三人的讲演内容，想聊得另约时间。他就笑着告诉我："孙教授正批判你哪。她上台开讲头一句就批。"我以为他开玩笑，并不在意。他更认真地说："真的批哪！批你刚才讲的五十危机的观点。"这时又有几位男女留学生相继从讲演厅里溜出来，和我在草坪上交谈，也都通报我挨批的消息。抽完一支烟，我便走回讲演大厅，免得更多的人溜出来影响这个讲座。

讲演全部结束，走在绿茵茵的校园里，孙康宜严肃地对我说："我刚才批判你一个观点了。"我说我已经知道了。她故作惊讶："我批你时你不在场呀，怎么会知道？"随之又释然了，"噢噢！有人给你告密了，这么快。"我也开玩笑说："听说美国人喜欢告密，谁家父母在家里打骂小孩，邻居知道了就要拨电话报警。这些中国留学生受美国人的影响了。"玩笑归玩笑，孙康宜接着认真地问："你怎么会有五十危机的感觉呢？我简直不可理解。我过五十岁时，整个感觉是我要重新开始了，我觉得过了五十才获得了完全的自由，可以做我想做的事了。"

她告诉我，她从台湾念书念到美国，博士帽戴上了教授也当上了，直到五十岁时，得到了耶鲁大学东亚文学系主任这样一个职位，这个奋斗历程谁都可以想见其中的艰难。正是在五十岁这个重要的年轮上，她有了一种全新的感受，她不仅可以不再为生计忙碌了，而且可以不受别人的支配只按照自己的生存理想来支配自己了；孩子长大了，不再是家庭负累，而是可以获得情感交流和探讨社会的益助了；更重要的是知识的积累已形成了见解的独立，标志着一种成熟，自信能够发出只属于自己感知的声音了，所以在跨越五十年龄大关时，她说她的整个心理感受是从未有过之好，整个是一种要有大作为的重新开始的良好心态……所以对我的五十危机论就"无法理解无法容忍不能不批"。

这是完全合理的，因此也是完全可以理解的心态，尽管我并未询问她所经历的奋斗的全过程或者最关键的细节，却是以为任何成功者都必然兼备的先天的智慧和后天的艰苦卓绝的努力。谁都可以想到，在美国数一数二的耶鲁大学的东亚文学系的主任一职，不仅不可能靠裙带靠后门靠巴结谋取，稍微一点的平庸都是难以指望的。

然而，我的五十危机的谬论又是怎么一回事呢？我想说，我的那种感受也是真实的。

二

五十危机的心理感受产生于四十五岁即一九八七年，亦即我刚刚完成了长篇小说《白鹿原》的基本构思即将开笔起草的时候。按照当时的总体把握，我觉得大约需要三年时间才能完成它的创作，如果预计的这个规划实施顺利，如果这三年中间不发生写作本身以外的各种意外灾变，那么到完成书稿也就挂上五十的虚龄了，而这两个"如果"的可靠性在我感觉里连百分之五十都勉强。

想到此后将一年一年耗过去直熬到五十，心里便有点恐惧。

在我的习惯性意识里，五十是一个很大的年龄区标，是进入老年的生命区段的标志，面对一个五十多岁的老人，我就想到这是一位做了爷爷或奶奶的老汉老婆了。这不单是乡下人的习惯性年龄区段的划分标尺，似乎一些国家（中国除外）的共产党领袖公开祝贺生日就是从五十岁开始的，那么也在一定意义上可以看出作为生命的老年区段是有国际公例的。我自然就回顾起迷恋文学的坎坷，少小年纪在作文本上写下头一篇小说似乎只是昨天的故事，然而眨眼就要进入老年行列了；至今尚未写出一部起码让自己满意的作品，怎么就晃过了人生最富于创造活力的青壮年时期，而"一不留神"就会变成老头子了。正是早在此前一年的一九八六年春天，为了进一步了解关中的历史演变，我查阅了《蓝田县志》又赶赴长安县城，住在一家旅馆里继续翻阅厚可盈尺的《长安县志》，朋友李下叔晚上来陪我闲聊，以解除那些糟烂的古本浸淫到我肌骨里的幽微阴腐的气息，记得那晚喝了酒，酒酣言畅之际，他很真诚地说，按你的生活功底，写部长篇还下这么大的功夫，有这个必要吗？我也坦诚相告，下这个笨功夫不是心血来潮，而是已经萌生了的那部长篇小说必须要做的功夫，我想了解我生活着感受着的这一块北方平原的昨天，或者说历史，因为我只能依赖着这些古本县志感知这块土地的昨天究竟发生过什么，我辈以前的父辈爷辈老老老爷辈们以怎样的形态生活着，近代以来剧烈的社会革命历程中，他们的心理秩序经历过怎样的被打乱被粉碎和怎样的重新安排的历程……谈到动情时，便有自信和自卑胶着着的悲凉，少小年纪迷恋文学，几十年过去了，发了为数不少的中、短篇小说，奖也获了多次，但从真实的文学意义上来审视便心虚，因为连一部自己满意的作品还没有。我说，兄弟，想想已经晃过四十四了，万一身体发生不可救治的灾变，死时真的连一本给自己做枕头的书都没有。这是很真实的当时的心态，因为迷恋文学而不能移情的悲哀，从这一点上说来，是完全的内向内指的生存兴趣的悲哀，也是完全的个人生命意义的自私的悲哀。正是在这种纯粹的个人兴趣的自我指向的悲哀中，激起了为自己做一本真的要告别世界也告别生命兴趣时可以做枕头的书的自信。

　　直到完成《白》书以后，我又有了属于自己的创作之外的人生体验，人不可以完全自卑，亦不可以完全自信；处于无法摆脱的自卑状态，是根本不可能进行任何创造性劳动的，这是极易被接受的普通的道理；而一个人（尤其是进行创造性劳动的人）如果永远处于自信状态而从来不产生自卑的心理，这个人的创造智慧将不仅得不到最好的发挥，反而会受到损害，道理也很简单，没有一定的自卑就不会有自省，更不会有刻骨铭心的自我批判，因而就很难找准自己新的创造目标和新的创造的起点。自卑未必不好，只是不要一味地自卑；自信是所有创造理想的前提性心理准备，然而自信也必须是经由反省之后重新树立的新的蜕变之后的自信。

　　当我在自卑的深谷进行几乎是残酷的自我反省再到自信的重新铸成时，《白》的构思已经完成。更贴近的对五十岁的感觉的危机，似乎还不在五十以后算不算老头老汉，而在于能否安全抵达五十。三年是一个不短的时间，春夏秋冬寒来暑往萌芽落叶的自然景象交替三次，所可设想的意外事件都可以不予计较，不予理会，包括生计都可以咬牙承受而不吱不声，唯一畏怯的是万一身体发生某种无计祈祷的灾变怎么办？不单是那时的新闻媒体连续报道了几位中年知识分子英年早逝的消息给我造成的心理阴影。平心想来，人的生命里的神秘莫测的灾变的发生只是个常识性的存在，不单是中年知识分子英年夭亡者众，工人农民职员等各种职业的中年人死亡的数字，只是无人认真统计罢了。而五十岁上下属于危险年龄区段，据说是国际医学界的"最新研究成果"，被各类报刊的生活版反复转抄，无论真假都会造成一种心理影响。

　　我的固执和我的愚蠢既使我受害匪浅，也使我得益匪浅，受害多了也就没有了——道来的兴致，得益就在可以做到不会发生听见风声便是雨的轻信。然而，危机的心理却是确确实实由此时产生了。我毕竟经历过几十年的创作，几十年的中国当代文学的风雨；也经历过几十年的社会风雨，

在云南与作家汤世杰合影

　　几十年的属于自己的经验和体验,生活的体验和生命的体验,都警示着某种意外的可能性。这种可能性不管对我,对从事任何职业有着任何兴趣和追求的每一个生命都潜存着,仅仅只是有幸与不幸的莫可猜测臆断的事情。每个人都在企盼幸运永驻同时也逃避不幸,然而不幸每日每时都降临到那些熟识的或陌生者的头上。我的危机甚至恐惧心态的产生,便是对那些业已发生的不幸的畏怯,因为我还没有做成不幸突然发生到我身上时能够安慰自己的枕头。

　　当新的一年的艳丽的太阳把阴坡上的积雪悄悄融化的时候,对生理不幸的畏怯心理完全被汹涌着的创造欲望彻底扫荡了。把那种只属于自己的独特体验倾泻出来展示出来,自信那种生命的和艺术的深沉而又鲜活的体验只属于自己,强烈的创造的欲望既使人心潮澎湃,又使人沉心静气。当我在草拟本上写下第一行字的时候,整个心里感觉已经进入我的父辈爷辈老老老爷辈生活过的这座古原的沉重的历史烟云之中了。那是一九八八年四月一日。

参加中国作协主席团会议。(左一为作家田滋茂,右为作家舒婷,后为作家陈建功)

三

  北方乡村的冬夜寒冷而又漫长。然而在我即将跨上五十岁的这一年的冬天,最深刻的记忆却是孤清。这是一九九一年的深冬。

  我已经在这间小屋里的小圆桌上爬行了四年。冬天里一只火炉夏天里一盆凉水,《白鹿原》上三代人的生的欢乐和死的悲凉都进入最后的归宿。我这四年里穿行过古原半个多世纪的历史的烟云,终于要回到现实了。掀开新的一页稿纸,便有一种"倒计时"的怦然。然而当每天的黑夜降临时,心里的孤清简直不可承受。

  我的祖居的家园在一个不足百户人家的村子里。老祖宗选择这块南倚白鹿原北临灞河的风水宝地生息繁衍,在以纺车和石磨为生存的基本手段的农业社会是极富于眼光的选择。有坡地有河川水田,只要灞河不发生断流,河川里就不愁绝收,灞河水是滋润先辈血液的从未枯竭的乳汁。这里虽然距西安城区不足一小时的汽车里程,然而却是天然的偏僻,在兵荒马乱的年月倒是得天独厚少了一些骚扰(绝无桃源之境)。然而先祖们缺乏料知几百年后的子孙的生活前景,却因这个偏僻造成进步的滞缓和生活的诸多障碍。每一家的后院都紧紧贴着白鹿原的北坡,横亘百余华里的高耸而又陡峭的原坡遮挡了电视信号,我兴冲冲买来的电视机无论换上怎样灵敏的接收天线都无济于事,只能当作收音机收听每日的"新闻联播"……

即使在冰封大地万木萧瑟的冬天,只要不是漫天飞雪,农民们便不闲着,他们把鸡窝牛棚猪圈羊栏里的粪便挖出来,捣碎了再用独轮小车推到麦地或棉田里去,或者为小麦冬灌,或者为葡萄园松土翻地,或者挑着菜园里的冬菜去赶集,或者为已经成年的儿女选择配偶。忙是忙着,却是一种冬天里的自然的悠闲缓慢的做派,天黑吃罢夜饭就早早歇下了。整个村庄便沉寂下来,偶尔的几声狗吠之后愈加死寂。我在小桌的稿纸上折腾了一天,写作顺畅的欢悦和思绪不顺的忧烦都无法排解;又读不进去任何书,越是临近这部书稿的结束,越是不想读什么书了,也许是我有生以来阅读兴趣最低落的一个冬天。我似乎无法忍受那种挥斥不开的孤清。

我便在无边的孤清中走出屋院,走出沉寂的村庄走向原坡。清冷的月光把柔媚洒遍沟坡,被风雨剥蚀冲刷形成的奇形怪状的沟壑崀梁的丑陋被月光抹平了。我漫无目的地走着,走到一处陡坡下,枯死风干的茅草诱发起我的童趣。我点燃了茅草,由起初的两三点火苗哧溜哧溜向周围蔓延,眨眼就卷起半人高的火焰,迅疾地朝坡上席卷过去,同时又朝着东西两边蔓延;火势骤然腾空而起,翻跃着好高的烈焰;时而骤然降跌下来,柔弱的火苗舔着地皮艰难地流窜,我知道,那是坡地上枯草的薄厚制约着火焰的升跌;遇到茅草尤其厚实的地段,火焰竟然呼啸起来,夹杂着噼噼啪啪的爆响……我在这时候便忘记了一切,周身的血液也涌流起来,舞蹈着的火苗像万千猕猴万千精灵,孤清和寂寞顿然被野火驱逐净了,心里洋溢着畅美和恬静。

我坐在坡地上,点燃一支烟。

书稿就要写完了,最初的对于不幸的畏怯早已烟散了。不是最初设想的三年而是整整四年,因为纯粹的客观的因素而停止了两个冬天的写作,而秋天和冬天恰恰是我写作最适宜的习惯性时月,整个写作计划就拖迟了一年,我的耐性经受了锻炼。

这个时候，文坛上正在热烈地讨论文人要不要"下海"的新鲜话题。

我的眼前，可以辨识这儿那儿的一堆堆老墓和新坟。这个小小的村庄里的一代一代的男女死亡以后，他们的子孙邀集族人和乡党在山坡上挖掘墓坑，再把装殓到棺材的尸体抬上山坡埋进黄土，他们生前日夜煎熬着的事，由他们的儿子和孙子继续煎熬；他们平生累断筋骨力争着的生活理想，也只好交由儿子和孙子继续去力争；坡地上无以数计的老墓新坟里的那些到死也没有争取到生活理想的男女无法得知，他们的一代二代乃至八代子孙依然过着和他们一样的光景，甚至还保不住他们在世时的那两亩田地和两间旧房，时光在这不变的坡上和河川停滞了好久好久……

野火烧到了那面陡坡的坡顶，茅草断绝了，火焰也断断续续地熄灭了。我又走下一道坡沟，掏出火柴，这条统直的大沟再次腾起野火的壮观景致。

我在沟底坐下来，重新点燃一支烟。火焰照亮了沟坡上孤零零的一株榆树，夜栖在树杈里的什么鸟儿惊慌失措地拍响着翅膀飞逃了。山风把呛人的烟团卷过来，混合着黄蒿、薄荷和野艾燃烧的气味，苦涩中又透出清香。我又一次沉醉在这北方冬夜的山野里了，纷繁的世界和纷繁的文坛似乎远不可及，得意与失意，激昂与颓废，新旗与旧帜，真知与荒谬，谋算与投机，红脸与白脸，似乎都是另一个世界的属于昨天的故事而沉寂为化石了。

十年以前的这样的冬天，我有幸作为专业作家调入省作家协会搞专业创作。我办完了包括户籍和粮油供应等所有关系，同时也就决定回归老家；我得到了专业创作的机缘，整个心理感受就是进入生存理想的最佳境地最可心的状态了；这个机缘于我的全部含义只有一点，往后的时间可以由我自由支配了。

我几乎同时决定回归家园，仅仅只是自我判断后的抉择。我的自我判断又基于比较清醒的自省，没有机会接受文学的专业训练，自修所得的文学知识带有很大的实用性和不可避免的残缺性，需要认真读书以弥补先天性不足，需要广泛阅读开阔艺术视野；我在乡村基层工作了整整二十年，我所经历的社会生活和我自己的精神历程，需要冶炼也需要梳理，再也不能容忍自己描摹生活的泡沫而把那些青春和血汗换来的生活积累糟践了：没有拯救作家的上帝，也没有点化灵感的仙人，作家只能依赖自己对生活对生命对艺术的独特而又独立的体验去创作，吵吵嚷嚷自我标榜结伙哄炒都无济于事，非文学因素不可能给文学帮任何忙，文学的事情只能依靠文学本身去完成。出于对文学的如此理解和对自己的弱项的解剖，便决定回到故园老家去，寻一方耳根清净之地去读书去练笔。

在祖居的老屋老老实实地住下来，连自己也觉得不可思议。自小学五年级开始上寄宿学校到后来参加工作再到这次回归，整整三十年里，只有礼拜天和寒暑假在这个村子度过，三十年后蜗居老屋，重新呼吸左邻右舍的弥漫到我的屋院的柴烟，出门便是世居的族人和乡邻的熟识的面孔，听他们抱怨天旱了雨涝了太失公道的什么狗屁事啦……又是十年！到这一年的最后一个月份过去即将跨上一九九二年的元旦，我正好在这地理上的白鹿原北坡下的祖屋里生活了十年，小说由短篇写到中篇再写长篇，费时四年的书稿即将完成的怦然又发生了。哦！上帝，我终于把握住了属于自己的十年也拯救了自己的灵魂，迈进五十岁了。

四

孙康宜教授对我说的五十危机的理解显然有点误差。

尽管这样，反倒是这误差给了我一种启迪，关于五十的习惯性认识，老年年轮对人心理的某种威压，毕竟廓清了。我首当想到的是索尔兹伯里这位美国老头，八十岁时走完了中国工农红军长征之路，而且完成了《长征——前所未闻的故事》一书。这个壮举和这种创造活力，也应该是一个"前所未闻的故事"。八十岁的索氏敏捷的思维，理智而又深刻的论述，捕捉红军壮士个性细节的准确，对复杂的历史事件恰当而入微的剖析，令我感叹不已。应该说，这是我读到的写"长征"的最优秀的一部书，曾经忍俊不禁发出惊叹，闻名于世的"长征"，怎么让一位美国作家写成了，而且是一位八十高龄的老头。面对索氏，五十算是青年。于是，我对孙教授说:"五十开始好。我来写一篇文章,就用这句话作篇名。"孙教授说:"写出来一定寄我看看。"

在西安的几天时间里,孙康宜走东线看了秦始皇兵马俑、兵谏亭和杨贵妃的浴池,顺路在半坡参观了仰韶文化遗址;去西线参观法门寺、武则天陵和汉武帝陵园,又在杨贵妃的墓冢前久久伫立。抽空又在西安的大街小巷转悠了感受了。我没有作陪,司机给我说,这个孙教授是他所送往参观的客人中最用心最费时的一位,不停地问着记着。在半坡遗址的村落里,在杨贵妃硕大无棚的浴池旁和她被缢死的马嵬坡,在另一个女人——中国唯一一位女皇高耸的陵墓前,孙教授感受到什么,无须揣测,任何人的任何感受都是合理的独自的。我只是觉得她早出晚归不知疲惫的劲头,整个就注释着她的五十开始的宣言。

最后一个参观景点是黄帝陵,我作陪。汽车驰过渭河,在渐次增高的缓坡上前进。从渭河平原到渭北高原过渡的层次一目了然,一方地域独有的气韵总是给人以独特的历史文化和现实格调的强烈感受,平原上的偌大的村落和高原区一排排窑洞,繁衍着延续着一个民族。从那平原上的村庄和高原上的窑洞里,曾经走出过一个又一个杰出的后生,有的甚至走进他们当时的封建政权的中枢,影响过当时的政局和时局。他们的最杰出的贡献和最生动的逸闻,依然在那些树木掩映泥泞遍地的村巷里流传,成为整个村庄整个县域内的子孙的骄傲,他们的精神和气性也就历经千年百年而依然流贯在乡民之中。我给孙康宜教授介绍说,历史上凡是有能力进入当时政权中心的关中人,祸国殃民的奸佞之徒几乎数不出来,一个个都是坚辞硬嘴不折不摧的丈夫,这块土地滋养壮汉。孙教授说,试举一例。我说,太史公。若举二例,便有牛先生,他是《白》书里朱先生的生活原型。

……

直到最近一次打电话来,孙康宜教授说她还想来西安,上次来时太匆促,短短几天的感受,反倒引发起更为强烈更为直接的欲望……末了竟然还追问:《五十开始》的文章写出来了吗?

办公室的故事

多年前曾看过一部苏联电影《办公室的故事》，至今尚能记得其中一些精彩的情节。我之所以斗胆给这篇短文也取这个名字，是我用过的一间办公室里曾经发生过的故事，真可谓晴天霹雳惊天动地，扭转了中国当年的去向，远非苏联那位女部长的办公室里的故事所可量比。这就是"西安事变"故事的发生地之一。

一九九五年初夏，西安阴雨连绵。我早晨上班走到那间顶多十平方米的平房前，围着几个后勤办公室的干部，说我的这幢房子下沉了。我顺着他们手指的墙壁一看，砖墙齐崭崭断裂开一道口子，可以塞进指头。他们告诉我决不能再住了，却没有别的房子调换，让我等待，说是前院一间房子正在翻修，需十天左右弄好。我便趁此无处立足之际，住进医院，去做医生早就催着要割除的一个粉瘤。待我康复回归，后勤办的干部领我走到前院一座独楼前，指着东边的耳房，说这就是我的新办公室，我一时竟有点犹疑不定，还有点怯。这是任谁都知道关押过蒋介石的屋子，给我做办公室，心里难免忐忑，尽管我向来不在意风水吉凶，仍然有说不清的某种心理障碍。

我所供职的作家协会这个院子，建于一九三三年，是陕北籍的国民党八十四师师长高桂滋的公馆，和张学良将军的公馆是两隔壁，中间夹着一道称作金家巷的丁字小巷。高桂滋将军后来叛蒋起义，新中国成立后把这座颇为阔绰的公馆交给人民政府，省政府把成立不久的陕西作家协会安排于此。这个院子当年曾经是别具一格的个性化建筑，进大门是一个颇具规模的喷泉，养着金鱼；左首是一幢中西合璧以西为主的两层小楼，下边一层为半地下建筑，据说是用于隐藏警卫兵力，上边一层中间三间是镶着花纹瓷砖的议事大厅，东西两边是颇为宽绰的附属耳房，当是办公室或主任或秘书的用房。后院是连续三进四合院，有高氏一家的生活用房，也免不了办公和警卫兵力的用房。通前到后栽植着玉兰、紫薇、石榴、月季、玫瑰等名贵花木，且不赘述。

《白鹿原》就是在这个小桌上完成的

一九三六年十二月十二日凌晨，驻扎西安的东北军张学良将军与西北军杨虎城将军联手发动的"西安事变"获得成功，在西安东北约五十华里的骊山抓捕蒋介石。蒋氏闻变只身跳后窗逃出，摸黑在骊山荆棘中爬行了不短一段山路，隐身藏匿在悬空的一道石缝里。还是被士兵搜捕揪出来押回西安，住在现在的陕西省政府大院内一座三十年代的旧建筑名曰黄楼的楼房内，十二月十四日转移到高桂滋公馆这幢二层议事厅的东耳房里，即后勤干部给我安排的这个办公室。

我粗略查证了一下，蒋氏在省政府那座小黄楼只住了一天半，因为十二日凌晨跳窗逃跑被起事的士兵从石缝中拖出，再下山，再送到五十多里外的西安，那时候没有正经公路，车速缓慢，到得小黄楼离天明也不远了。十四日转移到高氏议事厅的东耳房，隔着金家巷的那边是张学良公馆，见面、说话、议事包括送饭都方便多了，也更安全。在我现在要做办公室的这个东耳房里，蒋介石被软禁达十天十夜，曾经发生过许多历史性的情节和细节——

蒋介石刚被转移到这个东耳房，张学良便从他的公馆赶过来看望，一副毕恭毕敬的军人礼仪。张学良连叫几声"委员长"，蒋介石不仅不搭话茬儿，裹着被子蒙着脑袋连脸也不露给他看。此前，送过来的饭食也不进口，一副绝食的抗议。我似乎看到过有文字说老蒋给张学良使性子，还有难听点的说成耍无赖，也有做心理分析的文字说蒋氏怕处死他……我想也许都是，是否还应有一种气死气活的懊恼？

十二月二十二日，宋子文宋美龄来到这个高氏议事厅的东耳房，向蒋介石汇报了南京政府自"西安事变"以来的复杂情况，也透露了他们兄妹二人到西安后与张、杨会谈的意见，这是至关重要的一步。

隔过一天到十二月二十四日晚上，早几天从陕北下来到西安参与调节此事的中共代表周恩来，和宋氏兄妹一起走进了蒋介石下榻的东耳房，举行正式会晤，达成了停止内战共同抗日的六项协议，为和平解决"西安事变"奠定了基础……

我无可选择地搬进东耳房这间办公室。好在这是一个南北隔开的套间，我在北边隔间办公，蒋介石被关押过十个日日夜夜的南边隔间，现在布置成一个小型会议室，中间有一道小门相通。我在北边隔间接待各路来客，包括热心读者，得空写点短文章，倒也罢了。偶尔得着一个人闲静，尤其是晚上独饮两杯的时候，往往会想到套间那边曾经住过的蒋介石，张学良和杨虎城走进过这东耳房的套间，宋子文和蒋夫人宋美龄从南京飞过来走进过这套间房。周恩来、叶剑英也成竹在胸地来过了。七十年前的这个东耳房套间，无疑是决定中国何去何从的生死命运的一个集结点，决定中国命运的各方势力的最敏感的神经，都纠结在这东耳房的南套房里。至今想象当年那种外表热闹内里紧绷的气氛，我都有点透不过气的感觉，甚至不敢相信那样重大到决定中国命运的事件，真的就发生在这间房子里。我有时抬脚三五步走过套间小门，看着东窗下曾经给蒋介石支床铺的那块地方，仍然是恍若幻境信不下曾经发生过的事。记不清是哪一天或哪一晚，我突然意识到，蒋介石十三年后落荒而逃到台湾，其实就是在高桂滋公馆议事厅东耳房南隔间住着的时候注定了的结局。

　　事实摆得很明显，道理也就很简单。蒋介石在江西五次围剿共产党领导的苏区和红军，十几二十万红军被迫战略大转移开始长征，历经一年到达陕北时，主力一方面军仅剩下七千多人，到"西安事变"发生时，各路红军会聚到陕北也不足两万人。蒋介石已经几次亲临西安，继续布置剿灭红军的军事行动，企图把红军全部消灭。然而，令蒋介石意料不及的事发生了，自己反倒被软禁在这东耳房的南隔间里，签署了不得再剿灭共产党和红军的协议。我在几十年后瞅着蒋介石下榻的东窗下那块地方，无法猜想他当年怎样度过了那十个日日夜夜，在"六项协议"签字的那一刻，他是否意识到十三年后落荒而逃的结局？东耳房发生这样重大的历史一幕时，我尚未来到这世界，现在看得再简单不过，这儿发生的历史一幕的核心，一是共同抗击日本侵略，一是不许剿灭红军。共产党领导的红军获得了在中国合法生存和发展的机会和空间，也就注定了蒋氏十三年后的结局。

　　一九九八年春夏之交，我随作家代表团去了台湾，最后一站走到台湾最南头的海滩上，看到一尊蒋介石的雕塑，面朝大陆，微倾向前，脸上是少见的一副复杂的表情，与我所见过的他的塑像和照片都不一样。我在那一刻想到我还在用着的办公室，原高桂滋公馆议事厅小楼的东耳房，即他曾经被迫住过十个日夜的房子，便断定他后来乃至终生都不会了结在这里被关押的记忆。

二〇〇八年一月二十二日　二府庄

与军徽擦肩而过

进入高中最后一个学期，我的心境心绪便进入一种慌乱，说惶惶不可终日也不为过。去向的把握不定，未来职业的艰难选择，前途的光明与黑暗，像一涡没有流向的混浊的漩流翻腾搅和在心里，根本无法理出一条清晰的流向。我只觉得自己整个被那个漩流冲撞翻搅得变轻了。

把书念到高中即将毕业，十二年的读书生活中经历的无以诉叙的经济艰难，此时都被即将结束这种艰难的兴奋所淡漠。仅仅在春节前的高三第一学期结束时，心境和心绪还是踏实的，还是一种进入最后冲刺的单纯和自信，还没有感觉到这种既无法出手又无法伸脚的惶惶和轻松。仅仅过罢春节，重新坐到自己的桌子前的最后一学期，才发觉一切都乱套了。这是高考前的最后四个月，是万米长跑的最后一百米，容不得任何杂念，只需要单纯，只需要咬紧牙关拼尽最后一丝力气冲过那条终点线闯进大学的校门里去。然而我却乱套了，无法凝神，也难以聚力，陷入一种漩流翻搅的无法判断、无法选择，也无法驾驭自己的艰难之中。造成这种混沌心态的直接因由，竟然全都是与军徽有关的事。

刚刚开学不久，突然传达下来验招飞行员的通知。校长在应届毕业生大会上传达了上级文件，班主任接着就在本班作了动员，然后分小组讨论，均是围绕着国防建设的神圣任务和青年个人的责任为主题的。虽然千篇一律，却是真诚的表白、真实的感动和心甘情愿的迫切。想想吧，神秘的驾驶飞机的飞行员，对于任何一个高中毕业生来说，简直是做梦

正照一回

都不敢想的好事，谁还会迟疑或说不呢？从切实的意义上说，所有动员和讨论都是多余的，因为这样的好事美差是争都争不来的。学校领导的用意却在于进行一次普遍的爱国主义教育。其实学校各级领导都知道，这几乎是一个只开花而不会结果的事。因为从本校历史上看，每届高中毕业生都要验招飞行员，结果依旧是零的纪录，从来没有从本校走出一个驾驶飞机保卫领空的学生。然而，仍然满怀热情和忠诚地层层动员，仍然满怀精忠报国的赤诚参加讨论和表白。参加验招的人选是由学校团委具体操办的。出身"地、富、反、坏、右"家庭的学生是没有任何希望可寄的，亲友关系中有海外关系的学生也是没有指望的，家庭和直系旁系亲属中有被杀、被关、被管制过的成员的学生同样过不了政治审查这一关。这是那个绷紧着阶级斗争一根弦的年代里，学生们都已习惯接受的条例，况且，驾驶飞机太了不得了。这样审查下来，一个班能参加身体检查的学生也就是十来个人，除去女生。更进一步也更严格的政治审查还在后头，要视身体检查的结果再定。我是这十余个经政审粗筛通过的幸运者之一，又是被大家普遍看好的几个人中的一个。我那时刚好二十岁，一年到头几乎不吃一粒药，打篮球可以连续赛完两场打满八十分钟，一米七六的个头，肥瘦大体均匀，尤其视力仍然保持在一点五，这在高三年级里是很可骄傲的。尽管知道飞行员要求严格几乎是千里挑一，尽管知道本校历史上尚未出现过一个幸运儿的严峻事实，然而仍怀着一份侥幸和期望。也许，因为挑选太过严格，对所有被挑选者都是一个未知数，于是所有有资格进行测检的人反而都可以发生侥幸。我的侥幸大约在第四项检查时就轻易地被粉碎了。

"脱掉衣服。"医生说。

"再脱。"医生坐在椅子上，歪过头瞅我一眼又说。

"脱光。"医生又转过脸再次命令。

我赤条条站在房子中间。尽管医生是位男性，但毕竟是陌生人，也毕竟是紧绷着阶级斗争之弦，也紧绷着道德之弦的六十年代。我浑身的不自在，完全处于无助无倚的状态下，总想弯下腰去，不由自主地并拢紧夹住双腿，真想蹲下去。医生却不紧不慢地命令说：两腿叉开，站直了，双手平举。

我就照命令做出站姿。

医生从椅子上站起来，先走到我的背后，我感觉到那双眼睛在挑剔，在我的左肩胛骨下戳了戳；然后再走到我的前面，不看我的脸，却从脖颈一路看下去。

他仍然不看我又走回桌前，坐下，就在那个体检册上写起来。我慌忙穿好衣服，站到他的面前，等待判词。他不紧不慢地说："你不用再检查了。"

飞行员与普通兵身体检查的不同之处就在这里，某一项不合格就终止检查。我问哪儿出了问题。他说，小腿上有一块疤。这块疤不过指甲盖大，小时候碰破感染之后留下的，几乎与周边皮肤无异。我的天哪，飞行员的金身原来连这么一小块疤痕都是不能容忍的。我不甘就此终结那个存寄的希望，便解释说，这个小疤没有任何后遗症。医生说，到高空气压压迫时，就可能冒血。我吓了一跳，完全信服了医家之言，再不敢多舌，便赶回学校去，把演算本重新摊开。尽管失败了，许多同学也和我一样破灭了飞行员之梦，然而学校却实现了验招飞行员的零的突破，一个和我同龄的学生走进了人民解放军航空兵飞行员的队列。这个幸运儿就出在我们班里，我和他同窗整整两年半，而且联手进行班际间的乒乓球赛。他顿时成

与一对中美合璧夫妇合影

为全校师生最瞩目的人物。班主任按上级指令已经指示他停止复习功课，以保护身体尤其是眼睛。他的两颗把上唇撑起的虎牙，现在不仅不成为缺憾，倒是平添了亮闪闪的魅力。

我的飞行员之梦破灭了，却无太大挫伤，原本就是碰碰运气的，侥幸心理罢了，而真正心里揣着较大希望的，却是炮兵。按照历届毕业生的惯例，每年都要给军事院校保送一批学生。保送就是免去考试，直奔。政治审查条例虽然和飞行员一样严格，我却并不担心；学习成绩也不是要求拔尖而只需中上水平，我自酌也是不成问题的；身体条件比普通士兵稍微严格，却远远不及飞行员那么挑剔。比我高一级的学生，保送入军事院校的竟有十余名之多，他们大多数我都认识，有几个还是我的同乡，他们在各个方面的状况我是清楚的，我悄悄地把自己与他们比较。我早在验招飞行员之前就做着这个梦了，许多同学也在做着同一个梦了。有人悄悄问过班主任程老师，说还没有开始这项推荐保送军校的工作，但只是迟早的事。做着同一个梦的同学，很自然地就扎到了一堆，私下里悄悄传递着种种有利和不利的消息。而客观的事实是，上一届军校保送学生的工作早已开始了，今年为什么迟迟不见动静？上一届保送军校的十多名同学，大都去了一所炮兵学院，据说炮院院长还是我们灞桥人。传说今年仍然是对口保送，炮兵便成为一个切实的梦想，令人日夜揪着心。真应了俗谚所说的夜长梦多的话，终于等来了令我彻底丧气的消息。

程老师走进教室，匆匆的样子，神色也不好。他说校长刚传达完上边一个指示，国家正处于经济困难时期，今年高校招生的比例大减。他说到这里时，脸色顿时变青发黑了。他似乎怕同学们不能充分理解"大减"的严峻性，几乎用喊的声调警示我们说，大减就是减少的比例很大！大到……很大很大的程度（上级不许说那个比例）……今年考大学……可能比考举人……还难。整个教室里鸦雀无声。我已经不敢再看程老师的脸，也不敢看任何同学的脸，微低了头，眼里什么景物人物都没有了，脑子里一片空白。程老师一只手撑着讲桌，最后又像报丧似的说，军校保送生的任务也取消了。不单陕西，整个北方省份的军校保送生都取消了。本来我们班有几位同学是完全够保送军校条件的。现在……你们得加倍用功学习……

我不知道程老师什么时候走出教室的，走出教室的脚步和脸色是什么样子的。他走了以后，教室里许久都没有人动一动，或说一句话。最早做出反应拉开坐凳离开课堂走出教室的，是学习最差的几位同学，他们大约原本就没有考取高校的信心，这下反倒彻底放松了。我没有任何再去和其他同学交流的意图。程老师已经一竿子扎到人心的底层了，还有什么不明白的需要讨论吗？没有了。而停断军校保送生的决定，更是对我蓄谋已久的一个希望的破灭。我从教室走向操场，进入乱争乱抢的篮球场子。我在走出教室时，突然想起初中课本上《最后一课》里的韩默尔先生。程老师向我们宣布招生大减和军校停止保送生的指示的神态，有点类近韩默尔先生。

后来的结果完全注释了程老师所说的招生比例大减的内容，全校四个毕业班只考取了八名大学生，我们班竟然剃了光头。仅仅比我们早一年的毕业生，录取比例是百分之五十，而高两级的那一届毕业生，大学录取比例达到百分之九十以上。这是一九六二年。这是新中国短短的历史中史称

"三年困难时期"的一九六二年。这是我对"三年困难时期"最强烈最深刻的记忆，远远超出对于饥饿的印象。许多年后我从捂盖已久而终于公开的资料上看到，因饥饿死亡于"三年困难"的人数之众，完全冲淡了我的那点损失，能活下来已属幸运了。

寄托于飞行员和炮兵的幻想彻底破灭了，所有捷径都被堵死，任何选择的机会都没有了，反而没有了选择的游移不定，反而粉碎了也廓清了一切侥幸心理，很快就进入一种别无选择的沉静和单纯。明知那个比例减得"很大很大"，反而激起一种反弹，一种不堪就此完结的垂死挣扎。教室里几乎没有杂音，从早到晚都是安静的，晚自习的灯光彻夜不熄。这个时期的学习大约是我漫长的学生时代最认真最下功夫的一段时日。有一天，教导处通知我和班里几位同学去开会，传达上级指示，对取消保送军校的决定补发新的决定，说保送军校的工作还要继续，但只限于"政治保送"，考试照常参加，考生一视同仁。这项被说得颇为神秘的"政治保送"的文件，在我看来，没有任何实质性的含义，因为考试分数才是关键。只要考分上线，能上军校最好，分配到地方院校也不赖，所以依旧埋头在课桌上做着最后的拼争。

这种近乎垂死的专一心境很快又被扰乱了。本年破例在高中毕业生中征招现役军人。此前的征兵对象只是初中以下的青年，高中毕业生只作为飞行员和军校的挑选对象。道理无须解释，招生任务既然"大大削减"，正好为部队提供了选拔较高文化兵源的机遇，也为高中毕业生增加了一条新的出路。这是一九六二年"三年困难时期"，做出的任何破例的举措都是能被接受的。

又是校方传达文件。又是团支部、学生会层层动员。又是各班级里的各个学习小组分组讨论。又是人人表态统一认识。连不在征召范围的女生也一样要接受这一整套的动员过程，应召普通士兵的决定，远不及应召飞行员那么众口一词地踊跃。学生中明显地分成两种倾向，那些对高考根本不抱任何侥幸心理的同学，从一听到这个突然发生的意外消息，就表现出一种惊喜，一种不需任何动员说教的坚定，道理也很简单，这是一条提供了新的发展可能的人生之路。班里那些自恃学业优秀的学生陷入了两难之中，既想考入大学，又怕万一落榜，反而连这一条出路也丢掉了。小组讨论中虽然一样表示着"守卫边疆"的决心，眼神和语气中却无法掩饰选择中的两难心态。

我也陷入两难中。我的两难选择不是自恃学业优秀，而是纯属个人的没有普遍意义的小算盘。我在专心做

曾经必备的手推车

着最后拼命的同时，也做好了落榜之后的准备，仿照柳青深入长安农村深入生活的路子，回到农村自修文学，开始创作。已经基本确定的这"两手准备"被打乱了，我既想参加高考一试，又怕落榜而丢失了当兵的机会；在当兵与回农村自修文学的两项对比中，农村生活条件最不占优势，甚至连饭也吃不大饱。那个时候诱惑农村青年当兵的一个最基本的因素，便是部队上那白花花的米饭和白生生的馒头。我在几经权衡几度反复掂量之后，还是倾向于当兵，在美好的高校和艰苦的农村的三项对照中，只有当兵可能是最把稳的，因为对考取高校的畏怯，因为对农村的艰苦和自修文学的不自信，自然就倾向于当兵一条路了。当兵起码可以填饱肚子，出身农村的孩子自然不会在乎吃苦，又可以穿不用钱买的军装，说不定还可以在部队干上个班长排长什么的。唯一让我心存嘀咕的事，就是整响整天整

月的立正和稍息的走步。那种机械那种呆板那种整齐划一的没完没了的训练，我不喜欢，却终究是小事。

我很快倒向那些热心当兵的同学一族了，自然就不能专心一致地演算数理化习题了。有人打听到接兵的军官已经到达地方武装部的消息，我们便迫不及待地追到区政府所在地纺织城，十余华里的路不知不觉就到了。那位军官出面接待了这一帮年约二十上下的高中生，很热情，也很客气，又显示着一种胸有成竹的矜持。我是第一次与一位军官如此近距离地对话，他的个头高挑，英武，一种完全不同于地方干部也不同于老师的站姿和风度，令人有一种陌生的敬畏。同学们七嘴八舌地询问种种在他看来纯属于ABC的问题，他也不烦不躁地做着解答，遇到特别幼稚的问题，他顶多淡淡一笑，作为回答。学生们最关心的问题还是有关身体检验，诸如身高、体重、视力、熊掌脚等最表层也最容易被刷下来的项目。有同学突然提到沙眼，说许多人仅就这一项就丧失了保卫祖国的机会，而北方的人十个里有九个都有不同程度的沙眼，最后直戳戳地问：究竟怎样的眼睛才算你们满意的眼睛？

军官先做解释，说北方人有沙眼是不奇怪的，关键看严重程度如何，一般有点沙眼并无大碍，到部队治疗一下就好了。究竟什么样的眼睛才是军人满意的眼睛呢？军官把眼光从那位发问的同学脸上移开，在围拢着他的同学之中扫巡，瞅视完前排，又扫巡后排，突然把眼睛盯住我的脸，说：这位同志的眼睛没有问题，有点沙眼也没关系。我在这一瞬脑子里呈现了空白，被军官和几十位同学一齐看着，看着我的眼睛，我不知所措了。大概从来也没有被人如此近距离地注视过，大概从来也没有人称我为"同志"。我至今清楚记得第一次被称为同志，就发生在这一次。在我缓过神来以后，我才有勇气提出了第一个问题，腿上的一块指甲盖大的疤痕能不能过关？军官笑笑说不要紧。

既然眼睛被军官看好，既然那块疤痕也不再成为大碍，我想我就不会再有麻烦了，这个兵就十拿九稳当上了。礼拜六回到家中，我把这个过程全盘告知父亲和母亲。父亲半天不说话，许久之后才说，即使考不上大学，回家来务农嘛！天下农民也是一层人哩！我便开始说服父亲。最基本的一个道理，如果不念高中，回乡当农民心甘情愿，念过高中再回来吆牛犁地就有点心不甘，部队毕竟还有比农村更多的发展机会……这种父子间的对话，与在学校小组讨论会上的表态，是我的人生中发生过的两面派的最初表现形式。公开的表态是守卫边疆的堂皇，而内心真正焦灼的是个人的人生出路。在我的解说下，父亲稍微松了口，说让他再想想，也和亲戚商量一下。我已经不太重视父亲最后的态度了，因为我已经明确告诉他，已经报过名了。

周日返回学校之后的第三天，上课时候发现了异常，几位和我一起报名验兵的同学的位子全部空着，便心生疑猜。好容易挨到下课，同学才告知今天体检。我直奔班主任办公室，门上挂着锁子。再问，才知班主任领着同学到医院体检去了。我不知发生了什么事，为什么单独扔下我？我便直奔十几里外的纺织城的一家大医院，告知说我们班的几位同学已经检验完毕，跟着班主任去逛商场了。我再追到商场，果然找到了班主任，他正借此闲暇，领着爱妻转悠。他对我只说一句话，回到学校再说。对于我急促中的种种发问，他不急不躁，却仍然不说底里，只是重复那一句话。我的热汗变成冷汗，双腿发软，口焦舌燥，迷茫不知所向，无论如何也弄不清突然取消了我体检资格的原因，甚至怀疑是否"政审"出了什么麻烦。我不知怎样走回学校的，躺到宿舍就起不了身了，迫在眉睫的高考前紧张的复习功课，于我都无任何刺激了。

班主任让班长通知我谈话。

班主任很坦率也很平静地告诉我，我的父亲昨天找过他。我自然申述我的志愿，不能单听父亲的。班主任反而更诚恳地说，第一次在高中毕业生中征兵，是试验，也是困难时期的非常举措。征兵名额很少，学校的指导思想是让那些有希望考取大学的同学保证高考，把这条出路留给那些高考基本没有多少希望的同学。班主任对我的权衡是尚有一线希望，所以不要去争有限的当兵的名额。最后，班主任有点不屑地笑笑说，人家都争哩，你爸却挡驾，正好。

我便什么话也说不成了。

我又坐到课桌前，重新摊开课本和练习本的时候，似乎真有一种从战场上撤退回来的感觉。我顺理成章地名落孙山了。没有任何再选择的余地，没有人也不需要谁做任何思想工作，回归我的乡村。

　　我在大学、兵营和乡村三条人生道路中最不想去的这条乡村之路上落脚了，反而把未来人生的一切侥幸心理排除净尽了；深知自修文学写作之难，却开始了；一种义无反顾的存储心底的人生理想，标志是一只用墨水瓶改装的煤油灯。

六十岁说

四十五年前读初中二年级时，我在作文课上写下平生的第一篇短篇小说。这篇大约三千字的小说习作是第一次文学创作，不再属于此前作文的意义。我对文学创作的兴趣由此萌发。这种兴趣持续了四十五年。至今依旧新鲜而恭敬。即使"文革"扫荡一切作品和作家的时候，这种兴趣仍然没有转移或消亡，而转变为一种隐蔽性的阅读。我说过我的人生的有幸和不幸，正是从在作文本上写作第一篇小说起始的；正是这一次完全出于兴趣性的写作，奠定了文学在我人生历程中的主题词。

近年来，多种媒体和多路记者几乎无一不问及我的人生感悟和文学创作的感悟。我也几乎无一例外地首先向他们解释，我不大使用感悟、悟道一类词，我喜欢启示。即人生历程中得到的启示，文学创作中思想和艺术的启示。正是这些启示，提升着我对历史和现实的思想穿透能力，也提升着我对文学和艺术本真的体验，完成一次又一次创造理想。在这个漫长的艺术探索过程和人生历程中，有两次自我把握和两次反省成为关键性的选择和转折。

一次是在一九七八年之初，当中国文学复兴的春潮涌动的时候，我正在灞河水利工地任副总指挥。我在完成了家乡的这个工程之后离开了，调入文化馆。我那时候对我的把握是，文学创作可以当作事业来干的时代终于出现了。第二次把握是一九八二年。这一年我从业余写作进入专业写

在新办公室

作。我曾在一篇文章中写到过当时的直接的唯一的感觉,即进入我的人生最佳生存状态。我几乎在得到专业创作条件的同时,决定回归老家。一是静下心来回嚼二十年的乡村工作和生活,进入写作;二是基于对自己知识的残缺性的估计,需要广泛读书需要充实更需要不断更新,这都需要一个可以避免纷扰的安静环境来实现。我选择了老家农村。直到《白鹿原》书完成,正好十年。这两次把握,一次是人生轨道的转换,一次纯粹属于自身生存环境的选择。

两次反省。一次是一九七八年秋天。当新时期文学如雨后春笋般从解冻的文坛发生时,我很鼓舞也很冷静。冷静是出于对自身具体情况的判断。我以为排除"文革"中那些极"左"思想不难,而要荡涤自有阅读能力以来所接受的极"左"的非文学的观念不易。我选择了读书,借来了一些世界经典作家的经典作品,以真正的文学来摒弃思维和意识中的非文学观念,目的仅仅只有一点,进入文学的本真。这次反省大约持续四个月,到一九七九年春天，我获得了文学创作和艺术表现的强烈欲望。我把文学当作事业来干的行程开始了。

第二次反省发生在八十年代中后期，即《白鹿原》写作的准备阶段。我那个时候的思维是最活跃的一段。尤其是文学创作理论中的人物心理结构学说，引发了我对自己以往创作的颠覆。自我的不满意以至自我否定，同时就孕育着膨胀着一种新的艺术创造理想。这种痛苦的反省完全是自发的。发生在《白鹿原》的准备和后来的整个写作过程中，对我来说是一个关键。

多年以后的今天回过头来看，在人生的两个重要阶段上，我把握了自己，主要是以自身的实际做出的选择。在艺术追求的漫长历程中，在两个重要的创作阶段上，进行两次反省，对我不断进入文学本真是关键性的。如果说创作有两次重要突破，首先都是以反省获得的。可以说，我的创作进步的实现，都是从关键阶段的几近残酷的自我否定自我反省中获得了力量。我后来把这个过程称作心灵和艺术体验剥离。没有秘密，也没有神话，创造的理想和创造的力量，都是经过自我反省获取的，完成的。

仅仅在半月之前的一个上午，我完成了一篇五千字的散文，在原下老家一个人兴奋不已。仅仅在十天前一个晚上，读完畅广元教授的一本文化文学批评专著，进入一种最欣慰的愉悦。四天前的那个下午，我写完一篇万余字的短篇小说，竟然兴奋不已。两天前的晚上，在杨凌参加杨凌文联成立的会场里，见到残疾人作家贺绪林，听说他的一部三十万字的长篇即将由人民文学出版社出版，我感动而又感奋，同样愉悦。这样，我几十年来不断地重复验证自己，文学创作才是我生存的最佳气场。

直到我走进朋友们营造的这个隆重而又温馨的场合，我依然不能切实理解六十岁这个年龄的特殊含义，然而六十岁毕竟是人生的一个最重要的年龄区段。按照我们传统文化和传统习俗的意思，是耳顺，是感悟，是悟道，是忆旧的年龄。这也许是前人归纳的生命本身的规律性特征。我不可能违抗生命规律。但我现在最明确的一点是，力戒这些传统和习俗中可能导致平庸乃至消极的东西。我比任何年龄区段上更强烈更清醒的意识是，对新的知识的追问，对正在发生着的生活运动的关注。这既是作为一个作家的生命意义所在，也是我这个具体作家最容易触发心灵中的那根敏感神经的颤动的。

我唯一恳求上帝的，是给我一个清醒的大脑。而今天所有前来聚会的朋友和我的亲人，就是怀着上帝的意愿来和我握手的。

回家回家

祖居的屋院在白鹿原北坡根下的一个小村子里，距西安城不过五十华里。得着路程近的方便，有事要做很快就能回到那个小院，无辜也常常想回去便回去了。其实，无论有事无事，就是想在那个曾经生活过五十多年的屋院里坐一坐，到门前的灞河沙滩上遛一遛，似乎心理上的某些亏缺就获得了补偿。这种感受只有在这一方小小的地域才会发生，回家走走就成为永无遏止、永无满足的欲念潜存心底。

近日我又回到原坡下祖居的屋院。车子在愈加稠密的高楼之间的公路上行驶，不觉间便驶上浐河大桥。我的心在那一瞬便发生微妙的变化，顿然亢奋起来，这是走世界上任何一条路、过任何一座桥都不曾发生的一种心理和情绪的反应；更为奇异的是，每次回归老家，车子刚刚驶上这座大桥，我的情绪便发生这种亢奋的变化，几乎没有一次例外。我至今说不准这是种生理反应，抑或是一种心理反应？我唯一能想到的因由，大约在我的潜意识里，这是我回家的桥，或者说是离我家最近的一座桥，过了这座桥，便进入我大半生都跑跑颠颠于其中的一方地域了。

这条浐河发源自横亘在关中平原南部的终南山，自南向北从白鹿原西坡根下流过，形成一道最适宜人类生存的河川，新石器时代的一个人类聚居的村庄——"半坡遗址"就在河岸东边；晴朗无霾的天气里，站在浐河岸边，可以看到白鹿原西坡上绿树掩映下的白墙红瓦。过了浐河桥不过三四里地，就进入白鹿原北坡下的灞河川道了，北坡上和河川里排列着稠如藤叶似的一个个或大或小的村庄。无论作为乡村教师或基层干部，抑或后来有幸成为专业作家，我在浐河灞河两道河川和白鹿原上整整跑跑颠颠了三十多年，在进入传统习惯所划的老年年龄区段时进入西安城。在城里待过几年，在新世纪到来的时候，却也难以抑压灞河岸边家园的诱惑，决然一人回到那个祖居的屋院，读书写字，煮一碗妻子在城里擀成藏在冰箱的面条，日落的霞光里到灞河水边的：沙滩上散步，不觉间竟有两年……

陈忠实探班电影《白鹿原》，与田小娥扮演者张雨绮合影

我后来才意识到，白鹿原西坡根下的浐河和北坡根下的灞河，真是天造地设鬼斧神工的好水滋润着一道好原。我有幸出生在这原下且在这里生活过大半生，先是为这里的乡村孩子教授识文断字，后来组织乡民造梯田修河堤，再用笔叙写对这原这川里的历史和现实的体验和感受，这样的人

生经历就很难用通常所说的情感纠结来表述了，反倒是每次车上浐河桥的一瞬所发生的那种微妙的亢奋情绪，才是最真实最准确的难以分清生理或心理的本能性反应，这是在任何地方不曾有过的。

　　回到祖居的屋院，烧一壶源自村中深井的自来水，三五下清扫了院中走道上的积尘和落叶；坐在院中喝一口茶，在车过浐河桥时发生且持续到开锁进院时的那种亢奋情绪，顿然消失了，不觉间转换为一种沉静，既区别于在城市住室里的沉静，也区别于过去常住这里时的那种沉静，当属重新画归时独有的一种沉静。这种独有的沉静心境也是只有坐在这个小院里才会发生。在城市待得久了，少不得忙忙乱乱，也多有来来去去，有得意也难免懊丧，在走进祖居的屋院坐在小院里抿二口茶的时候，似乎"宠辱"被荡涤得丝毫不留了，任何欲望也都隐退无痕了……这种独有的沉静，就成为回归祖居屋院的诱惑，一种永难满足更难得淡化的念想潜存心底。

　　随意到村子里走走，就会发现变化，这里原本是两间窄小的厦屋和那边撑立了几十年的破旧漏雨的小安间房的房址上，都建起了颇为排场的两层楼房，迎面墙壁都是雪白的瓷片，却依然延续着关中乡村传统建筑的格式，大门门框上方镶嵌一方砖雕刻字的立家宣言，既有传统的"耕读传家"也有时兴的"满院春光"等等。不觉间村子里全建起了水泥砖瓦结构的房屋，那些还保存着的土坯垒墙的破旧屋院，几乎全是迁居本省和外省的人家留存的空院。我总是会被勾起往时的记忆。在二十世纪六十年代初之前的寸几年间，这个村子只有一户人家盖起了三间瓦房，不仅成为本村人热议羡慕的"高档建筑"，甚至成为连邻村人都纷纷跑来参观的一道景致。这户人家的主人有一个在高寒荒漠做勘探工作的儿子，收入丰厚，这是任何一家农户（公社社员）难以望其项背的。在我能解知人事时所记忆的村子，竟然没有一户拥有三间瓦房的人家，且不说这个小村庄有几百或千余年的历史，自然可以理解村人对这幢三间瓦房的惊羡情态了。即如我这个有干部身份也有固定工资的人，也是挨到上世纪80年代中后期才建起三{新房，也就再不用每到雨天便把盒盒罐罐都搬出来接房顶漏下的雨水了……现在，无论谁家盖房建楼，已经不会引发热议，更不会有惊羡的眼光和议论，在于家家都有宽敞的新房了。

　　我总是想到村前的灞河边上遛遛。走出家门再下一道小坎，便是村人赖以生存的旱涝保收的田地了。在我幼年的记忆里，河川田地有三道灌渠，引灞河水自流浇灌禾苗，如果不是百年一遇的一年两年滴雨不下及至灞水断流的特大旱灾，这方地域的庄稼总有收成。然而，现在的河川里几乎看不到麦子和苞谷苗了，整体变成了樱桃园。村子背倚的白鹿原北坡，凡是可以植栽树木的梯田和坡地，也满是樱桃树了。如果清明前后回家，沿路满眼看到的都是粉白的樱桃花；再过一个月到五月初，坡原河川的樱桃树上都挂满紫红的淡黄的樱桃；西安城里的居民，或扶老携幼或搭帮结伙到原上原下和原坡来摘樱桃，车拥人挤，盛况持续大半月。乡民喜不自胜地说，城里人给乡下人送钱来了……那一幢幢装潢讲究的两层住宅楼的开销，绝对一个多数是从樱桃树上获得的收益。无论在村巷无论在河川，碰到一位乡党，拉起闲话便说到樱桃，两棵樱桃树的收入超过一亩地麦子的价值。用乡党的结实话说，只要不是瓜（傻）子，谁都会算这笔账，自然就不种麦子苞谷全种樱桃了……我几乎每年五月都会上原摘樱桃，既为品尝这北方第一料成熟的鲜果，更在看那些乡党往钱袋里塞钱时生动的喜悦脸色……

　　这是冬天，我又漫步在灞河边上，冷风飕飕，河水清透见底，我的心里愈加沉静。我走过一些名山大河，多是以观赏的眼光去看的，新鲜的惊喜是自然发生的，也曾把那种感受诉诸文字。然而，那些感受完全区别于面向眼前这条灞河的沉静心态。这是家园。回归家园所发生的沉静心态，是在家园之外的别处不曾有过的。

　　哦，我的家园。

二〇一三年一月二十日　二府庄

在原下感受关中

我后来才意识到,看取社会的角度和看取生活的对象都是乡村,尤其是我生活和工作过大半生的灞河区域,完全是一种无意识亦无任何自觉的事,也是在一种无可选择的单纯里自自然然发生且持续做着的事。

且不说毛泽东一九四二年《在延安文艺座谈会上的讲话》里论证的创作与生活的关系,并号召作家到工农兵火热的生活中去,后来甚至闹到要对那些留恋城市的作家"押解下乡"的严重程度。我对深入生活向来就不认为是个问题,我生活在农村,父母妻儿都是指靠生产队的磅秤分配的麦子苞谷的多少,决定碗里的稀或稠的。我从学校毕业后,走进只有一座教室和一个单间独庙改作的办公室的乡村初级小学,后来又走进最低一级行政建制的公社,现在已改称乡镇了,整整二十年。我获得专业创作的优越条件后,没有从西安城郊搬进市区,反倒彻底回归老祖宗遗传下来的屋院,尽管椽朽瓦破透光漏雨,我在这屋院里又住了十年。到走进西安住到作协家属院的小楼时我已跨过五十岁。我的前五十年都是在乡村过的,差别仅仅只是身份:乡村孩子兼乡村学生,乡村教师身份是民办性质,当公社干部,一年有三季都住在村子里的农民家中;当专业作家,又生活在只有六十余户人家的以陈姓为主的村子里。我曾经调侃说,柳青在长安县从头到尾工作和生活十四年,成为文坛传诵至今的佳话,我在农村五十年倒没有谁在乎。

我五十年里所看到的世界,是乡村;我五十年里所感知的人生,是乡村各色男女的人生；我五十年里感受生活的变迁——巨大的或细微的，欢乐的或痛苦的，都是在乡村的道路乡村的炊烟乡村男女的脸色和语言里体验的。我对离我不过五十里的西安，进去出来不知几百成千回了，却形成一种感觉里的陌生和隔膜。当我可以拿钢笔在稿纸上书写我对生活的理解和体验的时候，乡村就成为无可选择的唯一，是顺理成章的事。我在初中二年级的作文课上写下平生的第一篇小说《桃园风波》，不仅是农村题材，而且就是我的村子里私有果园归入农业合作社时发生的矛盾所引发的。我在公社（乡镇）工作的十年里，正值"文革"，文学创作先被禁绝和后来稍作放松，我早已确定想吃文学创作这碗饭是靠不住的，偶尔的一点儿写作，只是过一过文学写作的"瘾"，专心致意于基层乡村的工作了。这样就很明确也很单纯，我在乡村是做工作的，不是为体验生活积累素材的目的，倒让我避免了睁着艺术家的眼睛支着艺术家的耳朵去看去听乡村，而是在各种工作的过程和各色乡村人共事处事，吻合的愉快和不合的争执，在快乐和焦虑里感知各种生活经历和个性特征的男女。到后来世事发生重大的转折，文学创作和各项事业一样重现生机，我感到创作这碗饭可以争取的时候，顿然意识到曾经的乡村生活全都派上了用场。

　　我的乡村生活是无意识里形成的一方狭窄的天地。在西安市郊的东南角落，属于渭河平原的关中的东南一隅。灞河从我家门前流过，古人在灞桥头折柳送别泪溅柳叶，我后来领工为灞河修筑了八里防洪河堤，至今依然发挥着防洪的作用。稍西边有浐河从秦岭流出，河边曾是六千多年前新石器时期的"半坡人"群居的村落。我家的后院就是白鹿原的北坡坡根，我从小就厌烦这道坡，跟着父亲上坡去劳动特别费劲；只有在不依赖这坡地吃饭穿衣的时候，我才有文人的雅兴生出来，欣赏原坡上的四时景致，也才发生了探问这个原的生活演进的隐秘。夹在灞河和浐河之间的这一方土地，我在其间奔走了整整五十年，咀嚼了五十年，写下了一篇篇或长或短的小说和散文。

　　应该说，我生活的地方地域，属于关中的边沿。西安古城也不在关中的中部，而在东部偏南的位置。近年间起于各种因由，我在关中多走了一些地方，见多了听多了反倒愈加不敢开口说话了。只有我的感觉是这种障碍的不可逆改或硬撑的成因，面对这块土地上或地表下残存的历朝各代的遗物，我发现我的口再难随意张开了。我在西安西南一隅的沣水东岸，看到周人存留的车马坑里，木制轿车的轮子和拽车骡马的白骨，镶嵌在略显深褐色的黄土里，这是现今能看到的两千多年前曾经富于生命活力的冰凉的骨骼。我在渭北高原看过几座唐朝皇帝规模巨大的墓冢，墓前排列着的石兽和百官雕塑，突然觉得这些权力如天的帝王太过愚蠢，花那么大的财力物力修筑这种豪华场景，自己不仅欣赏不了享受不了，倒招引盗宝贼挖一道通风漏气的洞，甚至连尸体也被扔得七零八落。这是我现在能看到的历史实物，而王朝里的种种秘闻，只有文字。不同版本里的文字常常相违，我真是没有耐心去辩证，就不敢轻易说话了。更重要的制约，我开始怀疑自己的感知究竟有多少用处，如果没有用，说了等于白说或没说。

近年间我的兴趣常发生在一些人物身上，即生活在关中的一些令我肃然敬仰的人。譬如柳青，创造过十七年小说艺术高峰的作家；譬如灞河边上的老乡孙蔚如，直接参与"西安事变"，又在中条山打得日本鬼子过不了潼关，保护古都西安不受鬼子蹂躏的民族英雄；譬如堪称伟大的剧作家李十三，能编成十大本至今还在演着的戏剧，却招架不住嘉庆皇帝一声"捉拿"的断喝，在磨道里推着石磨时吓得吐血……我无力为他们立传，却又淡漠不了他们辐射到我心里的精神之光，便想到一个捷径，抓取他们人生里最富个性的一两个细节，写出他们灵魂不朽精神高蹈的一抹气象来，算作我的祭奠之词，以及我的崇拜之意。如果有幸，留给关中，也留给关中以外的世界，作为我对故乡关中的回报。

二〇〇七年七月二十一日　二府庄

原下的日子

一

新世纪到来的第一个农历春节过后，我买了二十多袋无烟煤和吃食，回到乡村祖居的老屋。我站在门口对着送我回来的妻女挥手告别，看着汽车转过沟口那座塌檐倾壁残颓不堪的关帝庙，折回身走进大门进入刚刚清扫过隔年落叶的小院，心里竟然有点酸酸的感觉。已经摸上六十岁的人了，何苦又回到这个空寂了近十年的老窝里来。

从窗框伸出的铁皮烟筒悠悠地冒出一缕缕淡灰的煤烟，火炉正在烘除屋子里整个一个冬天积攒的寒气。我从前院穿过前屋过堂走到小院，南窗前的丁香和东西围墙根下的三株枣树苗子，枝头尚不见任何动静，倒是三五丛月季的枝梢上暴出小小的紫红的芽苞，显然是春天的讯息。然而整个小院里太过沉寂太过阴冷的气氛，还是让我很难转换出回归乡土的欢愉来。

我站在院子里，抽我的雪茄。东邻的屋院差不多成了一个荒园，兄弟两个都选了新宅基建了新房搬出许多年了。西邻曾经是这个村子有名的八家院，拥挤如同鸡笼，先后也都搬迁到村子里新辟的宅基地上安居了。我的这个屋院，曾经是父亲和两位堂弟三分天下的"三国"，最鼎盛的年月，有祖孙三代十五六口人进进出出在七八个或宽或窄的门洞里。在我尚属朦胧混沌的生命区段里，看着村人把装着奶奶和被叫作厦屋爷的黑色棺

翻阅原上一位名医的典藏（右为著名演员濮存昕）

材，先后抬出这个屋院，再在街门外用粗大的抬杠捆绑起来，在儿孙们此起彼伏的哭嚎声浪里抬出村子，抬上原坡，沉入刚刚挖好的墓坑。我后来也沿袭这种大致相同的仪程，亲手操办我的父亲和母亲从屋院到墓地这个最后驿站的归结过程。许多年来，无论有怎样紧要的事项，我都没有缺席由堂弟们操办的两位叔父一位婶娘最终走出屋院走出村子走进原坡某个角落里的墓坑的过程。现在，我的兄弟姊妹和堂弟堂妹及我的儿女，相继走出这个屋院，或在天之一方，或在村子的另一个角落，以各自的方式过着自己的日子。眼下的景象是，这个给我留下拥挤也留下热闹印象的祖居的小院，只有我一个人站在院子里。原坡上漫下来寒冷的风。从未有过的空旷。从未有过的空落。从未有过的空洞。

　　我的脚下是祖宗们反复踩踏过的土地。我现在又站在这方小小的留着许多代人脚印的小院里。我不会问自己也不会向谁解释为了什么又为了什么重新回来，因为这已经是行为之前的决计了。丰富的汉语言文字里有一个词儿叫龌龊。我在一段时日里充分地体味到这个词儿的不尽的内蕴。

我听见架在火炉上的水壶发出"噗噗噗"的响声。我沏下一杯上好的陕南绿茶。我坐在曾经坐过近二十年的那把藤条已经变灰的藤椅上，抿一口清香的茶水，瞅着火炉炉膛里炽红的炭块，耳际似乎萦绕着见过面乃至根本未见过面的老祖宗们的声音，嗨！你早该回来了。

　　第二天微明，我搞不清是被鸟叫声惊醒的，还是醒来后听到了一种鸟的叫声。我的第一反应是斑鸠。这肯定是鸟类庞大的族群里最单调最平实的叫声，却也是我生命磁带上最敏感的叫声。我慌忙披衣坐起，隔着窗玻璃望去，后屋屋脊上有两只灰褐色的斑鸠。在清晨凛洌的寒风里，一只斑鸠围着另一只斑鸠团团转悠，一点头，一翘尾，发出连续的"咕咕咕……咕咕咕"的叫声。哦！催发生命运动的春的旋律，在严寒依然裹盖着的斑鸠的躁动中传达出来了。

　　我竟然泪眼模糊。

二

　　傍晚时分，我走上灞河长堤。堤上是经过雨雪浸淫沤泡变成黑色的枯蒿枯草。沉落到西原坡顶的蛋黄似的太阳绵软无力。对岸成片的白杨树林，在蒙蒙灰雾里依然不失其肃然和庄重。河水清澈到令人忍不住又不忍心用手撩拨。一只雪白的鹭鸶，从下游悠悠然飘落在我眼前的浅水边。我无意间发现，斜对岸的那片沙地上，有个男子挑着两只装满石头的铁丝笼走出一个偌大的沙坑，把笼里的石头倒在石头垛子上，又挑起空笼走回那个低陷的沙坑。那儿用三脚架撑着一张钢丝罗筛。他把刨下的沙石一锨一锨抛向罗筛，发出连续不断千篇一律的声响，石头和沙子就在罗筛两边分流了。

　　我久久地站在河堤上，看着那个男子走出沙坑又返回沙坑。这儿距离西安不足三十公里。都市里的霓虹此刻该当缤纷，各种休闲娱乐的场合开始进入兴奋期。暮霭渐渐四合的沙滩上，那个男子还在沙坑与石头垛子之间来回往返。这个男子以这样的姿态存在于世界的这个角落。

我突发联想,印成一格一框的稿纸如同那张罗筛。他在他的罗筛上筛出的是一粒一粒石子。我在我的"罗筛"上筛出的是一个一个方块汉字。现行的稿酬标准无论高了低了贵了贱了,肯定是那位农民男子的石子无法比对的。我自觉尚未无聊到滥生矫情,不过是较为透彻地意识到构成社会总体坐标的这一极。这一极与另外一极的粗细强弱的差异。

这是新世纪的第一个早春。这是我回到原下祖屋的第二天傍晚。这是我的家乡那条曾为无数诗家墨客提供柳枝,却总也寄托不尽情思离愁的灞河河滩。此刻,三十公里外的西安城里的霓虹灯,与灞河两岸或大或小村庄里隐现的窗户亮光;豪华或普通轿车壅塞的街道,与田间小道上悠悠移动的架子车;出入大饭店小酒吧的俊男倩女打蜡的头发涂红(或紫)的嘴唇,与拽着牛羊缰绳背着柴火的乡村男女;全自动或半自动化的生产流水

由我翻建的祖居院门

线，与那个在沙坑在罗筛前挑战贫穷的男子……构成当代社会的大坐标。我知道我不会再回到挖沙筛石这一极中去，却在这个坐标中找到了心理平衡的支点，也无法从这一极上移开眼睛。

三

村庄背靠白鹿原北坡。遍布原坡的大大小小的沟梁奇形怪状。在一条阴沟里该是最后一坨尚未化释的残雪下，有三两株露头的绿色，淡淡的绿，嫩嫩的黄，那是茵陈，长高了就是蒿草，或俗称臭蒿子。嫩黄淡绿的茵陈，不在乎那坨既残又脏经年未化的雪，宣示了春天的气象。

桃花开了，原坡上和河川里，这儿那儿浮起一片一片粉红的似乎流动的云。杏花接着开了，那儿这儿又变幻出似走似住的粉白的云。泡桐花开了，无论大村小庄都被骤然爆出的紫红的花帐笼罩起来了。洋槐花开的时候，首先闻到的是一种令人总也忍不住深呼吸的香味，然后惊异庄前屋后和坡坎上已经敷了一层白雪似的脂粉。小麦扬花时节，原坡和河川铺天盖地的青葱葱的麦子，把来自土地最诱人的香味，释放到整个乡村的田野和村庄，灌进庄稼院的围墙和窗户。椿树的花儿在庞大的树冠和浓密的枝叶里，只能看到绣成一团一串的粉黄，毫不起眼，几乎没有任何观赏价值，然而香味却令人久久难以忘怀。中国槐大约是乡村树族中最晚开花的一家，时令已进入伏天，燥热难耐的热浪里，闻一缕中国槐花的香气，顿然会使焦躁的心绪沉静下来。从农历二月二龙抬头迎春花开伊始，直到大雪漫地，村庄、原坡和河川里的花儿便接连开放，各种奇异的香味便一波迭过一波。且不说那些红的黄的白的紫的各色野草和野花，以及秋来整个原坡都覆盖着的金黄灿亮的野菊。

五月是最好的时月，这当然是指景致。整个河川和原坡都被麦子的深绿装扮起来，几乎看不到巴掌大一块裸露的土地。一夜之间，那令人沉迷的绿野变成满眼金黄，如同一只魔掌在翻手之瞬间创造出来神奇。一年里最红火最繁忙的麦收开始了,把从去年秋末以来的缓慢悠闲的乡村节奏骤然改变了。红苕是秋收的最后一茬庄稼,通常是待头一场浓霜降至,苕叶变黑之后才开挖。湿漉漉的新鲜泥土的垄畦里,排列着一行行刚刚出土的红艳艳的红苕,常常使我的心发生悸动。被文人们称为弱柳的叶子,居然在这河川里最后卸下盛妆,居然是最耐得霜冷的树。柳叶由绿变青,由青渐变浅黄,直到几番浓霜击打,通身变成灿灿金黄,张扬在河堤上河湾里,或一片或一株,令人钦佩生命的顽强和生命的尊严。小雪从灰蒙蒙的天空飘下来时,我在乡间感觉不到严冬的来临,却体味到一缕圣洁的温柔,本能地仰起脸来,让雪片在脸颊上在鼻梁上在眼窝里飘落、融化,周围是雾霭迷茫的素净的田野。直到某一日大雪降至,原坡和河川都变成一抹银白的时候,我抑制不住某种神秘的诱惑,在黎明的浅淡光色里走出门去,在连一只兽蹄鸟爪的痕迹也难觅踪的雪野里,踏出一行脚印,听脚下的雪发出"铮铮铮"的脆响。

我常常在上述这些情景里,由衷地咏叹,我原下的乡村。

四

漫长的夏天。

夜幕迟迟降下来。我在小院里支开躺椅,一杯茶或一瓶啤酒,自然不可或缺一支烟。夜里依然有不泯的天光,也许是繁密的星星散发的。白鹿原刀裁一样的平顶的轮廓,恰如一张简洁到只有深墨和淡墨的木刻画。我索性关掉屋子里所有的电灯,感受天光和地脉的亲和,偶尔可以看到一缕鬼火飘飘忽忽掠过。

有细月或圆月的夜晚,那景象就迷人了。我坐在躺椅上,看圆圆的月亮浮到东原头上,然后渐渐升高,平静地一步一步向我面前移来,幻如一个轻摇莲步的仙女,再一步一步地向原坡的西部挪步,直到消失在西边的屋脊背后。

某个晚上，瞅着月色下迷迷蒙蒙的原坡，我却替两千年前的刘邦操起闲心来。他从鸿门宴上脱身以后，是抄哪条捷径便道逃回我眼前这个原上的营垒的？"沛公军灞上"。灞上即指灞陵原。汉文帝就葬在白鹿原北坡坡畔，距我的村子不过十六七里路。文帝陵史称灞陵，分明是依着灞水而命名。这个地处长安东郊自周代以来就以白鹿得名的原，渐渐被"灞陵原"、"灞陵"、"灞上"取代了。刘邦驻军在这个原上，遥遥相对灞水北岸骊山脚下的鸿门，我的祖居的小村庄恰在当间。也许从那个千钧一发命悬一线的宴会逃跑出来，在风高月黑的那个恐怖之夜，刘邦慌不择路翻过骊山涉过灞河，从我的村头某家的猪圈旁爬上原坡直到原顶，才嘘出一口气来。无论这逃跑如何狼狈，并不影响他后来打造汉家天下。

大唐诗人王昌龄，原为西安城里人，出道前隐居白鹿原上滋阳村，亦称芷阳村。下原到灞河钓鱼，提镰在菜畦里割韭菜，与来访的文朋诗友饮酒赋诗，多以此原和原下的灞水为叙事抒情的背景。我曾查阅资料企图求证滋阳村村址，毫无踪影。

我在读到一本《历代诗人咏灞桥》的诗集时，大为惊讶，除了人皆共知的"年年柳色，灞陵伤别"所指的灞桥，灞河这条水，白鹿（或灞陵）这道原，竟有数以百计的诗圣诗王诗魁都留了绝唱和独唱。

宠辱忧欢不到情，
任他朝市自营营。
独寻秋景城东去，
白鹿原头信马行。

这是白居易的一首七绝。是诸多以此原和原下的灞水为题的诗作中的一首。是最坦率的一首，也是最通俗易记的一首。一目了然可知白诗人在长安官场被蝇营狗苟的龌龊惹烦了，闹得腻了，倒胃口了，想呕吐了，却终于说不出口呕不出喉，或许是不屑于说或吐，干脆骑马到白鹿原头逛去。

还有什么龌龊能淹没脏污这个以白鹿命名的原呢，断定不会有。

我在这原下的祖屋生活了两年。自己烧水沏茶。把夫人在城里擀好切碎的面条煮熟。夏日一把躺椅冬天一抱火炉。傍晚到灞河沙滩或原坡草地去散步。一觉睡到自来醒。当然，每有一个短篇小说或一篇散文写成，那种愉悦，相信比白居易纵马原上的心境差不了多少。正是原下这两年的日子，是近八年以来写作字数最多的年份，且不说优劣。

我愈加固执一点，在原下进入写作，便进入我生命运动的最佳气场。

借助巨人的肩膀
——翻译小说阅读记忆

平生阅读的第一部翻译长篇小说，是《静静的顿河》。尽管时过四十多年，我仍然确信这个记忆不会有差错，人对自己生命历程中那些第一次的经历，记忆总是深刻。

从学校图书馆借这部小说时，我还不知道它是一部名著，更不了解它在苏联和世界文坛的巨大影响。那是我对文学刚刚发生兴趣的初中二年级，"反右"正在进行。我的语文老师是一位初出茅庐的中文系大学生，常常在语文课堂上逸出课本内容，讲某位作家某位诗人被打成"右派"的事，尤其是被称为"神童"的刘绍棠被定为"右派"，印象最深刻了。好奇心也在同时发生，天才、神童，远远比那个我尚不能完全理解其政治内涵的"右派"帽子更多了神秘色彩，十分迫急地想看看这个神童在与我差不多接近的年龄所写的小说。课后我就到学校图书馆查阅图书目录，居然借到了《山楂村的歌声》短篇小说集，大约是学校图书馆尚未来得及清查禁绝"右派"作家的作品。大约是在这部小说集的"后记"里，刘绍棠说到他对肖洛霍夫的崇拜和对《静静的顿河》的喜欢。"神童"既然如此崇拜如此喜欢，我也就想见识这部长篇小说了。看到在图书馆书架上摆成雄壮一排的四大本《静静的顿河》，我还是抑制了自己的欲望，直等到暑假放学，我便把这四部大著背回乡村的家中。

我知道了地球上有一条虽然不大却很美丽的河流叫顿河。这个顿河总是具象为我家门前那条冬日清冽夏日暴涨的灞河。辽阔的顿河草原上

在中华苏维埃政府旧址门前（左为作家刘兆林、中为作家张健）

的山冈，舒缓柔曼的起伏转承的线条，也与我面对着的骊山南麓的坡岭和白鹿原北坡的气韵发生叠印和重合。还有生动的哥萨克小伙子葛利高里，风情万种的阿克西尼亚。我那时候忙于自己的生计，每逢白鹿原上集镇的集日，先一天下午从生产队的菜园里趸取西红柿、黄瓜、大葱、茄子、韭菜等，大约五十斤左右，天微明时挑到距家约十华里的原上去，一趟买卖可赚一至两元钱，整个暑假坚持不懈，开学时就可以揣着自己赚来的学费报到了。集日的间隔期里，我每天早晨和后晌背着竹条大笼提着草镰去割草,或下灞河河滩,或者爬上村庄背后白鹿原北坡的一条沟道,都会找到鲜嫩的青草。虽然因为年幼尚无为农业合作社出工的资格,而割草获得的工分比出工还要多。我在割草和卖菜的间歇里,阅读顿河哥萨克的故事,似乎浪漫到不可思议。我难以理解故事里的人物和内蕴,本属正常。所有这些也许并不重要,有幸的是感受到我的生活范围以外的另一个民族的生活形态,视野抵达一个几乎找不到准确方位的遥远的顿河草原,生活在那里的人们的快乐和悲伤竟然牵动着我的情感,而我不过是卖菜割草的一个尚未成年的乡村孩子。我后来才意识到,我喜欢阅读欧美小说的偏向,就是从这一次发生逆转的,从"说时迟,那时快"的语言模式里跳了出来。

另一次难忘的阅读记忆发生在"文革"期间。我已经几年都不读小说了。"文革"一开始,以"三家村"为标志的作家们的灾难,使我这个刚刚在地方报纸副刊上发过几篇散文的业余作者,终于得出一个最现实的结论,写作是绝对不能再做的事了。我把多年来积累的日记和生活纪事,悄悄地从学校背回乡下家中,在后院的茅房里烧毁了,也就把因为一句不恰当的话而招致灾难的担心解除了。我后来被借调到公社(乡)帮忙,遇见了初中的地理科任老师。他已经升为我们公社地区唯一一所中学的校长,"文革"中惨遭批斗,新成立的"革委会"拒不结合他。公社要恢复"文革"中瘫痪多年的基层党支部,他也被借调来公社帮助工作,我和他就重新相聚了。我听他说来此之前在学校闲着,分配他为图书管理员。这一瞬我竟然心里一动,久违了的好陌生的图书馆呀。他说学校的图书早已被学生拿光了,意在他这个管理员是有名无实。我却不甘心,总还有一些书吧?他不屑地说,偷过剩下的书在墙角堆着。我终于说服了他,晚上偷偷潜入校园,打开图书馆的铁锁,不敢拉亮电灯,用事先备好的手电筒照亮,在那一堆大多被撕去了书皮的书堆里翻检。真是令人喜出望外,我竟然获得了《悲惨世界》、《血与沙》、《无名的裘德》等世界名著。我把这些书装入装过尿素的塑料袋,绑捆到自行车后架上,骑车出了学校大门,路边是农民的菜地,如做贼得手似的畅快。我的老师再三叮嘱我,绝对不能让任何人看见这些书，我便发誓，即使不慎被谁发现再被揭露，绝不会暴露书的真实来处，打死我都不会给老师惹麻烦。

于是就开始了富于冒险意味的阅读。这大约是二十世纪交上七十年代的事。处于"文革"中期的整个社会氛围是难以确切描述的，我只确信一点，未曾亲自经历过的人是不可能有那种亲历者的直接感受的。大约也就在这个时候，八个样板戏里的头几个样板被推出来。整个社会都挥舞着一把革命的铁笤，扫荡"封资修"——那些古今中外的优秀文化和文学遗产。我在一天工作之后洗了脚，插死门扣，才敢从锁着的抽屉里拿出那本被套上"毛选"外皮的翻译小说来，进入一种最怡静也最冒险的阅读，院子里传进来干部们玩扑克为一张犯规的出牌而引发的争吵。最佳的阅读气氛是在下乡住到农民家里的时候。那时候没有电视，房东一家吃罢晚饭就上炕睡觉了，在前屋后窗此起彼伏的鼾声里，我与百余年前法国的一位市长冉阿让相识相交，竟然被他的传奇故事牵肠揪心难以成眠；抑或是陌生到无法想象的西班牙斗士，在斗牛沙场和社会沙场上演绎的悲剧人生；还有那个"多余人"裘德，倒是更能切近我的生活，尽管有种族习俗和

在托尔斯泰故居

社会形态的巨大差异，然而作为社会底层的被社会遗忘的"多余人"的挣扎和痛苦，却是穿透任何差异的共通的心灵情感，甚至可以作为我理解自己身边那些乡村农民的一个参照。许多年以后，我才从开禁的有关资料中得知，《无名的裘德》是欧洲文坛曾经颇有影响的写社会底层"多余人"文学潮流的代表作之一，包括高尔基也写过这类人物和很具影响的一部长篇小说，名字记不得了。

  这应该是我文学生涯里真正可以称作纯粹欣赏意义上的阅读。此前和后来的阅读，至少有"借鉴"的职业性目的。此时此境下的阅读纯粹是欣赏，甚至是消遣，一种长期形成的读书习惯所导致的心里欲望和渴求。因为"文革"开始我就不再做作家梦了，四五年过来，确凿不再写过任何属于文学色彩的文章。读着这些世界名著的时候，也没有诱发写作欲望或重新再做作家的梦想，然而我依然喜欢阅读。阅读这些一概被斥为"封资修黑货"的小说，耳朵里灌进的是以毛主席语录谱写的歌曲，还有样板戏的唱段，乡村树杈上的高音喇叭从早到晚都在向田野和村庄倾泻着，在我的心里，正好是无产阶级文艺和资产阶级文艺全面对抗尖锐冲突"你死我活"的一方交战的场面。我那时尚不能作出判断，以"样板戏"为代表的中国无产阶级文艺如何发展前景怎样，然而却确实发生最基本的属于常识层面上的怀疑，欧洲的无产阶级和穷人喜欢如《悲惨世界》、《血与沙》、《无名的裘德》等这一类作品，我不可能有任何片纸只言的资料，所在只能依常情常理来推测，依据仍然是这些文本，它们都是为劳动者呐喊的呀。我至今也无法估量发生在"文革"中间的这种最纯粹的阅读，对我后来创作的发展有何启示或意义，但有一点却是不可置疑的，欧洲作家创造的这些不朽作品，和我的情感发生过完全的融会，也清楚了一点，除过八个样板戏，还有如上述的世界名作在中国以外的世界上传诵不衰。

  还有一次发生在"文革"后期的阅读是难忘的。大约是一九七五年春天，我到西安电影制片厂去改编电影剧本，意料不到地读到了苏联作家柯切托夫的几部长篇小说。需稍作交代，此前两年，被砸烂了的省作家协会按照上级指示开始恢复，在农村或农场经过劳动改造且被审定没有

"敌我矛盾"的编辑和作家,重新回到西安,着手编辑文学刊物。为了与原先的"文艺黑线"划清界限,作家协会更名为创作研究室,《延河》杂志也改为《陕西文艺》。老作家们虽被"解放",仍然不被信任,仍然心有余悸,"工农兵"业余作者一下子吃香了。我也正是在这时候写下了平生的第一个短篇小说,且被刚刚恢复业务的西影厂看中,拟改为电影。我到西影厂以后,结识了几位和我一样热心创作的业余作者。记不清谁给我透露,西影厂图书资料室有几本"内部参考"小说,是供较高级领导干部阅读参考的,据说这几本小说揭露了"苏联修正主义"的内幕。我经过申请,得到有关领导批准,作为写剧本的业务参考,破例破格阅读"高干"的参考书。

　　第一本是《州委书记》。作者是柯切托夫。这部小说写了两个苏共的州委书记,拿我们的习惯用语说,一个实事求是做着一个州的发展和建

在海南岛军营栽树

设工作，另一个则是欺上瞒下虚夸成绩搞浮夸风。前者不断受挫，后者屡屡得手于表彰升迁等等。结局是水落石出，后者受到惩治，前者得到伸张。依着今天我们的眼界来说，这部小说的主旨和人物几乎没有什么新颖之处。然而在一九七五年的时空下，我的震撼和兴奋几乎是难以抑制的。一九七五年再度加压的政治气氛，却无法堵住中国人私下的议论，包括直白的诅咒和谩骂，这应该是施虐近十年的极"左"路线穷途末路的一个先兆。我可以和几位朋友在私下里谈《州委书记》。我甚至以为把作品人物名字换成中国人的名字，把集体农庄换成公社或生产队，读者就会毫无差异的感觉。就当时而言，柯切托夫揭示的苏联社会问题，在中国的实际生活里更普遍也更尖锐，然而中国却集中到几乎是莫须有的"路线斗争"。更令我惊讶的是，我们作为揭露苏共修正主义的标本，在苏联却照常销售普遍阅读，如若中国有一位写出类似作品的作家，且不说能否出版，肯定性命都难保全。

　　兴趣随之由作品转移到作家本身，柯切托夫创作历程中的几次转折似乎更富于参照意义。我连续在西影图书馆借到了柯切托夫的两本长篇小说，都是"文革"前已经翻译出版的《茹尔赛一家》和《叶尔绍夫兄弟》，以城市家族的角度，写产业工人在社会主义劳动中的英雄主义精神，都是公开出版发行的。这个以写和平建设时期的英雄而在苏联和中国都很有名气的作家，到二十世纪六十年代，把笔锋调转到另一个透视的角度，揭示苏共政权机关里的投机者，以至他的《州委书记》等长篇成为中国"高干"了解"苏修"社会黑幕政权质变的参照标本。柯切托夫为什么会发生这样的转折？显然不是艺术形式追求变化层面上的事，而是作家的思想。作家思想发生了怎样的变化？是什么东西促成了柯切托夫的这种变化和视点的转移，当时找不到任何可资参考的资料。我唯一能做出判断的是，这既需要强大的思想穿透力，也需要具备思考者的勇气。

　　到八十年代初，柯切托夫的作品重新出现在新华书店的售书架上，包括曾经作为"高干"内参的《州委书记》。我在从书架上抽出这本小说交款购买的简短过程里，竟然有一种无名的感叹，不过六七年时间，似乎有隔世的陌生而又亲切的矛盾心理。不久又见到《你到底要什么》，柯切托夫直面现实的思考和发问，尖锐而又严峻，令人震撼。这个书名很快在中国普及，且被广泛使用。随后又购买到了《落角》，柯切托夫的变化再一次令我惊讶，无论从思想到艺术形式，几乎让我感觉不到柯切托夫的风格了，有点隐晦，有点象征，更多着迷雾，几乎与之前的作品割断了传承和联系。转折如此之大，同样引起我的兴趣，柯切托夫自己"到底要什么"？尽管我难以做出判断，却清楚地看到一个作家思想、情感以及艺术形态的发展轨迹，早期歌颂英雄的鲜明立场和饱满的情感，转折到对生活里虚伪和丑恶的严厉批判揭露，再到对整个社会和人群发出严峻的质问，"你到底要什么"，一时成为整个社会都无法回避的问题，最后发展到晦涩的《落角》，我都不大读得懂了。自然是作家主体的思想和情感发生了变化，然而是什么东西促成了这种变化，我却无法判断。隐藏在晦涩文字下的情绪，直接感到那个曾经洋溢着热情闪烁着敏锐思想光芒的柯切托夫可能太累了，且不断定其失望与否。这样一个曾经给我们提供过"参考"样本的作家，死亡时，苏共"党魁"勃列日涅夫亲自参加了他的追悼会，似乎并不计较他对苏联社会的揭露、批判、诘问和某种晦涩的失望。

到二十世纪八十年代初，在省作协院子里，出现过一阵苏联文学热。中苏关系解冻，苏联文学作品有如开闸之水，倾泻过来，北京两所外语高校编辑出版了两本专门翻译介绍苏联作家和作品的杂志《苏联文学》和《俄苏文学》，这是空前绝后的事，可见对苏联文学之热不单在我的周围发生，而是一个范围更大的普遍现象。我把这两本杂志连续订阅多年，直到苏联解体杂志停刊，可见对苏联文学的关爱之情。我通过这两本杂志和购买书籍，结识了许多苏联作家。我那时候住在乡下老家，到作家协会开会或办事，常常在《延河》的编辑兼作家王观胜的宿办合一的屋子里歇脚，路遥也是这个单身住宅里的常客，话题总是集中到苏联作家和作品的阅读感受上，艾特玛托夫、舒克申、瓦西里耶夫，还有颇为神秘的索尔仁尼琴等等，各自阅读体验的交流，完成了互补和互相启示，没有做作，不见客套，其本质的获益肯定比正经八百的研讨会要实在得多。在大家谈到兴奋时，观胜会打开带木扇的立柜，取出珍藏的雀巢咖啡，这在当时称得

在俄罗斯作协

最稀罕最昂贵也最时髦的饮料,犒赏每人一杯,小屋子里弥漫着烟气,咖啡浓郁的香气也浮泛开来。

　　我感到了面对苏联的历史和现实,不同的作家以不同的思想视角和艺术形态,展示出独立的思维和独立的体验,呈现出独有的艺术风景,柯切托夫属于其中的一景。我开始意识到要尽快逃离同一地域同代作家可能出现的某些共性,要寻求自己独自的生活体验和艺术体验,才可能发出富于艺术个性的独自的声音。真正蓄意明确的一种阅读,发生在此前几年。一九七八年春天,作为家乡灞河河堤水利会战工程的主管副总指挥,我住在距水不过五十米的河岸边的工房里,在麦秸当垫的集体床铺上,我读到了《人民文学》发表的刘心武的《班主任》。我的最直接的心理反应,用一句话来概括,创作可以当作一项事业来干的时代到来了。我在六月基本搞完这个八华里河堤工程之后,留给家乡一份纪念物,就调动到文化馆去了。我到文化馆上班实际已拖到十月,在一个无人居住的残破的屋子里安顿下来,顶篷塌下来,墙上还留着墨汁写的"文革"口号,"打倒"、"砸烂"之类。我用废报纸把整个四面墙壁糊贴了起来,满屋子都是油墨气味,真是书香四溢了。我到文化馆图书馆借书。查封了十余年的图书馆刚刚开禁。我不自觉地抽取出来一本本"文革"前翻译出版的小说。我在泛读的过程中，很自然地把兴趣集中到莫泊桑和契诃夫身上。想来也很自然，我正在练习写作短篇小说，不说长篇，连中篇写作的欲望都尚未萌生。在读过所能借到的这两位短篇大师的书籍之后，我又集中到莫泊桑身上。依我的阅读感觉来看，契诃夫以人物结构小说，莫泊桑以故事结构小说塑造人物；前者难度较大，后者可能更适宜我的写作实际。这样，我就在莫泊桑浩瀚的短篇小说里，选出十余篇不同结构形式的小说，反复琢磨，拆卸组装，探求其中结构的奥秘。我这次阅读历时三个月，大约是我一生中最专注最集中的一次阅读。这次阅读早在我尚未离开水利工地时就确定下来，是我所能寻找到的自我把握的切合实际的举措。我从《班主任》的潮声里，清楚地感知到文学创作复归艺术自身规律的趋势。我以为"文革"期间极"左"政治和极"左"的文艺政策，因为太离谱，早已天怒人怨，连普通读者和观众都背弃不信；倒是"文革"前十七年里越来越趋"左"的指导创作的教条，需得一番认真的清理。我那时比较冷静地确认这样一个事实，自从喜欢文学的少年时期到能发表习作的文学青年，整个都浸泡在这十七年的影响之中，关于文学关于创作的理解，也应该完成一个如政治思想界"拨乱反正"的过程。我能想到的措施就是阅读，明确地偏向翻译文本，与大师和名著直接见面，感受真正的艺术，才可能排解剔除意识里潜存的非文学因素。我曾经在十年前的一篇短文里简约叙述过这个过程，应该是我回归创作规律至关重要的一步，应该感谢契诃夫，还有莫泊桑，在他们天赋的智慧创造的佳作里，我才能较快地完成对极"左"的创作理论清理剔除的过程。到一九七九年春节过后，我的心理情绪和精神世界充实丰沛，洋溢着强烈的创作欲望，连续写下十个短篇小说，成为我业余创作历程中难以忘却的一年。

阅读《百年孤独》也是读书记忆里的一次重要经历。我应该是较早接触这部大著的读者之一。在书籍正式出版之前，作家协会的朋友郑万隆把刊载着《百年孤独》的《十月·长篇专刊》赐寄给我。我在一九八三年早春参加中国作协在河北涿州召开的"农村题材创作研讨会"期间，看到万隆正在校对《百年孤独》的文稿，就期盼着先睹这部刚刚获得诺贝尔文学奖的新世界文学名著。一当目触奥雷连诺那块神秘的"冰块",我就在全新的惊奇里吟诵起来。我在尚不完全适应的叙述形式叙述节奏里,却十分专注地沉入一个陌生而神秘的生活世界和陌生而又迷人的语言世界。恕我不述这部在中国早已普及的名著初读后的诸多感受,这里只用一个情节来概括。一九八五年夏天,省作协在延安和榆林两地连续召开"长篇小说创作促进会",我有几分钟的最简短的发言,直言阅读《百》著的感受,大意是,如果把《百》比作一幅意蕴深厚的油画,我截止到目前的所有作品顶多只算是不大高明的连环画。我的话没有形成话题,甚至没有任何反应,甚至产生错觉,以为我有矫情式的过分自贬。我也不再继续阐释,却相信这种纯粹属于自我感觉所得出的自我把握。这次阅读还有一个不期而至的效果,就是使我把眼睛和兴趣从苏联文学上转移了。

我关注有关拉美魔幻现实主义的作家和作品,尤其是介绍或阐释魔幻现实主义的资料。我随后在《世界文学》上,看到魔幻现实主义的开山大师卡朋铁尔篇幅不大的长篇小说《王国》,据介绍说这是魔幻现实主义的首创之作。同期配发了介绍卡朋铁尔创作道路的文章,我才对魔幻现实主义的创立和发展有了一个较为清晰的脉络。据说《王国》之前拉丁美洲尚无真正创造意义的文学,没有在世界上引起关注的作品和作家。《王国》第一次影响到欧洲文学界,是以其陌生的内容更以其陌生的形式引起惊呼,无法用以往的所有流派和定义来归纳《王国》,有人首创出"神奇现实主义"一词概括,且被广泛接受。《王国》引发了拉丁美洲文学新潮,面对一批又一批新作品新作家的潮涌,欧美评论界经过几年的推敲,弄出一个"魔幻现实主义"的词汇,似乎比"神奇"更能准确把脉这一地域独具禀赋的作品特质。

对我更富启示意义的是卡朋铁尔艺术探索的传奇性历程。他喜欢创作之初就把目光紧盯着欧洲文坛,尤其是现代派。他为此专程到法国,学习领受现代派文学并开始自己的写作,几年之后,虽然创作了一些现代派作品,却几乎无声无响,没有引起任何人的注意。他在失望至极时决定回国,离去时有一句名言:在现代派的旗帜下容不得我。他回到古巴不久,就专程到海地"体验生活"去了。据说他选择海地的根本理由,是因为海地是拉丁美洲唯一一个保持着纯粹黑人移民的国家。他在那里调查研究黑人移民的历史，当然还有现实生存形态。他在海地待了几年时间我已无记，随后他就写出了拉丁美洲第一本令欧美文坛惊讶的小说《王国》。我只说这个人对我启示最深的一点，是关于我对乡村生活的自信被击碎了。我的生活史和工作历程都在乡村，直到读卡朋铁尔的作品，还是在祖居的老屋里忍受着断电点着蜡烛完成的。我突然意识到，我连未见过面的爷爷以及爷的兄弟们的名字都搞不准确，更不要说再往上推这个家庭的历史了，更不要说爷爷们曾经在我现在居住的这个屋院里的生活秩序了，我在家乡农村教书和在公社（乡）工作整整二十年，恰好在改革开放之前和之后，我一直自信对新中国成立以后乡村经历的欢乐和灾难的全过程的了解和感受，包括我的父亲从自家槽头解下缰绳，把黄牛牵到初级农业合作社里将一孔废弃的窑洞改装成的饲养大槽上。这时，才意识到对于企图从农村角度述写中国人生活历程的我来说，对这块土地的了解太浮泛了。也是在这一刻，我突然很懊悔，在"文革"之初破"四旧"烧毁族谱时，至少应该将一代又一代祖宗的名记抄写下来；至少应该在父亲谢世之前，把他记忆里的祖辈们的生活故事（哪怕传闻）掏挖出来。我随之寻找村子里几位年龄最高的老者，都说不清来龙去脉，只有本门族里一位一字不识的老者，还记得他儿时看见过的我的爷爷的印象，高个子，后脑上留着刷刷（从板刷得到的比喻，剪辫子的残余）头发，谁跟外村人犯了纠葛，都请他出面说事；走路腰挺得很硬，从街道上走过去，在门口敞怀给娃喂奶的女人，都吓得转身回屋去了。这是他关于我爷爷的全部记忆里的印象，也是我至今所能得到的唯一一个细节。这个细节从听到的那一刻，就异常活跃地冲撞我的情感和思维，后来就成为我的长篇小说《白鹿原》主要人物白嘉轩的一个体形表征，尽管那时候还没有这部小说的构想。

几乎与此同时，中国文坛呈现出"寻根文学"的鲜活生机。我不敢判断这股文学新潮是否受到拉美文学爆炸的启示或影响，我却很有兴趣地阅读"寻根文学"作品，尽管我没有写过一篇这个新流派的小说。我后来很快发现，"寻根文学"的走向是越"寻"越远，"寻"到深山老林荒蛮野人那里去了，民族文化之根肯定不在那里。我曾在相关的座谈会上表述过我的遗憾，应该到钟楼下人群最稠密的地方去"寻"民族的根。我很兴奋地处在二十世纪八十年代中期的文坛里，多种流派交相辉映，有"各领风骚一半年"的妙语概括其态势。其中有一种"文化心理结构"的创作理论，使我茅塞顿开。人是有心理结构的巨大差异的。文化决定着人的心理结构的形态。不同种族的生理体形的差异是外在的，本质的差异在不同文化影响之中形成的心理结构的差别上；同种同族同样存在着心理结构的截然差异，也是文化因素的制约。这样，我较为自然地从性格解析转入人物心理结构的探寻，对象就是我生活的渭河流域，这块农业文明最早呈现的土地上人的心理结构，有什么文化奥秘隐藏其中，我的兴趣和兴奋有如探幽。卡朋铁尔进入海地，"寻根文学"和"文化心理结构"创作理论，这三条因素差不多同时影响到我，我把这三个东西综合到一起，发现有共通的东西，促成我的一个决然行动，去西安周边的三个县查阅县志和地方党史文史资料，还有不经意间获得的大量的民间轶事和传闻。那个长篇小说的胚胎渐渐生成，渐渐发育丰满起来，我感到真正寻找到"属于自己的句子"了。

我并不以卡朋铁尔从欧洲现代派旗帜下撤退的行动，作为拒绝了解现代派艺术的证据。现代派艺术肯定不适宜所有作家。适宜某种艺术流派的作家，会在那个流派里发挥创造智慧；不适宜某种艺术流派的作家，就会在他清醒地意识到不适宜时逃离出去，重新寻找更适宜自己性气的艺术途径，这是作家创作发展较为普遍的现象。海明威把他的艺术追求归纳为一句话，说他一生都在寻找"属于自己的句子"。这个"句子"自然不能等同于叙述文字里的句子。既然是"一生"，就会有许多次，我们习惯用一次新的成功的探索或突破来表述这个过程和结果。卡朋铁尔到海地"寻找"到了真正"属于自己的句子"，开创了拉美文学新的天地，以至发生爆炸，以至影响到世界文坛。今天坦白说来，《王国》我读得朦朦胧胧，未能解得全部深奥，也许是生活距离太大，也许"神奇"的意象颇难解读，也许翻译的文字比较晦涩。我的最重要的启示在于卡朋铁尔扎到海地去的行动，即他寻找"属于自己的句子"时富于开创意义的勇气，才是我的最有教益的收获，未必也弄出"人变甲虫"的蠢事来。

在昆德拉热遍中国文坛的时候，我读了昆德拉被翻译成中文的全部作品。我钦佩昆德拉结构小说举重若轻的智慧。我喜欢他的简洁明快里的深刻。这是寻找到"属于自己的句子"的又一位成功作家。我不自觉地把《玩笑》和《生命中不能承受之轻》对照起来。这两部杰作在题旨和意向所指上有类近的质地，然而作为小说写作却呈现出决然不同的艺术气象，我习惯从写作的角度去理解其中的奥秘，以为前者属于生活体验，后者已经进入生命体验层面了。我在这两本小说的阅读对照中，感知到从生活体验进入到生命体验，对作家来说，有如由蚕到蛾羽化后的心灵和思想的自由。

也说中国人的情感

一

近日看到一位在中国作品翻译很多知名度也很高的日本作家写的一篇短文，评说日本首相小泉纯一郎参拜靖国神社，对当年日本侵略罪行暧昧而又顽劣的态度，说小泉不能从受害国人民的情感上考虑，于是就把日韩、日中、日朝等关系弄糟糕了。

我想还有更深层也更致命的一点，在于小泉纯一郎对六十年前日本在亚洲诸国所犯的侵略罪孽的认识。认识决定情感。没有对侵华侵朝等罪恶的深刻认识，就不会有对罪恶历史的自觉反省，又如何能体察"受害国"人民的情感？于是才会把给亚洲诸"受害国"造成灾难的东条英机等十恶不赦的厉鬼，作为神而年年祭拜。我在电视上看到过德国总理到被纳粹屠杀的犹太人墓前下跪的画面。那个庄重虔诚的跪祭的举动，谁都能看出是强烈的情感支配，却又不仅是对被无辜屠杀的受害者的情感体察和理解，而是对希特勒法西斯这个狞厉的魔鬼在欧洲所犯罪孽的深刻反省和坦诚的忏悔。我在看到这个电视画面时曾经揣测，欧洲诸"受害国"和犹太人看到这个画面时，对德国总理应该产生基本的信赖。我又反过来揣测，如若德国总理如小泉拜祭靖国神社一样去跪拜希特勒，或者羞羞答答偷偷摸摸地"修改历史教科书"，我真不敢猜断欧洲各"受害国"和犹太人会闹出什么事来。

丹江边小歌

很显然，小泉对亚洲各"受害国"人民的情感，只有在割断对靖国神社里一伙战争厉鬼的情感纠缠之后，才可能发生转移。我近日在电视上还看到一组严酷的画面，东条英机等六名被国际法庭审判为死刑的战争罪犯，一个一个被押上断头台，套上绞绳，"咚"的一声抽掉脚下的踏板，悬空吊死。这是整个世界的正义力量对邪恶的审判和惩罚。几乎同一时期，在南京制造过三十万人大屠杀的谷寿夫等七名日本战犯，被中国军事法庭审判为死刑。这七人之中有两个叫作向井敏明和野田毅的鬼子，在南京城做过一场杀人比赛，看谁先杀死一百人谁就为赢家。单是这两个狰狞的厉鬼，就以杀人比赛的娱乐方式，杀死了三百余名手无寸铁的南京市民。这些被中国法庭和国际法庭推上断头台的罪大恶极的厉鬼，六十年后还被小泉首相当作神去参拜，作为"受害国"中国公民的我，会是一种什么情感？坦率地说，我不以为这种以鬼为神而参拜的举动滑稽可笑，因为作为一个经济大国的首相不可能在这种铁定的历史事实面前表演滑稽。我的情感里就只有鄙夷，除了鄙夷还是鄙夷。

二

在我的整个心理情感世界里，充溢着对我们民族和国家的尊严的敬重。正是六十年前的抗日战争，让我真切地理解了什么叫民族尊严和民族脊梁。

六十年前取得的抗日战争的胜利，是自一八四〇年鸦片战争以来，中国人民反抗各种列强侵略战争的第一场完全彻底的胜利。在我粗浅的历史常识的印象里，总是凸显着各种名目的割地赔银的条约，百年近代史教本几乎都可以用屈辱来概括，我曾在中学学习这段史实时产生过逆反情感。八年抗日战争的胜利，确如《国歌》所唱的，是用整个民族的血肉筑成的新的长城。这是在血与火中铸造的民族和国家的脊梁。

我在少年时期就记住了赵一曼，刻骨铭心地记着杨靖宇饿死后从肚子里刨出来的草根树叶，还有令幼年的我感到解气的"平型关大捷"和"百团大战"。后来历史知识渐多，尤其是遇逢抗日战争胜利六十周年的今天，陕西和各省的各种媒体，都向我提供了前所未闻的抗战英雄和战例史实。毛泽东和朱德领导指挥的八路军新四军和抗日根据地的游击队，给予日寇沉重的打击早已彪炳史册。蒋介石统领的国民党军队里，有一批殊死抗击侵略的将军和士兵，至今读来听来仍然令我心潮波涌热泪难抑。去年初，我读到徐剑铭等作家所写的纪实文学《立马中条》书稿，得知曾经为我的灞桥籍前辈乡党孙蔚如所统领的包括赵寿山李兴中孔从洲等陕西籍将士，当年硬是堵在潼关外的中条山，使不可一世的日本鬼子难以前进一步，而且损失惨重。我在阅读时，几次被英雄的壮举和拼死的精神感动得掀不开下一页。前不久应陕西"民革"的邀请，参加纪念抗战胜利的座谈会，我听到张居礼讲述他的父亲张灵甫将军的抗战事迹，真是气壮山河撼天动地泣鬼神般的壮勇豪烈。我不敢想象作为团长的张灵甫组织并带领敢死队和鬼子拼刺刀时的那一股豪勇；他曾经十一处负伤直到被打断腿骨还不离开战场；武汉会战中，张灵甫在德安万家山取得大捷，被叶挺将军称为"与台儿庄、平型关鼎足而三，盛名永垂不朽"的重大胜利；《国歌》词作者戏剧家田汉，亲临战地采访张灵甫，创作并演出了话剧《德安大捷》。在开赴缅甸的十万远征军里，有一万多名踊跃参战的陕西热血青年，总指挥是陕籍将军杜聿明。在正面战场使日军第一次遭遇重创的台儿庄战役，那位挥舞大刀的敢死队队长仵德厚是陕西泾阳人，正是他的大刀杀得鬼子难以前进，为中国援兵赢得了制胜的时间。我无法把那场长达八年的抗战中的英雄——罗列出来，只是随手择出几位陕西籍的抗战英雄，他们每人都可以写成一部半扎厚的英雄纪实文本。他们是在战场上战死和在家门口被杀害的三千多万同胞中的杰出人物。

中国的国歌《义勇军进行曲》，是在抗日战争中诞生的。

中国人的脊梁，正是在持续八年的抗击日寇侵略的血与火的战争中挺立起来的。这是制造罪恶的"加害者"始料不及的。

三

我们不播种仇恨。

不种植仇恨，却应该记取和吸取历史教训。让今天过着和平安宁日子同时享受着国家尊严的每个公民，了解曾经发生过的积弱挨打的屈辱历史，感知并铭记那些于危难中构筑和撑挺起民族脊梁的先辈，明白自己对国家肩承的道义和责任，进而设计并实践一条健全健康的人生道路。我甚至妄断猜想，那些落马的贪污腐败官员，如若能在伸出贪婪掠取的巴掌之前，读一读这些抗日英雄的事迹，也许会把伸出的手收回来，不致成为国家和人民的罪人，也许还能悟到手中的权力真正神圣的使命。

我又有感于一些西方右翼势力的言论了。

大约是今年以来，不断看到美国有人提出并奢谈"中国威胁"的言论观点，日本也有起哄式的响应言论。我开始读到时有点纳闷，像我这样年纪的人都清晰地记得，在"左"的建国政策造成的普遍贫穷乃至三年大饥荒的时期，西方有一拨政客的幸灾乐祸式的鼓噪集中到一点：共产党政权把中国弄糟了。改革开放纠正了"左"的路线和政策，探索出一条合适中国发展的新途径，取得了举世瞩目的成就。然而与世界上最强大最富裕的国家比起来，中国还排在贫穷国家之列。我纳闷不解的问题是，中国穷时他说你不行，中国刚刚发展起来又说你"威胁"，那么，中国如何是好？如何才能使现在这一拨右翼政客闭上鸟嘴？譬如在我这辈人心中尚有印象的一个日本人中曾根康弘，走出首相府多年了仍然闲不下心来，由他负责的一个日本智囊机构近日发表一份警告报告，说"中国的民族主义意在主宰全世界"，"由中国来充当霸主的世界秩序"，如此等等。我又联想到日本那位作家批评小泉首相不能体察理解"受害国"人民情感的话，前首相中曾根康弘所体察理解的"受害国"之一的中国人的情感，却是说中国要充当"主宰全世界"的"霸主"。这种耸人听闻的鼓噪，被西方那些正直客观的政治评论家概括为"妖魔化中国"。这就够了，世界上有制造谎言鬼话的人，也不会缺失揭穿鬼话谎言的人。在某个意义上，还真应了中国民间一句俗话，以老鬼子的小人之心，猜度刚刚繁荣起来的"受害国"中国之怀。

　　暂且搁置历史的和现实的因素，也剥离开政治和经济的利益因素，我想到人类丰富而又复杂的情感里，普遍存在的一种最坏的东西——妒忌。一个国家或者一个人，贫穷积弱时被瞧不起被欺侮乃至被侵略被踩蹋，翻过身来挺起脊梁强盛起来，又被诽谤以至被"妖魔化"，这恐怕与一些人最坏的那个妒忌心理不无关系。

　　退一步想，被妒忌与被屈辱不可同日而语。

　　记住惨痛的历史，自立自强，走自己的路，让喜欢瞎说的政客去说吧。

神秘神圣的文学圣地

我第一次和陕西作家协会发生联系，诱因是文学刊物《延河》，这是一九五七年我读初中二年级发生的事。我在语文老师车老师的自选题目的作文课上，写了平生的第一篇小说《桃园风波》，时年十五岁。之后的某天早晨上早操时，车老师到操场上来找我，示意我跟他走。我心里不无忐忑，会不会哪儿出了错被领去训斥，尚未走出操场，车老师的一只手搭在我的臂膀上，这个亲昵动作且不说让我受宠若惊到有些慌乱，倒是瞬间便化解了犯错受训斥的疑虑。车老师却不说话，领着我走进语文教研室。

刚刚踏进语文教研室，看见四五位男女老师坐在自己的办公桌前，突然听到他们接连说出两三个怪里怪气的人名，立刻爆发出哄堂大笑，我顿时被吓得蒙住了。引发他们哄笑的三个人物名字，是我在作文本上写的小说《桃园风波》里的几个人物的绰号。我那时刚刚读过赵树理的几部小说，他的小说里的人物大都有一个别致的绰号，正在热衷到崇拜赵树理的我，很自然地也为我写的第一篇小说里的人物起了绰号。能引发几位语文老师的开怀大笑，可以见得那几个绰号还有点意思吧。这是我事后的估计，当时却愣着蒙着站在教研室里动也不敢动了，车老师随即把我叫到他的办公桌前。

车老师告诉我，西安市要搞一次中学生作文比赛，要求每个学校推荐两篇作文，一篇叙事文，一篇议论文，本校语文教研室已选定《桃园风波》作为叙事文参赛。这是我做梦也没有想到的令人鼓舞的事，姑且不赘。说完这话，当我准备离开之际，车老师又接着说，他想把《桃》文投寄给《延河》。我又是发蒙。车老师料知我对此举的无知，当即解释说，《延河》是省上办的文学刊物，发表小说诗歌散文等文学作品。我听得似懂非懂，却是随车老师觉得怎么做就做吧。车老师末了又说：你的钢笔字不大行，我另用稿纸抄一份寄去。我当时尚不会说感谢之类的话，依旧站着。车老师用稍低的声音又对我说，要是能刊登，会有稿费的……

我便知道且记住了《延河》。当时的省作家协会叫什么名称，我已无记，却一直记着《延河》，也大略知道了投稿；如果稿子能发表，会给稿费，第一次听说写小说能挣钱。我后来想到，车老师最后说给我的"会给稿费"的话，大约不是诱惑，而是出于怜悯，我到城里读中学的两年里，一日三餐吃的是开水泡馍，相伴的是咸菜，绝大多数时月里用开水泡的是

初中毕业照。陈忠实（前排左一）手拿一九五九年刊有《创业史》的《延河》。

死硬死硬的苞谷面馍……如若车老师说的话能落实，我就可以吃上白馍了。尽管此事再无下文，我却记住了《延河》。

一九五九年春天读书到初中最后一学期，我已转学到离家稍近的东郊一所中学，从学校的阅报亭的某种报纸上看到一条消息，柳青的长篇小说《创业史》即将在《延河》连载。我此时已经知道陕西的包括柳青在内的几位大作家，却没有读过他的作品。随之到学校附近的邮局探问是否有《延河》零售，得到肯定答复，我便把家里给的买咸菜的两毛钱存在口袋里，随后便买到了柳青的《创业史》首发的《延河》。那时尚不能称《创业史》，名为《稻地风波》。第一次发表的是《稻地风波》的篇幅不小的《题叙》，一读便入迷了。之后每月盼到《延河》在邮局首发的日子，我便买回一本，迫不及待地在宿舍阅读起来。我的崇拜不知不觉间从赵树理转移到柳青，且不说两位作家作品的各自优长，单是把《稻地风波》对关中生活语言艺术升华的魅力，就令我倾倒入迷了。我也是从《延河》的版权页上得知，这是陕西作家协会所办的文学刊物，在西安建国路。随之在《延河》上读到杜鹏程、王汶石的小说，我对柳、杜、王的崇拜便形成了。崇拜情感里便隐约着神圣，文学的神圣，有柳、杜、王等令我崇拜的大作家坐镇的陕西省作家协会，也有了神秘亦神圣的文学圣地的感知。

再次和陕西省作家协会发生关系，已经是十多年后的一九七二年末或一九七三年初了。文学朋友徐剑铭给我写信，告知一条重大新闻，"文革"中被砸烂的省作家协会开始恢复工作，不许沿用作为旧名称的作协，改称为"文艺创作研究室"，坐镇的仍然是获得"解放"的柳、杜、王等老作家和老编辑。刚刚开过一个以工农兵业余作者为主体的会议，要出版的文学刊物《陕西文艺》实则是《延河》的代称，《延河》作为"封资修"的标本不许再用。编辑们向参会的业余作者约稿，徐剑铭在应诺自己写稿之后，向主持人推荐了我，随后又把我在《郊区文艺》上发表的散文《水库情深》送给《陕西文艺》的编辑。我很感动徐剑铭的推荐。不久就接到署名路萌的来信，内附《水库情深》的用红色钢笔修改多处的稿子。此稿发表在《陕西文艺》试刊的第一期。手里捧着印着我习作和名字的《陕西文艺》，终于在"《延河》"上露面了，兴奋之情无以言表。尽管手里捧着的是《陕西文艺》，心里浮现的却是《延河》……想来颇有趣，给《延河》的两次投稿，均非我为之，一次是我的语文教师车老师，一次是文学朋友徐剑铭，真可谓良师益友。尽管我尚未踏进过陕西省作家协会的大门（此时已改称陕西文艺创作研究室），然而似乎已经消解了那种不无神秘的距离。

　　第一次走进作家协会的大门，约略是一九七三年的春末。我借用在郊区党校参加一个学习班早起晚睡的时间写成一篇万余字的短篇小说《接班以后》，投寄给《陕西文艺》，不久便接到电话，对《接》基本肯定，还有一些需要修改的意见，我便利用到城里开会的机会，第一次踏进作家协会的大门。不过不是原本的陕西作家协会的大门，而是陕西戏剧家协会的大门；陕西作协设在建国路的大院，据说被什么军管会占据，刚设置不久的陕西文艺创作研究室，被安排到东木头市的陕西剧协院里办公。在我意识里没有差别，见到《陕西文艺》的编辑，就算进了陕西作协的门了。记得当时给我谈修改意见的是已经在电话上说过话的路萌，随之又见到了董得理，他肯定地告诉我，将在第三期《陕西文艺》刊出，免不了鼓励性的好话……这是我平生发表的第一篇小说。此后，已经记不得那年那月，我再到《陕西文艺》编辑部去说什么事时，老董拿出刊有我《接》文的刊物，小说的第一节有不少修改的字迹，老董让我一处一处看过，最后才神秘地对我说，这是柳青修改的。说他和编辑部的人去看望病中的柳青，带去了新出的《陕西文艺》，随之又得到柳青修改的文本。我在那一刻有点迷茫，这是意料不及的惊喜所发生的反应，须知我自初中三年级读《创业史》起直到那个时候，柳青如大山一样在心里崇敬崇拜着，却没有单独拜见的机缘。看着柳青对《接》第一节的多处修改的字迹，那种崇敬崇拜的心理又注入一种亲近的情感。

　　新时期伊始，陕西省作家协会回归自己原有的建国路大院，陕西文创室的名字和"文革"一起被废弃了，堂堂正正的陕西省作家协会的白底黑字的牌子挂在大门立柱上。《陕西文艺》也自然地终结了，《延河》重现其本真的风采。我已记不准何年何时踏进建国路的陕西作协的大门，却无可怀疑的是去得比较频繁了，或是送新创作的文稿，或是应召到此开各种文学话题的会议。难忘的一件事，发生在一九七九年初夏，我已经从公社（即今时乡镇）调动到西安郊区文化馆，比之事务杂乱的公社，到文化馆读书写作的时间太多了。我的一个短篇小说《信任》在《陕西日报》发表，王汶石当即给《人民文学》前来向他约稿的编辑向前推荐转载，这是向前见到我的时候告知的。之后一两日，我到《西安晚报》参加一个座谈会，在门口遇见也来参会的杜鹏程，一见面就说，你的《信任》我看了，写得挺好。王汶石和杜鹏程都是我久仰的老师，高中时我和三四位喜欢文学的同学组织了一个文学小组，曾经在课余时间到学校旁边的灞河沙滩上反复讨论他刚刚发表在《人民文学》上的短篇小说《沙滩上》。两位前辈对一个后来者的习作的关注，其文品人品的高尚就成为我的直接的情感记忆了。

刚交上二十世纪八十年代，我因行政区划变更回到离家更近的设在灞桥镇的灞桥区文化馆。不过一年多时光，我得知陕西作协党组决定调进包括我在内的三个青年作家，到专业创作组搞创作。能有幸进陕西作协大院搞专业创作，在我自有不胜荣幸的欣喜，却也潜存忧虑，万一创作难再发展提升，坐在那个专业位置上的滋味是很别扭的。在我刚刚得知这个消息不过几天时间，西安市文联一位素未谋面的领导驱车来到灞桥文化馆，见面握手之后便直言相告，要调我到他供职的市文联去。尚未等得我表态，他又直言不讳地说，他已经得知省作协要调我去的消息，当即和相关领导交换意见，要调我去他那里。我也当即表示不愿去他那里。他听后呵呵一笑，说他早预料我的这种态度。接着说，他已经给人事局交办过了，不许放走我；说我既不愿去他那里，也去不了省作协。我第一次和他见面，却被他的坦白直率的性情所折服。便随之回话，那我待在文化馆也挺好。我说的倒是真话，调回到灞桥区伊始，区委领导在一次干部大会上宣布各个部门干部任职的时候，任命我为文化局副局长兼文化馆副馆长，并做出特别例外的规定，让我只参与文化局和文化馆的大事议定，不安排具体工作，把主要精力投到写作上。我曾经很感动，有这样关心一个作者的党政领导，在我是幸运的，其实这和专业创作没多少差别。我对这位初次见面的坦率无掩的市文联领导竟无抱怨，反倒觉得在文化馆不会产生到作家协会写不出东西的心理压迫。这样，我便心安意静地在故乡灞桥古镇上继续着读书和写作。

时光不觉间匆匆过去近两年。秋末的一个晚上，一位在灞桥区委工作的老同学到文化馆来很高兴地告诉我，市上要求下属区县为市上推荐两名年轻的备选干部，本区推荐的人中有我。他向我祝贺，无疑是一个难得的提升的良机。他走后我却陷入慌乱，早已确定以写作为主业的我，根本不想再回到行政部门。我担心一旦一纸调令下达就麻烦了，当即决定到省作协通报此事，问问原先要调我到作协的事还有效吗。第二天一早便乘公交车进城，找到时任作协秘书长的王绳武说明原委。王秘书长很热情，又说了他到市人事局调人遭拒的事，一时似无良策可循。意想不到的幸运随之到来，记不得哪位朋友道出一条途径，说王汶石的老师、大作曲家张寒晖的夫人是市人事局局长，可找王汶石给其说说话或写封信。王秘书长当即找到王汶石老师。果然，此事很快就办妥了，我在当年十一月调入省作家协会，安排到专业创作组从事写作。我进入意识里早已储存着的神秘神圣的文学圣地了。

这无疑是我最理想的人生位置，也是后半生的位置。在我过去不敢设想现在确已进入这个位置之后，欣喜之情很快过去，原有的压迫感占据了意识和心理的主导位置，挂着专业作家的牌号，不要说写不出作品，而是说写不出好点的作品，那样的日子将会不堪设想怎么过。我自然会想到年龄，正好年过四十，勉强还被称作青年作家；再说自家底细，缺失正规的高等教育，依靠自学获得的知识难免残缺；我不能再耽误时间，既想抓紧写作，又需要继续学习弥补先天性知识空缺……大约在跨进省作家协会大门的同时，便决定回归原下老屋，那是一个清静的所在，有利于读书，也有利于回嚼曾经经历的生活。

我从此就回到白鹿原北坡下灞河岸边的祖居的小院，不觉间竟有十年……

二〇一四年三月三十一日　二府庄

陷入与沉浸

——《延河》创刊五十年感怀

我至今依旧清楚无误地记着，《延河》是我平生最早闻名的第一种文学杂志。这是五十年前的事了。五十年前的一个大雪初霁的早晨，我和同学正在操场上扫雪，语文老师站在身后叫我，让我到语文教研室去。我开始有点忐忑，此前曾因为他对我的一篇作文的评语闹过别扭，所以心存戒备。走出扫雪的人窝，老师把一只胳膊搭到我的肩膀上，这个超常超级亲昵的动作，顿然化释了我的小心眼里的芥蒂，却也被骤然潮起的受宠的惊慌弄得不知所措。

到了一楼的语文教研室。刚进门，我的语文车老师以玩笑的口吻宣布："二两壶来了"。教研室里五六位男女教师哄笑起来。我有点手足无措。"二两壶"是我在作文本上写的一篇小说里的一个人物的绰号。我的语文车老师把我领到他的办公桌前，颇动情地告诉我，西安市教育系统搞中学生作文比赛，每个学校推荐两篇作文，我的这篇小说被选中了。末了，他很诚恳地说，除了参评，他还要把这篇小说投稿给《延河》。他告诉我两点，如果能发表，会有稿费的，他显然知道我因家庭经济不支而休学的事。他说投稿由他来抄写，"你的字写的不行。"我由此知道了《延河》。这是初中二年级第一学期的一个大雪的早晨。

《延河》又是我掏钱购买的第一种文学杂志。这也是近五十年的事了。一九五九年春天，我得知柳青的《创业史》将在《延河》上连载，竟然有一种按捺不住的兴奋和期待，自然属于对一位著名作家的膜拜，更多

凭吊白鹿原上的一位名医遗像

的因素是出于某种揭秘式的好奇心理。我已经听说柳青在终南山下的长安农村深入生活的事。我常常站在学校大门外刚刚返青的麦地边上，眺望白云凝然的终南山峰，柳青无疑是世界上离我最近的一位作家，不过几十华里的距离吧。他的笔下将会使关中乡村呈现怎样一种风貌？这无疑是我所能读到的第一部描写我脚下这块土地的小说，新鲜新奇的神秘感几乎是无法抑制的。

我读书到初中三年级，转学到了离家较近的西安东郊刚刚兴起的纺织工业基地，通称纺织城，学校设在大片住宅楼东边一片开阔的高地上，校门口便是庄稼地。我仍然继续着背馍上学的生活，硬是把家里给的买咸菜的零钱省下来攒起来，到纺织城邮局去买一本当月出版的《延河》。记得《创业史》在《延河》连载的第一期，书名为《稻地风波》，有通栏长幅插图作为衬底，是诗情画意的稻田畦埂和灌渠上一排排迎风摆动的白杨树，远处的背景是淡墨涂描的终南群峰。看到这幅题头画儿，我印证的却是我家门前灞河川道的自然景致，从未见过有什么画儿让我感到如此逼近的真实和亲切。同样，我读着作为《稻地风波》（即《创业史》）引子的

《题记》时的完全沉迷,也是此前读任何小说都未曾发生过的逼近的真实和真切,且不说艺术成就的评价,我一个初三学生也难得估价这部作品的分量,而真实和真切的阅读感受却是比任何世界名著都强烈。

这样,我每月头上最操心也最兴奋的事,就是捏着积攒下来的两毛钱走进邮局,买一本新出的《延河》,无异一个最开心的节日。我在《延河》上认识了诸多当时中国最活跃的作家和诗人,直到许多年后,才在一些文学集会上得以和他们握手言欢,其实早已心仪着崇敬着乃至羡慕着了。像茹志鹃的《百合花》,吴强的《红日》选章,王汶石的许多短篇,不仅在文学史上占有举足轻重的位置,更在普通读者中享有盛誉。尤其是茹志鹃和吴强的两篇(部)佳作,据说辗转过好几家编辑部都被退稿,均不是作品的水平问题,而是作品情调或写法有什么问题。《延河》敢于拍板发表,不单是胆子大小的事,恰是对文学创作艺术本体的尊重和坚守,以及由此而拥有的自信和神圣。

《延河》已成为大家名作云集的一方艺术天地。我在喜欢它的同时,也产生了畏怯心理,可望而不可即的文学高地。此后十余年的业余创作时日里,我一次也没有往《延河》编辑部里投过稿。我的自我把握是尚不够格,《延河》在我心里业已形成的那个高格。尽管我已经在西安的报纸上发表了七八篇散文。直到一九七二年的冬天,徐剑铭把我的一篇散文推荐给编辑路萌、董得理,我才走进了《延河》的门槛。

这年接到徐剑铭一封信,告诉我一个重要消息,"文革"中被砸烂的陕西作家协会(当时称中国作家协会西安分会)恢复工作,为避"四旧复辟"之嫌,改为陕西省文艺创作研究室。出于同样的顾虑,即将复刊的《延河》也改名为《陕西文艺》。徐剑铭还告诉我,他刚刚参加过由《陕西文艺》召集的一次西安地区业余作者座谈会,希望大家给刊物写稿,并推荐工人农民解放军(工农兵)新作者。那时候,许多著名作家被打倒,有的未被"解放",有的虽被"解放"了,仍心存余悸,无法进入创作,刊物主要靠业余的"工农兵"作者写稿。徐剑铭在"文革"前已是西安地区卓有影响的工人身份的诗人。他说他向董得理、路萌等编辑推荐了我,两人均表示毫不知晓。他说他同时推荐了我刊登在《郊区文艺》上的一篇散文《水库情深》，而且由他剪贴下来送到编辑部。我很感动。这种热心和无私给我以永远动人的记忆。

大约是一九七一年"林彪叛逃事件"之后，极"左"到无以复加的"文革"有所收敛，政策也有所调整，体现在文艺界，便是开始恢复文艺机构和文艺创作。我所在的西安郊区，由文化馆召集本区内的业余文学作者开会，创办了《郊区文艺》自编自印的文学刊物。我和郊区一帮喜欢创作的朋友兴奋不已，写作热情不必说了，而且到印刷厂里亲自做校对。我的散文《水库情深》就刊登在《郊区文艺》创刊号上。我尚不知身居城区的剑铭竟然看到了这本内部交流刊物，而且力荐给即将创刊的《陕西文艺》（即《延河》）。

时隔不久，接到《陕西文艺》编辑部的一封信，内装我的散文《水库情深》，是发在《郊区文艺》上的剪贴样稿，在边角上用红笔修改勾画得一片红色。我当时刚刚从村子里下乡回到公社机关，看了附信，得知此稿将在《陕西文艺》创刊号发表，下乡一天的劳累烟飞云散了，饥肠辘辘的感觉也消失了，兴奋得令人慌乱的情绪，竟使我无法坐下来阅读修改的文字。直到晚饭后，我才能静下心来把这篇习作再读一遍，尤其是那些用红笔修改的字句，细细嚼磨，反复推敲，求得启示。

之后大约两三天，我借着到郊区开会进城之机，顺便送去了修改稿。陕西省文艺创作研究室和《陕西文艺》编辑部，在东木头市那条巷子里。怀着诚惶诚恐却也兴奋的心情走进院子，问到一间屋子，便看见了董得理和路萌，说过几句很诚恳的见面话之后，董得理离开了，由路萌和我谈稿子。我这时才得知，用红笔勾画修改过习作的人，就是和我当面坐着的这个名叫路萌的编辑。他很客气；他很和悦；他很谦逊；他长得细皮嫩脸，文质彬彬又热情洋溢。他最像个文人……我进了早就仰慕着的《延河》的大门了。

一九七三年春天，我到位于纺织城的西安郊区党校参加为期一月的"学习班"。我在公社机关工作已经五年，对关中乡村生活和农民世界开始有初步了解。我的工作，除了参加会议，多是跑在或住在生产队里，很少有相对安定和清闲的日子，这次长达一个月的有规律的作息时间的日子，对我来说简直称得上享受了。就是在这期间，我利用早起的时间，或是晚上看电影的机会，躲开大厅通铺的人，写成了我平生的第一个短篇小说《接班以后》，中学作文本上的小说除外。这篇小说从字数上来说具有突破的意义，接近两万字，是我结构故事完成人物的一次自我突破。我记不清是用信寄到《陕西文艺》编辑部，抑或是亲自送去的，只记得时隔不久，便收到董得理用很富功力的毛笔字写下的长信，对这篇小说完全肯定，多有赞美的评语，而且似乎说到编辑们传阅过程中的热烈反应，信末约我到编辑部交换一些细节处理的意见。我同样利用到城里开会的机会，第二次走进东木头市《陕西文艺》编辑部的大门。这回是董得理和我谈稿，我似乎能觉察到他在刊物编辑部负有重要责任。他很兴奋，完全是对他喜欢的一篇小说发自内心的兴致。他也很严谨，对小说的细部包括不恰当的字词都谈到了。他又很坦率，谈到真正的文学和当时流行的"假大空"文艺的区别，我更感动他的胆识和真诚，第一次谈话就敢说对"假大空"类文艺的不恭之词。

　　这篇小说在《陕西文艺》第三期上发出来了。我看到题头上配着一幅神采飞扬的人物肖像画儿，是现在的西安国画院院长王西京的作品。王西京当年供职《西安日报》任美术编辑，已经崭露出画画儿的头角。小说发表后产生了广泛影响。编辑部把这期杂志送给柳青。关于柳青对《接》的反应，我却是从《西安日报》文艺编辑张月赓那里得到的。老张告诉我，和他同在一个部门的编辑张长仓，是柳青的追慕者，也是很得柳青信赖的年轻人。张长仓看到了柳青对《接》修改的手迹，并拿回家让张月赓看。我在张月赓家看到了柳青对《接》文第一节的修改本，多是对不大准确的字词的修改，也画掉删去了一些多余的赘词废话，差不多每一行文字里都有修改圈划的笔迹墨痕。我和老张逐个斟酌掂量那些被修改的字句，接受和感悟到的是一位卓越作家的精神气象，还有他的独有的文字表述的气韵，追求生动、准确、形象的文字的"死不休"的精神令我震惊。这应该是老师对学生的一次作文辅导，铸成我永久的记忆。今天想来颇感遗憾的是，那时候没有复印设备，这本经柳青修改的刊物，在我看过之后就被张长仓收回了，据为珍藏。

新创刊的《陕西文艺》，很快聚拢起一批青年作家。不过，那时候没有谁敢自称作家，也没有他称作家，他称和自称都是作者，常常还要在作者名字之前标名社会身份，如工人作者、农民作者、解放军作者等等，自然是为区别于"文艺黑线"，表明"工农兵"占据了文艺阵地。邹志安、京夫、路遥、贾平凹、李凤杰、韩起、徐岳、王晓新、王蓬、谷溪、李天芳、晓雷、闻频、申晓等，先后都在《陕西文艺》上崭露头角，进行了最初的文学操练，到"四人帮"垮台，这些人呼啸着呐喊着跃出，一个个都成为荒寂十年后的文坛上耀眼的新星，形成中国文坛令人瞩目的陕西青年作家群。一九八一年，中国作协选定湖南和陕西，作为新时期中国南北两个形成作家群体的省份交流经验，陕西乡党阎纲受《文艺报》委托回陕调研，我参加了座谈会。湖南青年作家到陕访问，陕西青年作家却未能按时回访，原因是我等家住农村，夏收需回家割麦碾场。我仍然觉得，改为《陕西文艺》的《延河》不过三四年，尚有极"左"的政治和文艺政策铺天盖地，包括我等业余青年作者受到束缚局限的同时，也受到"三突出"的不同程度的影响，然而有一批深谙艺术规律的编辑，如董得理、王丕祥、路萌、贺抒玉本身又是作家，他们实践着教导着也暗示给这些作者的是文学创作的本真。在《陕西文艺》存在的三四年里，我写作发表过三篇短篇小说，也是我写作生涯里的前三篇小说，一九七三年发《接班以后》，一九七四年发《高家兄弟》，一九七五年发《公社书记》，一年一篇。这些作品的主题和思想，都在阐释阶级斗争这个当时社会的"纲"，我在新时期之初就开始反省，不仅在认识和理解社会发展的思想理论上进行反思，也对文学写作本身不断加深理解和反思。然而，最初的写作实践让我锻炼了语言文字，锻炼了直接从生活掘取素材的能力，也演练了结构和驾驭较大篇幅小说的基本功，这三篇小说都在两万字上下，单是结构对我来说都是一种突破。

还有一点至今值得总结，就是我对作家这种劳动的理解。我后来把我对文学的偏爱和对创作的坚持，归结为一根对文字敏感的神经，以此作为对神秘的天分说的物质化解释。是这根与生俱来的对文字敏感的神经，决定着一个人从少小年纪就对文字发生偏爱，发生兴奋性的敏感，与书香

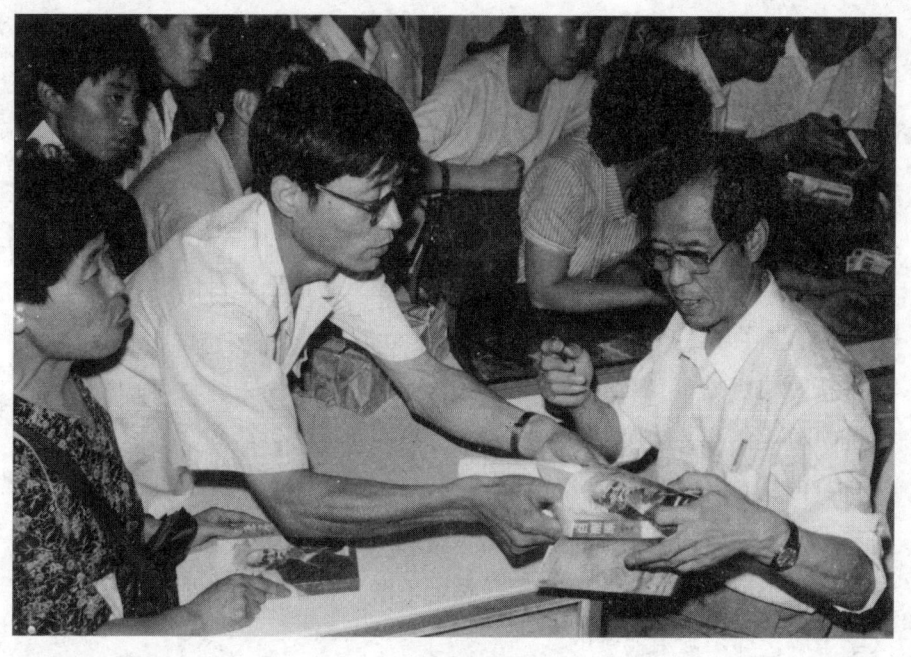

为读者签名

门第以及奶奶的动人的歌谣无关,或者说这些书香家庭或会唱歌谣的奶奶,只对具备那根神经的人才发生影响,才起促进促成的作用。在二十世纪七十年代我写作上述那几篇作品的时候,实际是我对文学创作最失望的时候,自然是"文革"对前辈作家的残害造成的。我当时已谋得最基层的一个干部岗位,几乎不再想以写作为生的事,更不再做作家梦了。写作当不了饭吃,尽管发了几篇颇有反响的小说,董得理奖励给我的是一摞又一摞稿纸。我回到公社几乎只字不提写作的事,发了我小说的刊物压在桌斗里,从来不让公社机关任何人看见,怕给领导和同志造成不务正业不操心"学大寨"本职工作的恶劣印象。事实上,这三篇小说都不是在公社大院里写成的。《接》在党校学习期间抽空写成。《高》又是在南泥湾五七干校劳动锻炼的半年时间里写成,为此我自己买了一盏玻璃罩煤油灯,待同一窑洞的另三位干部躺下睡着,干校统一关灯之后,我才点燃自备的油灯读书和写作。读的是《创业史》,翻来覆去读;写成了《高》文。《公》则是被文化馆抽调出去工作时间的副产品。那个时候不仅没有稿酬,还有一根极"左"的棒子悬在天灵盖上,朋友、家人问我我也自问,为啥还要写作？我就自身的心理感受回答：过瘾。这个"过瘾论"是我的最真实感受，也是最直白的表述。有如烟瘾，一年写一篇小说，有幸发表了，再得到编辑几句夸奖和读者的呼应，那个"瘾"就过得很舒适。许多年后，创作有了发展，对创作这种劳动的理解也有了新的层面的体验，也才明白那个"瘾"原是敏感文字的那根神经致成的。当年把写作当作"过瘾"的时候，只是体验和享受一种生命能量释放过程里的快乐和自信，后来发生的名和利的薄了厚了多了寡了是根本料想不到的。

新时期伊始，《延河》又恢复了。这自然不单是一个名字的改写，而是中国社会发展过程中一个重要的历史性转折，包括文学艺术，属于文学自身的精神和规律，重新得以接续、传承和发展。新时期恢复的《延河》，我发表的第一篇小说是短篇《南北寨》，此后每年大约都要发表一篇或两篇小说，统共发过多少篇已经记不清了，是我发表小说最多的一种文学杂志，却是确定无疑的。

到二十世纪八十年代初，我调进陕西作协专业创作组，以我自己的审视和把握，索性回到祖居的老家，其中最主要的原因是集中思想的注意力，充分利用中年后的后半生读书和写作。每隔十天半月，我就会来作协，开会或买煤买粮，只安着一张桌子一张床的两室的房子，我往往懒得开锁进门。开会办事的间隙，我都滞留转悠在编辑部的小院里，和老编辑聊天，更和年轻的或同龄的朋友天上地下乱扯胡诌，往往获得一些新鲜的信息和文坛动态，得到启迪。印象最深的是王观胜的兼着卧床的办公室，常是畅所欲言十分放纵的场所，路遥似乎是常客。聊到开心时，王观胜会打开立柜的木扇，取出某位作者进贡的高级咖啡，赐尝每人一杯，满屋子飘荡着令人陶醉的香气儿，路遥们的谈锋就会更幽默睿智。直到我告辞出门准备回乡下时，观胜送出门时才撂出一句："给咱得空再弄一篇（小说）。"文学的氛围，朋友的坦诚无忌和咖啡清茶的香味弥漫在记忆里。还有李星那半间凌乱不整的办公室，常是我聆听文学新潮的气象站。

人生苦短，生命有限。创办《延河》的陕西第一代作家和编辑，有的年事已高，有的已经谢世。接替的一茬一茬主编和编辑，也一茬接一茬卸任。无论开创《延河》的先辈，无论接任又卸任的同辈，他们崇高的文学理想实践在《延河》里,他们各自独立的创造精神体现在《延河》上,他们为一代一代作家的成长和发展默默地躬耕在《延河》这块土地里。我以自己一个作家的真诚,向胡采们董得理们致敬。我向卸任的白描们、徐岳们和徐子心们致以真诚的问候,你们为《延河》的发展付出的智慧和心血,作为一个受益的同代作家的我,也铭记着。我更满怀信心寄望于新任主编常智奇们,《延河》将成为陕西新一代作家发展壮大的沃土和福地。